서사와 문화

영어권 문학에 재현된 탈식민 문화

저자 이경순(李卿順)

전남대학교 문리대 영문학과 졸업
전남대학교 대학원 (문학석/박사)
미국 스탠퍼드 대학 영문학과 객원교수
미국 피츠버그 대학 영문학과 초빙교수
미국 미주리 주립대 영문학과 교류교수
21세기 영어영문학회 회장 (2006-2008)
전남대학교 영어영문학과 교수 (현재)

(공)저/역서
『스피박의 대담』
『현대 영어권 문화의 이해』(2011 문화체육관광부 우수학술도서상 수상)
『영어권 소설로 읽는 다른 세계들』
『20세기 영국소설의 이해』
『영화속 문학이야기』
『현대문학이론의 이해』
『서양 고전문학의 이해』
『페미니즘과 정신분석학 사전』
『19세기 영국 소설과 사회』
『해석학과 문학비평』
May 18 Democratic Uprising and Women 등

서사와 문화 ― 영어권 문학에 재현된 탈식민 문화

초판 1쇄 발행일 2016년 6월 15일

지은이 이경순
발행인 이성모
발행처 도서출판 동인
주 소 서울시 종로구 혜화로3길 5, 118호
등 록 제1-1599호
TEL   (02) 765-7145 / FAX (02) 765-7165
E-mail dongin60@chol.com
I S B N 978-89-5506-716-3
정 가 28,000원

※ 잘못 만들어진 책은 바꾸어 드립니다.

서사와 문화
Narrative and Culture

영어권 문학에 재현된 탈식민 문화
The Postcolonial Culture in the English-speaking World Literature

| 이경순 지음 |

도서출판 동인

　　오늘날 우리가 살고 있는 지구촌의 삶을 조망하기가 쉽지 않다고 생
각되는 것은 아마도 다양한 인종과 문화가 섞여 있어 어느 한 잣대로 해석
하던 과거와는 확연히 다른 복잡다단한 세계가 되었기 때문일 것이다. 서
로 다른 사람들과 세계, 그리고 다른 문화를 이해하고 소통하기가 그만큼
어려워졌다는 것은 역으로 타자와의 소통, 타자와의 공생이나 상생 등의
문제가 우리에게 절박하게 다가오고 있다는 뜻이기도 하다. 21세기는 가
히 문화의 시대이므로 문화에 대한 이해를 증대시키기 위해서 저술된 이
책은 문화 변천을 적극 반영하는, 알려지지 않은 서사를 통해 다양한 문화
와의 만남을 주선하고, 그럼으로써 우리 자신을 보다 풍요로운 주체로 변
화시키기 위한 의도를 지닌다. 문학이 문화라는 보다 큰 영역으로 흡수되
고 있는 오늘날, 영어권의 대표적인 서사를 대상으로 영어권 세계의 다양
한 문화를 살펴보는 것은 시대의 변화에 발맞춰 여러 다른 서사들을 통해
타자의 문화를 이해하고 타자와의 소통을 증대시키고자 하는 일환에서 출
발한다. 영국과 미국의 전통 소설과는 사뭇 다른 영어권 서사는 이질적이
면서도 주변화된 영어권 주체들의 탈식민 문화적 풍경들을 보여준다. 이처

럼 영어권 서사가 지닌 탈식민 문화적 측면을 강조하는 데는 21세기 지구촌의 타자의 목소리를 통해 지구지역적 문화와 그것이 목표로 하는 더불어 사는 지구촌 삶의 모습을 제시하기 위함이다.

서사narrative는 다른 어떤 장르보다 문화를 풍부하게 함유하고 있다. 서사는 넓은 의미에서 특정한 시공간에서 일어나는 실제, 혹은 허구적인 인물과 사건을 전달하는 글이나 말을 의미한다. 일련의 사건이 가지는 서사성은 다양한 장르에 걸쳐 있지만 이 책에서의 서사는 문학, 역사, 증언 기록물, 기억, 구술 기록물, 자서전, 허구적 문화 평론서 등, 이른바 사실과 허구를 기록하는 것을 다 같이 포함한다. 이 책의 부제인 "영어권 문학에 재현된 탈식민 문학"에서 보듯, 이 책은 영어권 서사를 통해 단순히 지역 연구를 논하기보다 문화의 횡단성에 주목하여 주변성과 타자성을 중심으로 이해하는 데 초점을 두었다. 우선, '영어권 문학'으로 한정시키는데 그 범주를 좀 더 면밀히 살펴보자. 주지하다시피 문학을 다룰 때 역사적, 문화적, 사회적 독자성을 갖는 국가라는 틀을 무시할 수는 없다. 이를 무시할 경우, 현재 영국문학, 미국문학이라고 불리는 문학세계에서 일어나고 있는 현상을 달리 설명하기 어려운 게 사실이다. 그러나 오늘날 영국이나 미국문학을 대표하는 작가 중에 민족적, 문화적으로 영미 중심부와는 다른, 이질적인 작가들이 다수 포함되어 있다는 사실을 상기할 필요가 있다. 예컨대 아프리카계 미국인이나 카리브계 영국인 등은 이전에는 대개 미국작가, 영국작가로 불리었는데 그 이유는 엄연히 존재한다고 생각되는 민족, 문화, 국가라는 정체성의 틀이 공통의 언어, 즉 영어를 사용한다는 점에서, 또 이동 · 교류 · 전달수단의 발달과 이에 따른 경험의 공유, 나아가 인간의 욕망과 가치기준을 영국과 미국중심으로 획일화시킨 사실에 기반을 두었기 때문이다.

그러나 국가라는 틀이 전면적으로 부정되지 않는다 해도, 현재 영어라는 공통어를 사용하는 영어권 세계에서 그 틀이 유연하게 바뀐 지 상당히 오래되었다. 따라서 영어권 문학작품을 지금까지의 영국문학, 미국문학이라는 틀로 재단하지 않고 영어로 쓰인 문학이라는 시각에서 포촉하려는 시도는 이미 20세기 후반 '탈식민주의'의 등장 이후 지속하여 왔고 이제는 영문학 분야에서 확고한 범주로 자리 잡고 있다. 이처럼 '영어권'이라는 언어로 보이는 세계는 다양하고 복잡하지만, 언어의 공통성과 시대적 공유, 고유한 문화와 역사로부터 생겨난 독자성이 여러 면에서 상대적으로 선명해지면서 하나의 새로운 문학권의 의식이 형성된 것이다.

영어권 문학이라는 역사적, 문화적 틀은 이미 1980년 이후 본격화된 탈식민주의와 불가분의 관계가 있다. 영어권 문학은 크게는 대영제국과 미국의 패권주의에 의해 주변으로 배치된 국민국가와 그들의 식민경험을 포함한다. 이들이 생산한 '탈식민' 문학은 21세기의 문화의 재편성 가운데 '영어권'이라는 명칭으로 각 대학의 교과과정으로 자리 잡은 지 오래되었다. 그러므로 국가의 문화적 정체성이 용해된다고 보이는 오늘날, 영어권 문학을 통해 탈식민 문화를 읽는다는 것은 지금까지 영미의 패권주의에서 보던 시각을 전환할 것을 요구하는 것이며, 이는 결국 문화에 대한 새로운 정의, 다문화적이며 탈식민적인 영어권 문화의 이해를 향한 확실한 일보를 건너는 것이라 할 수 있다.

여기에 수록된 글은 탈식민 문화를 재현한 서사들을 통해 이들을 통해 중심문화에 대항하는 소수이자 변방에 속한 주체들의 문화적 정체성에 초점을 맞추었다. 주되게 살피는 내용은 영국과 영국 식민사, 그리고 미국과 미국의 노예사와 이민사를 개입시켜 각기 다른 식민주의와 제국주의 세력의 역사에 대항하는 독자적인 문화와 전략들이다. 그러한 일환에서 이 글은 주제에 따라 크게 여섯 부분으로 나누고, 각 부분은 특수한 문화를 보여주는 14편의 개별 서사들로 세분화시켜, 대영제국의 피식민으로서의 삶, 탈식민 공간에서도 여전한 문화식민주의, 노예서사, 소수/주변부/이산 등의 문제, 그리고 억압의 층위를 지니는 가부장제를 포함한 젠더 문제를 고찰한다. 더 구체적으로 말하자면 식민화의 영향, 탈식민화의 가능성, 국가 정체성, 권력관계, 지배그룹, 다른 젠더와 다른 인종, 그로 인한 소수자의 문화 등 다양한 문화적 주제가 포함된다. 이 서사들은 궁극적으로 문화적 정체성 문제를 추구하는 데 있어 다양한 공간에서 다양한 주체들이 겪은 고통, 분노, 슬픔과 아름다움을 통해 우리의 감성을 자극하고 공감케 하는 문제제기들을 아우른다. 이 서사들이 보여주는 다양성은 외부화된 타자들의 입장에서 서구 중심주의적 지성에 개입함으로써 구축될 수 있는 탈식민 문화를 강력하게 전달함으로써 새로운 보편성을 확립하는 데 기여한다.

제1부는 대영제국과 미국의 노예제에 대항한 카리브계와 아프리카계 흑인노예들이 어떻게 저항하며 생존해왔는가를 중심으로 <노예의 증언문학과 역사적 인종서사>를 다룬다. 대영제국의 식민지 카리브 지역은 17세기 중반부터 20세기 중반, 즉 식민기에서 탈식민기를 걸쳐 대영제국의 식민 실현과 그것의 영향 아래 형성된 지역으로 다양하고 모순된 관점을 잘 드러낸다. 이 지역이 세계사에서 독특한 위치를 차지하는 이유는 서구 식민주의와 자본주의의 목적에 맞춰 인위적으로 만들어진 대표적인 공간이기 때문이다. 특히 이 지역은 식민사를 거치면서 노예제가 시행되는 동안 크리올Creole이라는 새로운 문화형태를 발전시켜왔고 그 영향력은 지대했으며 특히 이 지역의 노예서사는 기억과 구술, 증언을 통해 문자로 기록되어 전 지구적 서사로 평가받아왔다.

아프리카 노예의 후손인 아프리카계 미국인은 개인적, 집단적 기억을 통해 역사에 도전하는 서사전략을 지닌 인종적 글쓰기를 시도해왔다. 미국사에서 삭제되고 침묵을 강요당해온 자신들의 과거에 대한 비가悲歌라 할 수 있는 그들의 인종서사는 일종의 대응역사이다. 흔히 지배역사가 망각하고 삭제했던 소수인종을 기억의 주체로 내세우고 이를 인종적 기억으로 확장시켜 미국사로의 진입을 목표로 하기 때문이다. 이 같은 인종서사에서 과거를 인식하고 현재를 이해하는 것은 역사의 목소리를 통해 가능해진다. 주류 미국사는 중심부 권력 여부에 따라 그 주변부인 타자의 증언이나 증거는 으레 무시해왔기 때문이다. 이에 대항하여 노예제의 희생물인 자신들을 가시화하려는 소수인종서사는 지배서사에 동화되지 않고 오히려 이질적 주체들을 내세워 과거 담론을 전복하려는 특성을 지닌다. 그러므로 이러한 서사는 역사라는 서사의 재현체계들을 붕괴하는 경계선상에서의 글쓰기라 할 수 있다.

제1장에서는 아프리카계 디아스포라 노예서사에서 카리브 노예여성의 경험에 대한 최초이자 유일한 현존 개인기록물인 메리 프린스Mary Prince의 『메리 프린스의 생애』The History of Mary Prince를 살핀다. 이 노예서사는 오늘날 "세계사에 탁월한 기공식을 마련해 준 구술서사"로서 흑인여성노예인 메리 프린스의 분명한 목소리를 통해 카리브 주체성을 승리로 이끄는 서사이다. 노예제 희생에 대한 수많은 증거물과 법률사의 기록물로서, 또 아프리카나 카리브 혹은 다른 세계들에서 여전히 노예상태에 처해있는 사람들을 위해 말할 권리를 부여하고 있는 이 서사는 첫 번째 "검은 대서양 문학"이라 정의될 만큼 그 중요성을 인정받고 있다. 프린스 이후 그로니소Albert Gronniosaw, 산초Ignatius Sancho, 마란트John Marrant, 쿠고아노Ottobh Cugoano, 에퀴아노Olaudah Equiano, 휘틀리Phillis Wheatley가 그 뒤를 잇는다. 이들 흑인의 글쓰기는 결코 주변부적인 글쓰기에 그친 것이 아니라 카리브 문화를 본격적으로 전달하여 당시 광범위한 대중성도 확보했다. 프린스의 말이 영어로 옮

겨지고 가지 쳐져 편집, 발간되는 과정에서 카리브와 영국, 아프리카와 유럽의 서로 다른 전통, 언어, 문화, 그리고 식민지와 메트로폴리스는 서로 충돌하고 저항한다. 동시에 이러한 교차공간에서 프린스는 일관성 있게 카리브 문화를 도모한다. 이처럼 노예여성의 생애를 이야기한다는 것은 카리브 흑인/여성으로서 개인적인 자유의 추구와 카리브 사회를 혁명적으로 재구성하려는 문화적 정체성의 추구라는 공적, 정치적 행위와 연결된다.

제2장에서는 미국의 흑인 노예사를 인종서사로 다룬 최초의 본격적 텍스트 『비러비드』*Beloved*를 분석한다. 이 서사가 거둔 가장 큰 성과는 아프리카계 미국인의 기억을 역사에 개입시켜 자리매김을 시도하려는 인종서사라는 점이다. 노예에 대한 묘사는 모리슨Toni Morrison 이전에는 노예의 점진적 발전을 그리는 점으로 정형화되었다. 특히 자아인식의 과정에서 개인을 특권화 함으로써 영웅적 자아가 "나"I라는 주체에 고정되고 결국 개인이 자유를 쟁취하는 것으로 끝나고 말았다. 반면, 『비러비드』는 자유로운 현재에서 과거 노예제로 되돌아가는 여정을 보여준다. 전자가 노예제도에 끊임없이 저항하는 흑인을 강조한다면, 『비러비드』는 자식을 죽이는 어머니의 심정을 다루면서도 그 갈등의 핵심 사안으로 노예제를 살피고 있는 것이다. 모리슨의 서사는 결과적으로 미국문학의 지형을 바꾸는 데 크게 기여하는데, 미국 흑인들의 고통스런, 잊힌 과거사를 어떻게 복원해야 하는가의 문제를 문화적 차원에서 '기억'이라는 주제와 결부시켜 심도 있게 다루기 때문이다. 그럼으로써 아프리카계 미국인의 존재란 무엇인가를 화두로, 생존자들의 기억을 통해서 공식역사에 대항한다. 아프리카계 미국인들에게 "기억의 문화"는 "말로 할 수 없는, 말해질 수 없었던 내용"을 이야기하는 것 자체를 의미한다. 그러므로 기억을 이야기하는 것이야말로 아프리카계 미국인의 생존전략이자 자신들의 역사를 확립하는 작업이다. 노예사와 그에 따르는 흑인의 가족해체의 문제를 끊임없이 상기시키는

가운데 모리슨은 미국이라는 국가를 위해 단결해온 흑인집단이 지금까지 자신들을 뒤돌아볼 여유가 없었지만 이제는 미국사에 자신들의 과거사에 대해 기억할 것을 공식적으로 요구한다.

제2부 <식민주의와 젠더>는 인종과 젠더라는 이중적 측면에서 식민지 여성이란 어떤 존재인가를 다룬다. 카리브 여성의 글쓰기에서 최근 들어 허구적 자서전이 중요한 장르로 부각된 것은 여성들의 경험이 주로 식민주의에 의해 잘못 재현되어왔음을 지적하기 위함이며 크게 두 가지 특징을 보인다. 첫째, 유럽의 식민담론으로 인해 여성 스스로 말하는 문학전통이 존재하지 못했고 백인남성들에 의한 재현은 여성의 경험을 진정으로 전달하지 못한 측면을 사유하고자 하는 것이다. 둘째, 유럽담론의 일반적 통념, 보편 진리, 단일한 주체/성의 개념이 카리브 남성서사의 주요 관심이 되어온 점 등, 이를 전면적으로 거부하고자 하는 것이다. 이들은 대신 자서전, 즉 자기-글쓰기를 통해 인종, 민족, 젠더 정체성의 관계를 보여주려 한다. 스피박Gayatri Spivak의 표현대로 "자서전이란 역사의 피가 마르지 않는 상처"이다. 자서전은 자신의 삶에 대한 글쓰기로 "역사의 봉합되지 않은 상처"를 통해 자신의 삶을 이해하고 재주장하려는 한 방식이자, 역사 자체를 회복하려는 한 수단으로 볼 수 있다. 탈식민 여성작가들은 이 형식을 빌려 자신들의 역사를 가시화하여 여성의 시각에서 재해석함으로써 남성의 특권적 역사 이해, 나아가 여성의 삶의 경험에 대한 남성의 특권적 이해를 전복시키려 한다.

아프리카의 경우, 유럽 담론은 아프리카를 역사 밖으로 축출해버렸다. 탈식민주의 담론은 헤게모니적 유럽의 역사담론 속에서의 아프리카의 침묵이 당연시 되었지만 반대로 세계사에서 아프리카의 부재는 강력히 거부되어야 한다고 주장한다. 그간 부재한 아프리카 문학에서 여성문학은 남성

문학보다도 더욱 더 부재하는 공간으로, 그 부재조차도 지금까지 거의 주목받지 못해왔다. 따라서 서구 페미니즘과 탈식민담론이 결합해야만 아프리카 페미니즘을 설명할 수 있는 공간이 자리 잡을 수 있다. 남성작가들에 비해 수적으로 열세이지만 다행히도 현대 아프리카 여성작가들은 서구 여성해방운동에 힘입어 자신을 둘러싼 세계에 눈뜨게 되는 계기를 마련하였다. 가나의 아이두Ama Ata Aidoo, 나이지리아의 응와파Flora Nwapa와 에메체타Buchi Emecheta, 케냐의 오곳Grace Ogot, 남아공의 헤드Bessie Head 등 앵글로 아프리카 여성작가는 직접체험, 생활방식, 개개의 문화의 특수성과 나아가서 남성적 가치기준에 억압받고 있는 보편적인 여성의식을 다루어왔다. 특히 이들에게서 공통적으로 드러나는 것을 두 가지로 집약해볼 수 있는데, 식민주의와 소위 민족적 글쓰기의 정통에 대한 반발이 그것이다. 먼저, 과거 식민주의가 아프리카 여성을 단일한 유형으로 신화화해버린 결과 여성의 인간성이라든지 내면 현실을 간과해버린 점이다. 다음으로, 아프리카 여성이 극복해야 할 또 하나의 상황은 식민 이후의 소위 말하는 민족주의를 점검해야 한다는 점이다. 그 중에서도 남성에 의해 민주, 민족, 통일, 자존 혹은 사회라는 이름으로 강화된 민족주의가 식민 이후에는 "여성"을 민족주의 안으로 환원시키게 되자 여성들은 민족주의라는 가부장적 "기표"에 저항하게 되었다. 민족주의가 여성의 현실을 개선시키지 못한 현실을 깨달은 이들은 서구 자유주의적 페미니스트 비평이 주로 인종의 범주를 간과한다면 탈식민주의 비평은 젠더의 범주를 무시한다고 주장한다.

　　제3장은 식민주의로 인해 실종된 카리브 피식민 여성에 관한 문제를 자메이카 킨케이드Jamaica Kincaid의 『나의 어머니의 자서전』The Autobiography of My Mother(1996)을 중심으로 분석한다. 이 서사는 식민주의 권력구조에 도전하는 대응담론으로 크게 주목받는 픽션형식의 문화평론서인 『어느 작은 섬』A Small Place과 더불어 카리브계 영어권 여성작가의 글쓰기의 특징을 잘

드러낸다. 20세기 초 도미니카Dominica를 배경으로 주인공/화자인 주엘라 Xuela Claudette Richardson는 카리브, 아프리카, 그리고 영국인의 피가 섞인 크리올 여성으로 태어나 도미니카의 가혹한 식민환경을 인내해가는 이야기를 회고하는 가운데 자기 형성의 초상화를 보여준다. 특히 킨케이드는 이 소설을 통해 서구 독자를 겨냥하여 유럽이 카리브 지역에서 자행한 식민 수탈과 폭력을 인식시키기 위해 강렬한 시적산문으로 도저한 절망감과 분노를 표출함으로써 "탈식민" 작가로서의 진면목을 보여준다.

이 서사의 매우 큰 특징 가운데 하나는 어머니라는 존재를 통해 과거를 다시 생각해보는 서술전략을 효과적으로 사용한다는 점이다. 이는 허구적 자서전 형식을 빌려 식민주의 트라우마를 페미니스트의 관점으로 치환하는 알레고리컬한 글쓰기로서, 주엘라는 견고한 식민주의에 개입하면서 역사의 말소된 부분을 되살리기 위해 카리브 여성의 삶과 토착문화를 카리브 담론의 기본 요소로 복원한다. 사라진 과거에 유독 많은 관심을 보이는 킨케이드는 죽은 어머니가 산 딸에게 되돌아오는 이른바 유령의 귀환을 문학적 전략으로 즐겨 사용하는데, 이는 자신들의 잊힌 과거를 현재화할 수 있도록 그 과거에 몸을 부여하고 과거를 재기술하기 위함이다.

제4장에서는 식민주의와 가부장제 사이에서 아프리카 여성이 어떤 상황에 처해 있는지를 에메체타의 『모성의 기쁨』The Joy of Motherhood을 중심으로 살펴본다. 아프리카 페미니즘이 서구 페미니즘이나 탈식민주의 담론과 가장 큰 차이를 보이는 지점은 여성성을 규정할 때의 모성에 관한 부분이다. 아프리카 여성의 존재의 비극성이 모성에 의한 것임을 분명히 드러내주는 이 소설은 응누 에고Nnu Ego의 삶이 모성의 기쁨 대신 모성으로 인한 고통의 강도를 전달한다는 데서 아이러니하다. 아버지, 남편, 자식과의 경험을 통해 문화의 가부장적 본성과 그것을 영속화하려는 점을 자신의 경험을 통해 이해하기 시작한 주인공은 살아온 경험에 의해 여성이란 "이 모

든 것을 변화"시키지 않으면 안 된다 것을 인식하게 된다. 에메체타는 "모성"이라는 이름의 제도가 아프리카 여성을 고립시켜 여성으로부터 인간다운 선택의 가능성을 박탈하는 과정에 초점을 맞추고 있다. 에메체타는 서구 작가나 아프리카 민족주의 작가 계열과는 달리 그동안 드러나지 않은 아프리카 여성의 삶의 현실을 세세히 묘사하고 아프리카 여성문학에서조차 간과된 주제를 거론하여 균형을 이루기 위한 싸움에 참여하고 있다. 그런 의미에서 에메체타는 소잉카Wole Soyinka가 말한 "다른 상상력의 기후"에서의 글쓰기, 즉 텍스트를 통해 사회학적, 인류학적, 정치적 시사를 다르게 구체화시킨 작가이다.

제3부 <디아스포라의 글쓰기>는 디아스포라diaspora, 국외자exile의 삶을 살아가는 탈식민 작가의 글쓰기를 살펴본다. 현재 '제1세계'에는 유럽의 구식민지 출신의 작가들이 다수 활동하고 있다. 이들의 글쓰기는 주로 떠나온 모국에 대한 여러 욕망을 담고 있는데 특히 모국은 모국을 벗어나는 지리적, 문화적 전치displacement를 경험할 때만 의미를 지닌다는 사실을 부각시킨다. 이들에게 모국은 민족주의가 그러하듯 '통합된 기원의 신화'로 수렴되는 공간이 아니라 모순과 균열을 드러내는 공간이자 소외의 경험으로 점철된, 잘못 인식된 장소이다. 이들은 떠나온 모국과 새로 이주한 사회에서 다 같이 억압적 권력에 도전하는 방식으로 '되받아 쓰기'writing back, 혹은 목소리를 찾으려는 개인적인 싸움에서 '되받아 말하기'talking back라는 매우 필요한 전략을 구사한다. 젠더와 성sexuality, 인종과 민족성, 계층이라는 다양한 교차점과 다양한 전선에서 행해지고 있는 이러한 전략은 지금까지 배제되거나 주변화되어 온 여성의 경험을 되살리고 식민/남성 텍스트들을 다시 쓰거나 텍스트의 경계선을 다시 그리는 데 매우 유용한 역할을 한다.

디아스포라 작가의 대표적인 예로 카리브 영어권 작가를 들 수 있다. 카리브라는 공간은 서구의 제국주의적 폭력이 낳은 이방인들의 공간이다. 지금도 여전히 대영제국 중심의 용어인 '서인도제도'West Indies로 통용되는 데서 알 수 있듯 이 지역은 서구 식민주의의 영향을 크게 반영하고 있다. 역사적으로 볼 때 이곳의 선주민은 이미 오래 전에 서구 식민주의에 의해 사라지게 되었고 그 대신 노예로 끌려온 아프리카인이 카리브 플랜테이션의 노동력을 대체했다. 19세기 노예해방 이후에는 인도나 중국 등의 아시아 노동력이 이 지역으로 유입되었다. 이처럼 노예제를 비롯한 장구한 식민사로 인해 이 지역은 세계사에서 그 유례를 찾기 힘들 정도로 인종과 문화가 혼재된 공간으로 자리 잡게 된다. 이처럼 가장 복잡한 문화의 교환, 발생의 교배지로 부상하게 된 이 지역의 혼종성hybridity은 20세기 들어 대서양을 건너는 카리브 지역 출신 디아스포라 작가들의 상상력의 공간에 뚜렷한 족적을 남기고 있다.

　　이들은 인생의 어느 시점에서 카리브를 뒤로 하고 세계 곳곳으로 이동하고 있어 카리브 문학은 그만큼 어느 한 곳에 정착되지 않은 문학, 혹은 이산 문학이라는 특징을 지닌다. 현재 뉴욕, 마이애미, 런던, 토론토에 형성된 카리브 사회가 증명하듯, 카리브계 디아스포라들은 자신들이 과연 어떤 존재인가, 다시 말해, "우리들은 누구인가, 왜 이곳에 있는가"라는 질문을 끊임없이 제기하고 있다. 이는 형이상학적 질문이라기보다 자신들이 처한 '현재 이곳에서'의 문제의식을 표출한 것이다. 다양한 인종의 혈통이 복잡하게 얽힌 카리브에서 태어나 영국이나 북미로 옮겨져 '이방인'으로 자라나는 자신들의 처지를 질문하는 방식에서 이들은 어떤 방향이나 답을 추구하기보다는 주로 폭력으로 점철된 자신들의 역사와 세계에 던져진 자신들의 존재에 대한 성찰을 보여주고 있다. 그러나 카리브 출신의 이산 여성 작가들은 '혼종의 공간에서 말하기'를 통해 남성텍스트 다시쓰기를 시도한다. 왜냐하면 남성 텍스트 다시쓰기는 젠더와 문화적, 사회적 관계의 조직에 대해 근본적인 질문을 던지는 작업이기 때문이다. 이들은 '문화'를 재현할 수 있는 완결된 구성물로 보기보다는 이산과 문화적 혼종성을 통해 정체성에 대한 본질주의적 사고방식을 문제시하는 점에서, 문화를 일련의 젠더화된 실천으로 이해하는 문제를 제기한 홀Stuart Hall이나 민하Trinh Minh-ha 같은 인류학 비평가들과 맥을 같이한다고 볼 수 있다.

제5장은 디아스포라 여성의 주변화된 삶을 진 리스Jean Rhys의 『어둠 속으로의 여행』The Voyage in the Dark을 바탕으로 살펴본다. 이 서사는 카리브를 배경으로 카리브 디아스포라들이 겪는 역사적, 문화적 차이로 인한 차별화가 어떻게 드러나는지에 초점을 맞추고 있다. 리스는 인종, 젠더, 계층, 민족성 등의 이슈를 대위법적 비전으로 제시하면서 영국과 카리브의 식민권력구조의 상호작용을 한층 강화한다. 그리고 카리브 여성이 앵글로색슨 문화에 영입되는 것을 막는 "영국"의 편견과 한계를 내면화하는 심리적인 효과도 구체화한다. 특히 카리브 사회의 문화적 풍요성을 보여주는 데 있어 탈식민주의 페미니즘을 구체화한다. 그런 의미에서 "상상적 통찰력이 흑백의 두 가지 색"을 지닌 작가로 평가받는 리스는 식민지 여성의 문화적 정체성 탐구에 몰두한다. 중요한 점은 리스가 탈식민 담론이나 페미니즘이 부상하기 훨씬 이전에 전통 영문학에 대항하는 서사를 통해 유럽중심의 소위 "보편성"이라는 개념에 도전하였고, 이 개념에 내재된 서구, 앵글로색슨 위주의 특정문화의 가치체계를 당연시하고 신성시하는 경향에 반대해서 지배담론의 중심성을 공략하였다는 것이다. 『어둠 속의 여행』은 피식민, 지리, 문화, 언어문제를 중심으로 영국의 식민사를 심문하며 자신처럼 디아스포라 크리올 여성의 가치나 문화, 나아가 정체성에 정당성을 부여한다. 인종적, 문화적 차별과 정체성 위기는 주인공의 폐쇄된 "방"을 통해 드러난다. 애너Anna Morgan가 앞으로 자기를 알기 위해 뚫고 지나가야 할 어둠은

방을 통해 그 전망이 극히 불투명하고 불확실하게 나타난다. 밖은 위험하고 안은 죽어있는 듯한, 뿌리가 잘린듯한 국외자적 삶은 마치 주인공 자신이 떠도는 섬처럼 "정상적 사회"로부터 소외된 자기 폐쇄성과 무력감 그 자체이다. 그럴수록 주인공은 도피 욕망에 사로잡히는데 그것은 카리브의 기억으로 향하게 된다.

　　제6장에서는 킨케이드의 『어느 작은 섬』과 『루시』*Lucy*를 통해 미국으로 이주한 카리브계 여성의 탈식민화 과정을 분석한다. 『어느 작은 섬』은 '제3세계' 이산여성들의 문화적 정체성 형성의 정치학을 보여준다. 이 서사는 영국 식민지였던 앤티가Antigua에서 영국식 교육을 받아 이에 대한 반감이 깊은 킨케이드가 현재의 앤티가 섬의 아름다운 자연환경이 관광의 대상으로 인식되는 것에 분노한 점을 다룬다. 주인공의 이러한 심리 전개는 과거의 고통스런 식민경험이 현재에도 맞물려 있음을 표현하는 일종의 허구적 문화평론서와 같은 특징을 보인다. 킨케이드는 허구라는 틀 안에서 여러 목소리를 전달한다. 문화평론이라는 장르의 경계선을 넘어 소설처럼 읽히며 웅변적이면서도 시적 리듬을 지닌 연설처럼 들리는 그녀의 서사는 젠더, 인종, 계급, 문화가 인간의 태도나 영향, 사고방식과 담론에 두루 영향을 미치고 있음을 주제로 하여 역사에 대한 예리한 인식과 자본주의, 인종주의적 억압에 대해 굴하지 않은 비판력을 보여준다. 『루시』에서는 서로 다른 문화적 경험들이 루시에게 끼치는 영향과 그에 대한 저항이 탈식민 남성작가들이 서술하는 것과 다르게 나타난다. 앤티가의 노동자 가정과 미국 상류층의 가정이라는 작고도 친밀한 범주 내에서 문화적 제국주의를 주제로 카리브 흑인여성의 곤경과 그것의 탈식민화 과정을 탐구하기 때문이다. 『루시』는 카리브 세계를 대변하는 루시의 어머니와, 미국이라는 새로운 세계를 대변하는 루시의 고용주인 백인여성 머라이어Mariah를 두개의 축으로 하여 식민주의와 탈식민주의 교차점을 보여준다. 다시 말해, 구 식

민지 앤티가의 노동자라는 배경을 지닌 한 젊은 흑인여성 루시가 인종과 계급질서에 의해 젠더 관계가 매개됨을 깊이 통찰하고 이를 비판한다는 점에서 스피박의 탈식민 페미니즘과 연결된다. 『어느 작은 섬』과 『루시』는 식민사와 인종, 젠더 문제를 삶의 증언 형식으로 보여주면서 남성 텍스트를 다시 쓴다. 이처럼 『어느 작은 섬』을 거쳐 『루시』에 이르면 제국주의의 물질적 역사나 그 지속성이 드러나는데, 이러한 시각은 현재의 전 지구적 자본주의 사회에서 제국주의의 뿌리와 제국주의로 인한 문화 차이의 개념이 탐구되는 시점에서 매우 중요하다. 이 두 서사는 한편으로 문화적, 정치적 저항과 대안모색을 위한 가능성을 보여준다는 점에서, 다른 한편으로 흑인 여성의 분노를 활기차고 다양한 방식으로 증언하는 가운데 독자로 하여금 카리브계 이산여성의 힘찬 목소리에 귀를 기울이게 한다는 점에서 탈식민 페미니스트 글쓰기 전략에 중요한 기여를 한다.

제4부 <아프리카계 미국여성의 글쓰기>는 미국문학에서 흑인 페미니즘이란 무엇이며 그것을 실천하는 사람들은 누구인가를 문학사적으로 살펴본다. 미국의 흑인문학은 전통적으로 남성 위주였다. 문학사를 차지하는 작가는 모두 남성이었고 작품세계 역시 남성지배논리로 일관되었기 때문에 흑인여성작가는 근본적으로 무시당해온 것이다. 예컨대 1920년대의 할렘 르네상스Harlem Renaissance에서도 여성작가의 위치는 찾아보기 힘들뿐더러 1960년대 들어 여성들이 대거 등장하였음에도 남성 위주의 시각은 그대로 군림해온 사실에서 알 수 있듯, 흑인남성은 자신을 흑인 경험의 유일한 해석자로 규정해왔다. 이러한 상황에서 1970년에 발간된 『흑인 여성』 The Black Woman은 흑인여성작가에 부과한 성별 불평등을 종식시키려는 여성해방의 운동을 본격화한 것으로, 다수는 60년대 흑인인권운동에 참여한 사람들이었다.

실제로 할렘 르네상스에 들어 포셋Jessie Fauset, 라슨Nella Larsen, 허스턴 Zora Neale Hurston 등은 흑인여성의 자아각성을 추구하며 자아의 의미와 역할을 탐색해왔다. 특히 허스턴은 미국 흑인민담을 처음으로 여성적 시각에서 다루었다는 점에서 흑인여성 미학의 기초를 마련한 선구자로 볼 수 있다. 현대의 워커Alice Walker나 모리슨에 이르면 흑인여성에 대한 억압의 본성이나 종류가 더욱 분명히 그려지는데, 그것은 억압에 대한 여성주의 시각이 더욱 확대되고 이를 통해 자신들의 경험에 질서를 부여할 수 있었기 때문이었다. 흑인 페미니스트 작가들은 인종/성/계층이라는 삼중의 차별화 현실을 특유의 역사, 사회, 경제적 조건에서 여성과 여성의 유대관계, 즉 자매애나 모녀관계, 또 혈통을 벗어난 여성들만의 사회경험에 중점을 두어 깊이 있게 다루고 있다. 미국 흑인여성들이 노예제도 이래로 가족과 사회에서 강력한 중심인물이 되어 전통을 보유하게 된 것은 비단 남성과의 관계 때문만이 아니고 노예생활에서 살아남기 위해, 자식들의 생존이나 사회와 인종의 생존을 보장하기 위해 그들 특유의 자매애나 상호호혜적 공존의식을 터득했기 때문이다. 그러므로 이들의 "여성적 가치"는 미국사회의 핵가족에서 강제되는 여성의 종속에 대한 미국적 규범과는 크게 대조될 수밖에 없다.

또한 흑인여성작가들은 새로운 서술기법을 통해 재현과 자아개념을 가일층 첨예화시키면서 리얼리티의 복합성을 들춰내고 주체의 문제를 부각시키고 있다. 서술자들은 대개 미국사회에서 특수한 경험을 해온 아프리카계 미국인들의 가치체계를 어떻게 하면 미적형식으로 빚어낼 수 있을 것인가에 대한 부단한 노력을 보여준다. 동시에 지배적인 '미국적' 가치들이 과연 옹호 받을만한 것인가 하는 의구심도 내비치는데 이는 서술자가 미국사회에서 통용되는 이른바 "진리"를 쉽게 받아들일 수 없을 정도로 자신의 복잡한 체험을 크게 의식하고 있기 때문이다. 서술, 주체, 재현, 의미에 대한 서구의 근대적 사고를 아프리카계 미국인의 진영에서 비판하는 흑인여성작가들은 흑인들의 물질적, 역사적 이질성을 식민화하여 합성한 흑인에 대한 이미지를 분쇄하기 위해 흑인의 특이성과 역사 그리고 차이를 만들어냄과 동시에 자신들을 판단하는 규범과 그것의 재현을 치밀하게 심문한다. 그것은 흑인들이 미국 사회에서 역사적, 문화적, 정치적 방식에서 '다른' 주체로 생산되고 있음을 서술을 통해 보이게 한다.

제7장은 앨리스 워커의 『메리디언』Meredian에서 흑인 페미니즘과 흑인여성의 특수한 문화적 가치가 어떻게 표현되는지 살펴본다. 미국문학사에서 부정되거나 제외된 내용을 복원함으로써 새로운 가능성의 비전을 제시해온 현대미국 흑인여성작가의 분출은 이제 명실공히 흑인여성문학의 시대가 도래했음을 말해준다. 이 같은 현상은 정치와 문학에 있어 일종의 격동기인 1960년대의 흑인해방운동이 진정국면에 들어가는 1970년대 초반부터 시작되었다. 60년대의 운동이 미국사회의 여러 국면에서 성과를 얻기 위해서는 전반적으로 일상적인 수준으로 복귀하지 않을 수 없었으며 그것은 운동의 쇠퇴가 아닌 전술의 전환, 즉 보다 작은 변혁에로 그 흐름이 바뀌었다고 보는 것이 타당하다. 워커는 주인공 메리디언Meridian Hill의 여성의식이 보다 큰 방향전환을 하는 데 있어 흑인여성의 문화적 가치체계의 중요성을 자각하게 할 때를 큰 분기점으로 삼고 있다. 이는 흑인 신화의 중요성을 부각시키기 위한 전략이다. 서사에 나타나는 힐스 부인의 백인지향적 가치라 할 수 있는 서구 기독교는 흑인 노예사에서 볼 때 마약과 같은 것으로 노예제도의 잔인성을 은폐시키고 흑인의 생명력을 앗아가버린 신화라 할 수 있다. 그 대안으로 제시되는 것이 흑인교회와 미국 원주민 신화 및 아프리카 주술신화이다. 메리디언이라는 한 흑인여성은 인종적, 문화적 이데올로기와의 대결을 거쳐 이제는 성적 억압에 대항하는 싸움에서 개인의 변화와 사회 변혁 사이에 상관관계를 추구한다. 흑인여성이

미국 문학사에서 제2차 세계대전 이후 거의 자취를 감춘 도덕적 이상주의와 사회적 정의의 세계를 창조하려는 과정에 적극적으로 참여하는 예를 보여준다는 점에서 이 소설은 의미 있다.

제8장에서는 미국흑인여성의 자매애를 글로리아 네일러의『브루스터 플레이스의 여성들』The Women of Breuster Place을 통해 분석한다. 남성 지배가 정당화되는 기반들을 무너뜨리기 위한 페미니즘의 작업 가운데 보살핌과 상호 키워 나가기라는 윤리적 가치의 중요성은 날로 커나가고 있다. 비단 생태학적 상상력뿐만 아니라 극도의 개인주의나 경쟁원리, 자기중심의 자본주의적 가치관에 대한 대안으로서 이러한 "함께"하는 삶이나 사고하기는 그간의 서구사상의 기저에 깔린 남성 지배의 가치관을 해체하기에 적절하다. 자매애는 흑인여성문학의 중심 주제 가운데 하나로 과거에는 정치적 글쓰기에서 추상적인 의미로 논의되어 오다가 워커의『컬러 퍼플』The Color Purple 이후 처음으로 본격화되었다. 모리슨의『술라』나『컬러 퍼플』에서 보듯 강한 우정을 묘사하는 흑인여성작가는 많지만 그 우정은 경쟁이나 배반, 신체적 혹은 사회·경제적 분리로 인해 느슨해지거나 개인적인 차원에서 끝나버리는 데 비해,『브루스터 플레이스의 여성들』은 여성들이 세대를 달리해서 존재할 수 있는 상호간의 특수한 연대라든지 집단연대의식을 정치적 수준으로 끌어올릴 필요성을 보여주면서 자매애의 틀을 더 확장시킨다. 특히 네일러는 흑인여성사회 내부의 여러 요소들, 즉 다양하면서도 엇비슷한 하류층 흑인여성의 현실, 레즈비언 차별, 강간과 같은 야만적인 여성경시, 인종차별 등 "주변부" 그룹의 삶의 조건과 주체의 구성이 얼마나 복합적인가를 드러내는 가운데 흑인여성 특유의 자매애를 통해 자신들의 윤리적 가치를 부각시켰다는 점에서 다원적 페미니스트의 지평을 넓혔다고 할 수 있다.

제9장은 토니 모리슨의『술라』에서의 서술기법을 통해 흑인여성의 서

술과 차이의 글쓰기를 살펴본다. 이 서사는 미국의 지배적인 역사서술과 그 가정에 도전할 뿐만 아니라 그것의 불완전성과 한계를 서술기법을 통해 전달한다. 나아가 경험에 대한 보다 복합적인 이해를 바탕으로 주체성과 정체성에 대해 주류 담론과는 다르게 성찰하도록 한다. 즉, 서술을 통해 아프리카계 미국흑인들이 특수한 상황에서 경험하는 여러 문제들, 흑인의 역사와 그들의 사회, 문화적 조건과 다양성에 대한 비전을 독자에게 제시하려는 목적을 지닌다. 『술라』에 나타난 서술의 윤리적 태도는 서술자의 변환구조에서 찾아볼 수 있다. 우선 이 서사의 특수한 서술은 두 가지 기법을 사용하는데, 전지적 서술과 작중인물에 서술을 반영하는 기법이 결합된 것으로 비교적 흔치 않는 서술기법이다. 하지만 제임스Henry James 식의 서술기법과 차이를 보이는 점은 제임스가 서술자의 시점과 작중인물의 시점을 일시적으로 뒤섞기도 하지만 모리슨의 경우는 이러한 시점 자체를 문제 삼아 그 대안들을 제시한다는 점이다. 다시 말해 모리슨의 서술은 전통적으로 간주되어온 진실이라든지 명료한 진리와는 거리가 멀다. 전통적인 서술전략인 전지식 서술을 선호하면서도 동시에 그것이 지닌 모종의 전통적인 권위를 폄하하는 이러한 서술방식은 바꿔 말해 리얼리즘 전통의 다양한 유산들을 이어받으면서도 새로운 서술형식을 함께 사용하는 것으로, 그 의도는 서술자의 한계를 보여주고 글쓰기를 통해 다른 유의 진실에 접근할 수 있다는 신념을 제시하려 데 있다. 이와 같이 『술라』의 서술은 어떤 이야기에도 궁극적인 '진실'이나 믿을만한 입장이 존재하지 않음을 암시하는 전략을 취한다.

제5부 <흑인여성 신화와 문화적 정체성>에서는 서구 신화를 인종적으로 변형해서 흑인여성문화를 재현하는 점과 흑인 이민가족의 다문화적 정체성에 초점을 맞춘다. 아프리카계 미국여성작가들은 미국사회가 유색

여성을 침묵시키려 할 때마다 페르세포네Persephone 신화를 매우 효과적으로 드러내어 효율적인 목소리를 얻곤 한다. 그 대표적인 경우로 워커와 모리슨을 들 수 있다. 그러나 페르세포네 신화의 원형과 유사하면서도 차이가 있는, 그러면서도 중요한 이미지를 재창조하는 최초의 작가는 허스턴이라 할 수 있다. 그녀는 페르세포네 신화의 원형을 텍스트의 중심 골격으로 설정하여 현대 미국사회의 아프리카계 미국여성들의 통과제의를 이것과 대조시키고 동시에 이를 새롭게 변형시킨다. 아프리카계 미국문화를 구체화한 본격적인 문화적 서사로 볼 수 있는 『그들의 눈은 신을 보고 있었다』 *Their Eyes Were Watching God*는 가부장제 아래 고통 받는 아프리카계 미국여성의 경험을 대변하는 제니Jenie Crawford를 통해 서구의 남성중심 문화에 각인된 대표적인 여성 이미지인 페스세포네Persephone 신화를 해체하고 변형을 꾀한다. 허스턴이 페르세포네의 신화의 차용을 분명히 의식하거나 관심을 기울였는가의 여부를 떠나, 『그들의 눈은 신을 보고 있었다』가 페르세포네 신화의 원형을 차용하면서도 차이를 모색하는 것은 분명하게 보인다.

반면, 아메리카 사람들의 온갖 피부색, 그들의 갈등과 모순을 미국, 유럽, 아프리카 등지로 확산해서 다문화 논쟁을 야기하는 흑인여성작가들에게는 다문화 속 개인의 정체성 추구의 문제가 크게 자리 잡고 있다. 이러한 문제제기는 과거의 의미를 찾고 미래를 구성하는 수단을 찾기 위한 정신적인 싸움을 계속해나가는 주인공들을 통해 이민 온 새로운 지형학적 공간에서 출발하여 카리브나 아프리카의 뿌리로 옮겨가는 과정에 대한 탐색으로 이어질 수 있다. 문화가 개인의 도덕적 본성을 어떻게 결정하며, 영향을 행사하는지를 보여주려는 이들 작가에게 문화는 중요하다. 그 까닭은 주인공의 구체적이며 특수한 성장경험들을 지형학적으로 설명하면서 분절된 개인세계가 사회적 영역으로 확산되어 인간사의 억압과 본성, 사회와 개인 등 의식되지 않은 많은 추상적 개념을 계속 상기시키기 때문이다.

다문화 속에서 개인의 정체성을 추구하는 데 있어 아프리카계 흑인 이산의 문화적 연속성을 미국문학 전통에 확립하려는 여성작가들에게 자신들의 문화적 뿌리로 되돌아가려는 정신이야말로 생존을 위한 최선책으로 보이는 점은 뚜렷하다. 이는 다양성 속에서 흑인여성의 자아의식의 확립이라는 정체성 추구의 문제와 연결된다. 이처럼 문화적 정체성 추구라는 주제는 다문화적인 시각과 알레고리로서의 역사, 그리고 흑인여성의 자아확립 문제를 중심으로 전개된다. 아프리카계 미국과 아프리카계 카리브, 나아가 미국이라는 세 가지 문화가 섞이는 가운데, 이를 어떻게 연결하고 화해하는가 하는 주제는 자칫 혼란을 일으킬 수도 있지만 보다 큰 세계로의 의사소통을 할 수 있다는 점에서 매우 현대적인 관점이 될 수 있다.

제10장에서는 허스턴의 『그들의 눈은 신을 보고 있었다』를 중심으로 서구 신화가 어떻게 인종적 변형을 하는지 살펴본다. 이 서사의 주인공 제니는 가부장적 남성지배에 대한 저항을 효과적으로 지원할 모성이 결핍되어 있음에도 불구하고 이를 극복해낼 수 있는 충분한 목소리와 정체성을 지옥의 화염 속에서 스스로 형성해나가지 않으면 안 된다. 그녀가 16세 되던 그 봄에 찾아 나섰지만 잃어버렸던 자아의 "수평선"을 찾아나서는 모습에서 허스턴은 아프리카계 미국여성들의 자아의식과 신념의 문제, 나아가 여성의 진정한 자유라는 문제를 제기한다. 이러한 변형적 글쓰기는 아프리카계 미국여성인 허스턴이 겪는 딜레마를 기표화하는 방식들로 볼 수 있으며, 허스턴은 제니라는 흑인 페르세포네를 통해 가부장제가 흑인여성에게 부과하는 파괴적 연대의 고리를 끊고 결국 자유를 쟁취하게 함으로써 아프리카계 미국여성들의 위상에 있어서 긍정적인 변화의 가능성을 용의주도하게 부각시키고 있다.

제니는 페르세포네와 달리 지하세계를 거부한다. 많은 비평가들은 제니가 비유적인 의미에서 세 명의 남편들을 죽임으로써 새로운 형태의 문화적 힘, 즉 자신의 이야기를 발화할 수 있는 능력을 성취한다고 평한다. 제니는 "사회적 서술"communal narration을 발전시키게 되는데, 이는 그녀의 이야기가 청자인 마을사람들의 목소리들을 포함시키는 집단적 서술이 된다는 것을 의미하며, 이 점이야말로 바로 이 소설이 지닌 매우 혁신적인 내용 가운데 하나이다. 이제 홀로 된 제니가 이튼빌에 돌아와 친구 퍼비Phobe에게 그간의 그녀의 삶을 이야기하는 것은 실제로는 마을사람들 모두에게 전달하는 이야기이기도 하다. 이 소설 말미를 보면 그녀는 결코 지옥으로 귀환하는 페르세포네와는 같을 수 없다는 점이 분명히 예시된다.

제11장은 이민과 다문화적 정체성을 폴리 마셜의 『갈색 소녀, 갈색 사암집』Brown Girl, Brownstones을 통해 논한다. 마셜의 서사에서는 주로 두 세계 사이에서 자신의 정체성을 모색하는 이민 제2세대의 태도를 발견할 수 있다. 여기에 젠더 문제를 포함시켜 제3세계적 비전을 보여주고 있는 마셜의 서사는 흑/백, 식민/피식민, 남성/여성의 기존의 이분법을 통해 궁극적으로는 그 종합을 시도하고 있다. 그것은 넓게는 흑인 이산자Black Diaspora의 시각, 즉 "아프리카계 미국인이거나 아프리카계 카리브인들로서뿐만 아니라 보다 넓은 세계의 일원으로 자신들을 보는 것"이며, 이것이 마셜이 밝히고 있듯 자신의 소설 테마 중의 하나이다. 이 서사는 작가 자신의 경우처럼 바베이도스에서 이민 온 바잔 가족이 뉴욕의 브루클린의 갈색 사암 연립식 주택Brownstones에 자리 잡는 이야기이다. 이민의 삶에 대한 연구 이상으로 "미국사회에 대한 논평"이라 할 수 있는 이 소설은 아프리카계 미국인과 아프리카계 카리브 전통의 가교역할을 하는 바잔 이민을 통해 미국과 카리브라는 두 개의 문화의 문제점을 노정하고 있다. 이민 2세대인 주인공 실리나Selina를 통해 가난하고 인종차별을 받아온 이민 아이들이 뉴욕에서 민족적, 문화적 정체성을 통한 생존을 어떻게 모색하며 대항하는지가 잘 드러나 있는 것이다. 흑인여성의 삶을 풍부하고 완벽하게 전달하는 이 서사

는 미국과 유럽에서 카리브와 라틴아메리카가 무시하고 잊어버린 현실을 극적으로 변화시킨다. 모든 종류의 칼리반들Calibans이 풍요의 땅인 미국에 들어가 그들의 음악과 이야기를 들려줄 뿐 아니라 미국에서의 아프리카 문화와 역사에 대한 관심을 야기하고 있기 때문이다. 이 같은 의미에서 마셜의 『갈색 소녀, 갈색 사암집』은 남북아메리카 사람들의 온갖 피부색, 그들의 모순과 갈등을 중점적으로 상기시킨다고 볼 수 있다.

제6부 <한국계 미국여성과 기억의 글쓰기>는 소수인종의 기억과 젠더, 폭력과 트라우마, 증언서사를 통해 한국계 미국여성의 문화정치학을 다룬다. 한국계 미국여성에게도 기억은 역사의 억압적인 패러다임을 깨기 위해서 중요하다. "기억하기"란 오늘날 다른 형태의 "지식"으로 역사와 정치의 맥락에서 매개항으로 부상하고 있는데 이것이 바로 기억의 문화정치학이라는 새로운 관점의 연구이다. 여기에는 그동안 주변화되고 소외되었던 사람들의 대항기억을 발굴하여 이를 억압해왔던 기득권 세력의 주류 기억을 비판하는 실천이 뒤따르게 된다. 이제 기억연구는 역사가 내세우는 진리의 절대성을 와해하고 다양한 재현 방식과 정체성들을 인정하는 방향으로 나아가고 있다. 그것은 다층적인 서사들이 경쟁하고 공존할 수 있게 함으로써 특정 기억이 여타의 주변화된 기억들을 억압할 수 없도록 만드는 반사효과를 낳는다. 그러나 동시에 기억연구는 서사 바깥에서 울려나오는 "말로 할 수 없는" 타자의 호소에 응답하는 윤리적 가치를 지닌다. 특히 타자성을 가장 극명하게 드러내주는 "트라우마" 증상에 대한 관심이 인문학 분야에서 증대되면서 재현체계 내에 쉽게 편입될 수 없는 고통의 심연에 대한 진지한 공감과 책임의 문제에 대한 관심으로 이어지고 있다.

기억담론이 새로운 학문담론으로 대두하게 된 배경에는 역사와의 갈등이 자리 잡고 있다. 학문으로서 역사학이 성립한 이래 기억과 역사는 줄

곧 갈등을 빚어왔으며 승자는 늘 역사 쪽이었기 때문이다. 그러나 20세기의 양차 세계대전, 홀로코스트, 전 지구적 자본주의를 거치면서 역사의 영역은 차츰 와해되는 양상을 보여 왔다. 기억담론이 성행하게 된 요인은 역사 자체가 일부 지배세력의 일방적이고 폐쇄적인 자기 정체성에 불과하다는 비판이 제기되면서부터이다. 사물의 의미와 질서를 부여하는 지배담론으로서 역사가 실제로는 주변화시킨 기억주체를 수용하지 못하고 이분법적 관계를 지속해옴에 따라 양자 간의 상보적인 연관성을 탐색하자는 필요성이 제기되면서부터 그 타개책으로 기억이라는 테마가 역사학의 전면에 대두하게 된 것이다.

역사의 기능은 특정한 시각에서 선택과 배제를 통해 "역사적 사실" 자체를 구성하는 점에서 기억의 작용과 다르지 않다. 특정한 기억을 전유하는 역사는 그 사회 구성원들의 삶과 욕망, 실천과 사유를 특정한 방향으로 이끄는 "기억의 정치학"에 다름 아니다. 특히 지배적인 역사서사가 오랜 세월 동안 기억에 대한 조직적 은폐와 강요된 망각을 수행해 옴에 따라 기억을 둘러싼 정치적 충돌은 현재도 계속되고 있다. 역사 발전이나 다른 추상적 이름하에 공식역사를 구성하는 서사들은 흔히 진정으로 기억하기보다는 망각하기를 조장하기 때문이다. 그러므로 기억과 역사의 화합을 도모하는 역사 다시쓰기는 우리 자신을 기억의 일부로 성찰하는 비판적 역사학이라 할 수 있다.

제12장은 한국계 이민자의 기억을 통한 탈식민 글쓰기의 문화정치학을 차학경Theresa Hak Kyung Cha의 『딕테』Dictee(1982)를 중심으로 살펴본다. 한국계 미국 여성 작가인 차학경의 『딕테』는 기억의 문화정치학이라는 보다 특수한 문제에 주목하는 중요한 서사이다. 이민세대로서 두 경계지역을 교차하는 차학경은 이 서사에서 식민주의와 민족주의, 그리고 이산의 틈바귀에서 한국계 미국이산여성의 존재란 무엇인가 하는 주제를 공통의 화두로

삼고 있으며, 무엇보다도 집단적 역사를 개인화하여 역사를 생존자의 기억을 통해서 공식역사에 대항한다. 특히 그녀의 작품은 모두 어머니의 의식을 다음 세대인 딸이 탐구하는 특징을 보인다. 『딕테』는 다양하고 풍부한 문학적 전략을 구사하면서 한국계 미국인의 인종적 기억이 주류 미국사에 대항하는 강력한 모반의 힘을 증명한다. 이는 미국사가 수행하지 못했던, 크게는 아시아계 미국여성, 작게는 한국계 미국여성의 말로 할 수 없었던 주변화된 사람들의 기억을 역사로 진입시키려는 작업이다. 차학경은 한국 역사에 대한 재확인 작업을 통해 이를 재영토화 한다. 젊은 나이에 만주로 쫓겨난 어머니, 4.19 민주화 운동에 참여한 오빠, 가족의 미국 이주 등, 작가의 가족이 직접 겪은 경험들은 일제치하에서 한국인의 만주, 일본, 미국 등지로의 이주, 한국전쟁, 그리고 분단이후의 사회적, 정치적 불안을 강력하게 환기시킨다. 이 역사적 사건들은 상세한 서술을 통해 그것들이 민족과 역사를 뛰어넘어 지속적인 의미를 지니고 있음을 입증한다. 이처럼 개인적 기억을 통한 역사 다시쓰기의 과정에서 화자인 딸은 침묵 속에서 정지되는 것을 피하기 위해 그리스 여신들에게 언어를 통해 치유할 수 있는 힘을 간구한다.

제13장은 노라 옥자 켈러Nora Okja Keller의 『종군위안부』Comfort Woman를 통해 기억으로 역사를 어떻게 다시 쓰는지를 살펴본다. 1991년 김학순 할머니의 증언으로 시작된 일본군 위안부 문제는 그간 한국의 20여 개 페미니즘 단체들이 결성한 "정신대문제대책협의회" 등의 끊임없는 노력으로 90년대 중반 들어 전 지구적인 인식의 지평에 떠오르게 되었다. 일본군 위안부 문제는 20세기 젠더화된 폭력의 역사를 가장 복잡하게 보여준다. 켈러는 역사적으로 자행된 일본군 성노예화 문제를 추적하고 이에 대한 공모적 침묵 속에 가려져 있는 남근 중심적 탈식민사를 밝히고 있다. 다큐멘트에 기반한 역사 내러티브를 전 일본군 위안부 여성의 기억을 통해 상상

적으로 재구성한 『종군위안부』에서 주인공 베카Beccah와 그 어머니 순효는 일인칭 화자가 되어 기억주체들의 "자유로운 이야기"를 시도한다. 일제강점기의 한국, 그리고 하와이에서의 삶을 여러 서사적 매개들을 통해 재현한 이 텍스트는 이른바 "객관적"인 역사에 부재하는 내용이 무엇인가를 밝히는 데 주력한다. 그것은 넓은 의미의 역사적 비애라기보다는 "넓지는 않지만" 깊숙한 개인적 기억과 트라우마, 그리고 역사적 상처의 유산과 다음 세대가 짊어진 짐이라는 주제를 모녀관계를 통해 전개시킨다. 모녀의 기억 서사는 이야기가 진행됨에 따라 개인적 기억에서 역사라는 집단적 기억으로 나아간다. 이 서사의 강점 중의 하나는 바로 위안부 여성들이 현실을 구성해내는 주체로 지금까지 담론화되어 있지 않는 상황에서 개별적 욕구를 갖는 주체성을 지닌 개인으로서의 목소리를 드러내게 하는 데 있다. 이는 현재에도 여전히 해결되지 않고 진행 중인 식민 폭력과 민족주의 공모의 역사를 겨냥한 것으로 볼 수 있다. 켈러의 글쓰기는 생존 위안부의 기억주체에 남겨진 중요한 문제, 즉 보상할 수 없는 과거를 어떻게 보상할 것인가 하는 보다 중요한 문제를 제시한다는 점에서 의미를 지닌다.

| 차 례 |

제1부

노예의 증언문학과 역사적 인종서사

제1장

노예여성의 전 지구적 구술서사 — 메리 프린스의 『메리 프린스의 생애』

1. 카리브 여성문학의 효시

오늘날 아프리카계 디아스포라 노예서사는 흑인노예들이 어떻게 생존해왔는가를 그들 자신의 구술과 증언을 통해 문자로 기록한 전지국적 서사로 평가되고 있다. 그 가운데 카리브 지역의 노예서사가 세계사에서 독특한 위치를 차지하는 이유는 이 지역이 서구 식민주의와 자본주의의 목적에 맞춰 인위적으로 만들어진 대표적인 공간이기 때문이다. 특히 카리브 지역은 식민사를 거치면서 노예제가 시행되는 동안 크리올Creole이라는 새로운 문화 형태를 발전시켜 옴에 따라 중요한 영향력을 미치게 된다. 그 영향력을 살필 수 있는 대표적인 예로 이 지역에서 카리브 노예여성의 경험에 대한 최초이자 유일한 현존 개인기록물인 메리 프린스Mary Prince의 『메리 프린스의 생애』The History of Mary Prince[1]를 들 수 있다. 1831년 런던과 에든버러에서 동시에 출판된 『생애』는 프린스가 1788년 카리브 해의 영국령 버뮤다Bermuda에서 가족 노예로 태어난 시점부터 1828년 영국 이스트런던의 올더맨베리Aldermanbury에 도착하기까지의 노예로서 겪은 자신의 삶을 구술한다. 이 구술서사의 주요배경으로서 버뮤다Bermuda, 터크 제도, 카이코스Caicos 제도, 그리고 앤티가Antigua 섬이라는 카리브 공간이 갖는 지정학적 중요성은 길로이Paul Gilroy가 말한 대로, 17세기 이래로 범대서양 노예무역에 있어서 이 공간은 "문화의 발흥지"이자 "검은 대서양"Black Atlantic의 "상호문화적이며 초국가적 형성"의 첫 번째 예가 된 데 있다(ix). 게다가 『생애』는 현대적 의미에서 디아스포라와 탈향displacement의 주제를 담고 있다. 이처럼 카리브 노예여성에 의한 유일한 영어권 증언이자 중요한 기록물로서 『생애』는 18세기로 거슬러 올라가 영국식민지 노예들의 서사로서뿐만 아니라 영국의 반노예제협회의 보고서에 실린 흑인노예여성들의 삶에 대한 독특한 서사라는 점에서 그 이상의 가치를 지닌다.[2] 그것은 당시 영국문단에서는 생소한 구술서사oral narrative라는 장르를 개척했을 뿐만 아니라 노예의 삶을 노예여성의 관점에서 노예제도의 실상을 보여주고 더 나아가 카리브 노예여성이 자신의 문화적 정체성을 위한 목소리를 확립하기 때문이다.

---

1) 원래의 제목은 *The History of Mary Prince: A West Indian Slave Related by Herself*이다. 텍스트로는 Sarah Sallih ed. *The History of Mary Prince*(Penguin Books, 2000)를 사용함. 이하 『생애』로 약칭.

2) 메리 프린스는 영국에서 자신의 삶의 이야기를 최초로 발간한 흑인여성일 수 있지만 영국에 거주한 최초의 흑인여성은 아니다. 당시 영국에 거주하는 흑인 인구가 얼마인지에 대해서는 의견이 분분하지만 오늘날 일반적으로 합의된 숫자는 1772년에 10,000명, 18세기 중엽에 약 20,000명 정도로 추산되고 있다. 영국에 흑인들의 존재가 알려진 것은 17세기 범대서양 노예무역으로 인해 흑인인구가 증가함에 따라 노예주와 백인계 카리브인들이 자신들의 "재산"을 데리고 영국으로 들어오기 시작하면서부터였다. 1760년대부터 유명한 법적 사건들에서 "영국 문제", 즉 노예와 자유의 문제가 전면 부각되어 이를 법률적으로 판단하게 되었다. 초기에 통과된 일련의 조치를 보면 노예에게 "사물"이라는 법률적 위상이 확고히 주어졌다. 월빈(James Walvin)에 따르면 이것은 장원제도의 붕괴 이래 인간을 가재도구로 간주했던 영국법에 중대한 변화를 구성한다(46).

『생애』는 당시 노예제도를 철폐하려는 법안이 영국 국회에서 처음으로 상정될 때인 1820년대 이래로, 대서양을 사이에 둔 영국과 미국에서 노예제에 대한 열띤 논쟁을 야기하는 데 크게 기여했다. 1831년 말에 제3판이 나온 뒤, 1833년 노예해방법안이 영국 상원을 통과하고, 이어 1838년 영국은 카리브 지역에서 노예제도를 완전 철폐하게 된다. 프린스가 올더먼베리에 있는 "반노예제협회"The Anti-Slavery Society[3] 사무실에 나타날 당시 그녀는 노예주인 우드 부부Mr and Mrs Wood 밑에서 13년간 고된 일을 해왔으며 런던에 그토록 오고 싶었던 것은 그녀를 괴롭혀온 류머티즘을 고칠 수 있다는 생각에서였다. 그러나 그녀가 도착하자마자 감당하기 힘들 정도의 고된 세탁일을 하느라 통증이 악화되어 일을 할 수 없게 되었는데도, 그들은 전혀 아랑곳하지 않고 시킨 일을 하지 않으면 쫓아내겠다고 줄곧 그녀를 협박한다. 결국 프린스는 우드 부부를 떠나 기독교 선교사들의 도움을 청하는 과정에서 반노예제협회에 대해 이야기를 듣고 법률적 조언을 구하러 협회본부에 오게 된 것이다. 당시 노예제는 식민종주국인 영국에서는 불법이므로 일단 영국 땅에 발을 들인 노예는 자유로운 신분이 된다. 그러나 프린스는 앤티가에서 흑인남성과 이미 결혼한 몸으로 고향에 돌아가고 싶어 한다. 식민지로 돌아갈 경우 그녀는 다시 노예 신분이 되므로 자유인이 되고 싶은 욕망과 카리브로 돌아가고 싶은 욕망 사이에서 고통을 받는다. 이러한 갈등에도 불구하고 프린스는 영국에서는 자신이 자유인임을 알고

3) 1787년 노예무역 폐지위원회가 윌버포스(William Wilberforce)에 의해 결성되었다. 그러나 1807년의 국회법령 이후, 퀘이커 교도들은 노예무역의 완전 철폐를 주장하면서 1823년 반노예제협회를 만들었다. 윌버포스, 클락슨(Thomas Clarkson), 머콜리(Zachary Macaulay), 스티븐(James Stephen the Elder) 등이 주축이 되어 영국 식민지에서 점진적인 노예해방법안을 채택하도록 정부를 설득했다. 역사학자 코우프랜드(Reginald Coupland)에 의하면 위원회는 "[주]로 스티븐(George Stephen)과 세 명의 퀘이커교도인 쿠퍼(Emmanuel and Joseph Cooper), 스터즈(Joseph Sturge)에 의해 운영되고 재정은 퀘이커 측에 의해 충당되었으며 "대행자"를 고용하여 노예제 폐지를 설명하고 전국에서 대중강론을 하게 했다. (137)

자유를 찾겠다는 일념으로 법적 권한을 행사하고자 협회를 찾은 것이다.

프린스가 반노예제협회를 찾아갈 무렵, 남아프리카에서 6년간 머물다 귀국하여 노예폐지운동에 관여하게 된 스코틀랜드 시인 프링글Thomas Pringle은 협회의 총무를 맡고 있었다. 『생애』의 보충내용Supplement을 보면 프린스가 반노예제협회 사무실에서 인터뷰하는 동안 "자유인으로 갈 수만 있다면 앤티가에 돌아가고 싶다는 열망을 대단히 강력한 말로" 전달했음을 프링글은 언급한다(39). 특히 프린스 자신이 구술서사를 제안해서 『생애』로 완성되었음을 강조하는데, 이는 이 책에 수록된 프링글의 의도적 선언에 잘 드러나 있다. 그것은 평생 노예로 살아온 자신의 비참한 이야기를 반노예주의자인 백인여성 스트릭랜드Susanna Strickland에게 구술하여 그 내용을 프린스에게는 은인이자 고용주이며 출판인인 프링글이 편집하여 이를 영어로 문자화해서 발간하는 과정을 거친다. 당시 구술서사는 프린스 같은 문맹의 흑인여성이 스스로를 글로 표현할 수 있는 유일한 수단이었다(Sharpe 31).

프린스는 구술을 통해 영국인의 귀에 생소한 노예제의 비인간화를 직접 말하고자 했는데, 그 자체가 당시로서는 상상조차 할 수 없을 정도로 과감한 행위였다. 이들이 합동작업으로 『생애』를 발간하게 된 가장 큰 목표는 프린스 자신의 비참한 삶에 대한 영국민의 연민을 구하는 것이 아니라, 노예제도에 대해서 피상적으로만 알고 있는 영국 독자에게 그 실상을 올바로 전해주고자 함이었다. 이들은 노예들의 실상을 제대로 파악하지 못하는 영국인들의 무지와 편견을 직·간접적으로 지적하면서 영국독자들이 스스로 깨달을 수 있는 기회를 제공하려 했다. 목소리 없는 아프리카계 노예여성에게 하나의 목소리를 요구하는 과정으로 시작하는 이 서사는 이 같은 의미에서 일종의 해방서사이다. 영국인 타자에게 들려주기 위해 말할 권리를 주장하는 데 있어 인간으로서의 권리를 빼앗긴 사람을 위한 정의를 요구하며, 권력 없는 자가 권력 있는 자를 타도할 수 있는 가능성을 주장한다고 볼 수 있기 때문이다. 게다가 이 기록물은 아프리카계 노예들, 그들이 남성이건 여성이건, 카리브계이건 그 밖의 다른 지역의 노예이건 간에, 노예상태에 처한 사람들을 대변하는 권리를 여성에게 부여하고 있다는 점에서 의미가 크다.

당시 영국사회의 시민논쟁에 도화선이자 촉매 역할을 한 『생애』가 오늘날 비평적 조명을 집중적으로 받게 된 것은 현대의 탈식민 비평에 힘입은 것이다. 탈식민주의 이름 아래 현행 가장 중요한 인문학의 내용을 구성하는 유럽 식민주의의 유산에 대한 연구에 있어 『생애』는 유럽과 카리브, 그리고 미국이라는 범대서양 지역을 아우르는 연구의 필요성과 그 단초를 제공하기 때문이다. 『생애』에서 노예해방을 위한 프린스의 목소리 확산이라는 점에 주목하여 프린스를 현대에 가장 널리 알린 퍼거슨Moira Ferguson은 1987년 재판된 책의 서문인 "자유의 목소리: 프린스"에서 프린스의 목소리와 공식적인 반식민 담론에 참여한 다른 목소리들을 구별하여, 프린스의 서사가 인습적인 노예폐지론자의 입장에 결정적인 대응"을 하고 있다고 평가한다("Introduction" 29). 그랜트Joan Grant는 프린스를 "영국과 카리브 흑인의 "여성 대변인"으로 극찬한다(9). 파켓Sandra Paquet은 이 서사에 "다성적 목소리들이 경합하지만 프린스 목소리의 진정성과 통합된 자아의식을 지배하지 않는 반식민적 글쓰기"임을 강조한다(134).

토도로바Kremena Todorova는 『생애』의 출판사건이 당시 위협적일 수밖에 없었던 이유가 이 노예서사가 대영제국에 균열을 가함으로써 영국사의 불완전함을 정확히 보여주기" 때문이라고 주장한다(287). 우선 『생애』가 영국에서 출판될 당시 (전)노예의 역할이 복잡하다는 사실에 초점이 맞춰져, 논쟁에 참여한 사람들은 그녀의 목소리를 침묵시키거나 아니면 목소리에 권위를 부여하는 두 가지 방향으로 나뉜다. 대립되는 견해에서도 이 서사가 주목받은 것은 (전)노예의 목소리를 단순히 억압하거나 목소리에 권위를 부여하는 문제가 아니라, 이 서사가 1831년 노예제도가 폐지되기 바로 직전의 대영제국의 식민기획에 대한 문화적 불안이 심화되고 있음을 논증한다는 점이다. 말하자면 프린스의 공적 목소리는 영국의 공적 담론에 들어있는 두 가지 입장인 농장노예주와 노예폐지론자에게 다 같이 위협적이라는 점에서 대영제국의 문화적 균열을 드러낸다는 것이다(Todorova 287). 그럼에도 불구하고 프린스는 이 구술서사에서 결국 자신의 말의 힘이 승리할 것이라는 강한 신념과 함께 해방을 향한 담대한 정신을 노정해주고 있다. 이러한 정신은 이후 미국의 반노예제운동으로 계승되었을 뿐만 아니라 오늘날 카리브 영어권 흑인여성의 상당부분의 글쓰기 전통 역시 바로 문학적 선배인 프린스에서 그 출발점을 찾을 수 있다.

사실상 『생애』는 오늘날 "카리브 여성문학의 효시"(Pyne-Timothy 11)임에도 불구하고 대영제국의 문화적 균열을 보여주는 가장 중요한 인물인 남아공의 세라 바트만(Sarah Baartman[4])처럼 프린스는 영국인의 기억에서 가장 경시되는 인물이다(Simmons 75). 이 강력하고 대담한 의도를 지닌 기록물의 주인공인 프린스는 자메이카나 아이티 같이 더 크고 발전된 섬이자 동시에 대영제국의 식민정책에 거센 저항을 보인 그 섬에 속한 것이 아니라 버뮤다, 터크 아일랜드, 앤티가라는 아주 작은 섬에 속해 있었다. 이곳은 플랜테이션 체제도 번창하지 않았고 노예제도도 문서화되지 않았다. 이를 테

---

4) 세라 바트먼(Sarah "Saartjie" Baartman, 1789-1815)은 19세기 유럽의 인종차별의 상징으로 프랑스 등 유럽을 돌면서 구경거리가 되었던 남아프리카의 "코이코이" 족의 흑인여성이다. "호텐토트 비너스"로 불리기도 한 그녀는 전시용으로 동물 상인에게 팔려 다니는 등 동물로 다루어졌다. 영국인 던롭(William Dunlop)은 바트먼을 "구입"하여 큰돈을 벌게 된다. 유럽 전시 중 젊은 날에 생을 마감한 그녀는 박제되어 프랑스에 남겨졌다. 그녀는 훗날 여성학대, 식민 통치의 잔혹성, 인종차별의 상징이 되었고 우여곡절 끝에 200년 만에 본국인 남아프리카 공화국 이스턴 케이프 주에 되돌아가게 되었다. 그녀의 매장식에는 타보 음베키 남아프리카 공화국 대통령과 넬슨 만델라 전 대통령을 비롯, 8천여 명이 참석했다.

면 저 악명 높은 노예제가 노예주에 의해 제도화되는 작은 섬들이었다. 이처럼 작은 섬들은 카리브에서도 주변화된 공간에 속한 데다 프린스는 여성이기 때문에 오히려 그녀의 강력한 목소리는 더욱 주목을 받게 된 것이다. 이 글에서는 프린스가 자신의 목소리로 구술하고 이를 영어로 번역, 편집하는 과정에서 자신의 카리브 문화적 정체성을 어떻게 주장하고 있는가에 초점을 두고 이 구술서사의 내적 전개를 읽어나갈 것이다. 더불어 구술주체의 문화적 정체성을 살펴보는 과정에서 프린스 생애에 일어난 사건들, 이 책이 나오게 된 계기, 편집자로서의 노예폐지론자였던 프링글의 역할, 책의 출판을 둘러싼 상황과 비판적 수용, 그것이 노예여성 문학 전통에서 어떤 위상을 차지하는가를 밝히고자 한다. 그럼으로써 구술서사로서의 『생애』가 영국령 식민지에서의 흑인 노예여성의 문화적 정체성에 대한 최초의 본격적인 논의를 제공하고 있다는 점을 부각시킬 것이다.

2. 구술서사로서 『생애』의 다중성

『생애』는 내용과 형식면에서 관습적인 노예 서사이다. 프린스 이후에 나오는 카리브 남성노예서사들도 모두 영국에서 발간되고 카리브 맥락에 그 뿌리를 둔다는 점에서 모두 공통된 형식적, 구조적인 특징을 지니고 있다. 그것은 카리브 사회를 배경으로 그 사회의 특수한 세부사항을 묘사하며 또 대부분이 구술 텍스트로 노예나 자유인 신분의 전 노예 화자에 "의해서" 구술되는 일인칭 서사라는 점이다. 구술화자는 크리올 언어로 말하며, 구술기록자amanuensis는 영국 독자를 위해 영어 텍스트로 번역한다. 이 텍스트들은 법, 언어, 종교적 담론, 흑인노예의 주체성과 이미저리, 윤리, 시민권의 문제에 관심을 갖는다. 그러나 『생애』는 노예의 단순하고 직설적인 플롯을 보여주는 이러한 초기 남성노예서사들과 달리, 프린스의 서사 외에도 편집자가 개입해서 첨가된 여러 텍스트들이 수록되어 다중적 목소리를 지니고 있다.

『생애』가 구술자와 기록자/편집자의 구조와 정체성의 문제에서 다중적인 텍스트라는 이유는 첫째, 이 서사의 텍스트 생산을 지배하는 상황이 프린스라는 노예여성 저자의 목소리를 변형시키고 있다는 확실한 사실 때문이다. 한편으로, 『생애』는 카리브 문학의 문어체 텍스트의 생산에서 흑인의식을 분명히 하는 특징을 보이지만 다른 한편으로 대영제국의 메트로폴리탄 출판인이 출판과 배분을 맡는다는 점에 크게 의존하고 있다. 주지하다시피 『생애』는 프린스의 요청에 의해 써졌지만 런던의 반노예제협회의 총무인 프링글의 후원을 받아 가능하였다. 이 협회의 후원과 함께 그는 프린스의 증언을 토대로 노예제를 희생자의 시각에서 보여줌으로써 흑인에 대한 연민을 불러일으키고자 했던 것은 부인할 수 없는 사실이다. 바로 그러한 정치적 목적 때문에 그는 서론과 보충내용, 법정사건 기록물 등을 삽입한 부록Appendix 등을 통해 프린스를 잔인한 주인의 희생자이면서 동시에 자유를 획득하고자 하는 적극적인 사회학적 존재로 제시하고 있다. 게다가 노예제의 종언을 예측하면서 회상적으로 재구성되는 이 서사는 영국을 벗어나 주변부 식민지 노예여성인 프린스가 영국인을 향해 발언하고 있다는 점에서 이 서사의 구술 주체의 내재된 모순과 역설적 입장을 반영한다.

이 구술서사와 관련해서 출판계기, 프링글의 역할, 책의 출판을 둘러싼 상황과 비판적 수용의 문제 등을 좀 더 자세히 살펴볼 필요가 있다. 먼저, 이 구술서사에서 구술주체의 기억이 어떻게 문자화되는가의 문제에서 기억은 전적으로 구술주체에게 달려있는 반면, 상상력은 구술자와 구술 기록자(필기자)라는 쌍방의 공간에 걸쳐 있다(Stone 154). 프링글은 "서문"에서

"중요한 사건은 전혀 생략되지 않았고, 어떠한 부대상황이나 감성적인 표현도 첨가되지 않았다"고 밝히고 있다(3). 프링글은 독자에게『생애』는 모두 프린스 자신의 것임을 확신시키면서 "[서사]가 화자의 반복과 장황함에도 불구하고 제대로 쓰인 것이다"라고 밝히면서, "이후 현재의 모습대로 가지치기가 되었지만, 가능한 프린스의 정확한 표현과 특이한 어법들을 그대로 실었다"(3)고 언급한다. 이어 이 서사가 사실에 근거하며 이를 영어로 잘 전달하기 위해 반복적인 부분이나 문법상의 오류를 교정한 것 말고는 프린스가 밝힌 사실들을 그대로 옮겼다고 확언한다. 이렇게 확언하는 프링글의 입장이 매우 중요한 의미를 갖는 것은『생애』에서 프링글이 프린스를 서사주체로 내세우고 있기 때문이다. 그럼에도 불구하고 프린스의 목소리와 다른 사람들의 목소리는 확연히 구분되고 있어 프린스가『생애』의 단일 저자라는 점에 의문을 제기할 수 있다.

프린스와 프링글의 관계는 이 텍스트에서 분명 두 가지 다른 유형의 합작관계를 말해주지만 이 구술서사가 비평적 관심을 끄는 중요한 문제로 두 가지를 들 수 있다. 첫째,『생애』의 매개적 특성상 서사의 주체나 저자가 없다고 보는 시각이다. 이 구술서사를 문자화하는 과정에서 편집자의 상상력이 첨가되어 노예의 목소리를 통제한다는 입장이 그것이다. 이와는 반대로, 편집자의 힘이 모든 것을 통제한다는 가정에 동의할 수 없다는 입장도 있다. 그러나 구술서사란 문자화된 대화라는 점을 생각하면, 화자의 음성과 기록자의 음성이 텍스트를 만드는 데 함께 작용한다고 보는 것이 더 타당하다고 볼 수 있다. 기록자의 해석과 전유는 이 서사를 구성하는 데 있어 일정 부분 영향을 미치는데,『생애』를 보면, 영국 여성에게 이야기를 구술하고 영국 남성이 편집하여 여기에 다양한 부록을 첨가하는 가운데 편집 의도는 텍스트 페이지마다 분명히 드러나고 있다. 그렇지만 비록 기록자나 편집자가 서사를 배열하고 질서화하는 데 결정적으로 개입할 수는 있으나 화자의 구술은 문자 생산에 있어 가장 중요한 활력을 제공하는 요소라는 점을 간과할 수는 없다. 즉 노예화자의 개입과 참여 없이 서사는 존재할 수 없다고 보는 입장에 더 무게가 실린다고 볼 수 있다. 게다가 이 텍스트에서 기록자인 스트릭랜드라는 존재를 거의 찾아보기 힘든 사실만 보더라도 그러한 입장은 타당해진다.

둘째, 구술서사로서 『생애』의 다중성은 그 특성상 프린스의 크리올의 사용을 전제로 한다는 점이다. 노예들이 사용하는 이러한 크리올 분절화는 그녀가 부분적으로는 카리브 언어의 두드러진 특징인 극적 강조를 반복해서 전달한다든지, 눈물을 "소금물"로 말하는 데서 드러나듯, 카리브어의 특징인 시적인 말로 전환해서 표현할 때 잘 전달된다. 프린스의 크리올 언어는 서사에 개입해서 형식적인 영어에 긴장감을 부여하는데, 파켓의 주장대로 크리올이라는 "서인도 말의 분명한 특징"을 그대로 살려 극적 강조를 위해 반복해서 표현한다든지, 시적인 표현을 통해 충분히 전달되고 있다 (Packet 54). 크리올어는 노예문화의 특징을 잘 포착해서 전달함으로써 대화적 초점의 증거를 제공한다. 크리올어는 번역 없이는 영국 독자에게 읽혀질 수 없으며, 번역된 크리올어는 영어라는 다른 언어의 기호로 읽혀질 수 있다. 이처럼 크리올어는 형식적인 영어의 통합적이고 공고히 하는 힘을 전복하는 다양성의 증거가 된다(Aljoe 6). 크리올어는 영어라는 단일한 음성에 내재된 다중성을 증명하는 데 이 두 언어의 본질적인 합작의 성격은 노예제 하에서 권력의 대화적 관계들에 대한 상징성을 말한다. 바흐친Bachtin에 따르면 언어는 권력 체계에 가깝다. 『생애』에서 구어와 문어형태를 결합하고 여러 목소리들이 서사 내에서 작동하는 것은 다층적인 글읽기의 다층적인 이론의 필요성을 제시한다. 서구의 전통적이고 지배적인 글읽기 방식은 한 역사적 인물의 개인적인 목소리를 듣기 위한 글읽기, 단일한 주체를 읽는 글읽기 방식이다. 이런 식으로 카리브 노예들의 증언을 읽을 경우 서사들의 이질적인 성격은 균질화되고 침묵되기 쉽다. 『생애』에 내재한 다중성은 서구 서사에서 흔히 보듯, 단일한 저자의 텍스트에서 전통적으로 사용되는 방식과 다르다. 『생애』처럼 합동작업으로 생산된 서사들은 "우리가 말하는 주체를 다양하게 들을 수 있다는, 여러 목소리가 실린, 혼용적 생산품"이다. 그러므로 혼용성을 수용하는 글읽기는 "진부하고 열등한 형식"이 아니라 구술과 문자문화들이 만나는 상황에 내재하는 문화적 한계와 모순들을 정확히 반영하는 새로운 형식으로 식민 문서의 결에 대항한 글읽기라 할 수 있다(Aljoe 5-6).

프린스의 말하는 목소리는 영어로 옮겨지고 가지 쳐져 편집, 발간하는 과정에서 문학텍스트의 변형을 겪는다. 이러한 서술 스타일은 게이츠Henry Gates, Jr.가 말한 대로 "흑인 지방어와 문학적 백인 텍스트, 구어체와 문어체의 말, 구술과 인쇄된 형태의 문학적 담론들의 교차점"을 보여준다(The Classic 131). 그러한 교차의 공간은 카리브와 영국, 아프리카와 유럽의 서로 다른 전통들, 언어들, 문화들, 그리고 식민지와 메트로폴리스가 서로 충돌하고 저항하면서도 도모하는 공간임을 말해준다. 프링글과 스트릭랜드가 프린스에게 말할 자유를 부여하면서도 제한하는 토론장을 마련하지만 중요한 사실은 서사의 중심 초점이자 주체는 어디까지나 살아있는 역사적 실체로서 카리브 노예여성인 프린스라는 점이다. 『생애』에서 구술자와 기록자라는 담론의 두 차원은 드물게 통합적인 구성을 보여준다. 프린스의 서사는 노예의 관점을 확립하고 이를 정당화하기 위해 개인적, 공적 영역을 다 함께 점유한다. 이처럼 프린스의 생애는 자신의 분명한 목소리를 통해 말해지는 희생자의 증언이자 법적 기록물로서 형태를 갖추고 있다. 그러므로 프린스가 구술하는 크리올 언어는 구두에서 문어체 텍스트로 번역되면서 부분적으로 변질되기는 하지만 노예로서의 프린스의 개인적 자의식에 노예서사의 공적 자의식을 섞는 것으로 저자의 음성은 드물게 통합적으로 구성되어 있다고 볼 수 있다. 게다가 프린스는 자신의 삶의 이야기에서 중립적이고 소극적인 구술자가 아니라 창조적이며 적극적인 구성자 역할을 한다(Olney 47). 이처럼 프린스 자신이 노예로서 개인의 생애를 활용하는 서사의 주체로서 자신의 분명한 목소리를 통해 말해지는 『생애』는 희생자의 증언이자 법적 기록물로서 형태를 갖추고 있다.

3. 구술을 통해 본 카리브 노예여성의 문화적 정체성

『생애』에서 권력과 정체성은 복잡하게 얽혀있다. 영국 문화에 (전)노예를 통합하려는 편집자의 시도는 양면성을 지닌다. 우선 프링글은 프린스가 자신의 삶을 기억하는 것에 권위를 부여하면서 프린스의 자율적인 정체성을 인정한다. 그러나 동시에 피식민이 어느 정도 권위를 인정받으면 지배적인 문화에 위협이 될 수 있으므로 프린스를 타자로 재현하고 그녀의 개인사는 서구의 도덕적 틀 안에서 영국적 정체성과 서구사의 보다 큰 서사에 수렴되도록 요구한다. 이처럼 구술자와 편집자 사이의 권력의 긴장은 사이드 Edward Said가 말한 대로 "서술하는 권력, 혹은 다른 서술들이 형성되고 출현하는 것을 방해하는 권력은 문화와 제국주의에 대단히 중요하며 그것들 간의 중요한 연결고리 중의 하나가 된다"(Culture and Imperialism xiii). 이러한 맥락에서 『생애』를 살펴보면 부록에 실린 두 개의 법정문건에서 노예주 우드의 도덕적 성격은 제대로 다뤄지면서 카리브 역사나 카리브인들의 목소리는 철저히 무시되고 있다. 프린스가 이야기를 서술할 때 프린스의 신분이 법적으로는 여전히 카리브 영국인 노예주 우드의 소유물이라는 점을 감안하면, 자신들과 다른, 수용될 수 없는 식민지 문화를 배경으로 하는 여성노예의 목소리는 봉쇄되지 않으면 안 되는 이유가 설명된다. 이처럼 카리브인의 정체성이 제외된 점은 이 텍스트에서 프린스의 침묵과 연결된다. 그러므로 영국 노예제의 역사라는 맥락에서 프린스의 침묵을 유용하게 분석할 필요성이 제기된다. 예컨대, 성과 관련해서 침묵을 지키는 것, 기독교적 도덕성과 여성에게 요구하는 예법을 독자들이 기대한다는 빅토리아식 압력이 그러하다. 따라서 프린스가 청중에게 들려주고 싶은 인종 상호 간의 성의 정치학에 대한 심층텍스트로 읽어 내는 것 역시 중요하다. 나아가 프린스의 서사가 노예제 하에서 노예여성이 겪는 성적 학대와 강간 등의 문제를 암시한다는 점에 주목해서 노예여성의 성과 자유의 문제를 공론화하는 작업의 필요성이 제기되기도 한다(박재영 110).

그렇다면 왜 간단한 텍스트가 편집자의 보충내용물과 부록물, 정당함을 입증하려는 여러 첨가문건, 그리고 또 다른 서아프리카 노예사를 곁들여 발간되었는지에 의문을 제기해 볼 수 있다. 『생애』는 흑인여성의 경험의 단순한 서사가 아니라 분명한 의도를 염두에 둔 편집자에 의해 구성된 텍스트임이 분명하다. 그러므로 프링글이 제시하는 서문, 보충물, 부록은 프린스가 자신의 삶과 고통을 직접 설명하는 본문 텍스트만큼이나 면밀한 주목을 요한다. 당시 프린스를 포함해 대부분의 흑인 작가들은 "주인의 것들", 즉 "서구담론 내에서의 인종의 삶"이라는 정전에 매달려 흑인 자신들의 삶을 표현하려 했음은 분명하다(Gates, Canons 66). 말하자면 흑인이 정신적인 자서전 서사 같은 고양된 형태를 사용한 것은 "백인" 담론의 전유, 혹은 바바Homi K. Bhabha의 표현대로 그것을 흉내 내는 것이다. 이 "흉내"는 "피식민을 재현하기 위해 피식민을 침묵시키는 방식"인 바, "식민 권력의 가장 포착하기 힘들면서도 효과적인 전략중의 하나"인 급진적인 제스처로 간주될 수 있다(Location 85). 그렇게 함으로써 "니그로들"은 자신들을 야만인으로 여기는 백인집단으로부터 스스로 인정받는다고 여기기 때문이다. 그러나 프린스의 『생애』는 이러한 텍스트상의 급진주의를 충분히 예증화 하지 않을 뿐더러 프린스 혼자만으로 쓰인 것도 아니기 때문에 이 텍스트들과 차이를 빚는다. 이처럼 독자에게 전달되는 방식이 편집자와 구술기록자를 통한 특이한 구조로 인해『생애』는 어떤 의미에서는 더 효과적인 정치적 도구가 될 수 있었다.

다음으로, 프린스는 말하는 주체로서 자신의 목소리와 문화적 정체성을 요구하면서 노예여성에 대한 낡은 신화들을 탈각한다.『생애』는 동물처럼 혹사당하는 노예들, 발가벗겨진 흑인여성이라는 환원적 개념에 대항하는 서술전략을 사용해서 젠더와 인종문제의 시각에서 노예여성의 문화적 정체성과 해방의 입장을 확고히 한다. 그것은 구술자의 말하기와 기록자/편집자의 말걸기라는 특수한 형태를 통해서이며 그런 이유로 이 구술서사는 당시까지 말해지지 않은 역사에 말하는 주체로서 말을 부여하는데 크게 기여하였다. 나아가 그녀는 노예와 (전)노예들에 대한 외부적 규정을 거부하면서 카리브의 미래를 위해 권력 경합을 향한 길을 터놓는다. 변화하는 카리브라는 공간과 시간에 위치한 프린스는 이러한 변화의 전방에 위치하면서 생존에 관한 개인적인 이야기, 그녀 자신과 그녀를 둘러싼 카리브 사회의 안전을 꿈꾸는 것, 이것이 실제 역사적 사건으로 흡수되어 카리브 흑인의 여성 이미지를 투사한다. 이처럼 그녀의 개인적 정체성과 미래는 그녀 "자신의 나라"인 카리브의 문화적 정체성과 역사적 미래와 연결된다. 바꿔 말해, 노예여성의 생애를 이야기한다는 것은 카리브 흑인/여성으로서 개인적인 자유의 추구와 카리브 사회를 혁명적으로 재구성하려는 문화적 정체성의 추구라는 공적, 정치적 행위에 연결된다.

한편으로,『생애』에서 구술주체의 문화적 정체성이 구체적으로 표명되는 부분은 노예제 하에서의 노예, 특히 여성노예로서 겪어야만 하는 잔혹한 삶의 실상을 생생하고도 풍부하게 구술할 때이다. 무엇보다도 그 내용을 여성 자신의 목소리로 직선적이고 시적으로, 그리고 자세하고 솔직하게 묘사할 때 잘 드러난다. 아이러니하게도 『생애』의 서사가 문법적으로 매끄럽지 못한 측면도 따지고 보면 프린스에게 문학적 기교가 거의 없다는 점을 편집자가 내세우려는 것으로, 실제로 그녀가 과거 노예 신분이었음을 입증하는 데 도움이 되었다. 우연의 일치겠지만, 프린스를 이처럼 "평가절하"한 결과는 반노예협회에서 프린스의 수용을 한층 배가시키는 것으로 나타났다. 『생애』의 서사는 그녀가 12살에 매매되어 가족과 동족으로부터 헤어지는 이야기로부터 시작한다. 1788년 버뮤다의 브래키시 폰드Brackish Pond에서 가족 노예로 태어난 프린스는 마이너스Charles Myners의 "소유재산"이었다. 부모 곁에서 함께 자라난 자매들이 1805년 다른 소유주에게 팔려감으로써 시작되는 가족해체는 "영혼이 파괴되는" 경험으로, 이후 프린스에게 트라우마로 자리 잡는다. 노예주인 캡틴 I, 캡틴 윌리엄스 Captain Williams, 미스터 D, 존 우드 등을 거치면서 프린스는 자신이 인간이 아닌 노예상태에서 어떻게 생존해 왔는가를 들려준다. 그러나 영국인을 상대로 믿을만한 자아를 보여주기 위해 "여성적" 페르소나를 만들어내지 않을 수 없었고 이 서사를 크게 알리기 위해 자신에게 부과된 한계를 초월하지 않으면 안 되었다. 그녀는 때로 시적으로, 때로는 논증적으로, 때로는 감상적인 언어를 사용하여 이를 극복한다. 이는 특히 "노예가 없는" 나라로 널리 알려진 이곳 영국에서 영국인의 도덕적, 법치주의적 의미에 호소할 때 파급력이 컸기 때문이다. 프린스는 터크 아일랜드에서의 폭력적인 또 다른 주인 미스터 D의 손아귀에서 벗어나지 못하고 있음을 "오! 노예제의 공포여!"라고 부르짖으면서 다음과 같이 실토한다.

> [노예제] 생각을 하면 얼마나 마음이 찢어지는지! 그러나 그에 대한 진실은 말해져야 하며 내가 목격한 것과 관련지어 말하는 것이 내 의무라고 생각한다. 영국에서는 사람들이 노예제가 무엇인지를 잘

알지 못한다. 나는 노예였다 — 나는 노예가 느끼는 것을 느껴왔고 노예가 어떤 존재인지를 알고 있다. 나는 영국의 훌륭한 사람들이 모두 이 점을 알았으면 한다. 즉 그들이야말로 우리의 쇠사슬을 끊고 우리를 자유롭게 할 수 있다는 점을. (21)

프린스는 그녀를 괴롭힌 백인들을 일컫는 "백인주인"Buckra에 대해 남녀불문하고 그들이 보인 잔인성과 폭력성을 구술할 기회를 가능한 활용한다. "우리 마음속의 생생한 상처들에 뿌려진 고춧가루"(11)처럼 느꼈던 버뮤다의 노예시장에서의 백인상인들의 언어적 폭력과 그 고통들, 캡틴 I와 미스터 D로부터 받은 흉악하기 그지없는 매질과 폭행, 터크 아일랜드에서 노예들이 세운 임시 교회에서 백인들이 가한 몰지각한 파괴행위, 벌방에 갇혀 지낸 밤, 앤티가에서 치안판사의 명에 따른 매질, 이 모든 가차 없는 현실은 독자들이 "노예제의 공포"에 대해 어떤 의심의 여지도 없을 정도로 생생하게 묘사된다. 이 점에 있어 『생애』는 그녀의 뒤를 이은 검은 대서양 문학의 여타 노예서사와 달리 분명한 명제를 전달한다.

프린스는 노예란 어떤 존재인가를 끊임없는 노동, 끝없는 학대, 침묵당한 목소리, 그리고 망가진 몸을 들어 핵심적으로 밝히고 있다. 그렇지만 노예에게 가해지는 신체적 잔혹성에 대한 생생한 묘사에도 불구하고 몸의 고통을 기술하는 일은 드물다(Baumgartner 253-54). 이러한 흥미로운 침묵이 그녀의 텍스트의 도입부분에 특징적으로 드러난다. 몸이 고통스러워하는 대목에서 프린스는 자신을 수동적이며 침묵화된 희생자로 기록한다. 다른 노예들이 겪는 처참한 상황까지 자세히 구술하는 것은 "구술성을 공동체의 행위로 변형시키는 작업"으로 여겼기 때문이다(Ferguson, Moria, *Subject* 292). 캡틴 I와 그의 부인은 가사용 흑인 노예들에게 채찍질과 구타를 일상으로 행한다. 게다가 가학적인 고문은 캡틴 I 부인이 사용한 또 다른 전술이었다. 그녀는 프린스를 저녁 내내 가시가 돋아있는 천을 댄 의자에 앉혀 잠을 재우지 않는다. 특히 프린스의 동료 노예인 헤티Hetty의 이야기는 『반노예 월간보고서』에 실린 그 어떤 기사보다 비참한 내용이다. 프린스가 비장한 어조로 부르는 "가여운 헤티"는 캡틴 I의 아이를 출산할 예정이었는데도 캡틴 I는 소 한 마리가 도망쳤다고 그녀를 죽도록 매질한다. 결국 유산을 하고 전신수종으로 죽게 되자 노예들은 죽음만이 "불쌍한 헤티에게는 좋은 일"(16)이라고 입을 모아 말한다.

프린스의 몸이 겪는 학대와 고통은 처음에는 황폐하게 드러나지만 차츰 그녀에게 새로운 경험들을 부여하며 새로운 주체적 위상을 확립하게 한다. 그것은 그녀의 말걸기를 통해서이다. 즉, 이전에 그녀에게 가해진 잔혹성을 초월할 수 있음은 바로 이 말걸기를 통해서이다. 노예는 주인에게 결코 말대답을 해서는 안 되며 학대와 신체적 폭력을 묵묵히 견뎌내야 하는 존재이다. 한마디로 그들은 목소리가 제거당한 존재들이었다. 하지만 매번 위기의 상황에서도 프린스는 주인에게 자신의 도덕적 판단이나 반대 의사를 표명한다. 그때마다 프린스는 스스로를 존중하는 느낌이 커나가고 확실한 결과를 얻게 된다고 느끼기 때문이다. 처음에는 입안에서 맴돌 뿐 차마 말로 하지 못할 정도로 어려웠지만 발화를 통해 프린스는 자아와 자아를 주장하는 힘을 더욱 의식하게 된다.

> 캡틴 I는 내가 도망친 것에 대해 벌을 받아야 한다고 했다. 그때 나는 더 이상 매질을 견딜 수 없다고, 내 삶에 지친 나머지 내 어머니에게 도망가지 않으면 안 되었다고 말했다. 그러나 어머니들은 자식들에 대해 울거나 슬퍼할 뿐 잔인한 주인들로부터―채찍, 밧줄, 소가죽에서 자식을 구할 재간이 없었다. 그는 혀를 그만 놀리라고 말했다. . . . 그러나 그는 그날 더 이상 나를 매질하지 않았다." (18)

프린스는 악덕 노예주를 노예에 대한 언어적, 신체적 학대를 하는 잘못된 집단, 잘못된 사람들로 묘사한다. 어디까지나 피식민 노예에 불과한 프린스가 시장경제의 야비한 물질적 욕망에 따라 인간을 매매해서 이익을 취하는 노예주에 대한 비판에서, 그녀가 특히 영국 독자에게 이렇게 호소하는 것은 그들과 더불어 도덕적, 언어적 연대를 도모할 수 있다고 판단하기 때문이다. 이때 프린스는 감상적인 언어로 자유롭게 말하는데, 이는 18-19세기 노예서사의 기존의 공식적인 관례로 감상적인 말투가 영국인의 반노예제 감성을 키우는 데 도움이 되었기 때문이다(Woodard 19-20). 이 시기의 소위 감상적 문학전통은 신고전주의와 낭만주의 사이의 전환기의 특징으로 인정되었지만 프린스의 감상적 언어들은 자신의 글을 성공으로 이끄는 활력적이면서도 시의적절한 문학적 경향을 띠고 있다고 볼 수 있다. 이처럼 흑인여성노예의 경우, 그녀의 감상적 말투는 인종과 젠더에 관련되어 노예제의 실상을 알리려는 취지에 더욱 도움이 되었다.

살아오는 동안 기회 있을 때마다 자신이 어떻게 취급받아왔는지에 대한 저항을 표출하는 『생애』는 이 저항의 연속을 구술한 서사라 할 수 있다. 먼저, 그녀는 자신의 자유를 획득하기 위해 적극적인 모습을 보인다. 우드 가의 노예로 있는 동안에도 세탁일을 하며 자신의 자유를 돈으로 사는 데 필요한 100불을 모으기 위해 식량을 팔기까지 한다. 이러한 노력은 우드가가 그녀를 팔기를 거절함으로써 좌절되지만 프린스가 자유를 찾으려는 적극적인 행위를 하고 있음을 보여준다. 다음으로, 제임스와 결혼하면서 우드 가의 허락을 받기 위해 걱정하지 않는 것은 그녀가 자신의 노예상태를 받아들이는 것을 거부하는 정신을 보여주는 또 다른 예이다. 마침내 그녀의 독립정신은 런던에 도착해서도 다시 발휘된다. 우드 부부가 계속 가혹하게 대하자 그녀는 영국에서 자유로운 여성으로 남겠다는 그녀의 법적 권리를 주장하게 된다. "자유롭다는 것은 대단히 기분 좋은 일이

죠"(38)라고 우드 부인에게 말한다. 이처럼 자유를 획득하려는 프린스의 의지에는 그녀의 정서적 행복과, 비참함보다는 유쾌함이 담보되어 있다. 비록 그녀가 런던에서 우드 가를 떠날 경우 위험이 닥칠 것을 의식하기는 하지만 그녀 특유의 솔직한 스타일로 다음과 같이 명쾌하게 말한다.

> 나는 명령받은 대로 이 집에서 나갈 것이다. 그렇지만 나는 주인들에게 전혀 나쁜 짓을 하지 않았다. 이곳에서도, 또 서인도제도에서도 그러했다. 나는 주인부부를 즐겁게 하기 위해 늘 밤낮으로 열심히 일했지만 만족감을 주지는 못했다. . . . 나는 몸이 아프다는 것을 여주인에게 말했지만 그녀는 나에게 집에서 나가라고 명령했다. 이번이 네 번째이며 이제 나는 나간다. (35)

서사의 말미에 이르면 프린스의 저항적인 서술은 더욱 강력해진다. 프린스는 자신의 분노를 표현하기 위해 그 초점을 특이한 주인이나 그 부인의 잔인성보다는 일반적으로 노예제가 지닌 악의 본성을 통해 드러내 보인다.

> 우리는 영국 하인들처럼 합당한 대접을 받고 합당한 임금을 받는다면 힘든 일을 개의치 않는다. . . . 하지만 그들은 우리와 다르다. 우리 모두는 일 - 일 - 일, 그것도 밤낮으로, 아프건 아프지 않건, 모두 마칠 때까지 일을 해야 한다. 우리는 아무리 학대당해도 변명해서도, 잘못 보여서도 안 된다. (38)

프린스의 삶이 노예제에 의해 황폐하게 변모해왔음은 명약관화하다. 그러나 『생애』의 서사가 전개되는 동안 프린스는 다른 노예희생자들과는 달리 백인들의 행동이 명백히 잔인하고 부당할 때면 백인의 말을 법으로 받아들이길 거부한다. 따라서 프린스는 자신에게 가해진 처벌을 피동적으로 받아들이는 것과는 거리가 멀다. 오히려 노예주들에게 말걸기를 통해 그들이 가한 잔혹성으로 "몹시 지쳐버린" 몸에서 벗어나게 된다. 그녀의 지치지 않는 정신은 거꾸로 그녀의 탄력적인 회복력과 지칠 줄 모르는 정의감을 반증하기도 한다. 프린스는 억압받고 침묵당하는 그녀의 동료들과 달리 그녀 자신의 이야기를 한다. 이는 아무런 목소리를 갖지 못한 동료 노예들을 대신하는 의식적이고 힘찬 이야기이다. 그녀는 『생애』를 마치면서 그녀 자신이 "지금까지 노예였"으며 노예로서의 자신의 삶을 기록자인 스트릭랜드에게 구술하고 있음을 독자에게 다시 한번 상기시킨다.

> 나는 내 자신이 노예로 살아왔다 — 그래서 노예들이 무엇을 느끼는지를 잘 알고 있다 — 나는 다른 노예들이 무엇을 느끼는가, 그리고 그들이 내게 해준 말을 이제 내가 그들을 대신해서 말할 수 있는 것이다. (38)

그러므로 그녀의 서사는 프린스라는 개인적 경험에 한정된 기록이 아님을 분명히 한다. 그것은 두보이스W. E. B. Du Bois, 파농Franz Fanon, 메미Albert Memmi, 게이츠Henry Louis Gates, Jr. 등이 흑인문학을 서구사회에서 흔히 문화적으로 소외된 흑인으로서의 삶에 갈등을 일으키는 개인들을 묘사하고 있다는 입장을 취하고 있는 데서 한층 진일보한 측면을 지닌다. 말하자면 프린스의 서사는 개인적 경험을 뛰어넘어 범대서양 노예제 시대에 그들의 인간적 권리에 대한 학대에 고통 받지 않을 수 없었던 사람들을 대신해서 쓰는 글쓰기이자 궁극적으로 카리브 지역의 문화적 정체성을 도모하는 하나의 저항서사라는 점에서 그 의의를 찾을 수 있다.

4. 인종과 젠더의 검은 대서양 서사로서의 『생애』

『생애』는 검은 대서양 문학에서 첫 번째 중요한 서사로 평가된다. 뒤를 이어 그로니소Albert Gronniosaw, 산초Ignatius Sancho, 마란트John Marrant, 쿠고아노 Ottobh Cugoano, 에퀴아노Olaudah Equiano, 휘틀리Phillis Wheatley가 있다. 주로 이들의 텍스트는 소재뿐만 아니라 형식에서도 비슷한 흑인의 글쓰기로 결코 주변부적인 아닌 광범위한 대중성을 확보했다. 그러나 『생애』는 에퀴아노가 직접 쓴 『흥미로운 서사』The Interesting Narrative of the Life of Olaudah Equiano와 달리 텍스트 모음집이다. 백인여성의 번역에 의존하면서 프링글의 서문과 그 서문에 나타난 여러 선언, 부록 등을 싣고 있는 『생애』는 노예여성 프린스의 "자서전"의 사실성과 역사성을 보증하는데, 특히 프링글은 프린스가 법적으로 자유를 보장받을 수 있도록 한 법정 심의 관련 문서의 사본을 부록으로 첨부시켰다. 이것은 프린스가 실존인물임을 명시해서 그녀에 대한 영국인의 의구심을 차단하기 위함이었다. 이러한 프링글의 도움이 없었더라면 도주한 (전)노예이자, 여성, 그리고 흑인인 프린스는 대영제국 식민체제에 저항하며 정치적 정체성을 도모하려는 데 있어 어디까지나 하위주체에 지나지 않았을 것이다. 그랬더라면 그녀의 발언은 어떠한 법적 구속력도 갖지 못했을뿐더러 아무런 가치도 인정받지 못했을 것이다.

프린스의 개인적 목소리는 처음에는 특수한 노예언어로 시작하지만 이러한 편집과 출판과정을 거쳐 번역되어 드디어 공적 논쟁으로까지 확대되는 결과를 낳게 되었다. 전술한 바와 같이 그녀는 자신의 목소리를 통해 자신의 문화적 뿌리에서 파생된 민족적 자기의식의 기초를 공고히 하였는데 자신의 문화적 정체성이 요람으로서의 땅인 카리브와 심오한 일체성을 보여준 것이 그것이다. 『생애』에서 영국은 목적을 향한 수단일 뿐, 카리브라는 문화적, 지형적 공간이 그 중심뿌리이자 핵심적 이미지들로 전달된다. 그녀의 정체성이 발현되는 이 공간은 노예상태와 해방의 분기점에서 프린스라는 개인의 생애를 통해 신세계의 출현을 예고하는 공간이기도 하다. 노예여성의 삶을 반추해서 자전서사를 쓰는 것 자체가 탁월한 문화적 행위라면 『생애』는 여기에서 더 나아가 흑인여성이자 노예라는 인종과 젠더의 공간에서 부상하는 카리브인의 주체성의 승리의 서사로 전환된다는 점에서 검은 대서양 문학에 여성노예담론을 개입시킨 점을 그 문학적 성과로 꼽을 수 있다. 그것은 노예여성의 권력화뿐만 아니라 노예 전체의 해방에 관한 이야기로 읽힐 수 있다는 의미이다. 그녀의 고통스러운 몸은 카리브 남성, 여성, 아이들의 고통당한 몸을 대신해서, 그리고 그들의 몸을 통해 말해지고 있다. 그뿐만 아니라 노예제에 굴하지 않는 인간 정신의 승리를 돋보이게 하는 점에서 프린스의 개인의 구술서사는 카리브라는 문화적 공동체에 연결되어 그 정체성을 추구하고 있다. 17세기 중반부터 20세기 중반에 걸쳐 대영제국의 식민 실현에 의해 형성된 카리브 지역은 식민기에서 탈식민기에 걸친 카리브의 다양하고 모순된 관점을 잘 노정하고 있다. 이 공간에서 프린스의 분명한 목소리를 통해 성취되는 카리브 주체성의 승리의 서사인 『생애』는 오늘날 "세계사에 탁월한 기공식을 마련해준 구술서사"(Fergusson, Moria, "Introduction" 28)로 평가받고 있다. 이 구술서사는 나아가 수많은 희생의 증거물과 법률사의 기록물로서, 또 아프리카나 카리브, 혹은 다른 세계들에서 여전히 노예상태에 처해있는 사람들을 위해 말할 권리를 흑인여성에게 부여하고 있다는 점에서 그 의의가 크다고 할 수 있다.

제2장

아프리카계 미국 노예서사—
토니 모리슨의 『비러비드』

1. 소수인종서사에서 역사와 기억

다인종 사회인 미국은 다양하면서도 다층적인 문화적 특성을 지니고 있다. 인종, 민족, 계급, 종교, 언어, 지역 등의 특수한 문화적 지형에서 배출된 미국의 소수인종 작가들의 경우, 인종적 자아를 자리매김하는 데 있어 무엇보다도 기억의 문제에 깊이 천착하고 있다. 예컨대 아프리카계, 원주민계, 아시아계 미국인 등이 기억을 중요시하는 데는 문학과 역사가 다 같이 기억으로 연결된다는 점, 그리고 소수인종이 주류역사학에 도전할 수 있는 것은 지배적 역사에서 소외된 자신들의 기억을 통해서만 가능하다는 입장이 자리 잡고 있다. 그렇기 때문에 서사에서 기억이라는 대안적 인식론이 갖는 중요성을 인식하고 있는 미국의 소수인종 작가들은 기억이 주류역사에 개입하여 기억을 안정되게, 역사를 불안정하게 하는 이중의 움직임에 주목한다. 나아가 이들은 소수인종서사에서 기억을 역사로 재각인시키려는 특징을 보인다.

인종문학을 논하자면 인종의 역사나 문화를 어떤 식으로 인식하는가에 대한 설명이 뒤따라야 할 것이다. 소수인종에게 인종문학이란 지배문화에서 자리매김 되는 특수한 역사와 관련지어 소수인종이 구성되고 재발화되는 방식을 말한다. 인종문학이 지닌 특수한 성격에 관심을 보이는 비평가들은 소수인종서사가 지배적 역사를 전복, 수정하려 할 뿐만 아니라 대응역사counter-history까지 만들려 한다고 주장한다. 지배적 역사에 침묵당한 주체에 목소리를 부여하고 인종주체의 역사적 재현의 한계를 넘어 상상적인 자아를 창조하려는 소수인종 작가들에 대해 논쟁적 입장을 취하는 비평가들은 이러한 역사 수정작업이 상당히 문제적일 뿐만 아니라 이런 문제에 관심을 기울이지 않는 것 또한 문제라고 비판한다(Palumbo-Liu 211). 그 이유는 소수인종 작가들이 역사를 전복하고 수정을 꾀할 때 직면해야 하는 난제가 스스로의 발화공간을 마련하고 역사를 수정하기 위해 먼저 역사를 전치해야 할 필요가 있기 때문이다. 역사를 불안정하게 하려는 이들의 시도에서 가장 먼저 행해져야 할 작업은 역사의 인식론적 기본 틀을 비판하는 일일 것이다. 동시에 또 하나의 주요 과제는 소수인종 작가들이 시도하는 대응역사가 역사라는 거대한 서사가 객관화되고 안정되어 있다는 점에 비하면 하나의 작은 서사에 불과하다는 점, 게다가 대응역사는 지배사가 요구하는 인식론보다 더 확고한 인식론을 요구하기 때문에 그 정당성을 모색해야 한다는 점이다.

인종서사에서 "역사"는 사물에 중요성과 질서를 부여하는 특수한 방식의 지배담론을 가리킨다. 역사라는 용어는 사건의 "자연스러운" 이해와 그 중요성을 주장하고 확실시하는 형식적, 비형식적, 공식적, 비공식적 발언으로 그 내용이 확대된다. 윌리엄스Raymond Williams는 "자연스럽다"는 말에는 일종의 이데올로기가 작용하고 있다고 주장한다(55). "자연스럽다"는 것은 역사가 단지 "공식적인 역사" 텍스트라는 사실을 뛰어 넘어 훨씬 더 광범위하고 설득력 있게 산포되는 방식이다. 소수인종서사에 대응역사를 개입시키려면 이처럼 이데올로기가 작용하는 "자연스러운" 역사 서술의 권위에 도전하는 인식론적 토대가 필요하다. 그러나 소수인종 작가들은 안정된 담론을 통해 역사를 전복할 수 있을 것처럼 여기지만 엄밀한 의미에서 "역사화"historiocising를 꾀하지는 못한다. 대신 이들은 상상문학의 공간, 즉 소설에서는 역사의 인식론적 토대에 하나의 대안으로서 인종적 자아를 자리매김하는 것에 비중을 둔다. 특히 그들은 등장인물 개개인의 기억을 통한 인종서사를 시도함으로써 지배적 역사와 병행할 수 있다고 강조한다 (Palumbo-Liu 212). 이처럼 역사를 수정하기 위해 기억의 기능을 중요시하는 소수인종서사는 역사에 쓰인 내용과 동떨어진 내용을 저장한 인종주체의 문화적 기억을 활용하여 주류역사에의 도전을 가능하게 한다.

　기억이라는 주제는 지금까지 어느 정도 다루어져 왔지만, 불안정함을 특징으로 하는 기억과 역사의 관계는 아직까지 주목받지 못한 실정이다. 바로 이러한 시점에서 미국인의 정체성에 영향을 미치는 인종과 민족, 젠더 문제를 자신의 글쓰기의 중요한 시각으로 포함시켜 여기에 기억과 역사의 관계에 천착하는 대표적인 작가로 토니 모리슨을 들 수 있다. 노예제를 견뎌낸 아프리카계 미국인의 혹독한 경험을 그린 『비러비드』Beloved (1987)는 오늘날 최고의 인종서사 가운데 하나로 평가 받는다. 모리슨은 미국사에서 오랫동안 부재해온 아프리카계 미국인의 인종서사를 시도함으로써 기억과 역사에 대한 상호 관심을 구체화하고 특히 기억에 대한 강한 신념을 보여준다. 그러므로 기억으로 다시 쓰는 역사는 『비러비드』의 중심 명제라 할 수 있다. 이 소설은 역사적 진실에 접근할 수 없을 때 이를 가능하게 하는 복잡한 인식의 형태로 기억을 기본적으로 사용하며, 독자로 하여금 역사가 불안정한 것임을 인식하게 한다.

미국 흑인 노예사를 인종서사로 다룬 최초의 본격적 텍스트인『비러비드』는 결과적으로 미국문학의 지형을 크게 바꾸어 놓았다. 미국내에서의『비러비드』에 대한 높은 평가가 이를 반영하듯, 이 소설에 대한 국내의 연구 역시 활발히 진행되어 왔다. 하지만 그 대부분이 흑인의 정체성 문제나 문학적 서술전략 등에 국한되었다는 점에서 일정부분 한계를 보이고 있다. 가령 모리슨이 미국 흑인여성문학의 전통을 잇는 점이나 흑인 정체성 문제에 가장 큰 관심을 두고 자신들의 정체성을 회복하기 위해서는 무엇보다도 흑인 고유의 전통과 문화를 제대로 계승해야 하며, 공동체와의 온전한 유대가 필요하다는 측면에서의 연구가 그 예들이다. 이러한 연구양상에 비춰볼 때 모리슨 연구에서 가장 중요한 면이라 할 수 있는 미국 흑인들의 고통스러운, 잊힌 과거사를 어떻게 복원하는가 하는 시각에서 기억의 문화적 차원에 대한 논의는 미비한 실정이다. 따라서 본 연구는『비러비드』가 아프리카계 미국인의 존재란 무엇인가를 화두로, 생존자들의 기억을 통해서 공식역사에 대항한다는 점을 부각시켜 이를 세밀히 살펴보고자 한다. 이를 위해 인종서사로서『비러비드』가 어떻게 역사에 스며들어 역사를 불안정하게 하고 역사에 기억을 재각인하게 하는지, 역사와 기억의 관계가 어떻게 전복되어 기억으로 역사를 다시 쓰는가의 문제를 다룰 것이다. 나아가 이러한 주제를 바탕으로 아프리카계 미국인의 기억의 문제가 오늘날 미국사회 소수인종의 문화적 정체성 문제를 논할 때 중요한 주제임을 부각시킬 것이다.

2. 아프리카계 미국인의 기억의 역사화 과정

『비러비드』는 아프리카계 미국인이라는 소수/주변부 인종을 미국사에 기표화하지 않은 점에 대한 대응차원에서 아프리카계 미국인의 기억을 정초하고 기억을 역사적 지점까지 끌어올릴 수 있는 대안을 모색한다. "이름 붙일 수 없는 진실들에 이름 붙이기" 위한 이러한 글쓰기는 소수인종서사에서 유토피아적인 가능성을 긍정적으로 비추는 글쓰기라 할 수 있다. 아프리카계 미국인들 사이에 일정한 정체성과 귀속감이 형성되는 것은 다층적 기억들이 서로 복잡하게 얽히고 경합하는 가운데 특유의 집단기억 collective memory, 즉 "기억의 문화"가 형성되면서부터이다(Feldman 61). 그런 의미에서 기억의 문화를 "기억의 문화정치학"으로 불러도 무방할 것이다. 아프리카계 미국인들에게 "기억의 문화"는 "말로 할 수 없는, 말해질 수 없었던 내용"(199), 즉 말하지 않고 묻어두었던 생각들을 이야기하는 것 자체를 의미한다. 그러므로 기억을 이야기하는 것이야 말로 아프리카계 미국인의 생존전략이자 자신들의 역사를 확립하는 작업이다. 그러나 이러한 기억의 역사화 과정은 그간 아프리카계 미국인이 겪었던 고통을 치유하기가 얼마나 힘든가를 의미하기도 한다. 『비러비드』는 첫 장부터 등장인물들의 기억 모두가 문제투성이로 드러남으로써, 저 깊숙이 자리 잡고 있는 개인적 기억을 역사적 위상으로 끌어올리는 데 커다란 고통이 수반될 수밖에 없음을 보여준다. 노예제가 시행된 이후로부터 한 세기가 지난 현재의 시점, 즉 1840년에서 1874년에 이르는 현재의 시간을 배경으로 하는 이 서사에서 등장인물들은 이제 자유 신분으로 과거를 서서히, 그러면서도 자세히 뜯어보기 시작한다. 그러나 노예제 시행 당시의 고통과 분노, 상실감에서 여전히 헤어나지 못하고 있는 데다 여러 기억들이 충돌하고 분절화되는 데서 기억은 복잡하고 문제적인 양상을 지니고 있음을 드러낸다.

기억과 역사의 관계는 서술이 시작되기 전, 소설의 헌사epigraph에서 일찍이 드러난다. "나는 내 민족이 아니었던 그들을 내 민족이라 부를 것이며 사랑 받지 못했던 사람들을 소중한 사람Beloved이라 부를지어다"(「로마서」 9:25)라는 구절은 개인과 집단을 결부시켜 흑인사회를 재구성할 필요성을 부각시킨다. 1577년부터 1820년에 이르는 합법적 노예무역을 통해 서아프리카 해안에서 카리브를 거쳐 미국으로 오는 도중 많은 노예들이 희생되었다. 헌사에서 화자가 "oh my people"이라고 부르는 자신의 종족은 이처럼 아프리카에서 아메리카로 오는 뱃길에서 죽어간 6000만 명 이상의 아프리카계를 지칭하지만, 『비러비드』에서처럼 부모에 의해 살해된 아이들까지도 포함한 노예제의 희생자 전부를 가리키기도 한다. 소설 제목의 "Beloved"라는 말에는 "소중한 사람들"이라는 뜻도 있지만 역사의 "진리"와 결부되기도 한다. 주지하다시피, "진리"를 왜곡하고 굴절시키며 생략하는 기능을 하는 여러 기제들이 인종적 기억담론에서 특수한 문제를 제기해 왔다. 그렇다면 기억을 통해 과거를 복원하여 역사를 다시 쓰는 행위에서 상징화되는 "비러비드"를 작가는 굳이 모녀간의 해결되지 않은 문제를 통해 다시 상상하려는 까닭은 무엇인가? 아이를 죽일 수밖에 없었던 한 여성의 비극적인 개인사를 흑인의 전 역사로 확대하는 과정에서 그녀와 그녀 주변에 무슨 일이 일어났는가를 기억하고 그것을 재구성하는 식으로 진행되는 이 서사에서 여러 질문이 제기된다. 그것은 바로 노예제에 의해 직·간접으로 희생된 흑인들의 역사를 암시하기 위한 것이라고 볼 수 있다. 따라서 미국사에서 흑인의 생존 문제란 과연 무엇이며, 아이를 살해하는 이야기가 어떤 논리에서 오늘의 21세기에 이데올로기적인 관심을 불러일으킬 수 있는가 하는 질문은 필연적으로 뒤따른다.

주인공 여성이 자신의 딸을 죽일 수밖에 없었던 개인의 비극사를 다루는 『비러비드』는 한편으로 노예제 역사의 악몽 같은 회오리에 파열되어버린 모녀관계를 애도하는 서사이다. 다른 한편으로, 이 소설은 비극적인 개인사를 통해 그동안 거대한 침묵에 묻혔던 아프리카계 미국인이라는 소수인종의 역사를 본격적으로 환기시키는 서사이다. 개인과 그녀 주변에 무슨 일이 일어났는가를 기억하고 그것을 재구성하는 과정에서 개인사가 흑인사 전체로 확대되는 셈이다. 기억과 관련해서 먼저 이 서사의 플롯상의 특징을 살펴보면, 노예여성에게 엄청난 권위를 부여하여 여성이 역사서술의 권위를 주장하도록 하는 것을 알 수 있다. 문제는 이 인종서사가 미국사에서 무엇이 위험에 처해 있는가, 다시 말해 주인공 세써Sethe에게 무슨 일이 일어났는가를 다루려는 의도에서 기억과 역사 자체가 위험에 처해 있음을 전달한다는 것이다. 동시에 개인의 기억을 마치 제식처럼 풀어내는 가운데 개인적인 상실감에서 벗어나 흑인 공동체의 "집단적 힘"을 회복하는 과정을 보여주는 방식을 취한다(Grewal, *Circles of Sorrow* 14). 『비러비드』는 마가렛 가너Margaret Garner라는 흑인여성의 실화를 바탕으로, 딸인 비러비드Beloved를 죽인 어머니 세써를 통해 노예제 하의 아프리카계 미국인의 삶과 그 충격적 서사를 재창조한다. 이 텍스트는 모녀간의 해결되지 않은 관계를 여러 인물들의 기억을 통합해서 흑인전체의 인종서사로 확대하는 점에서 역사소설의 장르에 속하지만 루카치Georg Lukacs식의 고전 역사소설과는 관점이 다르다. 그것은 역사에서는 찾아볼 수 없는 유령의 등장과 유령이 지닌 무서운 비밀, 그것의 의미, 악령에 사로잡힌 듯한 폐쇄적이며 공포적인 분위기와 플롯 때문이다. 흑인 문화를 인정하지 않는 기존의 미국 전통에 대항해서 모리슨은 19세기 아프리카계 미국인 정서를 창조하고자 유령의 현존을 진지하게 다룸으로써 "흑인사를 신화적 허구"로 변형시킨다. 이는 오늘날 남미나 "제3세계" 작가들이 역사를 재수정해서 쓴 탈식민 서사와 같은 맥락으로, 식민사의 문화적 인식론적 붕괴를 매개하는 마술적 사실주의가 아프리카계 미국의 역사 소설에 영향을 끼친 과정과 유사하다

(Slemon & Tiffin 20-21). 모리슨이 역사에서는 재현되지 않은 유령의 딸을 등장시킨 것은 흑인에게 기억과 역사 자체가 위험에 처해 있음을 전달하기 위해서이다. 특히 소설 초입부터 등장하는 유령 이야기는 작가가 미국에서의 노예 흑인의 삶이 더 이상 합리적 이성으로 설명될 수 없는 미신과 주술에 가까운 성격임을 보여주기 위한 장치이다.

다음으로 『비러비드』는 인간을 노예로 삼을 수 없다는 점을 전략화하기 위해 미국사에 개입하여 기억을 통해 대항적 글읽기를 유도하는 특징을 보인다. 노예제도야말로 인간이 만든 가장 사악한 제도라는 작가의 확신은 도덕적, 인식론적, 정치적 차원으로 전달된다. 그녀는 역사로 기록되어 정식화된 과거와 개인들의 기억으로 재구성하는 현재간의 긴장 관계를 변증법적으로 전개하면서 사실을 추구하는 서술만큼이나 채색하려는 서술 역시 병행한다. 한 예로 모리슨의 경우, 지배문화의 권위적인 목소리를 지닌 정부 문서나 신문은 진리로 활용하는 반면, 아프리카계 미국인의 역사는 주류 담론 텍스트의 틈새에 존재하는 소수의 기억으로 전달하는 점을 들 수 있다. 이러한 서사전략은 결국 소수담론까지 균질화하여 소수의 음성을 제거하려는 거대한 "역사"담론과 그 틈새에 낀 소수의 기억담론이 병행한다는 점에서 그 중요성을 찾아볼 수 있다. 또 다른 특징으로 『비러비드』는 다중적 목소리를 통해 개인을 탈중심화한다. 이는 바흐친이 말한 "소설의 사회학적 시학"의 "다성적 이상"을 상기시킨다. 동시에 그것은 "한 텍스트의 통일성내에서 세계의 다양한 내용들을 동시에 표현하려는, 여러 다른, 상대적으로 자율적인 의식들의 공존이자, 상호작용, 상호의존"(Anchor, 253 재인용)임을 표현한다. 『비러비드』에서 바흐친의 '다성적 이상'을 상기시키는 여러 목소리들이 기억하는 내용들은 말하는 주체들의 내적 상처만큼이나 복잡다단하다. 그러한 기억과 상처의 치유는 이후 집단적이고 상호적인 작업으로 진행된다. 여기에서 여러 개인들이 빚어내는 '다성적' 목소리는 과거를 다루는 과정에서 집단적 기억으로 수렴되며 정화의 효과를 발휘한다.

나아가 『비러비드』는 기억하기의 심리적 구성에 초점을 맞추고 있다. 모리슨은 1970년대 『흑인의 책』*The Black Book*을 편집할 때 "우리[흑인들]의 삶을 기록하는 원래의 생경한 소재"를 수집하면서 마가렛 가너의 불명예스러운 이야기를 포함한 여러 고통스러운 사건들을 대면하는데 바로 이 시점에서 소설을 구상한다. 1856년 한 신문에 실린 "자식을 죽인 노예 어머니를 방문"하는 기사를 토대로 한 가너의 이야기에서 그녀의 삶을 상상적으로 재구성할 때 심리적 힘의 요소로 노예 어머니의 열정과 분노를 탐구하게 된 것이다(Lerner 60-63). 등장인물들은 1인칭 서술을 통해 침묵화된 부분을 노정한다. 여주인공 세써의 18년은 자아의 갈라진 틈새에서 지체되고 멈춘 시간이다. 그녀는 이 긴 시간 동안 일상의 다른 일들을 멈춘 채, 오직 과거 속으로만 빠져들어 "기억"하는데 그런 의미에서 이 서사 전체는 심리적 구성을 중심에 둔다. 이러한 구성은 과거의 여타 아프리카계 미국인의 노예서사와는 다르다. 흔히 과거 노예에 대한 묘사는 자유를 향한 점진적 발전을 그리는 점으로 정형화되었다고 볼 수 있다. 특히 자아인식의 과정에서 개인을 특권화 함으로써 영웅적 자아가 "나"라는 주체에 고정되고 결국 개인의 자유의 승리로 끝나는 특징을 보인다. 반면, 『비러비드』는 자유로운 현재에서 과거 노예제로 되돌아가는 거꾸로의 여정을 보여준다. 또한 전자가 노예제도에 끊임없이 저항하는 흑인여성을 강조한다면, 『비러비드』는 자식을 죽이는 어머니의 심정, 즉 어머니들의 심리적, 정신적 상태가 어떠한가, 그들의 내부에서 어떻게 느끼고 있는가에 관한 문제점을 다루면서도 그 갈등의 핵심사안으로 노예제를 살피고 있다. 서사가 진행되면서 노예제도에 맞선 세써의 도덕적 분노는 다른 방향으로 조정되는데, 그것은 심리적인 것으로 귀결된다. "당신 자신을 자유롭게 하는 것과 자유롭게 된 자아에 주인의식을 요구하는 것은 별개"(95)라 할 정도로 자유롭게 된 자아와 몸, 그리고 영혼을 어떻게 하면 자기 것으로 의식화할 것인가에 초점을 맞추는 형태로 나타난다.

3. 거대한 심연으로서 흑인 노예사 기억하기

"흑인사를 신화적 허구로 변형시킴으로써 허구와 역사의 경계를 가로지르는"(Campbell xvii) 『비러비드』는 흑인의 구전민담 전통에 세련된 현대적 전략을 구사해 블루스 형태로 기억을 풀어헤친다. 인쇄된 말이 소리가 되어 독자의 귀를 자극하여 주술의 세계에 빠지게 하는 이러한 음악성은 『비러비드』의 구조에서도 잘 드러난다. 3부로 나뉜 이 소설에서 시공간의 배경보다 더 중시되는 부분이 음악적인 질서인데, 세 부분의 지면수가 비슷하게 구성되지 않은 것도 그러한 이유에서이다. 제1부의 18장의 163페이지, 2부의 7장의 70페이지, 3부의 3장의 38페이지가 각기 다른 것도, 그리고 마지막에 속삭이는 기도와 재헌사의 "비러비드"라는 말 하나로 수렴되는 것도 그러한 음악적인 구조 때문이다. 그리고 아프리카계 미국인을 대변하는 세써와 폴 디Paul D가 자신들의 과거를 "재기억"할 때 청자-독자에게 들려주는 리듬이라든지, 축귀exorcise 행위, 그리고 한판의 씻김굿 같은 느낌을 듣게 하는 것은 바로 이 서사가 지닌 음악적인 흐름에서 비롯된다. 특히 기억을 통해 트라우마의 경험을 다각적으로 보여줄 때 모리슨이 취하는 방식은 과거의 공포를 좇아 그 공포와 대면하게 한 다음 한 판 씻김굿을 통해 그 원혼을 풀어주게 된다.

먼저 제1부의 기억의 실타래를 살펴보면, 세써와 폴 디는 기억을 통해 무서운 과거를 고통스럽게 대면하고 여기에 덴버Denver가 가세한다. 덴버가 대변하는 미래의 이야기는 비러비드의 과거 이야기에 맞닿아 있어 이들 모두가 함께 과거를 직면하고 서서히 이해하게 되는데 여기에서 초점화된 인물은 세써이다. 모리슨은 세써의 이야기부터 시작하여 폴 디에게 이야기의 핵심을 말하게 함으로써 주제를 중심으로 선회하는 기법을 사용한 것이다. "돌아서, 돌아서, 그녀[세써]는 이제 원점에 다다르는 대신에 또 다른 것을 생각하고 있었다(162)." 그것은 세써가 기억하는 식소Sixo의 이야기로 마치 기괴한 영웅담처럼 들린다. 폴과 세써의 사랑 이야기는 세써의 이야기를 폴의 이야기로 만들어간다. 이어 화자는 스탬프 페이드Stamp Pade, 엘라Ella, 레이디 존스Lady Jones 같은 부수 인물들을 통해서도 흑인사를 드러낸다. 베이비 석스Baby Suggs와 페이드의 이야기는 세써 이전 세대의 모습을, 식소와 체로키언Cherokee의 이야기는 노예의 고통스러운 삶과 그렇게 만든 잘못된 역사가 어떤 것인가를 전달한다. 화자는 때로는 블루스처럼 기억을 들려주면서 기억을 편안하게 놓아주기도 하고, 식소, 베이비 석스의 이야기를 따라다니기도 하며 고독, 불의, 절망의 슬픈 곡조를 도입하기도 한다. 등장인물들은 종족의 기억 속에 묻힌 세계를 환기시키기 위해 흑인 구어체나 관용어, 이미지를 반복해서 율동적인 의미를 만들어낸다. 단편적인 이야기들을 다른 이야기에 엮어가는 화자는 타고난 음유시인으로 넓고 힘차게 울려 퍼지는 목소리는 따뜻하고 다정한 인간적인 분위기를 주변에 두루 전달한다.

그러나 화자는 고정된 시각에서 기억을 풀어내지 않는다. 1873년, 미국 오하이오 주 신시내티 시 교외의 블루스톤 124번지에서 시작하여 다음해 1874년 4월까지에 걸친 시간을 배경으로, 이곳에 폴 디가 도착하면서 이야기는 시작된다. 청자는 이집을 방문하는 폴 디처럼 곧바로 어두운 허구적 세계로 뛰어드는데, 즉 목 잘린 아이가 분노하고 베이비 석스 할머니를 대면하며 그 아이가 1855년에 태어난 사실을 알게 된다. 그렇지만 서사는 계속 의미를 결여한 채 현재와 연대기적으로 연결되지 않는다. 기억의 분절된 조각들 속에서 들려오는 세써의 다른 이야기는 백인 노예사냥꾼과 학교 선생, 조카, 보안관과 관련되어 노예제의 공포와 고통을 간접적으로 드러낸다. 서사 초입의 아기 유령의 출물은 충격적이지만 세써와 덴버는 집에 유령이 있다는 사실에 점차 익숙해지면서 이 유령을 사악하다기보다는 "슬픈" 존재로 맞아들이는 변화를 볼 수 있다. 여기에 폴 디와의 18년 만의 재회는 자포자기 상태로 외롭게 살아가는 세써의 과거와 현재를 살아 움직이게 한다. 두 사람은 서로에게 노예시절과 연관된 여러 이미지와 정서를 환기시킨다. 동시에 상대에게 미래에 대한 희망을 불러일으킨다. 폴 디가 만지는 세써의 등에는 나뭇가지 모양의, 아무런 신경이 통하지 않는 커다란 상처가 있다. 그러다가 그녀의 아픈 기억은 "내부로 들어가며" 지하세계를 지나는 여정에 승선한다. 그녀는 망각의 레테 강을 지나 기억을 다시 살려내기 시작한다. 세써의 도주와 덴버의 기적적인 출산에 도움을 준 여성이 어머니를 찾아 나선 백인소녀 에이미Amy임을, 프랑스어로 비러비드와 같은 뜻이라는 사실을 밝히는 화자는 에이미의 말을 빌려 "인생의 상처로 돌아오는 죽은 자의 이야기(35)"를 말하며 "고통 없이 치유될 수 있는 것은 없다(78)"고 갈무리한다.

이처럼 세써와 폴 디의 과거 세계를 주술처럼 불러내는 화자의 역할은 프루스트Marcel Froust적인 의미에서 잃어버린 과거를 찾아 나서는 서구적 탐색과는 다르다. 화요일 축제일에 비러비드는 무덤 다른 편에서 돌아온다. 이야기는 점점 유령 이상의 이야기로 확대되어 간다. 비러비드는 살아 있다면 열아홉 살이 될 터이지만 이야기를 먹고 단 며칠 만에 성장한다. 세써가 과거 이야기를 들려줌으로써 비러비드를 키우기feeding 때문이다. 아기 유령이 늘 목말라하고 배고파하며 자신에게 관심을 갖기를 원하는 것도 같은 맥락으로, 특히 비러비드는 음식을 보채는 것처럼 이야기를 갈망한다. 그녀는 세써와 덴버에게 자신의 이야기를 하도록 요구하는데, 입으로 먹어 육체적 배고픔을 달래는 것처럼 이야기와 노래를 통한 청각적인 흡수는 아프리카 문화에 고유한 소통의 구전형식이다. 서아프리카 종교에서 과거를 기억하고 이를 다시 말하고 재기억하는 행위는 굶주리고 버려진 죽은 자를 먹여 살리는 하나의 방식이다. 그러므로 죽은 자는 산 자들이 기억하는 한 살아있는 존재이다. "비러비드"는 요루바Yoruba 사람들이 아비쿠Abiku라는 "떠도는 아이," "죽은 후에도 어머니를 괴롭히기 위해 몇 번이고 다시 찾아오는 아이"이다(Soyinka "Ethics" 28-30). 여기에는 죽은 자가 산 자와 "끝나지" 않는 관계를 맺으며 과거(죽은 자)와 현재(산 자)와 미래(태어나지 않은 자)는 공존한다는 속설이 포함된다. 모리슨이 박진감 있게 재현하는 이러한 세계관은 과거와 현재 사이의 유동성과 연속성을 역설한다. 죽은 자란 이전의 존재로 돌아가는 것, 베이비 석스가 말한 "죽은 깜둥이의 슬픔(b)"으로 돌아간나는 백락과 상통한다. 이렇게 화자는 독자에게 비러비드의 "현존"을 믿게끔 설득한다. 결국 "비러비드"라는 말은 기독교 이전에 그 기원을 두고 있으며, 블루스톤 마을사람들이 믿는 아프리카계 미국인의 신념이기도 하거니와, 또 다른 의미로는 순전히 아프리카적인 것으로서 살아 있는 후대에게 영향을 미칠 수 있는, 헤어진 사람들의 영혼을 가리키기도 한다.

『비러비드』에서 아프리카계 미국인의 인종서사를 다시 쓰는 행위에 "객관적" 역사 수정에 대한 요구가 수반되듯 종교적 세계관에 대한 수정도 요구된다. 말하자면 서구 기독교를 서아프리카의 종교에 섞어 아프리카계 미국인의 정서를 만들어내는 것이 그것이다. 이 소설에서 다양하게 인용되는 성서는 서구 기독교와는 다른 의미를 부여하는 전유로서, 성서적 운율과 울림을 통해 노예들을 위로하고 자신들의 문화를 생존하게 하는 중요한 수단이다. 베넷Bennett, Jr.이 지적하듯, "노예들은 백인의 패턴을 재해석한다. 그들은 성서적 이미지를 둘러싼 새로운 우주를 만들어 기독교에 새로운 차원과 의미를 부여한다"(99). 예컨대, 헌사의 「로마서」에서 인용되는 "비러비드"의 경우가 그러하다. 소설 첫 행부터 블루스톤 가 124번지의 집 안에서 찬장을 흔드는 유령의 정체는 소설이 진행됨에 따라 "이미 기기 시작한" 덴버의 언니의 혼령, 후에 "비러비드"라고 새겨진, 분홍색 돌 밑에 묻힌 아기 유령으로 드러난다. 그러므로 세써는 자신의 가슴에 꽁꽁 묻어 버린 어떤 내용을 아프리카적인 종교적 제식을 통한 한판 원혼굿의 형태로 전개해 가는데, 기억을 이끌어내기 위한 이러한 장치는 곧 비러비드의 질문이다. 4주 동안 비러비드는 "조약돌 같은 목소리"로 아프리카적인 운율을 띠며 아프리카적인 리듬으로 질문한다.

　　제1부의 기억을 통한 흑인남성들의 고통도 대단히 감수성 있게 묘사되고 있다. 린치와 남색, 그리고 수간을 당하는 폴 디를 포함한 남성 노예들의 고통은 처절할 정도이다. 강하고 책임감 있는 아들이자 남편인 할리Halle는 아내가 강간당하는 장면에서 마침내 무너지고 만다. 한편 모리슨은 여성들에게 별도의 공간을 마련하는데, 블루스톤 가에 위치한 세써의 집이 바로 그 장소로서 이 집은 블루스의 음조를 띤 "블루스 뮤즈"인 흑인여성 화자에 의해 묘사된다. 흑인여성의 속마음, 속뜻에 대한 비유로서 "124번지"는 남성들은 철수당한 곳으로, 하워드Howard와 버글라Buglar는 가출해버리고 여성이라는 이유로 여성들이 고통 받고 인내해야만 하는 중심 무대라 할 수 있다. 이곳은 실제로 고통이 구체화되는 장소로서 이 집과 세써의 의식을 점령한 비러비드는 바로 표현되지 않은 분노의 구현체이다.

　　124번지의 배후에 도사리고 있는 인종적 과거사는 제2부에서 기억을 통해 그 실체가 구체화된다. 세써가 들려주는 이야기를 먹고 자라나는 비러비드는 인간의 모습을 갖춰나간다. 폴 디에게 비러비드라는 이름은 피부 없는 아기 유령이다. 세써는 노예선에서 세써의 어머니가 사랑했던 남자의 이름이 세써임을 들려준다. 그러자 그녀의 기억의 어두운 울타리 저 너머로 노예선이 드러난다. 반면, 덴버에게 비러비드는 고통과 숨 막히는 어둠의 존재로 현재의 덴버 자신을 벗어나 인종적 과거를 다시 경험하도록 하는 미래의 상징이다. 가족이란 곧 사회의 소속을 의미한다고 볼 때, 노예제 하의 가족해체는 세써가 "나는 비러비드이며 그녀는 나의 것"I AM Beloved and she is mine(214)이라고 수차례 반복하는 데서 드러나듯, "내 것"mine 이라는 표현은 자아와 소속감의 다른 표현이며, 거꾸로 말해 가족과 언어가 모두 파괴된 상태를 반증한다. 나아가 "나"는 집단적인 "나"로 바뀌며 아프리카의 노예사를 재현한다. 화자의 이야기는 이제 세 모녀의 노래로 전달된다. 이제 폴 디는 떠나고 세써는 아이가 저승에서 온 아이임을 알게 된다. 세 모녀가 함께 말하는 노예 수송선에서 일어난 이야기는 공포와 죽음의 분위기와 더불어 세 모녀에게 "대단한 분노"hot thing(216)를 일으키고, 이들은 서로를 새발선하면서 가족과 모성애에 대한 갈망을 표현한다.

세써는 구원되고 비러비드는 가족으로서의 소속감을 갖게 되는 제3부는 여러 소리가 반향되고 모든 것이 동시에 일어나는데 지금까지의 세써의 모든 행위는 바로 이 지점을 향해 수렴된다. 이제 그녀는 이웃의 도움을 받아들이고 흑인사회가 그녀를 지탱하고 있음을 알게 된다. 죽음보다 더한 고초를 겪는 덴버, 덴버 못지않게 혹독했던 과거를 지닌 폴 디, 노예선 난간에서 떨어져 죽는 자신의 모습을 바라보는 세써, 이를 눈물 속에 쳐다보는 비러비드, 이들 모두의 경험은 반복, 병치된다. 그 기억의 길은 "124번지는 조용하였다"(239)라는 서술에서 알 수 있듯, 유아살해라는 재앙은 이후 평화로운 장면으로 전치된다. 이제 세써의 기억은 세써 혼자만의 일방적인 기억이 아니다. 폴 디는 세써의 삶에 자리를 잡을 수 있게 된다. 그가 세써의 등에 새겨진 죽어있던 나무를 살려내듯 세써도 폴 디를 살아나게 한 것이다. 또한 과거의 혼령인 비러비드로 인해 폴 디는 자신의 과거를 문자 그대로 그리고 비유적으로 "움직이게" 한다. 그간 켄터키의 스위트 홈Sweet Home과 조지아 알프레드에서의 노예로서의 그의 삶에는 깊은 상처가 배어 있어 노예해방이후에도 그는 한 장소에 머물지 못하는 불안정한 방랑인으로 살아왔다. 그러다가 124번지에서의 비러비드가 그를 다시 "움직이게" 한 결과, 폴 디는 과거의 기억의 작용이 중단없이 행해지는 것을 경험하면서 비러비드를 신비스러운 힘으로 감지할 수 있게 된 것이다.

이처럼 세써와 폴은 무서운 과거를 고통스럽게 한 꺼풀 한 꺼풀씩 벗겨내고 여기에 덴버가 가세하여 세 사람은 과거를 다시 기억하면서 치유된다. 흑인을 대변하는 이들은 "재기억"을 매개해 역사 속에 침묵당한 과거의 발자국을 대변하는 비러비드라는 유령을 퇴치한다. 이 소설에서 유령은 하나의 서술전략으로서 어머니에 의해 살해된 점에서 특별한 의미를 갖는다. 그것은 "배제당하고 보이지 않은" 존재로 기억을 통해 역사에서 아프리카계 미국인에 대한 잘못된 재현을 수정할 뿐만 아니라 자신들의 인종사를 다시 쓰게 하는 존재이다. 그런 의미에서 "유령이야기는 역사보다 기억이 선행됨을 의미하며 미래를 위한 대항기억을 지향하는 조건들을 이해하려는 싸움"으로 풀이될 수 있다(Gordon, Avery *Ghostly* 7). 비러비드 유령은 "희생자"이지만 그 힘이 거부되지 않는 존재이자 살아있는 자에 대한 유령의 요구로 비쳐진다. 소설 처음부터 불분명한 비러비드라는 존재를 화자는 마지막에서도 "기억되지 않고 설명되지 않은"(274) 대상으로 결론짓는다. 비러비드가 바람이 되어 사라지는 것은 비유적으로 말하자면 그녀가 재현하는 과거의 노예사가 침묵에서 벗어나 이제 기억되고 있다는 뜻이며, 과거를 정화하고 해방시킬 수 있음을 조용히 수용한다는 뜻이기도 하다. 바꿔 말해 개인과 집단이 비러비드에 대한 기억을 통해 "자아 인식과 카타르시스, 용서와 해방으로 나아간다"(Grewal "Memory" 142).

차츰 모든 흔적이 사라지고, 잊히는 것은 발자국만이 아니다. 물과 그 밑에 있는 것들도 잊힌다. 그리고 날씨밖에 남지 않는다. 기억되지 않은, 설명할 수 없는 사람의 숨소리가 아니라, 처마 밑을 스치는 바람이거나 재빨리 녹아드는 봄눈이다. 그냥 날씨뿐. 분명 키스해달라고 크게 외치는 소리도 없으리라. (275)

비러비드는 124번지에 올 때처럼 그렇게 떠난다. "재기억"이라는 기능을 마친 비러비드는 소재가 설명되지 않으며 신체가 없는 것으로 드러나는데 이는 노예제의 가장 깊숙이 자리 잡은 상실의 경험에 대한 은유이다. 사건들은 완전한 원을 그리며 세써는 과거에서 해방되어 현재에 모습을 드러낸다. 폴 디가 세써를 "최고"라고 하자, 세써는 "내가? 내가요?"라며 믿을 수 없다는 듯이 되풀이한다(273). 그는 세써에게 심리적으로 어떤 결심이 일어나고 있음을 인지한다. 그간 삐걱거렸던 감정들은 더 이상 찾아볼 수 없고 그들의 삶은 복원된 자연의 리듬을 타고 다시 숨쉬기 시작한다. 머잖아 폴 디는 세써 곁에서 그의 이야기를 준비할 것이다. 두번 되풀이되는 "disremembered"(274)라는 단어는 기억되지 않았던 내용을 연상시키지만 세써의 말대로 "재기억"을 요구하는 보상적 의미를 지닌다(Rody 39). "애도의 과정은 일종의 내재적인 리듬을 지니듯"(Miller 97), 소설 말미에서 화자는 조용한 엘레지 풍의 어조로 "그것은 전해질/지나칠 이야기가 아니었다"It was not a story to pass on(275)라고 반복하는 것은 과거의 상처를 노정하면서도 덮어주는 이중의 의미를 전달한다. 마침내 블루스 우먼과 흑인 지역사회는 과거가 더 이상 지연되는 것이 아닌 이제 쉬도록 놓아주어야 할 과거임을 인식시킨다.

4. 망각의 역사에 개입하는 역사적 기억

아프리카계 미국인의 고통과 질곡의 시간들을 기억하고 재현하는 『비러비드』는 기억을 어떻게 재각인시키는지에 있어서 소설 그 자체가 "망각의 역사"이자 역사의 거대한 심연에 관한 인종서사이다. 집단적 기억상실증을 방조하는 패권적 역사를 수정하려는 대항역사로서의 기억화작업을 시도하는 모리슨은 아프리카계 미국인의 인종적 기억이 그간 미국사가 수행하지 못했던, 크게는 아프리카계 미국인들, 작게는 미국 내 여러 소수인종들의 "말로 할 수 없었던" 기억을 역사로 진입시키려는 점을 강조하였다. 이처럼 역사적 진실에 접근할 수 없을 때 소수인종의 기억은 복잡한 인식의 양태로서 진실에 접근할 수 있도록 사용된다. 아프리카계 미국적 자아가 자유로워질 수 있는 진정한 토대를 마련하는 것으로서의 기억이라는 기능을 중요시하는 모리슨에게 역사는 결국 이야기하기이다(Bender 140). 작가의 의도는 이러한 기억을 통해 역사에 기록되지 않은 서사를 들려주어 후대가 이를 망각하지 않고 기억해야만 하는 점을 크게 염두에 두고 있다.

미국의 공식역사에서 제외된 이들의 존재를 역사에 다시 각인하려는 『비러비드』는 노예여성의 고통을 기억주체의 시각에서 일인칭으로 서술할 수 있는 공간을 열어놓았다. 노예경험 가운데 세써의 저항 행위, 세써의 심리와 정서, 즉 내부의 감정을 탐구하는 모리슨은 124번지와 그곳에 사는 사람들의 내면에 밀폐되어있는 강한 폐소공포적인 감정, 그리고 그것의 의미를 인식시킨다. 나아가 모리슨은 세써와 비러비드, 덴버 같은 흑인여성들을 주체로 내세워 역사에서 실종된 비러비드를 찾게 하는 페미니스트의 윤리문제를 제기한다. 그에 대한 윤리적 응답은 바로 기억하기이다. 베이비 석스와 세써를 비롯해서 덴버에 이르는 여성의 계보가 역사적 힘을 재현하는 것도 "세계 최초의 아카이브, 도서관들은 여성들의 기억"(Minh-ha,

Women 121)이라는 점에 근거한다. 이들의 기억을 통해 마침내 "말로 표현할 수 없는 것"을 표현하여 비러비드 같은 "사라진 여성들"의 위령제를 치른 것이다.

모리슨은 『비러비드』에서 역사적 상처의 충격이 엄청남에도 불구하고 이를 적당하게 봉합하고 해결하려드는 것을 거절하는 서사전략을 사용함으로써 상상적 수정작업이 간단치 않음을 보여준다. 예컨대, 떠나지 않는 트라우마로 18년 동안 세써를 짓눌러 온 기억이 그것이다. "트라우마란 개인의 과거의 폭력적 사건에 자리매김하는 것이 아니라 그것의 동화되지 않는 성격이 . . . 생존자의 마음에 되돌아와 이후에도 떠나지 않고 자리를 잡는 데"에 그 심각성이 있듯(Caruth 4), 세써, 폴 디, 비러비드를 포함해 아프리카계 미국인의 "목소리들"로 생생하게 전달되는 트라우마는 언어로는 감지할 수 없을 정도로 그 충격이 엄청나다. 어떤 면에서 이 소설은 딸을 죽인 세써의 과거를 완전히 혹은 제내로 회복시킬 수 없다는 섬을 제기하여 오히려 그 정치적 위급함을 전달하는 측면도 있다.

『비러비드』가 거둔 가장 큰 성과는 아프리카계 미국인의 기억을 역사에 개입시켜 자리매김을 시도하려는 인종서사라는 점이다. 가족해체에 따른 분노는 오늘의 상황에서도 끝나지 않은 문제임을 감안할 때, 비러비드는 그러한 비극의 순교자이자 모든 흑인 노예의 딸을, 세써는 수 세대에 걸친 노예 어머니를 대변한다. 이 소설을 통해 모리슨은 미국이라는 국가를 위해 단결해 온 흑인 집단이 지금까지 자신들을 뒤돌아볼 여유가 없었지만 이제는 미국사에 이를 기억할 것을 요구한다. 모리슨은 이 소설에서 아프리카계 미국인의 노예사라는 역사적 경험을 통해 그간의 소수민족으로서의 한계성을 극복하고 더 이상 "주변화된 문학이나 내면화된 식민지 문학"(Cheung 24)이 아닌 미국문학의 주류에의 진입을 시도하여 미국사를 패권적으로 구성해 온 사람들에 대해 도전한다.

이처럼 개인적, 집단적 기억을 통해 역사에 도전하는 치밀한 서사전략을 갖춘 『비러비드』는 역사에서 삭제되고 억압과 침묵을 강요당한 과거에 대한 비가悲歌이다. 그것은 일종의 대응역사로, 흔히 지배역사가 망각하고 삭제했던 소수인종을 기억주체로 내세우고 이를 인종적 기억의 중심으로 끌어내려 한다. 우리가 과거를 인식하고 현재를 이해하는 것은 역사가 우리에게 말해주는, 역사의 목소리에 의해 형성된다. 그것은 중심주 권력 여부에 따라 타자의 증언이나 증거가 들려지거나 무시될 수 있는 공간이 상대적으로 결정되기 때문이다(Hirsch and Smith 12). 그러므로 소수인종을 가시화하려는 모리슨의 서사는 지배 서사에 동화되지 않고 오히려 이질적 주체들을 내세워 이를 전복하려는 특성을 지닌 것으로, 역사의 내러티브의 재현체계들을 붕괴하는 경계선상에서의 글쓰기라 할 수 있다.

제2부

식민주의와
젠더

| 제3장 |

식민사에 실종된 카리브 피식민 여성―
자메이카 킨케이드의 『나의 어머니의 자서전』

1. 역사적 박탈감과 알레고리칼 글쓰기

식민주의 권력구조에 도전하는 대응담론 전략으로 크게 주목받는 킨케이드Jamaica Kincaid의 『나의 어머니의 자서전』The Autobiography of My Mother(1996)은 픽션형식의 문화평론서인 『어느 작은 섬』과 더불어 카리브계 영어권 여성 작가의 글쓰기의 특징을 잘 드러내주는 중요한 텍스트로 평가된다. 20세기 초 도미니카Dominica를 배경으로 하는 『나의 어머니의 자서전』은 카리브 Carib, 아프리카, 그리고 영국인의 피가 섞인 크리올creole 여성으로 태어나 도미니카의 가혹한 식민 환경을 인내해가는 주인공/화자인 주엘라Xuela Claudette Richardson의 삶의 회고이자 자기 형성의 초상화이다. 이 소설은 특히 서구 독자를 겨냥하여 유럽이 카리브 지역에서 자행한 식민수탈과 폭력을 인식시키기 위해 강렬한 시적 산문으로 도저한 절망감과 분노를 표출함으로써 "탈식민" 작가로서 킨케이드의 글쓰기의 진면목을 드러내준다. 이런 연유로 『나의 어머니의 자서전』은 카리브 사회를 희생의 서사로 재현함에도 불구하고 매우 역동적이면서 생산적인 사회로 그려나간다고 보는 긍정적인 반응으로부터, 도미니카를 대변하는 주엘라가 지나치게 고립되고 희생당한 인물로 부각된다는 혹독한 비판에 이르기까지, 출간 당시부터 킨케이드의 가장 논쟁적인 텍스트로 부상하였다(Paravisini-Gerbert 143).

카리브계 탈식민 작가들 가운데서도 특히 킨케이드와 나이폴V. S. Naipaul 등은 그들의 글쓰기를 통해 카리브 지역에서의 권력의 정치학이 불평등과 학대에 근거하고 있음을 집중적으로 조명한다. 그것은 이 지역사 전체가 정복, 대량 살상, 노예제 등을 필두로 한 유럽의 식민착취를 특징으로 하기 때문이다. 특히 킨케이드는 이 같은 식민착취의 역사를 비판하는 것에 그치지 않고 그 상흔이 현재의 카리브 사회를 어떻게 새로운 질곡으로 빠뜨리는가에 주목하는데, 그녀는 한 대담에서 "[정복의] 유산은 일반 사람들 사이의 잔인성에서 드러나며," "잔인성과 야만성, 약탈이 있는 곳이라면 어디서나 식민주의 유산이 되풀이 되고 있음이 사실이다. 식민주의자가 이를 부드럽게 자행해 왔다면 지금 우리는 과장되고 기괴한 방식으로 서로에게 행하고 있다"고 비판한다(Wachtel 58).

『나의 어머니의 자서전』은 파농의 탈식민론을 상당부분 반향한다. 파농은 토착민을 인종적, 문화적으로 열등한 존재로 바라보는 유럽의 식민주의적 시각이 지닌 파괴적인 영향을 밝히면서, 식민주의가 식민/ 피식민 모두에게 끝없는 긴장과 결코 화해할 수 없는 사회 질서를 초래한다고 주장한다. 이러한 긴장은 일상생활에서 여실히 드러나는데 식민/피식민 모두를 인종주의, 착취, 억압과 같은 도덕적으로 기형적인 체제에 굴복시키는 위험에 처하게 한다. 파농의 탈식민론이 중요한 까닭은 유럽 식민주의가 만든 식민/피식민의 인간관계를 해체해서 "유럽이 결코 낳을 수 없는 새로운 인간"을 탄생시킬 수 있는 새로운 사회를 구성할 수 있는 방식에 눈을 뜨게 한다는 점에서이다(The Wretched 252). 파농은 "오늘날 제3세계는 거대한 바위 덩어리처럼 유럽을 마주 대하고 있다. 그 목표는 유럽이 해답을 찾아낼 수 없었던 문제들을 해결하고자 하는 것이어야 한다"며, 자신이 "대지의 저주받은 자들"이라고 지칭하는 피식민지인에게 윤리적 참여를 요청한다(253). 그래야만 피식민의 열등감과 복종이라는 폭력적 식민유산을 종식시킬 수 있기 때문이다.

킨케이드는 『나의 어머니의 자서전』에서 여러 인간관계를 통해 파농이 분석한 "식민 상황들"을 다양하게 예증한다. 가장 대립적인 예가 주엘라의 부모이다. 그녀의 아버지는 "흰 가면"white masks을 쓴 흑인경찰로 식민주의의 파괴적 유산을 그대로 흉내 내어 자기 종족을 착취하는 반면, 주엘라의 어머니는 유럽의 식민 정복 초기에 거의 멸종되다시피 한 토착 카리브족의 후손으로 역사의 질곡과 희생자의 삶을 대변한다. 주엘라도 파농처럼 유럽 식민주의의 실체를 정확히 인식하여 식민주의가 초래하는 피식민의 자기혐오나 자기 파괴의 덫에는 빠지지 않는다. 그렇지만 식민/피식민의 이분법 해체에 집착한 나머지, 해방의 길에 이르는 정치적 행동을 거절하는 데서 파농과 차이를 보인다. 파농에 의하면 진정한 탈식민화는 피식민지인이 해방을 위한 투쟁을 통해 자유를 얻을 때에만 가능하다. 그는 식민화로 인한 부정적 영향에서 벗어나기 위해 피식민의 심리적 해방을 목표로 식민 상황을 어떻게 제거할 것인가 하는 문제를 제기하지만, 주엘라는 그러한 해방을 위한 정치적 행동에는 아무런 관심이 없다. 그녀는 카리브 지역의 역사적 상처를 헤아려 보려 하지만 어떻게 치유할 것인가의 문제로 나아가지 않는다. 그 같은 의미에서 주엘라는 식민시대 이후 심한 마비상태에 빠진 카리브 지역의 엔트로피entropy의 상징, 혹은 식민주의에 의해 "유산을 강탈당하고도 이를 다시 찾을 의지가 결여된 탈식민 카리브

인물"(Brice-Finch 202)의 형상화로 볼 수 있다.

이처럼 이 소설은 식민주의 폭력을 강력하게 고발하지만 자아성찰을 위한 윤리적 비전이나 그 가능성을 제시하지는 않는다. 그보다는 개인적 상실감을 역사적 박탈감으로 연결시키는 알레고리칼한 글쓰기를 시도한다. 알레고리가 식민화 과정에 기여한다고 주장하는 슬레먼Stephen Slemon은 유럽 식민주의가 비유럽적 정체성을 결정짓기 위해 자신들의 경험과 문화에서 타자를 어떻게 읽어내는지를 논증하면서 콜럼버스의 예를 들고 있다. 콜럼버스는 탐험이라는 이름하에 이국땅에 자신의 왕과 종교의 이름, 즉 유럽의 문화적 기표를 기입하였다. 이처럼 "'신'세계는 구세계에 부수적인 존재로 만들어진다"(161). 이러한 알레고리의 틀에는 식민화의 핵심 요소로서 매니키언 이분법Manicheanism, 즉 유럽과 타자라는 대립적 패러다임이 작동한다. 젠모하메드JanMohamed는 매니키언 이분법에 암시된 "도덕적이며 심지어 형이상학적인" 차이들에 의해 알레고리가 제국주의 기획의 버팀목으로 기여하였고 여기에 인종 차이에서 유발된 반명제가 구축된다고 지적한다(61). 『나의 어머니의 자서전』은 카리브 인종을 대표하는 어머니의 개인적 트라우마를 집단적 트라우마로 알레고리화하는 글쓰기를 통해 독자들로 하여금 아버지 가치에 의해 추동되는, 어머니 없는 카리브 사회의 혼란스러운 비전에 직면하게 한다.

『나의 어머니의 자서전』의 가장 큰 특징 가운데 하나는 어머니라는 존재를 통해 과거를 다시 생각해보는 서술 전략을 효과적으로 사용한다는 점이다. 이는 허구적 자서전 형식을 빌려 식민주의 트라우마를 페미니스트 관점으로 치환하는 알레고리칼한 글쓰기로서, 주엘라는 견고한 식민주의에 개입하면서 역사의 말소된 부분을 되살리기 위해 카리브 여성의 삶과 토착문화를 카리브 담론의 기본 요소로 복원한다. 또한 어머니를 통해 식민주의 패러다임을 역전시킬 뿐만 아니라, 나아가 식민사와 식민서사에 적극적으로 배상을 요구한다. 이 글은 이와 같은 킨케이드의 서술전략에 주목하여 『나의 어머니의 자서전』을 분석하는 데 있어 식민주의 담론에 젠더 문제가 어떻게 개입되는지, 주엘라의 삶을 통해 인종적 정체성 형성의 젠더화된 요소를 살펴봄으로써 카리브 여성경험의 특수성을 말소하려는 식민주의 이데올로기를 비판하는 데 목적이 있다.

2. 어머니 유령에게 말걸기: 카리브 여성작가의 글쓰기 전략

카리브 여성작가들의 글쓰기에서 중요한 전략의 하나는 여성 자신들에 대한 글쓰기이다. 그것은 곧 인종과 젠더의 측면에서 이중적 억압으로 구성되는 식민지 여성의 존재에 관한 글쓰기이기도 하다. 최근 들어 카리브 여성작가들에게 허구적 자서전이 중요한 상르로 부각된 것은 카리브 여성의 경험이 주로 식민주의에 의해 잘못 재현되어왔음을 지적하기 위해서이다. 이들 작품들은 유럽의 식민담론으로 인해 여성 스스로 말하는 문학전통이 존재하지 못했으며, 백인남성들에 의한 재현은 여성의 경험을 진정으로 전달하지 못했다는 점, 그리고 유럽담론의 일반적 통념, 보편 진리, 단일한 주체/성의 개념이 카리브 남성서사의 주요 관심이 되어 온 것에 크게 거부반응을 보인다. 대신 이들은 자서전, 즉 자기-글쓰기를 통해 인종, 민족, 젠더 정체성과 카리브 개인의 의식에 내재된 "상호 문화적"interculutral인 요소가 영향을 주고 있음을 보여준다(Paquet 4). 『나의 어머니의 자서전』 역시 식민주의와 가부장제라는 이중의 식민화로 인해 침묵당한 여성을 허구적 자전형식을 빌려 재현함으로써 효과적인 여성 시학을 보여준다. 이러한 허구적 자서전은 유럽의 개인주의 이데올로기에 기반한 인습적인 자전적 자아의 전형을 탈각시킨다는 점에서도 특별한 의미가 있다.

스피박은 "자서전이란 역사의 피가 마르지 않는 상처"라고 언급하였다("Acting Bits" 172). 자서전은 자신의 삶에 대한 글쓰기로 "역사의 봉합되지 않은 상처"(Gregg 927)를 통해 자신의 삶을 이해하고 재주장하려는 한 방식이자, 역사 자체를 회복하려는 한 수단으로 볼 수 있다. 자서전을 권력화의 수단으로 보는 페미니스트와 탈식민 비평가들은 "정체성에 기반한 주체의 재구성"을 시도해왔다(Donnell 125–26). 페미니스트들은 이 형식을 빌려 자신들의 역사를 가시화해서 여성의 시각에서 재해석함으로써, 남성의 특권적 역사 이해, 나아가 여성의 삶의 경험에 대한 남성의 특권적 이해를 전복시키려 한다. 식민지배자에 의한 역사 서술의 거부는 탈식민 작가들의 글쓰기의 특징 가운데 하나이다. 이들은 "호명된 주체의 위상을 탈식민 입장에서 거절"하여 "호명의 저 원래적인 수단을 통해 텍스트성을 전유"하려 한다(Tiffin "Rites" 29). 『나의 어머니의 자서전』은 자서전에 초점을 두어 자기-글쓰기 행위가 갖는 해체와 전복에 독자의 주의를 환기시킨다. 자신이 태어난 순간에 죽은 토착민 카리브 여성인 어머니를 딸은 어떻게 기억해서 다시 살려낼 것인가, 이 여성의 봉합되지 않은 상처를 어떻게 대면해서 역사로 기록할 것인가의 문제를 서술전략으로 삼은 것도 그동안 잘못 재현되어온 이 지역의 역사를 카리브 여성의 입장에서 수정하려는 의도에서이다.

허구적 자서전은 장르적 경계를 해체하고 복수적 자아의 경험을 드러내는 혼합 형식이라는 점에서 크게는 카리브 여성의 "크리올" 글쓰기의 특징을 잘 보여준다. 카리브 지역이라는 특수한 문화적 지형에 역사적 뿌리를 두고 있는 크리올 글쓰기에 대해 길크스Michael Gilkes는 "크리올"이라는 용어가 지닌 정치적 반향을 설명하면서 크리올 글쓰기는 "서인도 글쓰기"에 대항하는 글쓰기라고 주장한다. 19세기 대영제국의 소위 "서인도 글쓰기"는 교육받은 외부자들의 방문기나 백인 식자층인 농장주인의 일기, 혹은 타락한 흑인들을 "새롭게 교정하려는" 이야기들로서 식민주의자의 생색내는 글쓰기에 다름 아니다(9). 게다가 20세기 전반부에 카리브 남성들이 생산한 문학도 애초에 영국이라는 식민 모국의 문학과 영국적 가치관을 그대로 계승하려는 점에서 크리올이라 불릴 수 없다. 제2차 세계대전 이후 독립을 전후해서 등장한 영어권 카리브 남성작가들은 남성성에 대한 인식에 있어 기본적으로 빅토리아조 문학과 철학적 전통에 의거한 글쓰기 전통을 이어나갔다.

식민지에서는 식민주의와 가부장제가 교차하는 역사가 존속해왔으며 탈식민사회에서도 젠더 편견이라는 특징은 그대로 대물림된다. 루이스 Lynden Lewis는 탈식민시대 카리브 지역의 국가형성에서의 젠더 문제를 다음과 같이 설명한다.

> 카리브 지역의 민족주의 운동을 보면, 민족/국가가 여성성에 대한 어떤 개념을 지니는지 여부를 떠나, 국가 구성에 참여하고, 그 매개변수를 기술하거나 권력장치를 매개할 기회가 여성에게는 실제로 주어지지 않았다. 이러한 결정은 식민지 가부장제와 그 권력 배치에서 "최상의" 전통에 따라 훈련받은 토착민 남성의 특권으로 남게 되었다." (277)

카리브 남성들의 유럽 식민주의와 그 가치관의 전유가 카리브 여성에게 위해한 사회구조를 초래했다고 폭로해 온 여성작가들은 칼리반Caliban 상징에 중요한 대응을 한다. 셰익스피어의 『태풍』The Tempest에서의 프로스페로Prospero와 칼리반이라는 이분법적 구도는 유럽문학에서 압도적일 정도로 강력한 이미지를 구성해 온 것이 사실이다. 또한 이러한 이미지는 시간과 장소에 따라 다르게 변형되었으며 그 중심에는 영어권 카리브 국가의 식민교육 경험과 이데올로기 도구로서 영국문학의 우월성이 크게 자리 잡고 있다. 반면, 탈식민 남성작가들은 이러한 잘못된 이분법과 식민권력을 끊임없이 심문해왔지만 칼리반 의식에서 결코 자유롭지 못했고 민족정체성 형성에서 식민주의 영향을 크게 벗어나지 못한 것도 사실이다. 따라서 킨케이드를 포함한 카리브 여성작가들은 카리브 여성 경험의 특수성이 설명되지 않은 점을 고려하여 새로운 유의 "토착민" 카리브 여성에 대한 접근을 시도함으로써 카리브 신화를 재구성한다. 즉, 유럽의 식민주의가 카리브족을 성적으로 탐욕스러운 인종, 혹은 식인종이라는 이름으로 재현함에 따라 카리브 여성작가들은 이에 대한 대응 신화를 통해 대안역사나 역동적인 역사담론을 제시하는데, 이 가운데 하나가 카리브 여성신화의 기원으로서 어머니를 딸 자신의 시각과 딸 자신의 이야기를 통해 전달하는 방식이다. 말하자면, 『나의 어머니의 자서전』의 경우 킨케이드의 상상력의 최전방에는 칼리반 대신 모계조상과 모계를 대표하는 어머니가 존재하는 것이다. 실제로 카리브 지역에 대한 유럽의 역사서술은 15세기말 콜럼버스로부터 시작되는데, 콜럼버스는 카리브족/식인 신화를 만든 장본인으로 카리브족을 "식인 '타자'"로 기입하여 신화담론을 형성하였다(Feccero 75). 페세로는 "식인"의 계보학을 논하면서 콜럼버스가 카리브 사람들을 "식인"으로 호명하게 된 배경에는 그들의 사회적 행동과 "식인"Cannibal에 대한 콜럼버스의 인지가 어원론적으로 관련되어 있다고 지적한다. 이로 인해 "카리브"란 명칭은 인류학적으로 별문제 없이 지칭될 정도로 이데올로기적으로 동결된 용어가 된다.

　『나의 어머니의 자서전』에서 어머니는 유령의 형태로 재현된다. 유럽제국주의 폭력의 희생자를 유령으로 재현하는 것은 개인적 트라우마를 집단적 트라우마로 알레고리화하기 위함이다. 사라져가는 과거에 유독 많은 관심을 보이는 흑인여성작가들은 죽은 자가 산 자에게 되돌아오는 이른바 유령의 귀환을 문학적 전략으로 즐겨 사용하는데, 이는 자신들의 잊힌 과거를 현재화 할 수 있도록 그 과거에 몸을 부여하고 과거를 재기술하기 위함이다. 유령의 출몰을 연구한 로디Caroline Rody는 특히 카리브계 여성작가와 아프리카계 미국여성들이 "스스로를 역사의 합법적인 상속자임을 주장하여 유령의 출몰이라는 마술적 미학"을 긴요하게 사용할 수밖에 없다고 밝히면서, 이들의 텍스트에서 유령들은 "모성적 과거에 대해 친숙하고 권위적인 관계를 요구"한다고 말한다(6). 데리다Jacques Derrida가 "유령"이란 "기억, 유산, 그리고 세대의 정치학"이라고 언급한 것은 산 자가 죽은 자를 불러들여 과거의 트라우마를 경험하게 한다는 의미이다(xix). 유령의 출현을 하나의 징후로 볼 필요가 있는 것은 트라우마의 기억들이 다음 세대에도 이어진다는 점에서이다. 다시 말해 유령의 모습을 통해 어떤 특수한 과거가 미래의 경험의 일부가 될 수 있다는 것이다. 그렇다면 우리는 왜 과거를 다시 쓰려 하는가? 제이Martin Jay에 의하면, "과거란 우리가 수행하는 데 어려움을 수반하는 문화적 요구를 우리의 관심으로 유도하는" 문제이기 때문이다(163-64). 그러므로 우리가 과거의 유령들의 목소리에 귀 기울이고 그들에게 말을 거는 행위는 우리의 윤리적, 정치적 의무이자 문화적 당위성이 된다. 유령이 말이 없는 것은 우리가 그들을 잊어서가 아니라 그들의 말에 귀 기울이고 그들에게 말을 걸어주라는 의미에서이다.

『나의 어머니의 자서전』에서 어머니 유령은 딸 자신의 삶에 연루되어 딸로 하여금 카리브 여성의 실종된 문화적 정체성을 재탐색하게 할 뿐만 아니라 독자에게는 식민주의 트라우마를 환기시키는 효과적인 장치로 볼 수 있다(Chang 116). 그것은 역사에서 폐기된 어머니/타자M/Other 유령이 "보이고 들리기를 요구하는 타자"의 요구를 구체화하는 것이며, 나아가 "우리를 일깨워주고 역사의 가능성, 역사에 대한 우리의 윤리적, 정치적 관계"를 재고해보도록 요청하는 것이기도 하다(Caruth 12). 유령에게 목소리를 부여하려는 딸의 서사는 부당한 역사에 정의를 요구하고 주엘라 자신의 문화적 정체성을 규정하는 데 커다란 의미가 있기 때문이다. 이처럼 과거에 매장되지 않았고 현재에도 매장될 수 없는 어머니 유령의 글쓰기는 카리브 여성의 상실된 정체성에 대한 재요구, 문화적 정체성 형성, 미래를 향한 문화 정치학, 혹은 젠더 정체성을 구성하고 강화한다.

3. 역사의 피가 마르지 않는 상처로서의 어머니 유령

『나의 어머니의 자서전』의 제목 가운데 "자서전"이라는 말은 어머니가 쓰는 어머니 자신의 이야기가 아니라 딸이 의도적으로 쓰는 "어머니의 자서전"이라는 점에서 아이러니컬하지만, 딸의 목소리에 묻어나는 고뇌의 근원이 바로 어머니라는 점에서 더 큰 아이러니를 자아낸다. 주엘라 자신을 일인칭 화자로 삼아 대화체가 없이 전개하는 이 서사는 주엘라가 서사를 의도적으로 통제한다는 인상을 강하게 내비친다. 어머니/타자의 자서전은 딸이 태어난 순간부터 노년에 이르기까지 딸의 상상 속에서 재구성되지만 궁극적으로는 딸 자신의 삶의 서사와 겹쳐지는 글쓰기이다. 킨케이드는 어머니의 과거를 의식하게 하는 데 자서전 형식이 도움이 됨을 언급하면서 "자서전이 없는 작가가 된다는 것은 나로서는 납득할 수 없다. . . . 나에게는 [글쓰기란] 실제로 내 삶을 구원하는 행위여서 자전적인 내용이 될 수밖에 없다. 나는 내 과거를 통해 이해하지 않으면 안 되는 그 누군가이다"라고 부언한다(Kincaid "A Lot" 176). 이렇듯 킨케이드는 다른 사람의 삶을 글로 쓰는 것이 실제로는 "작가와 주제에 다 같이 힘을 실어주는 탈식민화와 탈패권화의 형식"이 될 수 있음을 보여준다(Donnell 135).

주엘라와 어머니는 카루스Cathy Caruth가 언급한 "서로의 트라우마에 얽혀"있는 관계이다(24). 그러나 주엘라가 태어난 순간에 세상을 떠난 어머니는 텍스트에 부재하며 언어의 바깥에 존재한다는 점에서 어디까지나 서사의 조건이 될 뿐이다. 화자는 어머니를 기억하려 하지만 화자 자신의 기억에 전혀 각인되지 않은 죽은 어머니에 대한 자서전을 쓴다는 것이 처음부터 불가능한 작업이라는 데서 모순을 드러낸다. 오직 주엘라의 꿈에만 나타나는 어머니는 흥미롭게도 "얼굴이 없고" 목소리도 없다. "한 번도 본 적이 없는 얼굴, 꿈에서도 본 적이 없는 이 여성"(201)이 "무엇을 생각했는지" 딸로서는 전혀 알 길이 없다. 더욱이 어머니의 죽음으로 인해 자신이 유기되었다고까지 생각한다(199). 딸의 자기-글쓰기에서 그 존재를 드러내야 하는 어머니는 텍스트가 쓰임에 따라 승인되기보다 봉인된다. 이처럼 어머니의 부재하는 정체성은 멸종된 카리브족의 후예이자 피식민, 토착민 모성과 제3의 칼리반 정체성을 대변한다.

> 저 괴기하지만 육체를 갖춘 어머니는 명기될 수 없지만 글쓰기는 그녀의 현존을 유령에 쫓기며 쫓는 부재로 특징화한다. 살아있지만 죽은 토착민 여성의 삶은 다음에 올 삶들에 그 족적을 남긴다. 그것은 토착민 카리브 여성을 삭제하고 미완의 상처로 환원하기를 주장한 언어와 전통에서 쓰인 텍스트이다. (Gregg 928)

킨케이드는 『나의 어머니의 자서전』 집필 초기에 "나의 어머니와 나"에게 일어난 개인적인 상처에 대해 써내려갔지만, 나중에는 "힘있는 사람들과 힘없는 사람들"의 집단적 트라우마에 대해 쓰고 있음을 알게 되었다면서(Kincaid, "A Lot" 176–77), 이는 "직접적인 모녀관계보다 더 넓은 의미망을 지니며 . . . 나는 실제로 모국과 그것의 식민인 딸의 나라에 대해 쓰고 있다"고 밝힌다(Kincaid "I Use" 23). 여기에서 모성과 젠더가 식민주의에 의해 조종되어온 역사를 탈각하려는 작가의 의도를 엿볼 수 있다. 『나의 어머니의 자서전』에서 모성은 문제점 투성으로 상실, 동경, 결핍, 응답할 수 없는 욕망으로 재현된다(Anatol 938). 그럼에도 주엘라가 어머니를 완강할 정도로 발화하려는 것은 카리브 여성이 유럽 식민주의와 카리브 사회의 가부장제로 인해 주변화 되거나 남성의 욕망의 대상에 그치고 있다는 생각에서이다.

"내가 태어난 순간에 나의 어머니는 돌아가셨다. . . . 이 상실과 획득에 대한 깨달음은 나로 하여금 과거를 돌아보고 미래를 내다보게 하였다"(3)라는 소설 도입부와 이어지는 "내 삶이 절벽 끝에 서있다는 그런 생각이 들기 시작했고, 상실감은 나를 약하고 힘들고 무력하게 했다"(3-4)에서 보여주듯, 주엘라는 자신이 태어난 날을 "황량하고 검은"(3) 공간으로 인식한다. 어머니에 대한 상실감은 주엘라의 꿈을 통해 보상적 차원에서 재현된다. 어느 날 처음으로 어머니에 관한 꿈을 꾸는데, 사다리를 내려오는 어머니는 치마 끝에 가려진 발목만 살짝 보여줄 뿐 자신을 선명하게 드러내지 않는다. 주엘라는 어머니의 모습을 확연히 볼 수 없어 안타깝기 그지없지만 "깨어났을 때의 나는 잠들기 전의 아이가 아니었다"(18)라고 할 정도로 위로를 받고 이후 변모하기 시작한다. 게다가 어머니는 언어세계 너머의 "흥얼거림"으로만 목소리를 들려준다. 이렇듯 꿈에만 등장하고 현실적으로 부재하는 어머니는 카리브의 역사적 상처가 말소되고 망각된 것에 대한 주엘라의 불안감을 반영한다(Chang 108). 그것은 카리브 민족이 20세기 전반부에 겪었던 특수한 역사적 트라우마에 대한 알레고리로, 어머니에게서 버림받은 도미니카의 탈식민화를 반영하기도 한다. 이렇듯 서사가 전개됨에 따라 카리브 여성을 대변하는 어머니는 현재 사라진 카리브 여성의 모습으로 식민주의와 젠더 문제를 제기한다.

> 그들은 마지막 생존자들이었다. 살아있는 화석처럼, 그들은 박물관의 선반 위에 놓인 유리 상자에 처박힌 존재들, 나의 어머니의 민족은 영원의 선반 위에서 허무의 거대한 하품에 삼켜질 균형 잃은 불안정

한 사람들임은 의심할 나위가 없었다. 그러나 가장 참담한 사실은 그들이 상실했던, 가장 크게 상실했던 것은 그들 자신의 결함에 의해서가 아니라는 점이다. 그들은 그들 자신이 되는 권리를 상실했을 뿐만 아니라 그들 자신을 상실했다. (197-98)

죽은 어머니와 더불어 아버지를 통해 묘사되는 것은 식민화가 행해졌던 카리브 사회의 분위기이다. 사춘기 이전의 아이에게 어머니라는 모국과의 이상적인 유대감은 부재하며 어머니/땅은 경험되지 않은 채 오직 딸의 상상 속에서만 가능하다. 양육, 전통, 토대, 안전 등과 같은 어머니를 비유하는 이상적인 유대감에 대한 수식어는 부재한 반면, 아버지의 영역으로 재현되는 탈식민국가는 공고히 존재한다. 이 텍스트에 그림자를 드리우는 아버지 알프레드Alfred Richardson가 대변하는 식민 가부장제는 어머니의 부드러움에 의해 경감되지 않는다. 아버지 공간인 카리브에서 사다리 아래로 내려올 때 발목 정도만 비춰지는 어머니는 주엘라에게는 결코 닿을 수 없는 존재이자 시간 속에 동결된 존재인 반면, 시간과 더불어 움직이는 아버지는 식민주의자의 취향, 언어, 종교, 가치관을 흉내 내고 자신이 속한 민족을 자신의 욕망에 따라 만들어간다.

알프레드는 유아론적이며 물질주의를 지향하고 타자에 대한 연민이 결여된 인물이다. 아내가 죽자 아이를 세탁일을 해주는 여자에게 맡겨버리는데, 마치 아이를 세탁물처럼 취급할 정도로 그는 "공허한 인간"이다(4). 제국의 임무를 수행하는 경찰로서 경제적 이득에만 눈이 먼 그를 가리켜, 주엘라는 "내 아버지의 피부는 부패의 색깔을 띤," "동, 금, 철광석"(181)이라 표현한다. 가난하고 힘없는 카리브 사람들을 억압하는 그는 "고통을 영속화하는 섬나라 사람들의 일반적인 삶의 일부"(39)를 대변하기도 한다. 그 자신이 아프리카 혈통이 섞인 크리올임에도 식민주의 이데올로기에 복종하는 또 하나의 식민주의자임은, 그가 "아프리카 사람들처럼 행동하는 것은 무엇이나 경멸"하고 그들을 "모두 패배자, 파멸자, 피정복자, 빈자, 병자들"(187)로 생각하는 데서 잘 드러난다. 주엘라는 알프레드의 가부장 남성원리를 규정하면서, 이를 식민지에서 염탐한 것을 모두 자기 것이라 주장하는 유럽남성의 탐욕적이며 특권화된 욕망과 연결시킨다. 주엘라는 그녀의 아버지와 제국이 닮았음을 지도로 묘사한다.

> 그의 얼굴은 세계지도처럼 생겼다. . . . 뺨은 대양(그의 코)에 합류하는 두 대륙의 두 바다처럼 나누어진다. 그의 회색 눈은 속을 알 수 없는 잠자는 화산이다. 코와 입 사이에 적도가 놓여있다. 그의 귀는 수평선이며 수평선 너머로 가면 두터운 검은 허무에 빠지게 될 것이다. (91)

이국의 땅에 도착하여 그 땅을 자기 것이라 주장하는 정복자, 자기 의도대로 지도를 제작하는 제국주의자와 다를 바 없는 알프레드에게서 식민유산인 잔인성과 야만성, 약탈이 그대로 이어지고 있음을 알 수 있다.

킨케이드는 알프레드를 통해 유럽의 가부장제 이데올로기와 제국주의가 가세하여 식민주의 가부장제로 공고히 자리 잡음을 보여준다. 한편, 그러한 억압적인 가부장법에 대한 대응물로 어머니/땅을 상호 유기적으로 연결시키는 점은 주목할 만하다. 아버지에 대한 대응책으로 제시되는 어머니의 위상은 억압적인 식민가치의 젠더화된 관계를 역전시키는 효과를 발휘한다. 이는 카리브 지역에 대한 새로운 알레고리로 유럽식민주의를 조종해온 가부장법을 겨냥한 것이다. 헤겔Hegel은 국가를 가족에 비유하여, 전통적인 서구 가부장제가 유럽국가의 위계질서를 확립하는 데 기여했으며, 가족의 질서를 아버지라는 가부장이 담당하듯 국가의 남성수장은 신하들에게 질서를 부여하고 따르게 한다고 주장한다(41-42). 나아가 가부장제에 대한 헤겔의 사유는 식민지에도 자연스레 적용되었다(Adams 5). 식민지의 사회적 위계를 자연적이고 가족적인 개념, 일테면, 식민지를 "흑인 아이들이 백인 아버지에 의해 다스려지는 곳"으로 비유함으로써 여성과 아이들을 가족 안에서 종속시키기 위한 예비적이며 자연스러운 작업이 행해졌다(McClintock 91). 식민주의자를 추종하는 알프레드는 "카리브 남성들과 식민주의자들이 식민 위계질서를 만들기 위해 서로 공모"한 결과로 볼 수 있다(Lewis 274).

킨케이드는 피식민이 겪는 또 다른 전형적인 경험을 식민종주국의 언어인 영어와의 대면에서 구체화한다. 식민사를 담지한 언어에 대항하여 분노를 표출하는『나의 어머니의 자서전』은 카리브 지역의 식민사, 언어, 지식이 서로 밀착되어있음을 강력히 암시한다. 세탁 옷을 가지러 2주에 한 번씩 들리는 아버지에게 주엘라가 네 살 때 처음 한 말은 남에게서 한 번도 들어본 적이 없는, "내 아버지는 어디 있어요?"(7)라는 표준영어문장이다. 영어로 처음 긴네는 이 말에서 어머니는 부재하고 아버지는 어디론가 사라진 것 같은 개인적 상실감이 식민주의와 연결됨을 알 수 있다. 위탁모인 마 유니스Ma Eunice의 집에서는 프랑스 방언patois으로만 대화했다는 점을 고려하면 이점은 특이하다 할 수 있다. 여기에서 주엘라가 프랑스 방언이나 도미니카의 영어 방언을 타자화된 언어로, 표준영어를 언어의 상징계로 받아들이고 있음이 강력하게 피력된다. 주엘라에게 프랑스 방언이 "적합하다고 여겨지지 않았던 언어, 프랑스에서 온 사람조차도 말할 수 없고 이해할 수도 없는 언어", "유럽인도 접근하기를 거부하는 개인적인 언어"(16)인 것은 이 방언이 사회적으로 열등해서가 아니라 아무런 정치적 안전장치를 부여하지 않기 때문이다.

나는 한 번도 들어본 적이 없는 영어로 말했다. . . . 내가 좋아하거나 사랑하지 않은 사람들의 언어로 처음 한 말은 이제 내게는 신비스럽지 않다. 내 삶은 좋든 나쁘든 매사가 이것과 불가피하게 얽혀있어 바로 나의 고통의 근원이 되고 있다. (7)

영어는 주엘라에게 역사적, 이데올로기적으로 유령 같은 적이자 고통의 원천이라는 데서 주엘라의 반식민적 태도를 읽을 수 있다. 그녀가 영어를 사용하는 것은 『태풍』의 칼리반처럼 식민주의자를 비판하기 위해 "주인 담론"master narrative에 관계하는 경우와 유사하다. 또한 학교에서 처음 대한 "대영제국"The British Empire이라는 글자를 읽는 주엘라의 시선에서 자신이 피식민 주체임이 각인된다. 선교 교육을 받은 아프리카계 여선생은 인종과 문자 해독능력, 도덕성 면에서 피식민지인이 열등한 존재라고 가르치는데, 이는 전술한 바와 같이 "인종적 차이가 도덕적이며 형이상학적인 차이로 변형되는 상황을 빚어내는" 매니키언 이분법적 인식 때문이다. 따라서 식민교육은 학생들로 하여금 아프리카 유산을 굴욕과 혐오의 대상으로, 그리고 카리브 혈통을 지닌 주엘라를 자신들보다 더 경멸하는 식민주의 태도를 갖게 한다.

피식민은 자신의 언어를 거부하도록 배움으로써 결국은 스스로의 경험을 이해하기를 거부하는 결과에 이른다. 그로 인해 피식민의 경험은 비현실적이 된다. 다음 인용문은 어린 시절 한 꼬마아이가 물속에서 여성의 환영을 보고 따라 들어가 익사하는 것을 목격하지만 모두다 유령을 본 사실을 거부하고 있음을 주엘라가 분석하는 대목이다.

[그들은] 자신들의 눈으로 본 것이나 자신의 현실에서 본 것을 더 이상 믿지 않는다. 우리 자신들에 관한 것은 전부 의심되어, 결국 자신들은 비현실적인, 비인간적인 패자로 규정되고 . . . 자신의 경험을 자신이 해석할 수 없을 때 우리들은 우리가 경험한 진실을 알지 못한 것이다. . . . 벌거벗은 여자 유령이 꼬마에게 팔을 내밀어 그를 죽

게 하였다고 믿는 것은 비합리적이며 궁핍하고 천한 생각이었다. 나는 그 귀신을 믿었고, 지금도 그것을 믿는다. (37-38)

카리브 인종을 미신적이고 천하게 여기는 식민적 사유를 놓고 주엘라는 진실을 말하는 데 있어 수용되는 합법적인 지식이란 무엇이며, 그 지식이 어떻게 생산되는가, 지식은 어떻게 지식으로 유지되는가를 탐구한다. 여기에는 유럽인이 지구 대부분을 차지하고 세계에 대한 유럽적 지식이 궁극적 진리라는 점, 그리고 그 배경에는 그들이 말하는 계몽적 이성이 있기 때문이라는 깨달음이 수반된다. 그들은 이를 기반으로 다른 나라 사람들을 역사화 할 권리, 통제하고 실존적으로 규정할 권력을 획득할 수 있다고 생각한다. 또 그들이 식민주의를 기독교의 초월성과 연결하여 식민 지배를 영속화하고 불평등을 조장한다고 생각하는 주엘라는 피식민이 식민주의자의 신을 받아들이면 패배자나 비인간으로 변모할 수 있다고 판단한다. 기독교 찬송가는 구원의 환상을 말하지만 그것은 결정적으로 가부장, 주인, 그리고 친구의 형식을 빌린다(134). "왜 세계는 나나, 나처럼 생긴 사람들에게 등을 돌리는지? 이 질문을 할 때 나는 가진 것도, 조사해 볼 것도 없다. . . . 내 목소리는 절망으로 가득 차 있다"(132)에서 암시되듯, 주변부 타자의 철학적 질문은 서구의 보편적 인본주의에 근거한 주장들을 지워버린다. 인간과 신, 삶과 죽음에 대한 주엘라의 질문은 서구가 생각하듯 유럽적 "인간"의 조건과 삶에 대한 철학적 질문이 아니라, 강탈과 적나라한 폭력을 수단으로 행해져 온 식민 역사에 대한 질문이기 때문이다.

식민주의는 주엘라 주변의 여성인물들인 마 유니스, 새어머니와 이복여동생 엘리자베스Elizabeth, 라바뜨 부인Liz LaBatte에서도 내화되어 나타난다. 주엘라가 성장하면서 만나는 여성들은 여성과 모성에 대한 인습적인 사고 방식 때문에 스스로 소외된 사람들로 주엘라와 상호 연결되지 않는다. 그들은 식민주의와 젠더 이데올로기로 인해, 나아가 그러한 이데올로기를 내재화한 나머지 좀비화되고 죽어있는 상태로 묘사된다. 카리브 여성 현실을 반영하는 이들 여성인물들과의 긍정적인 연대의 실패는 주엘라로 하여금 크리올 정체성의 가능성을 실현할 수 없는 주엘라의 소외를 설명하는 장치로 볼 수 있다. 마 유니스는 "남자도 여자도 아닌" 삶을 살면서 일과 가난의 악순환에서 벗어나지 못한 하층민 여성의 전형적인 자기희생적 모습이다. 그럼에도 주엘라가 마 유니스를 거부하는 것은 마 유니스가 자신의 인종과 성을 부끄럽게 여기며 자기애를 갖지 못한 여성이기 때문이다. 영국을 천국으로 그려놓은 마 유니스의 영국제 접시를 주엘라가 실수로 떨어뜨리자 그녀는 영국에 대한 환상이 깨져버린 양 어린 주엘라를 학대하지만(9), 주엘라가 미안하다는 말을 하지 않는 것은 주엘라가 마 유니스의 내재화된 식민주의를 비판적으로 바라보기 때문이다.

주엘라의 새어머니는 가정에서도 식민적 폭력이 자행되고 있다는 사실을 보여준다. 카리브의 언어나 역사, 사회가 이미 폐멸된 것으로 인지하는 새어머니는 고의적으로 주엘라에게 프랑스어 방언을 사용하는데 이는 주엘라를 멸시하고 소외시키려는 의도에서이다(30). 이처럼 주엘라가 머물고 있는 가정은 카리브 여성에게 국가/가정의 신화를 의심케 하는 불안한 공간이다. 지하세계에 머물고 있는 주변화된 존재랄 수 있는 주엘라에게 알프레드나 새어머니가 대변하는 가정은 식민체제 안에서 순환되는 가부장제를 통해 젠더 폭력을 되풀이하는 공간이다. 주엘라의 이복동생 엘리자베스 역시 가정에서의 젠더의 식민화된 위계질서를 수용하는 인물로 여성의식이나 내면의 삶이 없다. 결국 그녀는 자신의 주체적 삶을 살지 못한 채 비극적 종말을 맞이하게 된다.

15살 때 아버지의 집을 떠나 수도 로조Roseau에서 공부하기 위해 하숙하게 되는 아버지 친구인 라바뜨Jacques LaBatte 부부도 실패한 인물들의 모습을 보여준다. 이들은 식민주의자의 승리 뒤에 도사리고 있는 여러 잔혹함을 보여준다. 라바뜨 아내 리즈는 특히 흑인여성을 모멸함으로써 백인의 존재감을 확인하려든다. 결혼과 재생산을 통해 여성 욕망과 사회적 성취를 얻고자 하는 리즈는 자식을 생산할 수 없어 주엘라가 대리모가 되도록 유도한다. 늙고 초라한 리즈에게서 생명력이 죽어가는 황폐한 인간, 가부장제 질서에 의존해 스스로 인식하는 식민주체의 무력함과 자아상실을 볼 수 있다.

식민 논리를 벗어나지 못하는 또 다른 인물로 주엘라의 남편 필립Philip Bailey을 들 수 있다. 대영제국의 식민지배 이후에 태어나 식민주의 유산을 고스란히 물려받은 필립은 주엘라의 어머니가 속한 카리브족, 지금은 혈통이 끊긴 인종들을 범주화하고 꼬리표를 붙여 분류하는 식민주의자를 대변한다. 그는 별다른 장래성이 없는 의사지만 "죽은 식물들을 분류하는 일로 분주"하다. 또한 책장의 책들은 역사, 지리, 과학, 철학, 명상에 관한 책들로 분류되어 있다. 하지만 그 어떤 것도 그를 평온하게 할 수 없다. 자연을 강압적으로 지배하려는 그가 식물을 좋아하는 이유는 "식물들을 자신이 원하는 대로 할 수 있다는 이유에서인데, 이를 자세히 들여다보면 그의 강박적인 관심과 일종의 정복행위가 스며들어" 있다(143). 카리브 세계를 대변하는 주엘라는 필립의 학문적 분류를 고의로 방해할 뿐만 아니라 그에게 흰 옷을 입히고 자신은 검은 옷을 입는다. 카리브 여성이 영국인에게 흰 옷을 입힐 수 있다는 것은 인종적 정체성이란 우연적인 것임을, 그리고 역사적, 인종적으로 강자와 약자를 구분하려는 의도에서이다. 킨케이드에게 "흰," "검은"이라는 말들은 실제로 권력과 비권력을 표현하는 용어이다(Kincaid "I Use" 23). 주엘라는 후에 로조를 떠나 시골에서 필립과 여생을 함께 하려는데, 그곳은 카리브 민족의 땅이다. 이 공간에서 필립은 "허무라는 커다란 하품에 삼켜지길 기다리는 영원의 바위 턱에 균형이 맞지 않게 위험하게 서있다." 그는 "그곳의 언어를 말할 수 없는 데도 여전히 그 세계에 갇혀 살고 있으며,"(224) "내[주엘라]가 그를 위한 중재자다. 나는 그에게 통역도 해준다. . . . 그가 알게 된 세계로 들어가는 것을 차단하는 것은 바로 나다"(218)라고 진술하는데, 카리브족을 추방시키고 그들의 공간에 살고 있는 영국인 필립은 토착민의 언어를 이해할 수 없어 비유적인 의미에서 죽은 자이자 영원한 이방인임을 알 수 있다.

4. 식민주의의 은유로서 여성의 몸

『나의 어머니의 자서전』에서 가장 심한 논쟁을 불러일으킨 부분이 바로 주엘라의 "어머니 되기의 거부"나 "모성의 거부"이다. 이 텍스트가 외연상 모순으로 가득 찬 까닭은 주엘라 자신이 유기된 것과 마찬가지로 주엘라가 낳을 아이도 계속 버려질 운명에 처해지기 때문이며, 반면 사라진 어머니를 역사 속에 서술하려는 주엘라의 강력한 욕망이 텍스트에서 지속적으로 계속되기 때문이다. 주엘라의 삶에서 어머니의 부재는 일생을 관통하는 정신적 마비의 근원이었다. "내 삶의 모든 것은 그것이 좋든 나쁘든 내가 필연적으로 얽혀드는 고통의 원천"(7)인 어머니를 주엘라는 절망적인 모습으로 기억하지만 소설이 전개됨에 따라 차츰 모성에 대해 고민하는 모습으로 바뀌어간다. 급기야 "내 안에 아이가 있는 나의 유령"(77)을 보는듯한 끔찍한 환상을 언급하면서 "난 결코 어머니가 되지 않을 것"(97)이라 선언한다. 실제로 그녀가 낙태를 통해 여성의 성과 생산능력 간의 필연적인 연결고리를 끊어버리는 것은 놀랄 일이 아니다.

> 내게 어머니란 존재하지 않은 분이다. 나는 최근에 어머니 되기를 거
> 절하였고 이 거절이 완전하리라 생각했다. . . . 나는 아이를 가질 수

있지만 결코 어머니가 될 수는 없을 것이다. 나는 자식들을 많이 가질 수 있을 것이다. 아이들은 나의 머리, 겨드랑, 다리에서 나올 것이며 . . . 나는 그들을 높은 데서 내던질 것이다. 나는 아이들의 사체를 가다듬어 번쩍이는 나무관에 하나씩 눕혀 땅에 묻은 다음, 내가 관을 묻었던 그 땅의 일부를 잊어버릴 것이다. 이런 식으로 나는 어머니가 되지 않는다. 나는 이런 식으로 아이들을 낳는다. (96-98)

이 수수께끼 같은 진술에서 킨케이드가 창조한 어머니의 대안적 알레고리, 즉 사랑해주고 돌보아주는 어머니 대신, 아이를 만드는 괴물 같은 어머니가 제시된다. 이는 식민 가부장제가 지배하는 아버지 땅에서 어머니는 결코 양육자로 될 수 없음을 암시한다고 볼 수 있다. 같은 맥락에서 식민화된 주변의 여성인물들 역시 그 누구도 진정한 어머니가 되지 못한다.

주엘라가 모성을 거부하는 것은 카리브 여성의 텍스트에서 흔히 볼 수 있는 모성의 원형으로서 여성의 몸을 신성시하고 정적으로 재현하는 방식과는 상당히 거리가 멀다. 킨케이드의 경우, 어머니로서의 여성은 여성적 정형화에 매우 바람직한 모습으로 재현되어왔지만 여성의 성과 정체성을 생산능력에 한정시키는 점에서 위험한 것일 수도 있다는 페미니스트의 비판과 연결된다. 주엘라에게서 주목할 점은 카리브 여성의 몸이 물질적 착취와 상실에 관계된 식민주의에 대한 은유라는 점이다. 그러므로 그녀의 임신과 중절행위는 과거 식민사를 냉혹하게 물화하거나 말살하려는 카리브 여성의 삶에 대한 비유라 할 수 있다. 주엘라가 단호하게 응시하는 카리브 여성의 "정체성의 죄악"(226)이란 바로 식민주의가 유발한 것으로, 과거가 현재와 미래를 부정하는 역설적인 의미를 담보한다. 주엘라는 여성이 된다는 것이 무엇을 의미하는지 다시 생각하면서 여자다움womanhood이 지닌 제한적인 기능을 받아들이길 거부하는 데, 이는 여성성의 새로운 모델을 창조하려는 시도이다. 이처럼 모성에 복종하지 않고 스스로가 자신의 어머니가 된다는 것, 그것만이 그녀가 할 수 있는 생산적인 일로 생각하는 주엘라는 주변 여성들이 보여준 식민 가치를 재생산하기를 거부한다. 이렇듯 어머니 되기와 식민주의 정치학을 거부하는 것은 소설 말미에 인종이나 국가에 속하기를 거부하는 데로 확장된다.

이처럼『나의 어머니의 자서전』은 식민화가 카리브 지역에 미친 여러 다양한 양상들을 제시하고 있다. 카리브 지역에서 어머니/땅이라는 개념은 왜곡되어 왔고, 오늘의 탈식민 상황에서도 여전히 "잔인성과 야수성과 약탈"을 벗어나지 못하고 있다. 소설 말미에 주엘라가 역설적인 선언문 형식으로 서사를 끝내는 것은 이와 같은 점을 에둘러 표현한 것으로 볼 수 있다. "내 삶을 이렇게 설명하는 것은 내 자신에 대해 이제껏 되어온 설명처럼 나의 어머니의 삶에 대한 설명이었다. 또 그럼으로써 그것은 내가 다시는 낳지 못했던 아이들의 삶에 대한 설명이자 나에 대한 그들의 설명이다."(227) 도널은 "이 결별의 메타서사가 텍스트 전체를 설명하는 서사적 기능을 한다"고 주장한다(134). 죽음을 앞둔 70세의 주엘라의 주변에는 승리자나 희생자를 포함해서 모두가 죽어 사라지고 없다. 그것은 주엘라의 서사가 전개됨에 따라 역사적, 식민적 과정이 통렬하게 드러나기도 하지만, 다른 한편으로 정복자와 피정복자 모두에게 똑같이 다가오는 몸의 죽음은 피할 수는 없다는 점, 바꿔 말해 식민주의자의 정복 야욕도 끝내는 무익한 것에 그치고 만다는 아이러니를 전달하기 위함이다.

식민주의와 젠더를 교차시켜 카리브 여성의 입장을 부각시키는『나의 어머니의 자서전』에서 킨케이드는 식민주의에 대한 대응담론에 젠더 문제를 접목하여 이에 깊숙이 개입하면서도 동시에 식민주의 비판을 놓치지 않는다. 그러한 글쓰기는 카리브 여성 경험을 매우 특별하게 비전화하는데, 식민주의와 가부장제로 인해 흑인여성이 점유하게 되는 타자성의 입장들을 잘 드러내준다. 허구적 자서전 형식을 통해 식민 맥락에서 인종과 젠더가 결합되는 방식에 우리의 관심을 유도하는 이 텍스트는 식민/남성이 흑인/여성을 재현할 때 사라지거나 삭제되는 부분을 보여주기 때문에 넓은 의미에서 탈식민 페미니즘과 연결된다. 태어나면서 어머니를 잃게 된 것도 어머니와의 본질적인 연결인 문화적 힘의 통로가 상실되었다는 의미이다. 따라서 어머니 상실과 여성 문화의 상실은 여성 자아를 위축하기 마련이다. 유럽 식민주의로 인해 모성이나 선대 여성을 상실하게 됨에 따라 카리브 여성이 민족/국가나 사회적 제도와 교섭하는 데 있어 그 주도적 역할이 약화될 수밖에 없음은 자명한 현실이다. 그것은 아무런 목소리를 내지 못하고 오직 발목만을 보여주는 카리브 여성들을 대변하는 어머니의 흔적을 추적하려는 주엘라 역시 고립된 삶을 마감하는 데서 엿볼 수 있듯이, 그녀 역시 식민주의 가부장제라는 장구한 파괴의 역사가 낳은 인물이라는 점을 시사한다.

콜럼버스가 카리브 지역에 상륙한 이래, 영국 식민주의를 거쳐 오늘의 도미니카의 탈식민사회에 이르는 긴 역사에서 제국주의적 기제가 여전히 커다란 영향을 미치고 있다는 점을 다루는 『나의 어머니의 자서전』은, 특히 카리브 사회에서 여성의 주변적 현실에 주목하여 식민주의의 패권적 기획에 대한 강력한 저항이라는 카리브 여성문학의 특징을 여실히 보여준다 (Ferguson *Colonialism* 5-6). 그것은 어머니의 형상을 카리브 문화에 대한 은유로 제시함으로써 카리브 경험 전반에 스며들어 있는 식민주의와 가부장제의 역사적 경향을 해체하는 글쓰기이다. 그동안 서구 페미니즘, 혹은 "제1세계" 페미니즘이 여성문제를 식민주의 역사를 지닌 국가들과 관련시켜 보는 관심을 갖지 못했을 때, 킨케이드의 글쓰기는 20세기 후반에 들어서야 담론화되기 시작한 유색여성의 미학뿐만 아니라 오늘날 전 지구적 디아스포라 여성들의 문화에 대한 이해를 심화시켰다고 할 수 있다.

제4장

식민주의와 가부장제 사이의 아프리카 여성— 부치 에메체타의 『모성의 즐거움』

1. 아프리카 영어권 문학과 여성작가

문학은 역사적, 문화적 독자성을 갖는 하나의 장소로서 국가의 틀을 무시할 수 없다. 현대 영국문학, 미국문학이라 불리는 크게는 "영문학"의 세계에서 일고 있는 현상에는 괄목할 만한 변화가 나타나는데, 그 한 예로 아프리카, 서인도제도, 인도, 캐나다, 호주 등 과거 영국의 식민지였던 영어권 세계English-speaking World의 작가의 대거 출현이 그것이다. 이들은 첫째, 영어라는 언어의 공통성과 현대의 이동, 교류 수단의 발달, 또 그로 인한 경험의 공유, 둘째로 자신들의 고유한 역사와 문화가 낳은 문학적 독자성에 힘입어, 상대적으로 선명한 새로운 문학권을 형성하면서 "영문학"의 틀을 유연하게 하고 있다.

아프리카 영어권 문학은 아프리카의 근대화와 함께 발전하였다. 아프리카 많은 국가들이 독립했던 "아프리카의 해"인 1960년대 이래로, 아프리카 영어권 나라 중에서 인구수가 가장 많을 뿐 아니라 탁월한 작가를 배출하고 있는 나라는 나이지리아Nigeria이다. 대부분의 아프리카 국가들의 역사적 기복과 마찬가지로 나이지리아도 1966년에 시작된 쿠데타와 내전으로 비극적인 국면에 접어들어 마침내 비아프라 전쟁에 이르게 되며 이러한 정치, 사회적 상황은 기본적으로 과거 서구의 식민지배와 불가분의 관계를 갖고 있다. 투투올라Amos Tutuola, 에켄시Cyprian Ekwensi, 아체베Chinua Achebe, 소잉카Wole Soyinka 등은 이와 같은 아프리카 근대화에 있어서 정치, 사회의 문제를 주테마로 다루고 있다.

남성 작가들에 비해 수적으로 열세인 아프리카 여성작가들은 서구 여성해방운동에 힘입어 자신을 둘러싼 세계에 눈뜨게 되는 계기를 마련하였다. 가나의 아이두Ama Ata Aidoo, 나이지리아의 응와파Flora Nwapa와 에메체타 Buchi Emecheta(1944-), 케냐의 오곳Grace Ogot, 남아공의 헤드Bessie Head 등 앵글로 아프리카 여성작가는 직접 체험, 생활 방식, 개개의 문화의 특수성과 나아가서 남성적 가치기준에 억압받고 있는 보편적인 여성의식을 다루어 왔다. 특히 이들에게서 공통적으로 드러나는 것을 두 가지로 집약해 볼 수 있는데, 식민주의와 소위 민족적 글쓰기의 정통에 대한 반발이 그것이다.

먼저, 과거 식민주의는 아프리카 여성을 단일한 유형으로 신화화해버린 결과 여성의 인간성이라든지 내면 현실을 간과해버렸다. 한 예로 콘래드는 남성적 환상에 식민주의자적 환상을 다 같이 갖고 있는 경우라 볼 수 있는데(Mcluskie 6), 그는 아프리카 여성을 타자로, 특히 신비하고 유혹적인 타자로 재현한다. 그러므로 현재 이러한 유형화를 단계적으로 타파해 나가는 것과 아프리카 여성성의 다양한 면모를 탐구하는 작업이 여성작가에 의해 진행 중이다. 또한 선교사, 인류학자, 사회학자의 글은 새로운 성차별적인 유형을 만들어왔는데 로이드 브라운Lloyd Brown은 "서구 남성 아프리카

학자들이 아프리카 여성작가를 진지하지 못하거나 별로 중요하지 않다고 폄하시켜 아프리카 남성의 낡은 사고방식에 크게 기여한 셈"(5)이라고 지적하면서 그동안 아프리카 문학에 관한 책자나 잡지는 여성 작가들에게 거의 지면을 할애하지 않았다고 비판한다. 이제 아프리카 여성작가들은 여성성과 여성의 위상을 추구하는 데 있어 서구 제국주의적 태도를 의문시하고 그것을 전복하는 데 있어 강력한 페미니스트의 입장을 취하고 있다.

여성이 극복해야 할 또 하나의 상황은 식민 이후의 소위 말하는 민족주의이다. 남성에 의해 민주, 민족, 통일, 자존 혹은 사회라는 이름으로 강화된 민족주의가 식민 이후에는 "여성"을 민족주의 안으로 환원시키게 되자 여성들은 민족주의라는 가부장적 "기표"에 저항하게 되었다. 여성이 이와 같은 민족주의적 전통을 비판하고 자아 성취를 요구하게 되자 남성작가들은 이를 민족이나 국가에 역류하는 행위, 나아가 서구 가치를 편드는 행위라고 매도하였다. 게다가 역사적으로 볼 때 식민주의에 대항하는 여성의 활약상이 엄연히 존재했음에도 불구하고, 영국 작가인 캐리Joyce Cary를 빼고는 나이지리아 남성작가 문학의 어디에서도 1929년 나이지리아 남동쪽의 익보Igbo 족 여성들이 식민 행정부에 항거해서 조직력 있게 싸운, 이른바 아바 봉기The Aba Riot를 다룬 대목이 전무함도 특기할 만하다. 이는 남성중심주의의 성차별이 그만큼 일반화되어 있음을 시사한다. 당시 대영 제국 행정부를 전율시켰던 이 사건은 여성들이 대규모로 규합하여 결국 "매국노 족장을 몰아내고 세금징세를 중지"시키기에 이르렀던 것으로 봉기라기보다는 여성들의 전쟁이라는 편이 더 합당하다(Mcluskie 4).

이제 아프리카 여성작가들은 다양한 글쓰기를 통해 여성이 주체적 선택을 할 때 장해물이 되는 전통적인 역할을 어떻게 극복하여 새로운 정체성을 만들어 나갈 것인가 하는 여성의식의 변화의 과정을 들려준다. 대개의 경우 여성 인물은 좌절을 극복하며 인간미가 풍부한, 지칠 줄 모르는 인물로 생존을 계속해 나갈 뿐 아니라 사회변화의 대행자로 묘사되고 있다. 실제로 아프리카 여성문학은 여성의 상황을 소통하고 기술하는 것이 사회적 자각을 깨우치기 위한 첫 단계로 생각한다는 의미에서 본질적으로 참여적인 문학이라 할 수 있다.

　"아프리카 여성을 진정으로 재현하는 일은 부치 에메체타에 이르러서였다"(Umeh 201)라는 비평가들의 합의대로 아프리카 여성의 삶과 페미니스트 관점을 다양하게 조명하고 있는 에메체타는 "목소리 없는" 나이지리아 여성들을 대변하여 가장 왕성한 창작활동을 하는 작가이다. 여기에는 아프리카라는 과거 식민사로 인한 특수한 사회 구조와 관습, 그리고 가부장적 권력 구조라는 억압적 기제를 비판하려는 인식이 자리 잡고 있다. 게다가 아프리카 여성의 경험과 문화도 마찬가지로 억압받은 세계의 다른 여성 그룹과의 유사함을 보여주고 있다. 에메체타의 대표작인 『모성의 기쁨』 The Joys of Motherhood(1979)은 아프리카 흑인여성의 자아 인식 과정이 개인적, 사회적, 문화적 관점을 통해 어떻게 전개되는가를 보여준다. 전통과 근대 사이에서 나이지리아 서부 이보족Ibo 여성인 여주인공 응누 에고Nnu Ego를 중심으로 아프리카의 모성방식, 즉 모성은 무엇이며 그것이 왜 문제가 되는가에 초점을 맞추어 여성의 자아의식의 확립과정을 분석해보자.

2. 아프리카 여성의 상황: 제국주의와 가부장적 폭력

서구 페미니스트 비평은 문화적 체계 내에서 여성의 기능과 위상이 무엇인가에 주된 관심을 보여왔다. 그들은 여성의 억압적 상황을 피식민의 그것과 유사하다고 생각하여 여성과 피식민은 다 같이 지배 그룹이 만든 보편성에 도전해야 한다고 생각한다. 아프리카 여성의 글쓰기가 제1세계 페미니스트에게 직접적인 호소력이 크다는 점은 이러한 의미에서이다. 그렇지만 서구 페미니즘은 "여성"을 보편적인 것으로 재현함으로써 제국주의나 식민주의의 힘을 무시하는 한계성을 보이게 된다. 이에 "제3세계" 페미니스트 비평가들이 상호주간적 맥락에서 비판을 시작하였던 바, 모핸티Chandra Mohanty는 이와 같은 보편성이 유럽/미국중심의 가정에 기반한 "이론과 실천에서의 기본적 지시어"("Under Western Eyes" 64)로 일관된 효과를 발휘하고 있다고 지적한다. 스피박도 서구 페미니스트 시학이라 할 수 있는 길버트Sandra Gilbert와 구바Susan Gubar의 『다락방의 미친 여자』The Mad Woman in the Attic가 카리브 해 지역의 백인 여성의 광기를 지형적/인종적 오염에 기인한 것으로 보는 식으로 여성을 일반화시키고 있다고 비판하였다(246). 스피박은 크리스테바Julia Kristeva의 『중국여성에 관하여』About Chinese Woman에서 "제3세계"가 어떻게 환유적 기능으로 환원되는가의 또 다른 예를 제시하며, 마찬가지로 식수Helene Cixous의 『새롭게 태어난 여성』The Newly Born Woman도 해체적 기술을 사용하여 본질주의에 기반을 둔 정체성을 역전시키려 하지만 여성을 "어두운 대륙"이나 은유적 무명성으로 기입함으로써 그 의미를 제국주의의 일부로 절감시키고 있다고 주장한다. 이와 같이 서구 페미니스트의 이론적 범주는 제국주의의 물질적 차원이나 여성간의 차이를 설명하지 않음으로써 제국주의와 가부장적 폭력을 재생산할 수밖에 없다고 볼 수 있다.

페미니스트 비평이 주로 인종의 범주를 간과한다면 탈식민주의 비평은 젠더의 범주를 무시한다. 유럽이나 미국에 기반을 둔 탈식민주의 비평가들은 주로 남성적 구성체로 텍스트를 특권화된 인종 범주라는 프리즘으로 읽는다. 이와 같이 남성에 의해 구성된 "제3세계"는 여러 한계점을 보이고 있다. 주체의 구성에는 여러 양상이 개입되어 필연적으로 차이를 내포할 수밖에 없는데도 이들은 젠더나 성적 정체성 같은 범주를 편의대로 구성하거나 무시해버린다. 달리 말해서, 식민주의와 신식민주의 콘텍스트에서는 인종만이 주요 문제로서 유럽적 주체성에만 초점을 맞출 뿐 여성의 성적 복합적 관계들을 피해 가기 때문에 결과적으로 젠더 범주는 잠식되어버린다. 그로 인해 남성화, 남성 원주민, 나아가 백인 여성성까지도 수용하지만 원주민 여성이 받고 있는 젠더화된 인종적 폭력은 기피해버리는 과오를 범하고 있다. 주지하다시피 유럽의 담론은 아프리카를 역사 밖으로 축출해버렸다. 탈식민주의 담론은 헤게모니적 유럽의 역사담론 속에서의 아프리카의 침묵이 당연시 되어왔다 할지라도 세계사에서 아프리카의 부재는 거부되어야 한다고 주장한다. 그러나 아프리카의 여성문학은 아프리카 남성문학보다도 더욱 더 부재하는 공간으로, 그 부재는 지금까지 전혀 주목을 받지 못해 왔다. 따라서 아프리카 페미니즘 문학은 서구 페미니즘이나 탈식민비평처럼 주변부적 존재라는 점에서 그것의 상호 교차성에 관심을 보이지만 이들에게서 또 한 번 주변화되어 결국 이중의 주변성을 갖게 되는데 이점은 어디까지나 구별되어야 한다. 그러므로 서구 페미니즘과 탈식민담론이 결합해야만 아프리카 페미니즘을 설명할 수 있는 공간이 자리 잡을 수 있다. 어떤 개별적 입장만으로는 아프리카 여성 텍스트를 분석할 때 전경이 되는 잡종성heterogeneity을 설명할 수 없을뿐더러 아프리카 여성과 아프리카의 문화의 차이를 대변하지 못할 것이다. 모핸티가 "제3세계" 여성을 쉽게 일반화하려는 것을 경고하는 것도 바로 이와 같은 맥락에서이다.

아프리카 여성의 상황은 아프리카라는 특수한 사회의 유기적 구조와 관련되어있다. 아프리카 여성은 근대화 이전단계에서 특별한 역할을 하였던 바 식량 생산과 상업행위를 통해 경제적 자율성을 지녔을 뿐 아니라 가족의 중요한 연결 고리였다. 그러나 유럽 식민주의로 인해 여성의 경제적 독립과 방어권을 빼앗긴 데다 가부장적 습속인 정절과 다혼, 모성의 제도가 여성에 대한 억압과 복종 기제로 작용하였기 때문에 아프리카 사회에 엄밀한 페미니스트적인 접근을 하면 여성 평등을 거부하는 모순된 사회적 구조나 문화적 상황을 볼 수 있다. 결과적으로 그들은 가장 분명한 억압도 표현하지 못하고 침묵을 강요당해왔다고 볼 수 있다. 아프리카 페미니즘이 서구 페미니즘이나 탈식민주의 담론과 가장 큰 차이를 보이는 것은 여성성을 규정할 때의 모성이다.

> 전통 사회에서 여성과 관련해서 가장 중요한 요인은 어머니로서의 역할이며 이 역할이 중심이 된다. 엄격한 가부장 사회에서 여성은 아내와 어머니로 중요한 존재인데 그들의 재생산 능력이 남녀계보를 유지하고 남성이 부계를 이어갈 수 있기 때문에 그러하다. 모성의 중요성과 양육 능력은 아프리카 여성과 서구여성이 여성 차별을 공동으로 투쟁해나가는 과정에서 가장 근본적인 차이를 빚는 가치이다. (Steady 29)

실제로 모성은 아프리카 여성 소설에 가장 많이 다루어지는 주제로 "아프리카 전통의 상징적 재현"(Davies "Motherhood" 254)이라 할 수 있다. 임신과 출산의 기쁨, 모성이 거부당했을 때의 슬픔, 아이를 갖게 해달라고 신께 기원하는 내용 등이 흔히 나타난다. 그러면서도 동시에 모성으로 인한 갈등을 제시하여 양가감정을 전달한다. 다시 말해 모성을 이상화하는 입장이라기보다는 모성의 기쁨과 동시에 모성의 부정적인 측면도 자세히 다루고 있다. 이점에 있어 아프리카 남성작가와 차이를 드러내는데, 모성을 대지의 상징으로 이상화하여 자칫 모성의 현실을 은폐하려 드는 아프리카 남성작가와는 달리, 여성작가들은 모성을 여성의 행복임과 동시에 여성의 삶을 통제하는 가장 큰 억압요소로 보고 있기에 이에 대한 분석은 중요하다고 할 수 있다.

『모성의 기쁨』은 리치Adrienne Rich의 "모성의 제도"The institution of motherhood(xv)라는 개념을 탁월하게 보여준다. 페미니스트들은 생물학적 모성에 반대하지는 않지만 리치가 말한 여성을 무력하게 만드는 모성의 가부장적 사용에 대해서는 비판적이다. 그렇지만 여성의 희생 문제가 복합적인 것임을 논증하는 의식적이고 저항적인 페미니스트 비평가까지도 때로 밀렛Kate Millet이 말한 "내면의 식민화"interior colonization(25)에 굴복해버리는 정도를 인식하지 못하고 있다. 말하자면 가부장 사회의 억압이 주로 자신의 어머니들의 신념이나 가치 체계에서 비롯되고 있음을 받아들이지 못하고 있는 셈이다. 『모성의 기쁨』은 이와 같은 "모성의 제도", 즉 모성의 역할이 "열등하고 이등 시민이게 하는 데 사용되는 방식"(Bazin 45)을 비판하고 있다고 볼 수 있다.

에메체타는 현대 아프리카 여성이 짊어져야 할 두 가지 멍에로 순종적 아내와 좋은 어머니로서의 임무를 들고 있다. 여기에 경제적 벌이를 해야 하기 때문에 여성의 현실적 어려움은 그만큼 가중된다. 그런 이유로 자신들의 현실이 백인 페미니즘과는 거리가 있음을 다음과 같이 설명한다.

> 백인 페미니스트는 아프리카의 상황을 제대로 이해하지 못하고 있다. 시골마을에서는 계급 구별을 찾아볼 수 없다. 물 긷기가 힘들기 때문에 여성은 서로 돕지 않으면 안 된다. 나는 시골 여성에게 페미니즘을 설교할 수 없다. 그들은 물을 긷는 일이 필요할 때면 서로 남의 아이를 돌봐줘야 한다. 이러한 상황은 자신이 벌어 아이를 학교에 보내야 할 교육받은 여성에게는 더욱 열악한 현실이다. (Kenyon 51)

에메체타에 의하면 서구에서는 여성들이 성의 역할을 지나치게 강조하는 반면에 아프리카에서는 "성은 삶의 일부일 뿐 삶 그 자체는 아니며" 그래서 아프리카 페미니즘은 서구의 낭만적 환상에 얽매이지 않는 훨씬 더 실용적인 경향을 띤다. 1929년의 익보 족의 여성 봉기가 말해주듯 여성의 자력이나 경제적, 심리적 도움을 줄 수 있는 체제가 더 절실히 요구된다는 것이다. 그러므로 우리는 에메체타의 경우에서 볼 수 있듯이 아프리카 여성 문제에 지나치게 단순한 문화적 상대성만을 대입하면 아프리카 여성의 특수성을 자칫 놓쳐버릴 수 있는 것이다.

3. 다른 상상력의 기후: 『모성의 기쁨』

에메체타는 현재 영국에 거주하는 200만 명의 영연방 흑인 중에서 매우 왕성한 창작 활동을 통해 폭 넓은 지지층을 갖고 있는 작가 중의 하나이다. 대부분의 아프리카 여성작가들과 마찬가지로 개인적인 체험에서 글쓰기를 시작한 그녀는 여성, 노동자 출신, 국외자라는 제3세계 페미니스트의 성분을 두루 지니고 있다. 나이지리아 서부의 작은 마을 이부자Ibuza의 양부모 밑에서 갖은 고생을 겪는 그녀는 11세에 약혼, 16세에 학교를 마친 후에 곧바로 결혼한다. 2년 후에 회계학을 공부하는 남편을 따라 영국으로 간다. 가스와 수돗물이 없는 원룸 아파트에서 살면서 남편이 학업에 실패하자 가족을 부양한다. 4년 후 결혼생활은 끝나고 다섯 아이를 부양하게 된다. 그동안 비아프라 전쟁이 나이지리아를 파괴시키고 이보족이 박해받게 되자 고국으로 돌아가지 못한 채 이산 작가로 머물면서 장학금을 얻어 런던 대학에서 사회학 박사 학위를 받는다. 그녀는 1972년 첫 소설 『도랑에서』In the Ditch에서 여성의 경험을 연대기적으로 훌륭히 소설화하여 일약 세계적인 작가로 인정을 받게 된 이래, 1978년 『모성의 기쁨』으로 영국 최고 흑인 작가The Best Black Writer in Britain상을 포함해 많은 수상을 하였고, 현재 10여 권 이상의 소설이 전 세계에 걸쳐 번역되어 읽히고 있으며 영국과 미국, 나이지리아를 오가며 현대문학과 창작을 가르치고 있다.

에메체타는 한 대담에서 자신이 현대 영어권 작가 그룹에 속해 있으면서도 "흑인 영국인"black British 혹은 "나이지리아 작가"라기보다 미국 흑인여성 작가에게서 더 자신의 위상을 찾는다고 언급한 점은 매우 흥미롭다(Jussawalla 83-84). 특히 모리슨, 앤젤루Maya Angelou, 워커에 더욱 연대감을 느끼는 것은 그들이야말로 흑인영어를 사용하는 방식에서 차이를 기표화하는 훌륭한 작가라고 생각하기 때문이다. 그녀에 의하면 미국 흑인여성 작가는 새로운 흑인 의식을 표현하는 작품을 통해 노예 언어와 아프리카 의식을 함께 결합시키고 있다는 점에서 문학의 미래, 문학전통은 미국 흑인여성 작가의 손에 달려 있다는 것이다.

그녀가 영어로 글을 쓰게 된 배경에는 아프리카 식민사를 포함해 나이지리아의 특수한 언어적 환경이 자리 잡고 있다. 나이지리아에서는 239개의 언어가 있는데 영어는 국제어로 의사소통이 되는 언어이기도 하지만 만일 자신이 이보어로 쓴다면 다른 두개의 주 언어권인 요루바Yoruba와 하우사Hausa를 사용하는 사람들은 그녀를 이해하지 못하므로, 모든 사람이 읽히는 책이 되려면 영어로 써야 하는 처지라고 말한다. 작가가 된 배경에도 어머니들이 달이 뜬 밤이면 아이들에게 들려준 이야기에 연유한다. 그녀는 자라면서는 자신의 목소리로 이야기를 전달하는 이야기꾼이 되겠다고 다짐하는데, 이것은 글쓰기란 기본적으로 다른 사람들과의 의사소통을 하는 연장이라고 생각했기 때문이다(Topouzis 68-70). 주로 나이지리아를 포함한 서아프리카 여성의 조건, 즉 복합적이며 역동적인 가족과 사회를 배경으로 전통사회에서 근대화로의 급변하는 환경에서 여성의 역할과 위상에 날카로운 관심을 보이는 에메체타는 여성에 대한 전통적인 태도와 편견, 특히 어머니로서 만의 여성의 정체성에 도전하고 있다.

『모성의 기쁨』은 한 나이지리아 여성의 개인사이자 가족사로, 두 번의 결혼생활로부터 죽음에 이르기까지 삶 자체가 부단한 싸움임을 보여준다. 나이지리아의 정치·경제적인 면에서 거대한 변화가 일어나는 1930년대로부터 독립이전까지의 역사적 시기를 묘사하고 있는 이 소설은 도회지 라고스Lagos로 나오게 된 이보족을 다루고 있다. 남편들은 새로운 사회의 변화를 받아들이지 못하고 패배감과 굴욕을 겪음에 따라 그들의 아내와 자식에게 그 반작용으로 지배적 권력을 행사한다. 결국 마지막 희생자는 여성으로, 주인공인 응누 에고는 한편으로는 경제적 필요성과 다른 한편으로는 문화적 금기와 열망사이에 갇히게 된다. 그녀는 빈곤에 대항하고 잔인하며 무책임한 남편과 힘들게 싸워나가면서도, 또 딸들을 출가시킬 때 받는 신부 값bride price으로 학비를 댈 정도로 아들에게 교육을 시키는 것을 인생의 목표로 삼는다. 소설 말미에서 그녀는 목표를 이루지만 환상이 깨진 고독한 모습으로 죽는다.

이와 같이 견고한 전통주의자로부터 최종적으로는 모성이 자기 충족을 주는 것은 아니라는 인식에 이르기까지 응누 에고의 삶의 궤적을 드러내는 데 사용되는 기법은 아이러니로서 소설 말미에는 거의 통렬한 아이러니를 빚어내고 있다(Emenyonu 130). 따라서 선배작가 응와파의 『에푸루』 Efuru(1966)에서 따온 "The Joys of Motherhood"라는 제목은 실은 모성이 왜 보상받지 못한 공허한 것인가를 전달하는 모성의 슬픔을 의미한다. 이 소설은 나아가 여성의 개인적 경험과 여러 여성이 공유하는 경험 사이의 연결을 짓는 페미니스트적인 관점을 획득하고 있다는 점에서 보다 큰 정치적 입장을 제시하고 있다.

"이국적이며 시선자의 응시를 벗어나 자신들의 눈을 통해 차이와 특별한 관심을 주장하는 아름다운 흑인여성들을 사진처럼 묘사"(Mcluskie 5)하고 있는 이 텍스트는 어머니에게서 물려받은 이야기를 다시 들려주는 전통적인 문학적 담론에 연계된다(Andrade 91). 그러나 서구 중심의 가정에 익숙해 있는 우리에게 이 텍스트는 차이의 문제를 제기하는데, 그것은 아프리카 여성작가들이 소잉카가 말한 "다른 상상력의 기후"(21)에서의 글쓰기, 즉 텍스트를 통해 사회학적, 인류학적, 정치적 시사를 다르게 구체화시키고 있다. 한 예로, 소설 초입부에서 작가는 응누 에고의 외적 행동을 중점적으로 시각화, 대상화하여 독자와는 사뭇 다른 존재로 부각시킨다. 게다가 소설의 매 단계마다 관습을 설명하는 것은 독자뿐 아니라 등장인물의 삶을 소외시키는 효과를 자아낸다. 이어 전통적인 이부자 사회와 전시戰時의 라고스로 장소가 이동하는 것은 "두 경합적인 가치 체계에 갇힌 여성의 막다른 골목"(Phillips 90)을 대변한다. 그러는 가운데 여성의 정체성, 위상, 힘을 확신시키며 여기에 경제적 생존 문제를 병행시켜 단순히 성적, 인종적 정체성만을 추구하는 소설과 다름을 보여준다. 특히 아이를 잃은 응누 에고로부터 친정아버지인 코끼리 사냥꾼인 아그바디 족장의 낭만적 세계로 옮길 때에 그 기법이 두드러진다. 아그바디를 부각시키려는 것은 부분적으로는 식민 이전의 영웅적인 족장의 권위와 힘을 보여주려는 것이며 이는 다시 식민화된 도회지에서 영국인 미어스Meers 박사의 요리사와 세탁부 일을 하는 응누 에고의 남편 응나이페Nnaife의 굴욕적인 피식민 상태와 대조시켜 두 겹의 대조를 보여주기 위함이다(Mcluskie 6).

작가는 응누 에고의 내적 성찰을 통해 독자로 하여금 주인공의 잠재의식이나 사고에 들어갈 수 있게 하는데 이것은 등장인물의 행동에 동기화를 부여하지 않고 심리적 묘사를 하지 않는, 외적 사건에 관한 상황소설이 대부분인 아프리카 소설에서는 드문 일이다. 자살하려 할 때 응누 에고가 친정아버지의 다혼과 어머니의 삶을 생각하는 경우가 그것이다. 이와 같은 소설적 장치를 통해 우리는 그녀의 여성 의식이 발전하는 것에 주목할 필요가 있다. 그것은 결혼과 모성을 통해 나타난다. 먼저 성장부터 결혼까지의 과정을 살펴보면, 이보족의 족장인 응오코차 아그바디Nwokocha

Agbadi와 그의 사랑의 대상이면서도 아내가 되는 것을 거부하는 정열적인 오나Ona와의 사이에서 기상과 미모를 이어받고 태어난 응누 에고는 사춘기를 지나 아마토구Amatoku와 결혼하지만 일 년이 지나도록 아이를 갖지 못해 소박맞고 친정으로 되돌아온다. 아프리카에서 아내의 역할은 우선 아들을 낳아 대를 잇게 하는 일이 우선이다. 따라서 부부간에 애정이 있다 하더라도 자식을 낳지 못하는 처를 공동사회는 인정하지 않는다. 그 때문에 친정아버지는 딸을 응나이페에게 재혼시킨다. 애정 없는 결혼에 차츰 실망하면서도 남아를 낳아 어머니라는 지위에 어느 정도 위안을 받는다. 그러다가 아들이 어려서 죽자 자살을 시도할 정도로 삶의 의욕을 상실한다. 이러한 그녀의 비극성은 그 전부가 사회배경이나 공동사회의 이념과 결부되고 있다. 그녀는 부유한 전사계급의 딸로 총애를 받고 자랐지만 독립적인 인간이 되는 데 모델이 될 만한 여성이 주변에 없다는 점에서 비극적이다. 오나가 일찍 세상을 떠나자 아버지에 의존해서 자라나는 그녀는 자연스레 가부장제에 순종하다가 결혼 이후 무서울 정도로 압도적인 경험을 통해 여성을 억압하는 가부장 문화와 교묘한 식민주의에 부딪히게 된 것이다(Andrade 97).

전체가 18개의 장으로 된 이 소설은 각 장의 제목이 "어머니"라는 말과 연결되는 데서 알 수 있듯, 아프리카 여성의 삶이 모성과 불가분의 관계를 맺고 있음을 시사한다. 일곱 명의 아내와 두 명의 첩들을 거느리며 거침없이 살아온 아버지의 삶을 반추하면서 응누 에고는 동시에 어머니의 삶을 생각해본다. 응누 에고의 어머니 오나는 독립적인 여성으로 아그바디와 결혼하지 않고 연인으로만 지내는데 이는 오나의 아버지가 손이 없어 자신이 자식을 낳아 그 대를 이어주려고 하기 때문이다. 데이비스가 지적한 대로 오나의 삶에서 역사적 특수성을 볼 수 있는데 그것은 아프리카 여성이 반드시 결혼해야 한다는 통념에 대한 다른 사회적 대안으로 오나가 제시된다는 점이다(253). 첫째, 오나라는 식민 이전의 여성이 응누 에고 같은 식민체제하의 후예들보다 더 자유를 누리고 있다는 점에서 대비된다. 아프리카 여성은 배우자를 만나 사랑을 나누는 것이 아닌 남성에 의한 강간의 형태로 이루어짐을 상기해볼 때(Mcluskie 19-20) 오나와 아그바디의 사랑은 식민 이전의 여성의 자유의 한 형식을 보여준다고 볼 수 있다. 둘째, 필요할 경우 극렬한 투쟁을 통해 자신의 의지를 표출하는 오나는 전통을 거부하고 아그바디와 결혼을 거절하는 점에서 식민 이전의 여성의 힘을 상징한다고 볼 수 있다. 자신의 존재가 아버지의 힘으로부터 연인의 힘에 의해 결정되는 것을 거부하는 오나는 그만큼 자율적인 여성으로 남성을 스스로 선택할 권리를 주장한다.

불행히도 오나는 둘째 아이를 낳다가 죽는다. 그녀는 죽으면서 자신의 딸이 사회가 규정하는 결혼과 여성의 역할로 인해 고통 받지 않기를 소원하지만 아그바니는 이를 무시한다. 여기에서 주목할 것은 여성의 힘이 상실되는 것의 커다란 계기는 서구의 식민지배이다. "수줍어하고 조용한 여성을 바람직하다고 여기는 것은 아그바디의 시대 이후에 온 것으로, 기독교 및 다른 변화들과 함께 온 것이다(9)"라는 화자의 논평에서 우리는 식민 이전과 이후의 두 세대의 차이를 볼 수 있다. 다시 말해서 식민치하에서 여성의 현실은 더욱 교묘한 가부장제에 종속되어있음을 대비시키고 있다. 응누 에고는 영국인 주인에게 여성의 전통적인 임무를 하고 있는 남편을 가리켜 "우리를 포함해서 그들 모두 노예이다. 주인이 그들을 심하게 대하면 그들은 우리에게 더 퍼붓는다. 단 하나의 차이라면 그들은 일하면 보수를 받기 때문에 매매의 대상은 아니다"(51)라는 점에서 알 수 있듯이, 여성이란 이중의 질곡의 대상, 즉 남편에게 매매의 대상이자 피식민임을 반영한다. 소설 서두에 "때는 1934년으로 장소는 영국 식민지인 라고스"(7)라고 밝히는 것도 이러한 문맥에서이다.

응누 에고가 여성이란 무엇인가를 이해하게 되는 것은 모성의 제도를 통해서이다. 모성이 하나의 제도로서 노예제도와 관련되는 부분은 응누 에고가 "개인신"chi으로 모시고 있는 한 노예 소녀의 죽음과 재생의 이야기에 서이다. 아그바디의 첫째 부인이 죽자 노예로 데리고 있던 한 여아는 관습에 따라 생매장된다. 살려달라고 애걸하는 아이를 "훌륭한 노예라면 주인을 위해 자청해서 무덤에 뛰어드는 것"(23)이라며 큰아들은 철퇴를 가해 함께 매장해버린 것이다. 응누 에고가 태어날 때 이마에 혹을 달고 나오자 여자 노예가 환생한 것이라고 하는 예언가dibia의 말은 이러한 내용을 전경으로 한다.

> "이 아이는 첫째 부인인 아구나와 함께 죽은 노예 여자이다. 그녀는 딸로 환생한다고 했지. 자 이제 그녀가 나타났다. . . . 남자들이 그 여자를 무덤에 처넣을 때 생긴 혹이 이마에 고통스럽게 달린 것이다."
> (27)

말하자면 응누 에고는 가족의 잘못으로 희생당한 한 여성이 환생한 것으로 태생부터 하나의 재앙으로 풀이할 수 있다. 그녀가 모시는 신이 독립적인 어머니 오나가 아니라 주인을 위해 매장 당한 여자 노예라는 점은 앞으로 모성의 노예가 될 응누 에고의 삶과 연결되어 아프리카 여성의 삶에 대한 상징적 아이러니라 할 수 있다.

소설 전체를 통해 나타나는 이와 같은 열렬한 자식 소망은 사회에 의해 주입된 욕망으로 작가는 아프리카 남성의 신념 체계를 소설의 틀로 사용하고 있다. 첫 결혼에서 아이를 갖지 못하자 그 노예가 보복한 것이라며 주변에서 수군대자 친정아버지는 딸자식이 죽은 노예의 한 맺힌 저주에서 벗어나 자식을 갖게 해달라고 기원하며 노예를 전부 해방시킨다. 아프리카

사회는 이처럼 여성을 그 재생산 능력에 따라 평가한다. 그러므로 "아프리카의 어머니"의 이미지는 숭고한 것으로, 모성은 늘 자애와 힘과 자기희생의 권화로서 존경받아왔다. 이보족의 전통과 관습에 따라 자식을, 그것도 특히 아들을 갈망하고 그들을 키움에 일생을 바치는 데 있어 응누 에고가 겪는 고통의 사회적, 구조적 요인은 뿌리 깊은 가부장적 전통에 근거한다. 응누 에고는 가부장제의 여러 과정을 겪는다. 불임의 원인이 자신에게 있다고 생각하는 그녀와 반대로 남편은 "임신도 되지 않은 여자에게 내 귀한 씨앗을 낭비할 시간이 없다"(33)며 추수일이라도 해야 한다고 명한다. 남편은 곧바로 둘째 부인을 얻어 첫 달에 임신시킨다. 이와 같은 가부장적 행태는 아프리카 사회에서는 보편적이기 때문에 응누 에고는 아이를 낳지 못한 자신을 비난하게 되는 것이다. 친정아버지가 첫 남편으로부터 그녀를 되사서 다른 가족에게 매매결혼 시키는 것도 가부장적 방식이다. 왜냐하면 이른바 "신부 값"은 혼사 때 여성이 받는 것이지만 여성이 아이를 낳다가 죽거나 결혼에 실패했을 때, 또 아이들이 죽으면 거꾸로 시댁에 지불해야 하기 때문이다. 신부 가격은 남성 사이에서 결정된다. 자신의 선택과는 무관하게 변변치 못한 응나이페와 재혼할 수밖에 없는 것도 이부자의 친정 식구들이 응누 에고에게서 자식만을 고대하고 있기 때문이다. 아내, 어머니로서의 역할을 강조하는 가족으로부터의 압력은 막상 임신이 되자 "남편이 나를 진짜 여성으로 만들어주었지요. 내가 원하는 것은 여성이자 어머니가 되는 것"(53)이라는 응누 에고 자신의 말에서도 반영된다.

잇따른 출산과 가사노동 중에도 응누 에고에게 가장 고통을 주는 것은 남성의 다혼과 아들 선호의 관습이다. 남편은 "주변에 자기를 좋아할 여자들은 늘 널려 있다(95)"라고 말하곤 하는데, 남성중심의 다혼 제도는 여성에게 많은 고통을 안겨준다. 남편이 새 부인을 얻을 때 응누 에고는 두 남녀의 잠자리를 준비하고 그들이 사랑을 나누는 소리를 들으면서 고통스럽게 밤을 지새운다. 또한 관습에 따라 형이 죽으면 형수를 아내로 맞게 되는 나이페는 그 권리를 즐긴다. 응누 에고가 두 아들을 낳았음에도 불구하고 그는 여전히 형수 아당코를 찾아다녀 "마지막 폐경기의 아이"를 갖게 한다. 결혼생활이 비참하다고 느끼게 된 응누 에고는 이러한 다혼 습속을 항의하자 친정아버지는 그녀를 꾸짖는다.

> "왜 남편 일에 방해하려 하느냐? 가족의 이름을 다시는 더럽히지 마라. 더 큰 명예는 여자에게는 어머니라는 사실이다. 이제 너는 어미다. 시집보낼 딸애들의 어미가 아니라 잘생기고 건강한 사내애들의 어미라는 것이다. 그 애들은 네 남편의 첫 사내애들 아니니. 그리고 넌 첫째 부인에다 가장 손위 부인 아니겠니. 왜 너는 가난한 가정에서 자라난 여자처럼 행동하려 하느냐?" (119)

아프리카 여성의 억압이 어떻게 각인되는가의 또 다른 예는 아내가 남편의 행위에 감정을 나타낼 경우 아내와 어머니로서의 도리가 아니라는 점이다. 집안 일로 "도움"이 필요하다는 핑계를 들어 남편은 16살짜리 신부를 30파운드라는 많은 돈을 지불하고 맞이한다. 이때 해산이 닥친 응누 에고는 남편에게 "애들 다섯과 한 방에서 지내야 하는 데다 이제 곧 쌍둥이까지 낳게 될 텐데 당신은 사람을 또 들이는구려. 전쟁 동안 대리로 싸워줘 백인들로부터 커미션을 받았나보죠?"(184)라고 거칠게 항의한다. 그러나 이웃 사람이 "네가 이렇게 행동하는 것을 보면 네 아버지가 행복해하시지 않을 것"(185)이라며 그녀를 나무란다. 결국 아그바디는 가부장적 아버지로 죽어서도 딸을 지배하기 때문에 그녀는 자신의 생각에 따라 행동하지 못한다. 이와 같이 응누 에고는 아버지와 남편이라는 두 가부장의 소유물인 데다 이제는 아들의 소유물로 전환된다. 장래 며느릿감들로부터 "네 어머니는 항상 남편이 집으로 어린 아내를 데려올 때마다 질투한다"(185)라는 말을 듣지 않기 위해 일상에서도 늘 조심하지 않으면 안 된다.

아들 선호 사상은 가부장제의 산물로 그 대행자는 아이러니컬하게도 응누 에고를 포함하여 여성들 자신이다. "가난과 손톱을 짓씹는 고통 속에서도, 배를 곯고 누더기를 걸치고 비좁은 방에서 산다 해도 아들을 셋 둬서 행복하다(167)고 여길 정도로 응누 에고는 가부장제의 신봉자였었다. 둘째 부인 아다쿠도 마찬가지로 아들이 죽어 깊은 슬픔에 빠져 있을 때 응누 에고의 아들 오시아Oshia는 딸 덤비Dumby가 있지 않느냐고 위로하자 아다쿠는 "네가 10명의 덤비보다 더 귀하다"고 말한다. 쌍둥이 딸을 낳아 수치심과 두려움을 느끼는 응누 에고에게 아다쿠는 "이게 다 남자 세상이잖아요, 형님, 이 애들이 자라나면 사내애들을 돌보는 데 큰 도움이 될 것예요. 신부 값을 받아 그 애들을 공부시키면 되잖아요"(127)라고 달랜다. 아들 선호는 교육의 기회에서도 그 차이가 극대화된다. 대학교육까지 시키는 아들에 비해 응누 에고를 포함해서 딸들은 장사를 통해 가족을 부양한다. 그러나 말년의 그녀를 돌보는 것은 아들이 아니라 딸들로, 외국 유학중인 아들로부터 편지조차도 없어 아들 선호의 대가는 보상과는 거리가 멀어 더욱 아이러니컬하다.

이 같이 가부장제에 준해 살아온 결과 자신과 딸들이 그 희생물임을 인식해나가는 응누 에고는 동시에 분노도 키워나간다. 그녀가 더욱 분명히 인식하는 것은 모성의 제도로 인해 여성 자신의 자유와 힘이 크게 제한되고 있다는 점이다. 그녀는 자식 사랑에, 또한 첫째 부인의 역할에 얽매인 죄수였다. 가족을 위해 더 많은 돈을 요구하지도 못한다. 큰 부인이라는 자신의 위치에서 불평하면 주변으로부터 기대 수준 이하라고 여겨졌기 때문이다. 남성이 여성의 책임감을 노예화하려고 영리하게 이용하는 방식은 정당하지 않다(137). "어머니라는 것 외에는 그 어떤 것도"(222) 몰랐던 그녀가 남성과 여성의 관점의 차이가 크다는 것을 인식한 것은 매우 중요하다.

그러나 누가 우리의 딸들에게 희망을 걸어서는 안 된다는 법을 만들었을까? 우리 여성들은 누구보다도 법에 따르는데 우리가 법을 변화시킬 때까지는 여전히 법은 남자들의 세계로 이 세계에서 여자는 항상 남자의 뒷바라지 하는 존재일 뿐이다. (187)

응누 에고의 여성 의식은 개인적 차원에서 이제 아프리카 여성의 일반적 비극으로 확대된다. "신이여 언제나 우리 여자들은 스스로 성취감을 느끼는 온전한 인간, 다른 사람의 부속물이 아닌 여성으로 창조하시렵니까?"(186)라고 한탄하는 내적 독백에서 화자의 인칭인 "나"에서 아프리카 여성일반이 "우리"나 "여성"으로 이행되는 것에 주목할 필요가 있다. 이것은 응누 에고의 삶의 아이러니와 비참함을 개인적 인식에서 집합적 의식으로 향하게 한다. 바꿔 말해, "우리"라는 집합적 의식에는 현재의 상황을 비판하고 제도에 참여하는 사회적 책임이 있다는 점을 강조함으로써 지금까지의 정체성 위기에서 변화를 보여준다(Ogunyemi 75).

응누 에고의 여성의식의 자각은 아다쿠와의 접촉에서 많이 이루어진다. 사회적 습속에 따라 남편은 형이 죽자 형수 세 명을 받아들여 가정 형편은 더욱 어려워진다. 그 중 하나인 아다쿠는 보수적인 응누 에고와는 달리 독립적이고 극단적인 인물로 남성에 의존하지 않고 이부자 사회를 떠나 경제적 벌이를 해나간다. 은나이페에 대해 스트라이크를 선동하고 아들 선호라는 자신들의 숙명에서 벗어나 자립해서 살아간다. 그녀는 진취적인 기상으로 의류사업을 함으로써 자본을 모은다. 여성의 경제적 생산능력을 대변하는 아다쿠는 돈을 벌려는 목적이 자신의 딸들을 교육시키고 싶은 개인적인 열망에서이다. 전통적인 가족 구조 내에서는 딸들이 교육받을 기회가 없을 것이기 때문이다. "나는 늘 위엄 있는 독신 여성이 되고 싶다. 내 딸들을 교육시키는 데 남자가 없이는 안 된다고 하지만 나는 해 나갈 것"(170-71)

이라며 웃는 그녀는 가부장적 보호를 받지 않고 살고 싶어 한다. 그녀는 딸들이 "자신들의 사용가치를 갖고 있다"고 강조한다. 우리는 서구 페미니즘과는 달리 아프리카에서의 모녀간의 강한 연대를 볼 수 있는데 이것은 같은 주변부 영어권인 카리브 여성문학에서 자주 나타나는 주제이다(Kenyon 53). 그러나 아다쿠가 떠난 이후 서술에서 사라지는 데는 여러 해석이 있을 수 있다. 침묵은 마치 익보 여성 전쟁의 역사적 현상처럼 역사에서 부재한 것이 아니라 침묵 당하고 있다고 볼 수 있다(Andrade 105). 응누 에고와 아다쿠는 자식의 교육비와 생계를 위해 장사를 계속하며 빈곤에 대항해가지만 둘의 대비는 워커의 『컬러 퍼플』을 연상시킨다. 셀리Celie처럼 실제 삶에서 해방되지 못한 채 자신의 가치관을 생애 마지막에야 행사할 수 있게 된 응누 에고와 남성으로부터 철저히 독립해나가는 자립적인 경향을 보여주는 아다쿠는 상호 병치되면서 여성의식을 고취시키고 있다.

가부장적 환경에서 자라 전통적 자질이 강한 응누 에고는 일련의 재난을 겪으면서 서서히 자각해간다. 모성의 보상은 어머니의 돌연한 죽음에 성대하게 치러지는 장례식과 묘비에 새겨지는 이름뿐이다. 그러나 화자는 응누 에고의 영혼이 장례식에 와서 "자식을 점지해 달라고 기원하는 여성들을 거절하는 내용을 덧붙인다.

그 후의 이야기에 의하면 응누 에고는 죽으면서까지도 나쁜 여자였다. 왜냐하면 대부분의 여성들이 그녀에게 아들을 점지해 달라고 호소하지만 들어주지 않았기 때문이다. 그녀는 죽음에서조차 평안히 따르지 않는다. 그렇지만 사람들은 그녀가 자식을 많이 두었다는 점은 동의한다. 어머니가 된다는 기쁨은 자식들에게 모든 것을 주는 기쁨이라고 사람들은 말한다. (224)

죽음 이후의 서술이 보여주듯, "가부장제의 모성 영광을 거부하는 것으로 시작하지 않으면 안 된다"(Bazin 51)는 응누 에고의 인식은 자신이 살아온 삶과 여성적 조건에 대한 분노로 인해 후손들에게 모성을 거절하고 있다. "자식들의 죄수"가 된 것을 "기쁨"으로 알고 살아나가지만 아무런 보상도 받지 못한 채 고독하게 죽는 과정은 주인을 따라 생매장 당해야 하는 노예 아이의 삶과 연결된다. 그럼에도 응누 에고가 자신의 실패가 모성에 얽매인 노예였음을 인식하는 것은 매우 중요하다. 이제 그녀는 처음 자살하려 할 때와는 달리 그저 고통을 감수하는 데 그치지 않고 분노와 거절을 표출하는 변화를 보인다.

이와 같이 아프리카 여성의 존재의 비극성이 모성에 의한 것임을 분명히 드러내주는 이 소설은 응누 에고의 삶이 모성의 기쁨 대신 모성으로 인한 고통의 강도를 전달한다는 데서 아이러니를 극대화하고 있음을 볼 수 있다. 아버지, 남편, 자식과의 경험을 통해 문화의 가부장적 본성과 그것을 영속화하려는 점을 자신의 경험을 통해 이해하기 시작한 응누 에고는 살아온 경험에 의해 여성이란 "이 모든 것을 변화"(187)시키지 않으면 안 된다는 것을 인식하게 된 것이다. 우리는 응누 에고에게서 인내하고 착취당하는 고독한 모습 이외에도 죽음 후의 서술이 보여주듯 자아에 대한 여성의식을 갖춘 아름다운 정신의 소유자로 변형된 존재라는 암시를 읽을 수 있다. 그것은 아프리카 여성이 다양한 억압에서 해방되고 개인적 선택을 추구(Davies "Motherhood" 255)하고 있다는 점이며 "자아 성취의식이 공동체에 성실하면서 인간성 실현에 근거"(Brown, Lloyd 182-23)하는 것으로 드러나고 있다.

4. 아프리카 문화와 여성의 자아의식

에메체타는『모성의 기쁨』을 통해 가부장적 아프리카 문화 속에서 여성이란 어떤 존재인가 하는 질문을 던지고 있다. 그녀는 근절되지 않으면 안 되는 가부장적 신념체계, 근절되지 않으면 안 되는 식민주의적 상황과 그 행위들에 초점을 맞추는데, 아들 선호, 다혼제, 신부가격, 엄격한 성적 역할의 구분, 특히 모성을 훌륭하게 생각하는 것이 여성을 무력하게 만드는 것임을 밝혀내고 있다. "모성"이라고 하는 이름의 제도가 아프리카 여성을 고립시켜 여성으로부터 인간다운 선택의 가능성을 박탈하는 과정에 초점을 맞추고 있는 그녀는 서구 작가나 아프리카 민족주의 작가 계열과는 달리 아프리카 여성의 삶의 드러나지 않은 현실을 세세히 묘사하면서 제대로의 균형을 이루기 위한 싸움에 참여하고 있다. 요컨대 그녀는 모든 형태의 노예의 삶에 종시부를 찍고 미래의 평등함을 주장하면서 여성의 삶의 소중함을 인식하게 하는 데서 차이를 보여준다(Phillips 94). 에메체타는 이 소설에서 대단히 개인적인 경험을 통해 지배의 철학에 기반을 둔 권력 구조의 사회적, 정신적 결과들을 우리에게 보여주었다. 이와 같은 개인적 경험이 정치, 사회적 결과로 확대시켜 보여주는 작가는 이러한 영역을 주인공의 탐색에 맞춰 "여성 의식에 발을 내밀어 비전의 정당성에 있어 확신을 획득"(Bazin 57)하고 있다.『모성의 기쁨』은 아프리카 여성이 서구의 시각에서 볼 때 역사적으로 중요하지 않는 존재라고 결정된 사실에 대항해서 아프리카 여성의 자아를 주장하고 그러한 자아란 가장 혹심한 억압 속에서 구성된 자아임을 보여주는 데 있어 현대 페미니즘 담론뿐 아니라 여러 문학적 담론에 또 하나의 지평을 열고 있다고 할 수 있다.

제3부

디아스포라
글쓰기

| 제5장 |

카리브계 영국여성의 주변화된 삶 ─
진 리스의 『어둠 속으로의 여행』

1. 리스와 흑백의 상상력

오늘날 영국과 카리브 사회는 진 리스Jean Rhys(1890~1979)를 다 같이 자기들
의 작가라고 주장하며 빼어난 작가의 반열에 놓고 있다. 비교적 과작寡作
의 리스에 대해 최근 들어 국제적 연구가 활발히 진행되고 있음은 해리스
Wilson Harris가 지적한 대로 "상상적 통찰력이 흑백의 두 가지 색"(146)이라고
적절히 설명한 데서 찾아볼 수 있다. 그녀에 대한 문학적 인정이 양편에서
되고 있는 것은 그녀의 문학세계가 식민지 여성의 정체성 탐구에 있어 두
세계 사이에서 겪는 비극적 삶을 잘 포착한 점이라 할 수 있다. 이 같은
이중의 정체성은 네 권의 소설배경이 전부 유럽으로 그녀가 그곳에서 생
애 대부분을 살았다는 점에서 유럽작가이며 『어둠 속의 여행』*The Voyage in
the Dark*(1934)과 대표작인 『드넓은 사가소 바다』*The Wide Sargasso Sea*(1966)의 주

배경이 카리브이고 "유럽주의"에 도전하는 점에서 카리브 작가라는 점에 기인하는데, 이 때문에 이중의 문학적 국적을 갖게 된 셈이다. 그러나 리스를 어떠한 이해그룹의 특수한 문제에 국한시키지 않더라도 20세기 모더니스트로 출발한 그녀의 문학세계에 대해 업다이크John Updike나 오츠Joyce Darol Oates, 나이폴 등은 현대의 소외, 사회나 공동체 의식의 상실, 모든 것이 산산조각난 인상과 관련된 많은 주제를 전달한다고 지적한다(Naipaul, 29-31).

뒤늦게 부상하여 이제 국제적 작가로 명성을 확립하고 있는 리스에 대한 지금까지의 연구동향을 좀 더 구체적으로 살펴보자. 영미, 혹은 유럽 비평가들은 그녀 소설이 갖는 카리브적 성격을 간과하는 반면, 리스의 다섯 편의 소설이 "의식의 발전"을 다루고 있음에 주목한다. 대체로 국외자적 삶을 사는 여성이 개인주의 사회에서 겪는 고통을 그린 것으로 파악한 이러한 입장은 일찍이 포드Ford Madox Ford가 논평한 대로 리스가 서구작가들과 달리 사물을 있는 그대로 받아들이기 어렵게 만드는 다른 이해력이나 시각을 지닌 작가라는 맥락과 일치한다(23-24). 이러한 서구비평의 경향과 다른 양상이 나타난 것은 1970년대에 들어서인데, 그들은 리스의 소설을 처음 읽으면 배경과 문화가 유럽의 현대 소설가들과 거리가 있을 정도로 매우 다른 감수성과 다른 근본적인 의식을 형성한다는 특징에 초점을 두는 입장이다. 헌John Hearne은 『드넓은 사가소 바다』를 카리브인의 정체성 추구면에서 카리브 소설에 대한 "최초의 시금석"(323)이라는 평가를 내린다. 램찬드Kenneth Ramchand는 "영국인 남편과 백인계 크리올 아내의 서로 다른 관점이 본질적으로 어긋나게 울리는 서사로 이 둘의 입장을 어떻게 읽느냐에 따라 독자의 입장도 차이가 난다"(102)고 평한다. 이 같이 리스 소설은 유럽과 카리브 독자가 각기 달리 이해한다는 중대한 문제를 제기하는데, 우리는 여기에서 리스 자신의 의식의 이중성과 독자반응의 분리화

현상, 다시 말해, 독자가 왜 달리 해석하는지에 대한 근본 원인을 사회적, 문화적 배경의 차이에 대한 통찰력 있는 시각에서 궁구해볼 필요가 있다.

브레스웨이트Edward Brathwaite는 카리브 문화는 유럽문화와 달리 다양해서 미묘한 차이와 해석을 유발하기 때문에 화자/작가 자신의 사회, 문화적 배경과 경향에 대한 인식이 선행되어야 한다고 주장한다(13). 리스의 경우, 주로 하얀 피부의 크리올 인을 통해 카리브의 역사적 현실을 문학적으로 형상화한 점, 특히 제국주의 인식체계를 해체하는 데 있어 자칫 차이를 은폐하고 특권화된 정체성을 내세우는 식민지적 현상으로 고통 받는 주인공들을 그리고 있다는 점에서 이 같은 인식은 불가결하다고 볼 수 있다. 특히 1980년대 들어 서서히 고조되기 시작한 탈식민 문학담론Postcolonial discourse은 바로 이 같은 시각에서 리스 연구에 커다란 전환점을 맞이하게 된다. 대부분 유색인종이거나 소수, 혹은 식민 지배를 받았던 영어권 국가에서 제기되어 온 탈식민 담론은 대영제국 문학의 패권성에 도전하며 대영제국English 문학이 아닌 영어권english 문학을 요구하며 세계문학의 동향에 지대한 영향을 끼치고 있다. 식민주의, 인종억압에 대한 비판적 시각으로 과거 피식민지 문학을 활발히 조명케 하는 탈식민 문학비평에서는 주로 서유럽 식민주의가 피식민국가에 서구 제국주의 문화의 영향을 직간접으로 행사해왔음을 파헤치고 있다. 이들은 식민지 역사로 되돌아가 식민주의가 끼친 왜곡과 오류를 정정하며 희생자의 기준에서 역사를 설명한다. 또한 원주민문화가 침묵화되고 모략당한 것에 대해 "되받아 쓴다"write back는 대응담론을 구사하는 노력이야말로 탈식민주의 담론의 첩경이며, 이러한 작업은 문화적 헤게모니 밖에서 비판하는 사람들에 달려있다(Perry 55). 놀라운 사실은 리스가 탈식민담론이 부상하기 훨씬 이전에 그 본질을 파헤쳐 선구적 역할을 했다는 점이다. 리스 소설은 영국 제국주의에 의해 피식민문화가 패배당하는 과정을 주로 다루어왔다는 점, 바꿔 말해 영국이 식민지를 "타자화"한 결과 카리브는 영국에 대해 부수적 존재이자, 제국주의 지배인식의 배후에 있는 매니키언적인 이분법적 서열에 따라 열등한 존재이자 종속적인 위치로 고정된다. 자기/타자, 백인/식민지인, 선/악, 합리성/관능성, 문화/자연 등의 고정된 체계에서 후자에 위치지어진다(JanMohmed 55-87).

리스 소설은 이러한 탈식민담론에서 더 나아가 식민주의자와 피식민의 관계가 복잡하고 애매함을 보여주는 강점이 있다(Raiskin 51). 이는 바바나 스피박Gayatri C. Spivak이 말하는 탈식민담론을 단일하게 파악하는 경향에 반대한다는 입장과 상통한다. 이들은 고정되고 통합된 식민주의인식의 대상으로서의 피식민, 즉 원주민native을 생산해내는 것은 위험하다고 보고 있다. "타자"라는 제국주의 재현에 도사린 환원주의는 식민주의자와 피식민의 상호적인 관계라든지 인종적, 문화적, 국가적 정체성을 거부하는 결과를 초래한다. 리스의 경우 크리올 위상의 "다양성"을 풍부한 암시가 상징, 짙은 애매성을 사용하여 유럽인, 카리브 흑인, 또 이 양쪽에 속할 수 없는 혼혈 크리올의 관계에 초점을 맞추고 있다.

더욱 주목할 점은 리스 소설이 인종이나 국가적 특수성 이외에도 여성작가로서 성억압에 대한 문제를 심도 있게 다룬다는 점이다. 현대 페미니스트 문학비평은 리스소설을 새롭게 해석할 수 있는 또 하나의 단초를 마련하였는데, 주지하다시피, 여성이 남성중심사회에서 "타자"로 인식됨을 지적해온 것은 서구 페미니즘의 그간의 성과였다. 아벨Elizabeth Abel은 리스 소설이 남성의 지배를 받는 여성의 운명, 착취당한 여성의 삶을 가차 없이 극화한 점에서 여성문학에 중요한 기여를 하여 여성의식을 통찰력 있게 탐구한 점을 고찰한다(155-77). 리Nancy Leigh도 리스가 여성성의 발전을 뿌리부터 탐구하여(271), 주인공들을 단순히 수동적 희생자로만 다루지 않고 그들이 가부장제를 인식하고 거부할 때 개인적 승리 이상을 획득한다고 보았다(171). 그러나 페미니즘에도 서구 여성의 "주체"와는 "차이"가 있는 주변부 여성의 시각은 또 다른 문제를 제기한다. 특히 식민지 여성의 자아라든지 그 시각은 매우 복합적인 것으로 많은 문제를 담보한다. 본고에서 다루고자 하는 리스 소설에 대한 조명은 바로 이 같은 문제 제기에 그 틀을 부여할 수 있는 탈식민주의 페미니즘 문학이론과 직결된 것으로 볼 수 있다. 이는 탈식민문학과 페미니즘 시각이 결합한 새로운 시각으로 1990년대 들어 기존의 탈식민이론과 서구중심의 페미니즘 이론에 문제점을 제시하며 기본적 성찰을 요구하고 있다. 주체라는 용어가 백인 여성중심으로 구성되어 유색여성이 배제되어 온 점이라든지, 여성이란 식민주의 담론에서조차 배제되어 온 점이 그것이다. 따라서 근본적으로 소외된 "하위존재"subaltern인 리스 소설의 여주인공들은 바로 그 같은 문제와 씨름하고 있다고 할 수 있다.

리스는 지금까시 주변부 문학권에서조차 주변부적 존재였다. 그것은 영국과 카리브 양쪽에서 서로 자신들의 영토로 그녀를 끌어들이려 하면서도 여성이자 피식민지인의 의식은 다루지 않았기 때문이다. 사르트르Jean Paul Sartre나 파농Franz Fanon의 식민주의담론을 넘어서서 성의 정치학을 개입시킬 때 식민주의 담론까지도 남성중심적인 시각에서 행해져 왔음을 노정한 점은 매우 중요한 것이다. 한 예를 들면, 베브 브라운Bev Brown은 브레스웨이트의 크리올 이론이 남성의 시각에 치우친다고 말한다. 그의 이론은 주로 남성 "태양" 신화를 신봉하는 것으로 유럽인에 대항해서 자메이카 남성의 입장에서만 말한다는 것이다. 따라서 그들은 신세계에서 또 하나의 가부장적 식민주의와 관련된다는 것이다. 리스의 여성들은 이들과 다른 여성의 경험을 중심으로 전개된다. 이러한 여성연결은 매우 확고하고 논리적으로 드러나는데, 여주인공이 정체성 추구에 있어 카리브 연안에 대한 기억과 그곳 여성들과 연관되는 순화회로가 그것이다(73). 이와 같이 타자에 대한 각 문화의 영향, 인종주의, 거기에 각인된 권력관계의 유동성을 재현하는 리스의 서사는 백인 크리올 여성이란 과연 어떤 존재인가, 그녀도 역시 피식민인가, 아니면 유럽인, 혹은 카리브인인가라는 정체성의 경계선 문제를 제기한다. 이와 같은 점에서 리스는 식민주의 권력구조의 복잡함을 이해하고 있을 뿐 아니라 도미니카의 백인정착 계층의 구성원으로서의 그녀 자신의 모호한 정체성을 잘 인식한 작가라 할 수 있다(O'connor 218).

실제로 리스 소설은 플롯이 단순하고 주제가 통일되어 쉽게 이해할 수 있는데도 주제나 관심이 때로 전복적이고 쉽게 표면에 드러나지 않는 것은 주인공의 정체성 추구에 대한 복합적인 태도, 즉 희생자인 여성의 심리적 개연성을 보여주기 위해 여주인공의 유년기를 제시하고 서술시점을 바꾸기 때문이다. 이것은 영국의 제국주의/가부장적 지배라는 뿌리 깊은 편견이 카리브 사회에서 어떻게 거부되는 가를 보여주고자 하는 데 그 의도가 있다. 또한 리스의 삶과 소설에서 정체성의 문제는 작가나 등장인물들의 지각을 형성하는 국외자적 조건과 밀접한 관련이 있다. 티핀Helen Tiffin이 지적한 바와 같이 "이중의 국외자로 자의식, 고향상실, 피할 수 없는 차이감, 심지어 두 사회의 판단에 따라 자신을 비난하게 되는 불구자 의식"("Mirror and Mask" 328)을 지닌 여성주인공들은 성년이 된 후 영국에서 줄곧 살게 되나 영국은 차갑고 배타적인 곳으로 외로움과 가난의 짐을 운명처럼 짊어지게 하는 곳이며 카리브에서도 마찬가지로 크리올 여성은 카리브 흑인들로부터 소외될 수밖에 없는 점을 들어 사카나Amon Saba Saakana는 "이중의 소외라는 정신적 고통"(61)이라고 말한다. 여기에서 리스의 주인공들은 두 문화 간의 긴장과 모호함을 보여준다(Raiskin 58).

사이드Edward Said와 거Andrew Gurr 등은 "국외자"xile의 삶이 갖는 독특한 문학적 특성을 고찰하였다. 거는 자신의 정체성을 찾는다는 점에서 크게 기여한다고 본 반면, 사이드는 그것을 혜택이라기보다는 "근본적으로 인간존재의 불연속적인 상황, 뿌리, 땅과 과거와의 절연"("The Mind" 53)으로 파악한다. 그러면서도 그것이 지닌 문학성은 국외자의 이중 혹은 대위법적 비전이 정체성을 회복, 향상시켜주고 유의미한 삶을 가져다준다는 점이라고 언급하였다. 이런 점에서 리스 소설은 인종, 성차별, 계층, 민족성 등의 문제가 국외자라는 대위법적 비전에 의해 강화되어 영국과 카리브의 식민 권력구조의 상호작용을 한층 강화한다(Wilson 69). 이 글에서 다루고자 하는 "복수적複數的 정체성"을 지닌 크리올 여성 주인공들에 대한 분석을 위해서는 카리브를 배경으로 한 리스의 초기 소설『어둠 속의 여행』을 중심으로 그들이 겪는 역사적, 문화적 차이로 인한 차별화가 어떻게 드러나는지에 초점을 맞출 것이다. 그리고 카리브 크리올 여성이 앵글로색슨 문화에 영입되는 것을 막는 "영국"의 편견과 한계를 내면화하는 심리적인 효과도 살펴보아야 할 것이다. 나아가 그녀 소설은 카리브 사회의 역사사회적인 풍요성을 보여주며 서구의 이른바 "객관성", 즉 자기와 타자의 분리 및 세계를 객체화하는 것이 모든 폭력의 근원이며 결과적으로 식민지 여성을 분리화했다는 탈식민주의 페미니즘의 구체화를 제시하게 될 것이다.

2. 인종적, 문화적 차별과 정체성 위기

레서 안틸레스Lesser Antilles 제도의 도미니카에서 1890년 웨일즈 출신 의사인 아버지와 농장을 경영하며 18세기부터 그곳에 정착해온 집안의 백인 크리올 어머니를 둔 리스는 17세에 로소에서 가톨릭 학교를 졸업한 후 런던으로 이민 온다. 영국왕립예술아카데미에서 공부하다 부친 사망 후 계모가 거부하자 사실상 고아가 되어 낯선 세계에서 혼자 배회한다. 얼마동안 합창단원으로, 또 시간제 모델로 생계를 유지하다 이질적인 영국문화 속에

표류하는데 이러한 자전적 내용이 『어둠 속의 여행』의 소설적 공간이다. 카리브 제도를 떠난 후 쓰기 시작한 일기를 약 20년 동안 묶어두었다가 발간한 『어둠 속의 여행』은 애너 모건Anna Morgan의 개인사가 식민지사의 한 진실을 담고 있다는 데서 중요한 텍스트이다. 그것은 크리올 여성의 정체성 상실감과 그것을 회복하려는 시도가 계속 차연되고 억압되며 무시되는 이야기이기 때문이다.

소설의 서두에서부터 화자이자 중심인물인 애너의 의식 속에는 대조적인 두 세계가 자리 잡고 있다. 즉 유년기를 보낸 따뜻한 기억 속의 도미니카와 현재의 춥고 낯선 영국이라는 두 번째 모국이 그것이다.

> 커튼은 내가 이전에 알았던 것을 죄다 숨긴 채 내려지는 것 같았다. 거의 다시 태어난 것이나 진배없었다. 색깔도 다르고 냄새도 다르며, 사물이 마음속에 와 닿는 감정도 달랐다. 덥고 춥다든지, 빛과 어둠, 보라색과 회색의 차이만이 아니었다. 놀라움과 행복에 있어서도 차이가 난다. 어떤 때는 그곳은 되돌아가고 싶어 영국은 꿈처럼 생각되었다. 또 어떤 때는 영국이 현실로 그 너머에 꿈이 있는 것 같았다. 난 이 둘을 짜 맞출 수 없었다. (Rhys 3)

애너가 영국에 도착한 이후 일어나는 어둠속의 여행은 일인칭 시점의 서술로 시작되는데 과연 그 목적지는 어디이며 또 여행은 무엇을 뜻하는가? 이 소설에서 장소는 상징이 풍부한 것으로, 어떤 면에서는 애너의 꿈을 통한 무의식세계로 가는 의식의 모험(Nebeker 71)일 수도 있고, 또 다른 면에서는 콘래드Joseph Conrad의 경우처럼 어둠의 핵심인 영국으로 볼 수 있다. 소설 제1부가 끝날 무렵 하숙집을 전전하면서 "아무도 모른 곳이면 어디든 좋아"(63)에서 알 수 있듯, 애너가 속할 장소가 없어 어둠과 죽음으로 향하는 것으로 볼 수도 있다. 또 어느 의미에서 여행은 시간을 거슬러 올라가 자신의 정체성을 찾는 탐사라고 할 수 있다.

　이야기는 1912년 가을에 시작한다. 18세의 애너는 2년 전 도미니카 섬을 떠나 낭만적으로만 생각해온 "모국"이자 식민지 종주국인 영국으로 출발한다. "난 글을 읽기 시작하면서부터 영국에 관해 읽었다"(9)라는 술회에서 알 수 있듯, 애너에게 영국은 등꽃과 로맨스, 아름다운 숙녀들의 나라였다. 그러나 이제는 "수만의 백인들이 급히 자나가며, 어두운 집들은 서로 이마를 찌푸리며 다닥다닥 붙어있는"(9) 공간으로 자신에게는 완전히 낯선 곳이다. 경제력이 전혀 없는 상태에서 월터 제프리스Walter Jeffries라는 나이든 영국인의 도움으로 합창단원이 되고 그 후 런던에서 그의 유혹에 빠져든다. 생계유지 때문에 도움을 받아야 하는 절망적인 관계지만 이것도 얼마 지나지 않아 제프리스로부터 버림을 받는다. 런던의 홍등가를 배회하다 1914년 4월 이름도 모르는 남자의 아이를 임신하여 중절수술을 받게 되는 이야기이다. 이 소설은 네 부분으로 나뉜다. 각 부분은 하향적 나선 운동이 반복되는 구성으로, 수동적 상황에 놓인 크리올 여성의 공포를 보여주는데 이러한 불구적 수동성에서 삶은 제대로 영위될 수 없다. 애너의 폐쇄적 삶은 "방"의 이미지를 통해 폐쇄공포증을 불러일으킨다. 따라서 그녀가 외부세계에 적응하지 못할수록 도피의 욕망은 카리브의 기억으로 향하게 된다. 기억은 그녀의 의식에 집요하게 파고드는데, 이것은 앞으로 영국에서 벌어질 크리올 여성의 착취당하는 삶과 영국 사회의 잔인성과 대비된다. 애너는 과거에서 벗어날 수도, 돌아갈 수도 없게 하는 독특한 의식구조를 보여준다. 밖은 위험하고 안은 죽어있는 듯한, 뿌리가 잘린 듯한 국외자적 삶은 마치 자신이 떠도는 섬처럼 "정상적 사회"로부터 소외된 자기 폐쇄성과 무력함 그 자체이다. 또한 수없이 되풀이되는 방은 애너가 혐오하는 영국을 상징하기도 한다. 애너가 앞으로 자기를 알기 위해 뚫고 지나가야 할 어둠은 방을 통해 그 전망이 극히 불투명하고 불확실하게 나타난다. 칼Frederick Karl은 리스뿐만 아니라 레싱Doris Lessing 같은 식민지 출신 작가들, 혹은 영어권 작가들의 문학을 일종의 "폐쇄의 문학"이라 일컫고 있다. 방은 프로이트식 해석으로 "꿈꿀 수 있는 장소, 자궁으로 되돌아가려는 성인의 퇴행적 경향"으로 자신을 견뎌내기 힘든 외재적 압력으로부터 피하려는 욕망의 일부로서, "신경 증세나 퇴행적 증후의 결과로서 소외"(20)를 암시한다.

애너의 경험은 유년기를 축으로 회전한다. 평화롭고 안정된 삶은 따뜻한 기후로, 대조적으로 차가운 기후의 영국은 성인이 된 애너의 불안정한 삶과 연관된다. 이 소설의 주요 구성방식은 대위법으로 진행되는데 애너의 카리브에서의 과거가 황량한 현재의 런던에 대비되어 밝은 기억으로 병치된다. 낸시 브라운Nancy H. Brown은 이 소설에서 "영국"의 개념이 전면에 드러나고 있다고 지적한다(8). 윌슨Lucy Wilson에 따르면, 영국이라는 개념은 리스의 대위법적 비전을 밝히는 데 있어 핵심적 역할을 한다(71). 여기에서 작가 자신의 영국에 대한 태도와 그것이 대변하는 가치의 문제에 주목해볼 때, 리스는 거의 50년 동안의 창작생활에서 이 문제에 일관된 입장을 보여왔음을 알 수 있다. 리스에게 영국은 그녀가 경멸하는 모든 것, 영국인은 계층의식이 강한 사람들로 물질과 권력주자라는 것, 그들은 동물은 좋아하면서도 "외국인 여성"을 증오하는 모순된 감정의 국민이다. 이는 바꿔 말해 섬나라 근성, 자기중심주의, 속물, 위선, 배타성이라는 대영제국의 특성으로 연결되는 습하고 차가운 곳이다. 이와 반대로, 정직과 따뜻함, 자발성과 연민 등의 소중한 가치는 카리브 배경의 카리브인에게서 나타난다.

식민주의의 문화적 착취가 얼마나 위험한가를 논증하기 위해 영국성을 대표하는 헤스터Hester를 살펴보자. 그녀는 식민지를 경멸하면서도 식민화의 이익을 착복하는 데서 이중성을 보인다. 애너의 아버지의 재산을 팔아 영국으로 다시 나온 헤스터는 철저히 영국적인 마스크를 쓰고 "영국 레이디의 목소리"를 낸다. 그것은 영국 식민주의의 억압적 문화와 언어의 과시이다. 남편이 죽은 후 의붓딸 애너의 장래가 불투명해지자 그녀를 버리는 헤스터를 통해 영국성은 애너에게 숨 막히는 높은 벽으로 다가선다. 애너의 생모가 크리올계라며 경멸하는 헤스터에게서 카리브의 아프리카 문화를 분리하려는 영국 식민주의 정책은 극화되는데, 그녀는 애너가 "검둥이"처럼 커나간다고 매우 못마땅해 한다. 특히 흑인들처럼 말하고 웃고 하는 것에 대해 "난 네게, 검둥이와 달리 숙녀처럼 말하고 행동할 것을 가르치려고 무던히도 애썼는데. . . 지긋지긋한 네 노래 부르던 꼴을 보면! 넌 꼭 검둥이처럼 말했지 —지금도 여전하지만, 넌 그 지독한 계집애 프랜신Francine과 꼭 같아. 너희가 부엌 옆방에서 함께 나불거릴 때면 난 너희 둘 중 누가 누구인지 구별할 수 없었지"(40). 스테판Stephan의 여자친구인 저메인Germaine, 마사지 전문가인 에넬Ethel도 "레이디"를 소망하며 동시에 모든 "외국인"은 더럽고 불량하다고 못마땅해 한다. 영국 내에서 타자를 일컬을 때, 특히 애너가 자주 듣는 "타트"tart, "이방인"이라든지 "호텐톳"hottentot이 그것이다. 이 같은 경멸어는 경제적, 문화적 종속을 통해 착취당해온 크리올 여성을 검둥이나 야만인, 혹은 토인으로 인식하는 것으로, 콘래드의 『나르시서스 호의 검둥이』 The Nigger of the "Narcissus"에서처럼 리스는 언어적 사용에서 지배문화를 반영한다. 이와 같이 타자를 열등하게 위치시키는 식민 종주국에서 자신의 역사의 본질을 갈등하고 수용하게 될 때, 언어문제는 애너에게 민감하게 나타난다. 애너는 파농이 『검은 피부, 흰 가면』 Black Skin, White Mask에서 말한 흑인과 비슷한 심리적 상처를 경험하는데 "니그로에게는 직면해야 할 신화가 있다. . . . 니그로는 환경에 제한 받는다고 해서 자기의 존재를 의식하지는 않는다. 그러나 백인과의 첫 대면에서 자신이 검다는 사실이 전체적 중압감으로 그를 짓누른다"(150). 세제르Aimé

Césaire 역시 식민주의자의 부메랑적 영향을 기술하면서 "식민주의자는 자기의 양심을 편하게 하기 위해 타자를 동물로 보는 습성에 빠져들며 동물처럼 취급하는데, 객관적으로 말해서 그들 자신을 동물로 변형하는 것이다"(20)고 분석한다. 이는 리스의 글쓰기에서 일맥상통하는 대목이다.

수동적인 젊은 여성과 "보호하고 돌보는" 나이든 남성과의 관계가 반복되는 것은 애너의 성적, 식민지적 착취를 정확히 반영한다(O'Connor 25-26). 월터는 애너에 대한 성적 착취를 합리화하는데, 이 소설에서 "매춘부"demonde라는 말에 주목할 필요가 있다. 애너는 월터와의 관계에서 식민지 여성의 상품화를 대변하는데, 점잖음과 체통만을 따지는 영국사회는 결국 애너 같은 식민지 여성을 "상품과 볼모"로 간주하기 때문이다. 매춘은 아니지만 정부이면서 동시에 타트인 여성이란 인종적, 성적 견지에서 볼 때 헤스터가 강조하는 레디와 이분법을 이루는데, 실제로 레디/흑인의 이분법을 노정한다. 애너의 친구 모디Maudie가 "여자들이 입는 옷이 여자 몸값보다 더 나간다는 것 생각해봤어? . . . 사람이 물건보다 훨씬 싼 거야. . . . 어떤 때는 개나 말이 사람보다 더 비싸지"(28)라고 예리하게 지적하는 데서 알 수 있듯 그들은 자신들이 식민화된 타자임을 인식한다. 애너는 낮은 봉급의 순회 합창단원, 손톱 치장하는 일을 하지만 영국의 추운 겨울이 그녀로 하여금 따뜻한 양말, 내의, 멋진 코트를 갈망하게 한다. 그녀에게 결혼은 불가능한 꿈일 뿐 결국 불법 중절 수술이나 받는 사회적으로 아무런 중요성이 없는 존재라는 점에서 카리브 흑인여성들과 같은 처지라 할 수 있다. 영국에서의 그녀의 삶은 나아지지 않는다. 자신이 헤스터와 월터 같은 백인에게 결국은 "짐"만 된다고 느끼는 애너에게 이제 영국은 "침대 밑의 수북한 먼지"(18) 같은 장소로 인식될 때 그녀가 식민/피식민 관계를 재평가하고 있음을 알 수 있다. 이와 대조적으로 카리브 세계는 애너에게 더욱 호소력 있는 장소이다. 섬에 대한 기억은 신비나 종교적 특성을 지닌 고향의 신화를 전달한다. 그녀는 회상 속에 어머니의 옛 집으로 되돌아가는데, 이것은 식민종주국의 가부장적 세계에서의 갈등을 말해줌과 동시에 본질적인 어머니, 즉 진정한 모국에 대한 애너의 소망을 신화화한 것이다. 애너가 월터에게 자신이 "진짜 서인도인"이며 "모계 쪽으로 5대손"임을 강조할 때도 그녀와 도미니카 섬의 연결고리는 어머니이다. 그녀의 어머니가 개체화되지 않은 채, 이름 없이 등장하는 것도 이 같은 점에서이다.

　모녀관계는 페미니스트비평에서 전前이디푸스 단계인 모성적 경험의 중요성을 강조하는 초도로우Nancy Chodorow나 대상관계이론object-relation theory에 기반하여 어머니와 아이의 초기 관계를 재고찰한다. 『어둠 속의 여행』은 모성 경험의 중요성을 강조한다. 이 소설에서 어머니 부재는 애너의 유년기의 회상에서 처음부터 나타난다. "부재하는 어머니에 대한 열망"이 "거리가 먼, 접근할 수 없는, 억압당하고 거부되는 어머니"에 의해 손상을 빚고 있다. 어머니를 찾을 수가 없고 누구도 어머니가 될 수 없다는 데서 식민지적 상황의 비유를 볼 수 있다. 대행자인 의붓어머니 헤스터는 "가짜" 어머니이며, 헤스터와 대조되는 프랜신은 흑인하녀로 모성적 대행자로 볼 수 있다. 클뢰퍼Deborah K. Kloepfer도 이 점을 가리켜 "백인남성 문화 속의 점잖은 여성성과 카리브 섬의 숨겨진 풍부한 여성성의 차이가 헤스터와 프랜신에게 병치되어 잃어버린 크리올 어머니의 두 가지 갈등하는 모습으로 나타난다"(449)고 말한다.

　이 같은 애너의 정체성 위기에 비판적 중요성이 있는 다음의 예에서 인종적, 문화적 차별이 무엇이며 과연 그 갈등의 뿌리는 어떤 것인가가 분명하게 예증된다. 애너가 병이 났을 때 프랜신을 집중적으로 회상하는 것이 그것이다. "프랜신이 그곳에 있어 난 행복했지. 그녀의 손이 부채를 이리저리 흔들어대는 것을 바라보며 손수건 밑에서 흐르는 땀방울을 바라보았어"(25). 그러나 인종적 분위기는 흑인과 백인의 차별을 빚어내고 애너는 흑인의 적개심을 불러오지 않을 수 없게 된다. 애너는 프랜신이 "내가 백인이어서 물론 날 싫어했지. . . . 난 나도 백인임이 싫다는 것을 그녀에게 결코 설명할 수 없었어. 백인이라는 것, 그리고 헤스터처럼 된다는 것 . . . 난 계속 생각했어. '아니야. . . . 아니야. . . . 아니야. . . . ' 그리고 난 그날 내가 크고 있음을, 어떤 것도 그것을 막을 수 없음을 알았지"(44)라고 회상한다. 이것은 식민주의가 남긴 인종적 긴장감과 부조화를 암시하지만, 프랜신의 흑인성이 혼혈 혈통의 "진짜 어머니"를 연상하기 때문에 애너에게는 중요하다고 볼 수 있다. "난 항상 흑인이었으면 했어. 검은 색은 따뜻하고 즐거운데, 흰 색은 차갑고 슬프다"(26)에서도 명시되는 바와 같이 프랜신은 모체와도 관련된다.

프랜신은 애너에게 유년기의 기쁨뿐만 아니라 모체에 대한 後이디푸스 단계를 반영하는 것으로 그녀가 애너의 생리를 설명해줄 때는 여성적 자아와 몸, 성인의식을 전달한다. 프랜신이 들려주는 옛날이야기나 노래, 마술적 이야기는 침묵하는, 잃어버린 어머니를 대신하여 목소리와 음악으로 다가서는 모습을 보여준다. 그러므로 소설 초두의 "커튼이 내리고 나는 거기에 있었다"(9)에서 애너는 프랜신의 세계에 속함을 뜻한다고 볼 수 있다. 이 같은 모성 형식에서 가장 갈등의 순간은 소설 말미의 애너의 중절수술이다. 영국생활이란 궁극적으로 모든 모성적 접촉을 거부하는 곳으로 식민지 어머니의 부재와 연결된다. 다시 말해서 어머니의 부재는 어머니라는 텍스트성이 없는 식민지에 대한 비유로서, 딸은 중절을 통해 어머니의 죽음을 되풀이하는 것이다.

애너의 임신중절은 성년기에 도달하는 20세의 4월에 일어난다. 일반적으로 성장소설에서 볼 수 있는 시자고가 재생의 의미는 배제된 채, 문자그대로 중절수술로 인한 죽음의 상태에 처해있다. 이것은 비유적으로 말해 애너의 청춘이 사라지는 것을 의미하며 생명을 박탈당하는 상태를 말한다.

여기에서 다시 정체성의 문제, 즉 리스라는 영국사회에서 희생되는 여성의 심리상태를 식민/피식민, 백인/흑인, 자아/타자의 서열 중 후자인 피식민지인의 감수성으로 확대시키는 데서 그녀의 발전된 역사의식을 볼 수 있다. 작가는 식민과 피식민, 그 두 세계 사이의 삶이라는 세계의 역사를 제시함으로써 식민주의가 낳은 분열된 의식의 구성적 요소를 보여준다. 애너의 의식을 중심으로 한 일인칭 서술에서 갈등과 그 원인이 이와 같이 세 가지 구성적 역사를 해체, 병치하는 데서 드러난다. 18세에 영국으로 이민 온 후의 삶에서는 영국에서의 "타자성"을 보여주며, 애너의 회상을 통해 식민문화의 지배를 받는 서인도에서의 어린 시절의 문화적 긴장을 보여주는 것이 그것이다.

자아에 대한 애너의 놀라운 통찰력은 노예 혼혈인 메일롯 보이드 Maillotte Boyd와 그녀를 동일시할 때이다(Vanouse 128). 대단히 독창적인 방식으로 사용되는 이러한 억사의 "제3계층"은 조기 식민사의 기록물에 나타난 노예와 현재의 메트로폴리스에서의 성적 착취를 당하는 자신을 같은 계층으로 여긴다는 점에서 드러난다. 혼혈 노예인 보이드가 "난 콘스탄스 농장에서 옛날 노예 명단을 본 적이 있어. . . . 그것은 칸으로 나눠있어 거기에 이름과 나이, 무슨 일을 하는지, 그리고 그들에 대한 총평 등이 쓰여 있었지"(26)라고 한 말을 현재의 영국에서 애너는 반복적으로 기억한다. 이것은 애너가 자신이 누구인가에 대한 답을 유럽 유산에서가 아니라 흑인 노예 계보에서 뿌리를 발견한다는 점에서 중요한 자기인식이다.

시간을 통한 상실을 전달하는 이 소설의 시간적 배경은 나이폴이 말하듯 1914년, 즉 제1차 세계대전이라는 "경악스러운" 해이다. 이 소설에서 직접적인 정치적 언급은 찾아볼 수 없더라도 적어도 1914년은 애너에게는 한 시대의 종말과 애너를 만든 세계의 종말을 담지한다. 따라서 소설 말미에 "다시 전부를 시작하는 것"에 대해 애너가 생각해보는 것은 아이러니와 절망의 느낌을 전달한다. 왜냐하면 애너가 거쳐 온 어둠의 여행을 다시 반복해야 한다는 것은 월터, 헤스터, 에델과 같은 영국성, 지배와 권력, 성적 착취라는 식민지적 욕망이 영속화되는 한 전망이 전혀 보이지 않기 때문이다. "가난하지만 용기 있는, 그러면서도 절망에 빠진 걸인" 같은 애너에게는 도피조차 허용되지 않으며 더욱 악화된 현실만이 기다리고 있다. 무일푼으로 영국의 여관 "방"을 전전하며 필사적인 노력을 하나 실패한다. 이는 나이폴의 말대로 공空에서 공으로 표류하는 인간 군상(29)으로 고독한 위안부의 존재이다. 그렇지만 애너의 육신과 영혼이 심각한 타격을 받는 삶에서도 이를 극복하려 하는 점에서 절망적인 희생자로만 볼 수는 없다. 그녀는 적어도 아직 생존하고 있기 때문이다. 그러한 확신은 작가 자신이 "이 춥고 어두운 나라에서 여관방을 옮겨 다니면서도 나를 위해 그밖에 뭔가가 있을 거라는 절대적 확신성에서 박차를 가해왔는데, 그것이 무엇인지를 결코 알지 못했다"(*Smile Please*, 111-12)고 회고하는 데서 아이러니컬하게도 미래의 탈식민 여성의 비전을 찾아볼 수 있다.

3. 중심문화에 대한 주변부 크리올 여성의 도전

일반적으로 "영어권 문학"으로 묶여 영문학의 한 지류에 속했던 과거 영국 식민지국가의 문학을 새롭게 조명하는 경향이 세계문학에 비상한 관심을 불러일으킴에 따라, 우리는 더 이상 리스를 영국의 모더니스트 작가로만 평가할 수 없다. 리스 이외에도 서구중심의 미학에서 벗어나 탈식민주의와 남성중심주의의 폭력을 폭로해서 현대의 탁월한 여성작가들로 레싱, 모리슨, 마셜, 애트우드Margaret Atwood 등을 들 수 있는데 이들은 남/녀관계뿐만 아니라 제국주의/식민지간의 유추를 자신들의 작품세계로 만들고 있다

(Ashcroft et al, 31). 특히 리스는 탈식민사회에서 가장 복합적인 영향권에 속한 카리브 제도 출신으로 이들의 문학적 선배라 할 수 있는데, 일찍이 그녀는 지배문화 속의 식민주의, 인종주의, 여성문제를 여주인공의 수난과 정체성의 추구라는 면에서 다루었다는 점에서이다.

전술한 바와 같이 리스는 탈식민담론이나 페미니즘이 부상하기 훨씬 이전에 지배적인 전통 영문학에 대항하여 반담론적인 대응을 해온 영어권 소설가이다. 당시 리스 같은 식민지 출신의 작가가 영문학에 속하기 위해서는 영국인처럼 글쓰기를 해야만 가능했으며, 그렇지 않을 경우, 영문학 주변인으로 남을 수밖에 없었다. 이 같은 문학적 풍토에서 리스가 영국의 지배책략의 여러 가면을 벗겼다는 점은 높은 평가를 받아 마땅하다. 그녀의 소설 세계는 소위 "보편성"이라는 개념에 도전했고, 이 개념에 내재된 서구, 앵글로색슨 위주의 특정문화의 가치체계를 당연시하고 신성시하는 경향에 반대해서 지배담론의 중심성을 공략하였다. 특히 피식민, 지리, 문화, 언어문제를 중심으로 영국의 식민사를 심문했고 자신처럼 크리올 여성의 가치나 문화, 나아가 정체성에 정당성을 부여한다. 우리는 리스의 소설을 단순히 영문학 모델의 연장선상에서 보아서는 안 될 것이다. 그것은 오히려 영문학을 포함한 유럽의 문학 담론과 정전, 다시 말해서 식민주의자의 약호를 강제하고 유지해온 수단들에 의문을 던지는 글쓰기라 할 수 있다.

| 제6장 |

카리브계 미국여성의 탈식민적 글쓰기 ―
자메이카 킨케이드의『어느 작은 섬』과『루시』

1. 제국주의 폭력과 카리브 이산 문학

'카리브계 영어권 작가'Caribbean English-speaking Writers라는 명칭은 '영어로 글
을 쓰는 카리브 지역 출신 작가'English-writing Caribbeans라는 말로 널리 통용
되고 있다. 하지만 카리브 지역5) 출신의 작가들이 이곳을 근거지로 삼아
글쓰기를 계속하고 있는 경우는 그리 많지 않다. 이들은 인생의 어느 시점

---

5) 카리브 지역(The Caribbean)은 카리브 바다와 섬, 그리고 그 연안들로 구성된 아메리카의
한 지역을 일컫는다. 이 명칭은 자연 지리적인 면에서 카리브 해를 둘러싼 섬들을 가리키
며, 정치적으로는 이 지역에서 볼 수 있는 사회·경제적 그룹 배치를 둘러싼 용어로 복합적
인 의미를 지닌다. 예컨대, 카리브 공동체(CARICOM, CARIFTA)를 모체로 카리브 해역 10
개국이 1974년에 발족함와 이 공동체와 연합체 (Associate Members), 그리고 바하마 연방
등이 있다. 카리브 지역의 역사는 15세기 이래 유럽 열강의 식민 쟁탈전에서 이 지역이 맡
은 중요한 역할을 노정한다. 인종 학살, 노예제, 제2차 세계대전 전후의 이민과 탈식민화
의 물결, 그리고 쿠바와 미국 간의 긴장감 유발로 인해 다시 중요한 지역으로 부상한 이
지역은 그 지리적 규모에 비해 세계사적으로 커다란 의미를 부여받는다.

에서 카리브를 뒤로 하고 세계 곳곳으로 이동하고 있어 카리브 문학은 그만큼 어느 한 곳에 정착하지 않은 문학, 혹은 이산 문학이라는 특징을 지닌다. 현재 뉴욕, 마이애미, 런던, 토론토에 형성된 카리브 사회가 증명하듯, 카리브계 디아스포라diaspora들은 자신들은 과연 어떤 존재인가, 다시 말해, "우리들은 누구인가, 왜 이곳에 있는가"라는 질문을 끊임없이 제기하고 있다. 이는 형이상학적 질문이라기보다 자신들이 처한 '현재 이곳에서'의 문제의식을 표출한 것이다. 다양한 인종의 혈통이 복잡하게 얽힌 카리브에서 태어나 영국이나 북미로 옮겨져 '이방인'으로 자라나는 자신들의 처지를 질문하는 방식에서 이들은 어떤 방향이나 답을 추구하기보다는 주로 폭력으로 점철된 자신들의 역사와 세계에 던져진 자신들의 존재에 대한 성찰을 보여주고 있다.

실제로 카리브라는 공간은 서구의 제국주의적 폭력이 낳은 이방인들의 공간이다. 지금도 여전히 대영제국 중심의 용어인 '서인도제도'West Indies로 통용되는 데서 알 수 있듯 이 지역은 서구 식민주의의 영향을 크게 반영하고 있다. 그로 인해 카리브계 작가들은 이 협소한 지형학적 공간의 여러 파편화된 양상들, 예컨대 상·하위 국민/국가, 권력과 통제, 지배와 가부장제의 영향력 등을 강력하게 재현하고 있다(Pine-Timothy x). 역사적으로 볼 때 이곳의 선주민은 이미 오래 전에 서구 식민주의에 의해 사라지게 되었고 그 대신 노예로 끌려온 아프리카인이 카리브 플랜테이션의 노동력을 대체했다. 19세기 노예해방 이후에는 인도나 중국 등의 아시아 노동력이 이 지역으로 유입되었다. 이처럼 노예제를 비롯한 장구한 식민사로 인해 이 지역은 세계사에서 그 유례를 찾기 힘들 정도로 인종과 문화가 혼재된 공간으로 자리 잡게 된다. 이처럼 가장 복잡한 문화의 교환, 문화 발생의 교배지로 부상하게 된 이 지역의 혼종성hybridity은 20세기 들어 대서양을 건너는 카리브 지역 출신 디아스포라 작가들의 상상력의 공간에 뚜렷한

족적을 남기고 있다.

카리브 영어권 문학이 세계 문학에서 그 존재를 알리게 된 기폭제는 1950-60년대에 런던을 중심으로 전개된 '카리브 르네상스'Caribbean Renaissance라 할 수 있다.6) 이 시기에는 주로 남성작가들의 활약이 컸던 반면, 여성의 목소리가 하나의 집단을 형성하여 '카리브 여성작가'라는 명칭이 쓰이기 시작한 것은 1980년대에 들어서이다. 이미 국제적으로 확산되는 페미니즘과 1985년에 범 카리브 페미니스트 연대인 카프라CAFRA의 출범, 그리고 페미니즘과 탈식민 문학비평의 결절점이 된 스피박의 「세 여성의 텍스트와 제국주의 비판」"Three Women's Text and a Critique of Imperialism"은 과거 식민지 여성의 목소리가 발화될 수 있는 공간을 탄생시키는 데 기여하게 되었다. '제3세계' 여성(작가)의 이중의 주변화 혹은 이중의 식민화를 주제로 하는 이 논문에서 스피박은 식민 텍스트에 의한 '제3세계의 세계화'worlding뿐만 아니라 페미니스트 텍스트에 의한 흑인여성 텍스트의 '세계화'를 밝히고 있다(243-61). 여기에 1990년대 접어들어 점차 일반화되는 탈식민 문학은 특히 카리브 영어권 여성작가들이 주목을 받게 되는 하나의 계기를 마련하였다. 그간 카리브 여성작가의 텍스트가 역사적으로 부재했음은 노예제, 식민, 탈식민화, 여성의 권리, 그리고 더욱 직접적인 사회적, 문화적 이슈들에 대한 여성의 특수한 입장이 역사적으로 침묵되어왔음을 가리키는 것으로, 이는 바로 서구중심의 다양한 주류담론master discourses에 기인한 것이다(Davies and Fido 1). 오늘의 카리브 여성문학은 이러한 주류담론에서 탈피하여 피부색, 문화, 역사, 기억이 각기 다른 카리브 여성주체들을

---

6) 1950년대 영국에서 개화된 '카리브 르네상스'(Caribbean Renaissance)의 효시자인 래밍(George Lamming)과 셀본(Sam Selvon)이 대서양을 건너면서 이민선 위에서 글을 썼다는 에피소드는 상징적이다. 이들의 뒤를 이어 해리스(Wilson Harris), 나이폴(V. S. Naipaul), 앤서니(Michael Anthony), 리스(Jean Rhys), 브로드버(Erna Brodber), 스미스(Michael Smith) 등이 활약하였다.

중심으로 식민주의와 신식민주의에 대한 날카로운 저항서사이자 대항서사 counter narrative를 공통적으로 재현한다. 특히 인종의 혼재를 카리브 여성의 몸과 직결시키는 식의 재현서사는 카리브 여성작가의 뚜렷한 특징이라 할 수 있다. 주지하다시피 백인남성과 카리브 남성은 각기 식민주의와 가부장제를 통해 카리브 여성의 몸을 폭력적으로 소유하고 지배해왔다. 이는 딱히 이 지역의 과거사에만 한정된 이야기는 아니다. 오늘날 전 지구적 자본주의하의 제3세계 여성 현실에서 일어나고 있는 부조리도 그것의 연장선 위에 있음을 인지해볼 때 카리브 여성문학이 지니고 있는 현재적 중요성은 쉽게 간과될 수 없을 것이다.

여성의 인종적 정체성을 논할 때 서구 페미니즘이나 '제1세계' 페미니즘은 흔히 자민족 중심의 편견에서 벗어나지 못하고 있다. 이는 우리가 식민사를 지닌 국가들의 특수성 속에서 여성문제를 논하는 세심함을 결여하고 있음을 의미한다. "백인 중산층 페미니즘은 강력한 지배와 강제적 인종차별이라는 공공연한 인종차별주의는 아니라 하더라도 인종차별적 문화와 소극적으로 결탁한, 더 미묘한 '백인 유아론'white solipsism을 반영한다"[1]는 도널슨Laura Donalson의 지적대로 페미니즘에서 가부장제와 인종주의가 상호작용하는 방식에 대한 인식은 매우 중요하다. 모핸티Chandra T. Mohanty에 의하면 서구 페미니즘은 '제3세계' 여성이라는 단일범주를 만들어내어, '제3세계'에 거주하는 여성들의 억압상을 담론적으로 균질화하고 체계화하여 다양하고 특수한 조건에 놓여있는 여성들의 억압상을 폄훼하였다(Third World 198). 서로 다른 여성간의 국제적 연대를 도모한다는 것도 가치 있는 일이지만 여성을 '계층, 민족, 인종적 입장과 관계없이 동일한 관심과 욕구를 지닌 동질 집단'으로 보는 서구 페미니즘의 시각에 문제가 있다고 보는 모핸티는 '제3세계' 국가들이 전 지구적 정치, 경제 틀에서 서구의 예속을 여전히 벗어나지 못하고 있음에 주목한다(*Third World* 202).

서구 페미니즘이 흔히 내세우는 '보편적 여성성'이란 말은 특정 억압을 받는 다수 여성을 보편적인 것으로 가정하는 데 근거한다. 스피박은 이러한 방식이 지닌 문제점을 지적하면서 가부장제, 재생산, 가족 등과 같은 개념들이 종종 "지역 차이에 따른 문화, 역사적 배경의 특수성을 고려하지 않은 채 사용되는 전제조건"임에 주의를 기울일 것을 주장한다(*In Other Worlds* 209). 나아가 식민사를 지닌 나라의 여성들이 실제로 겪은 경험을 '제3세계' 여성이라는 균일한 상상적 범주에 쉽게 끼워 맞추려는 데서 서구 페미니즘이 커다란 오류를 빚고 있음을 지적한다. 실제로 '제1세계 페미니즘'이라든지 '제3세계 여성'이란 용어는 다양한 목소리를 제한시켜버린다는 점에서 적절치 못한 표현이다. 이 같은 범주는 규정될 수 있는 실체라기보다는 담론의 결과인데도 여전히 통용되고 있다. 이처럼 스피박을 포함한 탈식민 페미니스트들은 '제3세계' 여성이란 안정된 집합체가 아니고 순전히 '제1세계'의 지적 논쟁에서 나온 이데올로기의 산물일 뿐이라고 주장한다. 그러므로 이 용어를 명확하게 규정된 경험집단을 지칭하는 것처럼 사용할 때 위험성은 더 이상 존재할 수밖에 없다. 그러므로 '제3세계' 여성들을 서구 페미니즘 담론 안으로 흡수하는 것은 역사, 문화적 차이를 고려하지 않은 식민적 행위에 다름 아니다. 그 결과 서구 페미니즘의 분석대상으로서 '제3세계' 여성은 자신들의 힘을 박탈당하게 된다. 다만 '제3세계'라는 용어는 전략적인 차원에서 비유적으로 활용될 때, 즉 '제1세계' 페미니즘 담론에 심도 있게 개입하여 '제3세계' 여성의 문제를 부각시킬 경우에 한해서는 유용하게 사용될 수 있다.

현재 '제1세계'에는 유럽의 구식민지 출신의 여성작가들이 다수 활동하고 있다. 이들의 글쓰기는 주로 떠나온 모국에 대한 여러 욕망에서 비롯되는데, 모국은 모국을 벗어나는 지리적, 문화적 전치displacement를 경험할 때만 의미를 지닌다(Davies 113). 이들에게 모국은 민족주의가 그러하듯 '통합된 기원의 신화'로 수렴되는 공간이 아니라 모순과 균열을 드러내는 공간이자 소외의 경험으로 점철된, 잘못 인식되어진 장소이다. 모국에 대한 이러한 급진적 해체는 특히 카리브계 미국 흑인여성의 글쓰기에서 두드러지게 드러난다. 이들은 떠나온 모국과 새로 이주한 사회에서 다 같이 억압적 권력에 도전하는 방식으로 '되받아 쓰기'writing back, 혹은 목소리를 찾으려는 개인적인 싸움에서 '되받아 말하기'talking back라는 매우 필요한 전략을 구사한다(hooks 9). 젠더와 성sexuality, 인종과 민족성, 계층이라는 다양한 교차점과 다양한 전선에서 행해지고 있는 이러한 전략은 지금까지 배제되어오거나 주변화되어 온 여성의 경험을 되살리고 식민/남성 텍스트들을 다시 쓰거나 텍스트 경계선들을 다시 그리는 데 매우 유효하게 작용한다. 그 예로 역사 서술을 들 수 있는데 남성규범에 따라 여성을 배제시켜온 점에 주목하여 여성에 의한 역사 다시쓰기, 이야기 서술하기, 이미지 창조와 상상적 여성 공간 형성하기 등을 통해 식민/남성 텍스트를 되받아 쓰는 작업에 몰두한다.

역사 다시쓰기가 연속적, 선형적 역사와 발전적, 합목적적, 배타적 민족주의 이데올로기를 와해하려 할 때 이산의 탈국가적 개념은 매우 유용한 것으로 입증되고 있다. 안정되어 침투할 수 없는 경계로 둘러싸인, 닫힌 국가 이미지는 이산자들의 경계를 넘나드는 삶과 대조되는 것으로, 이산자가 생각하는 모국은 그 윤곽이 끊임없이 만들어지고 변형되며 모국과 그 문화 기원자체가 탈자연화되고 탈신비화된다(Clifford 7). 문화의 경우, 카리브 출신의 이산 흑인여성 작가들은 문화를 재현할 수 있는 완결된 구성물로 보기보다는 이를 구성하는 데 여성이 참여할 수 있다는 발상을 지닌다. 이것은 이산과 문화적 혼종성을 통해 정체성에 대한 본질주의적 사고방식을 문제시한 점이라든지, 문화를 일련의 젠더화된 실천으로 이해하는 문제를 제기한 홀Stuart Hall이나 민하Trinh Minh-ha 같은 인류학 비평가들과 맥을 같이한다고 볼 수 있다. 홀은 「문화적 정체성과 이산」이라는 글에서 문화를 관계적이며 공간적으로 이해할 것을 주장한다. 홀은 우리가 설령 진정한 '핵심적' 정체성을 발견할 수 있다하더라도 이를 복원시킬 수 있다고 생각하는 것에 문제를 제기한다(226). 민하는 혼종성의 개념을 사용하여 '제3세계' 이산 여성을 문화, 언어, 사회의 틈새나 이것들이 중첩되는 영역에 낀 사이적in-between 존재로 본다(Minh-ha, *Framer* 140). 여성은 '혼종의 공간에서 말하기'를 통해 남성텍스트 다시쓰기를 할 수 있는데, 이를 통해 지금까지 수용되어온 역사의 편파성을 드러내고 거기에 질문을 제기하여 여/남, 고통스러운 과거/현재 간의 상호 연결 지점이 모색될 수 있다고 본다. 왜냐하면 남성 텍스트 다시쓰기는 젠더와 문화적, 사회적 관계의 조직에 대해 근본적인 질문을 던지는 작업이기 때문이다. 여기에서 남성 텍스트란 문자 그대로, 그리고 비유적인 의미에서, 가부장적 식민주의와 신식민주의 담론, 과거 식민지에서의 정치적 지도자들에 의해 쓰인 민족과 문화적 정체성에 관한 거대 남성중심서사, 또한 남성주의적 입장에서 '제3세계' 여성들을 고려치 않거나 그들이 처한 특수한 역사적 경험을 고려치 않는 글을 포함하는 비교적 포괄적인 용어를 말한다.

킨케이드Jamaica Kincaid(1949-)가 태어난 카리브 해 동부 리워드Leeward 제도 중부의 한 섬인 앤티가Antigua는 아메리카인디언Amerindian 사회가 형성되어 있었지만 1632년 영국이 정착하여 통치를 하면서 브리튼 족과 아프리카 노예들이 유입된 곳이다. 1967년 영국으로부터 자치권을 획득했지만 1981년 앤티가 바부다Antigua and Barbuda 국가로서 영국으로부터 독립하게 되고 여전히 영연방의 일원으로 여왕이 이 나라의 의회군주이다. 킨케이드는 고향 앤티가를 떠나 보모라는 직업으로 미국에 이주하게 된 카리브계 미국 이산 여성작가이다. 그녀는 자신의 삶을 토대로 "카리브 노동계급/소

작농의 경험과 대영제국 식민주의/미국 제국주의와의 상호작용"(Davies 116)
을 다루는 글쓰기를 특징으로 한다. 이는 반식민 논쟁이나 저항을 명시화
하는 탈식민적 글쓰기로 국가와 문화의 개념과 관련하여 식민/남성 텍스트
의 우월성에 도전하는 카리브계 이산 흑인여성의 작업이라는 중요성을 갖
는다. 이 장에서는 『어느 작은 섬』 *A Small Place*(1988)과 『루시』 *Lucy*(1990)를 중
심으로 인종/계급/제국주의/젠더/성을 다양하게 교차시키면서 지금까지 주
변화되어 온 카리브 이산 흑인여성의 관점과 경험을 부각시키기 위한 킨케
이드의 글쓰기 전략을 살펴볼 것이다.

2. 식민주의와 전 지구적 자본주의에 대한 문화평론서: 『어느 작은 섬』

고향 앤티가 섬을 떠난 지 20년 만인 1987년에 킨케이드는 고향 섬을 다
시 찾는다. 그동안의 많은 변화에 충격을 받은 그녀는 이후의 글쓰기에 전
환점을 맞이하게 된다. 출간 이후 앤티가에 대한 논쟁을 뜨겁게 불러일으
키기도 한 『어느 작은 섬』은 영국 식민지였던 앤티가에서 영국식 교육을
받아 이에 대한 반감이 깊은 킨케이드가 현재의 앤티가 섬의 아름다운 자
연환경이 관광의 대상으로 인식되는 것에 대해 커다란 분노를 느끼면서
과거의 고통스러운 식민경험이 현재에도 맞물려 있음을 다른 사람들에게
들려주는 일종의 허구적 문화평론서이다. 킨케이드는 허구라는 틀 안에서
여러 목소리를 전달하는데, 예컨대 과거 식민주의자와 현재의 전 지구적
자본주의하의 착취자들의 감추어진 목소리들이 다양하게 발화된다
(Ferguson, Moira *Colonialism* 132). 장르의 경계선을 넘어 소설처럼 읽히며 웅변적
이면서도 시적 리듬을 지닌 연설처럼 들리는 이 글은 '제3세계' 흑인여성

의 (비)정체성에 대한 열린 페미니스트 시각을 제공한다는 평을 받기도 한다(Covi 38). 또한『어느 작은 섬』은 젠더, 인종, 계급, 문화가 인간의 태도나 영향, 사고방식과 담론에 두루 영향을 미치고 있음을 주제로 역사에 대한 예리한 인식과 자본주의, 인종주의적 억압에 대해 굴하지 않은 비판력을 보여주는 매우 강력하고 독창적인 글쓰기로 평가된다(Scott 979).

『어느 작은 섬』은 관광문화가 카리브 정체성 탐색에 논쟁적으로 확대되면서 식민문화와 신식민문화가 어떻게 그 파괴성을 드러내는지를 냉철하게 응시하고 있다. 이 텍스트에서 앤티가는 관광객에게는 낙원이지만 화자에게는 곧 죽음이자 죽음이 묻어나는 낙원으로 인식된다(Paravisini-Gerbert 20). 화자는 내부자/외부자라는 두개의 시선으로 앤티가와 앤티가 사람들을 부정적으로 형성한 모든 요소들을 자세히 들여다보면서 이를 단호하게 비판한다. 그것은 카리브 노예사회와 그 유산이 오늘의 앤티가 사람들에게 여러 기괴함과 비정상, 왜곡된 것들의 형태로 남겨져있음을 목도하기 때문이다(Davis 124).

『어느 작은 섬』은 크게 세 부분과 짤막한 에필로그로 되어있다. 첫 부분에서는 관광여행과 그것이 앤티가 사람들에게 미친 영향을 논한다. 화자는 관광객을 앤티가의 빈곤과 억압을 영속화시키는 공모자로 지목한다. 두 번째 부분은 극한極限의 섬인 앤티가에서의 화자의 어린 시절의 식민지배와 인종차별에 대한 기억들로 이루어지는데, 독립 이전의 앤티가는 이상적인 장소와는 거리가 멀다. 세 번째 부분은 화자가 20년간 섬을 떠나있는 동안 섬에서 행해진 급격한 변화에 대해 느꼈던 충격을 다룬다. 텍스트 곳곳에서 화자는 탈식민적 저항을 주장하면서도 문제 해결과는 일정하게 거리를 두는 이질적인 발화를 한다. 이는 탈식민 글쓰기의 특징인 유동성과 미결정성의 글쓰기 방식으로, 식민주의는 논리적이고 직선적인 서술 방식으로, 반식민주의는 여기에 대한 대항 헤게모니적인 저항의 행위를 담은 '대항 서술'counter-narrative방식으로 전개됨을 보여준다. 화자는 앤티가의 현 상황을 경제적 관점과 연결시켜 "여러분은 이 대양이 대다수 노예들을 어떻게 삼켜왔는지를 알게 되면 놀랄 것이다"(A Small Place 14)라며 노예제부터 언급하기 시작한다. 킨케이드는 관광주의를 노예제의 확장으로 인식하면서 노예상인의 후손들이 어떻게 부를 착복해왔는지를 다음과 같이 보여준다.

> 바클레이 은행을 출범시킨 바클레이Barclay 형제들은 노예상인들이었다. 그들은 이런 식으로 돈을 벌었다. 영국이 노예무역을 금하자 이들은 은행업에 뛰어 들었다. 그들은 더욱 더 부를 축적하였고 . . . 노예후예들로부터 돈을 빌려 (그들이 저축한 돈을 통해) 그것을 되빌려주는 은행업으로 부자가 되었는데, 이를 노예후예들이 알아차리지 못하도록 교란시켰을 것이다. (A Small Place 25-26)

화자는 약탈과 노예제, 식민화를 제국주의 기원으로서의 자본주의 체제와 연결시킨다.

유럽인의 카리브 해와의 접촉은 콜럼버스의 1492년, 1496년, 1498년의 탐험 이후였다. 이어지는 유럽 식민 팽창과 거래 욕망은 이들로 하여금 이 지역에 정착하게 만든다. 이곳의 선주민은 대부분 평화주의자 타이노스Tainos와 전사 카립Carib들이었는데, 이들이 새로 형성된 플랜테이션 노예 노동력으로 맞지 않다고 하여 빠른 시간 내에 제비뽑기 식으로 잔인하게 살육되었다. 이제 이 두 종족은 가이아나Guiana와 트리니다드Trinidad에서만 생존하고 있다. 아프리카로부터의 노예무역은 콜럼버스 2차 항해인 1496년부터 1838년까지 진행되었고 유럽인들은 노예들이 플랜테이션에 적응할 때까지 매질하고 고문하였다. 이 지역은 열대, 아열대 산물을 유럽으로 가져오는 데 가장 편리한 공간이자 실질적 원천이 되었다. 18세기 유럽의 무역성장에서 이 지역의 상품들은 유럽의 모든 상품을 제칠 정도로 유럽인들에게 놀라운 행운을 가져다주었다.

> 나 같은 사람들이 자본가가 되면 왜 부끄러운지 아시는지? 글쎄, 그
> 건 우리가 당신네들을 알고 지내온 동안, 우리는 순전히 목화 짐과
> 설탕 포대라는 자본으로만 존재했고 당신들은 명령을 내리는 잔인한
> 자본가였기 때문이다. 이 기억이 너무 또렷해서 최근 경험으로 볼 때
> 당신네들이 그렇게 충분히 생각했다고 하는데 우리로서는 이를 받아
> 들이기가 힘들다. (36-37)

화자는 식민시대 이후의 앤티가 정부와 과거의 카리브 역사라는 두 개의 축을 중심으로 대응담론 전략을 구사한다. 『어느 작은 섬』은 처음에는 다른 여행기에서 볼 수 있듯 호쾌한 출발을 보이지만 곧바로 역전된다. 이 섬을 찾는 관광객과 그것이 앤티가 사람들에게 미치는 영향을 논하면서 화자는 앤티가 인들이 백인 관광객을 위한 배경적 존재, 혹은 백인 우월성을 확인시키는 대상으로, 마치 '제3세계'라는 기이하게 정형화된 비효율적인 존재로 전락되는 느낌을 전달한다. '당신'이라는 2인칭으로 불리는 관광객은 다른 문화권 출신의 지극히 피상적인 관망자에 비유된다는 점에서 과거 식민지시대의 여행자와 별반 다르지 않다. 화자가 '당신'에게 계속 말 걸기를 하는 것은 화자의 치욕을 뒤집을 수 있는 반격을 통해 백인 관광객의 자기만족적 우월감을 폄훼하기 위함이다(Bouson 97). 이때 '당신'이라는 응집력 있는 표현은 '북미 혹은 유럽인-솔직히 말해 백인-'(4) 남성으로 코드화된 대상, 혹은 독자들을 강력히 연루시킨다. 먼저, 관광객은 앤티가에 대해 잘 안다고 하지만 그것은 고작 여행사 포스터에서 얻은 지식일 뿐이다. 화자는 관광객을 '추악한 인간'으로 규정하는데, 이는 백인 관광객이라는 형태를 통해 과거 노예제 하의 유럽 식민주의자의 인종적, 문화적

지배 패턴이 탈식민시대에도 반복되고 있음을 상기시키기 위함이다. 이처럼 영국 식민주의자에서 서구의 신식민주의자로 확대되면서 드러나는 역사적 제휴관계는 킨케이드의 앤티가 역사 다시쓰기 작업에 연결되는데, 그것은 유년기 화자의 경험에 비추어 앤티가가 식민시대와 마찬가지로 현재의 탈식민 상황에서도 여전히 고통으로 점철된 공간으로 드러난다는 점이다. 즉, 앤티가는 '모국도, 조국도, 신도, 그리고 최악의 경우, 언어조차도 없는,'(31) 대영제국이 만든 공간일 뿐이다.

또 다른 비판의 화살은 화자의 동족인 앤티가 흑인들을 향하고 있다. 앤티가 정부의 부정부패, 앤티가 사람들의 '순진함'과 '광기'가 어지럽게 뒤섞여있음을 응시하는 화자에게 가장 개탄스러운 사실은 앤티가 인들이 식민사를 청산하지 못한 채 여전히 반복하면서 이를 인식하지 못한다는 점이다(30). 화자가 식민주의 초상화를 지워버리려는 태도에 단호히 반대하는 것도 이러한 역사청산 의식이 없음을 일깨우기 위함이다. 화자는 고향 사람들이 사소하고 일상적인 일에는 대단한 열기를 보이는 반면, 자신들의 삶을 어떻게 영위할 것인지에는 무감각하다는 점에 충격을 금치 못한다. 자치행정이라는 이름하의 현재의 앤티가가 '심보가 고약한' 영국인들이 지배하던 과거보다 더 나은지에 대한 질문에서 화자는 수많은 사건을 예로 들며 부정적 답변을 유도한다. 현행 교육제도, 특히 호텔 연수학교의 예를 통해 과거의 노예제도가 오늘날 어떻게 연결되어있는가를 보지 못하는 앤티가 인의 정체성에 자리 잡은 심각한 타락을 지적한다.

가장 충격적인 상징은 과거 카네기 재단이 설립한 앤티가 도서관이다. 이 도서관은 1974년 지진으로 붕괴된 후 보수되지 않은 채 방치되어 있다. 화자에게 가장 향수어린 기억의 장소인 도서관은 모순된 문화적 공간이다. 도서관은 식민뿐만 아니라 탈/신식민 상황에 대한 완벽한 메타포로 볼 수 있다. "내[앤티가] 역사를 왜곡, 말소하고 당신[서구인]의 역사를 영광스럽게 만드는"(36) 공간으로서 도서관은 앤티가 독자를 식민주의의 '위대함'과 식민주의 '미학'에 친숙하게 하고 그것들의 행위를 정당화하는 장소이다. 이처럼 화자의 기억의 싸움은 공식 기억에 대항하여 앤티가 역사를 다시 쓰는 푸코Michel Foucault 식의 역사적 대응 서사형식을 띤다. 이는 독자로 하여금 탈/신 식민주의와 탈/신 자본주의를 연결시켜 국제 정치를 더 잘 이해하게 하기 위함이다(Covi 45).

킨케이드의 대응서사는 매력적인 섬의 '행복한 원주민'을 찍은 관광객의 스냅사진 뒤에 숨겨진 부패 서사를 상치시켜 전 지구적 자본주의, 식민주의 그리고 앤티가 정치라는 다양한 남성 서사를 전복시키는 역할을 한다. 화자가 가장 혹독하게 비판하는 대상은 앤티가 정부에 대한 것이다. 버드V. C. Bird 수상 가족은 아이티의 듀발리Duvalier를 연상시키는 남성 중심 문화를 대표한다(73). 킨케이드는 부패정권의 뻔뻔스러운 작태를 남성 서사의 일부로 구체화하면서 그에 대한 전복적 행위로 여성들의 저항적 말하기와 글쓰기를 사용한다. 문화부장관의 기만적 술수에 대해 가시 돋친 대꾸로 장관을 효과적으로 침묵시키는 화자의 어머니, 남성 텍스트를 되받아 쓰는 글쓰기를 통해 남성권력에 대항하고 이를 차단하려는 화자가 보여주는 여성의 힘이 그것이다.

화자가 앤티가를 '작은 섬'이라고 되풀이해서 말하는 것은 이 공간이 지닌 비전의 협소함을 의미한다. 화자에게 앤티가에 산다는 것은 숨 막히는 일로 "마치 그 안의 사물과 사람 모두가 갇혀 있는" 모습이다(79). 관광객에게는 한없이 아름다운 섬이지만 앤티가 인에게는 자기봉쇄와 소외의 공간이다. 화자는 그 이유를 앤티가 인들이 자신들만의 시간의 틀에 갇힌 나머지 보다 큰 지구적 맥락이나 역사에서 스스로를 볼 수 없기 때문이라고 지적한다. 화자에 따르면 이를 탈피하기 위해서는 앤티가 인들이 스스로에 대한 책임감을 갖고 자신들을 희생자로 보는 시각을 버려야 한다는 것이다. 킨케이드는 이 텍스트를 쓸 당시 앤티가 정부의 기피인물로 입국이 금지된 '불안정한 상황'에 있었음을 시인하면서도(Perry 498), 자신을 내부자의 입장에 두고 있었다. 그리고 작가로서 그곳의 실상에 대한 충격을 묘사할 때는 외부자적 시선을 견지하였다. 이처럼 화자/작가는 지형적, 사회적 공간을 친숙한 공간으로 인식하면서도 중층시선을 지닌 '사이적 존재'로서 관광객과 고국 앤티가 사람들에게 말 걸기를 행한다. 그 결과 앤티가라는 공간은 과거 대영제국 식민지와 오늘의 자본주의 신식민역사와 연계되어 백인에 의해 경쟁적으로 점유되고 쓰여지는 장소로 드러난다. 이처럼 화자는 앤티가를 식민주의 흉내 내기가 제도화되고 부패 유산을 그대로 물려받은 섬으로 비판하면서 동시에 아프리카계 카리브 여성의 시선을 통해 인종/젠더의 교차점을 재개념화한다.

3. 이산 흑인여성의 문화 제국주의에 대한 저항: 『루시』

킨케이드의 최고의 소설로 평가받는 『루시』는 『애니 존』Annie John, 『강 어귀에서』At the Bottom of the River와 더불어 킨케이드의 3부작으로 일컬어진다. 이들 작품들은 주인공들이 각기 다른 이름으로 등장할 뿐 연대기 순으로 된 하나의 인물이자 작가의 실제 경험에 부합된다는 중요성을 지닌다. 작가 자신이 "16살 생일 다음날에 앤티가를 떠나 미국에 와서 보모가 되었다. 하녀는 아니었지만 거의 하녀나 다름없었다. 누군가의 아이들을 돌보면서 학교에 다녔다"(Cudjoe 215)고 술회하듯, 『루시』는 여주인공이 미국에 도착한 날로부터 1년 동안에 일어난 사건을 앤티가에 대한 기억과 더불어 계절의 흐름에 맞춰 서술하고 있다. 5장으로 된 텍스트 구조는 단순하며 언어도 경쾌한 느낌을 준다. 그러나 막상 이 소설을 읽게 되면 독자의 마음은 그리 편치만은 않다. 누군가를 향한 분노, 독설, 냉소로 가득 찬 루시의 내러티브가 독자에게 그야말로 '차가운 심장'을 들이대기 때문이다.

문화적 충격이나 이질감을 극복하고 자신의 정체성을 탐색한다는 점에서 『루시』는 서구 성장소설에 해당된다고 볼 수 있지만 루시의 모국인 앤티가에 대한 기억 속에서 그녀를 괴롭히는 식민 잔재에 대한 이해가 필수적이라는 점에서 차이가 있다. 또한 문화적 경험들이 루시에게 끼치는 영향과 그에 대한 저항이 탈식민 남성작가들이 서술하는 것과 다르게 나타난다는 점을 주목해야 한다. 남성작가들이 즐겨 다루는 집단이나 국가, 권력 간의 갈등이라는 거창한 범주가 아니라 앤티가의 노동자 가정과 미국 상류층의 가정이라는 작고도 친밀한 범주 내에서 카리브 흑인여성의 곤경과 그것의 탈식민화 과정을 탐구하기 때문이다. 그 같은 의미에서 『루시』는 "식민지배를 흉내 내거나 가족의 다양한 행위들에서 재현되는 문화적 제국주의를 강조한다"(Paravisni-Gerbert 126).

『루시』는 카리브 세계를 대변하는 루시의 어머니와, 미국이라는 새로운 세계를 대변하는 루시의 고용주인 백인여성 머라이어Mariah를 두 개의 축으로 하여 식민주의와 탈식민주의 교차점을 재현한다. 이들은 루시를 자신들이 선호하는 이미지로 만들어가려 한다는 점에서 루시의 정체성 탐색의 위협요소로 드러난다(Simmons 123). 따라서 루시의 정체성 탐색은 이 두 세계를 어떻게 극복해가는가에 초점이 맞추어진다. 루시의 기억 속에 어머니가 대변하는 구세계는 내면화된 문화적, 인종적, 성적 위계질서의 각도에서 루시를 규정하려 든다. 반면, 머라이어가 대변하는 새로운 세계는 '제3세계 여성'인 루시를 '제1세계'의 가치에 맞게 전유하려든다. 중요한 점은 루시가 자신의 견지에서 세계를 파악하려는 탈식민 페미니즘, 다시 말해 구 식민지 앤티가의 노동자라는 배경을 지닌 한 젊은 흑인여성이 인종과 계급 질서에 의해 젠더 관계가 매개됨을 깊이 통찰하고 이를 비판한다는 것이다. 이러한 점은 스피박이나 훅스가 주장한 탈식민 페미니즘과 연결되는 내용이다(Paravisini-Gebert 141).

먼저, 구세계를 대변하는 어머니에 대한 루시의 기억은 어머니에 대한 분노와 그로 인해 어머니를 거부하고 또 그 사랑을 상실당한 데 대한 깊은 상처를 드러내고 있다(Bouson 85). 어머니는 세 아들을 위해 루시를 타국의 보모로 내모는 비정하고 '끔찍한 분'horrible person으로, 침략당한 카리브 식민지이자, 나아가 자신의 딸에게 하인의 옷mantle of servant을 입혀 제국에 내보냄으로써 자식을 배반하는 모국을 상징한다. 어머니는 루시에게 자신이 그러하듯 훌륭한 제국의 시민이자 착한 아내상을 기대한다. 그러나 딸을 끊임없이 길들이려는 어머니를 멀리 해야만 자아를 온전히 지켜낼 수 있을 것으로 생각한 루시는 "내가 아는 한 어쩌면 가장 진실하다고 말할 수 있는 사랑인 어머니와의 결별을 선언할 수밖에 없다"(Lucy 132). 퍼거슨Moira Ferguson에 따르면, 킨케이드는 "모성을 이야기할 때 식민적이며 동시에 생물학적이라는 이중적 잣대를 적용하는데 이로 인해 모녀 관계가 냉혹하게 묘사된다(Jamaica Kincaid 1).

어머니로부터 벗어나려는 루시에게 중요한 통로는 자신만의 경험이다. 그 중 하나가 자신만의 내음을 찾는 수단인 '혀'tongue로 상징되는 성적 경험이다. '혀'는 말을 하고 맛을 보는 물리적 기관인 동시에 성적 쾌감을 느끼게 해 주는 감각적 기관이다. 루시는 14살 때 태너Tanner라는 소년과 첫 키스를 하는데 태너의 혀가 어떤 맛인지를 살핀다. 여기서 혀는 단순히 맛을 보는 의미이기도 하지만 더 나아가 언어와도 관련된다. 루시에게 "자신의 언어tongue를 상실하는 것은 영원한 망명자의 경험을 하는 것이다"(Mahlis 164). 루시는 자신의 'tongue'을 갖지 않고는 결코 어머니로부터 벗어날 수 없음을 인식하게 되는데 여기서 'tongue'이란 여성의 주체성, 여성 자신만의 목소리를 의미한다. 루시의 미국행은 가족을 도와야 한다는 강제적인 계기도 있었지만 어머니와 거리를 두고 자신을 객관적으로 바라봄으로써 자신만의 목소리를 찾기 위함이었다. 어머니를 벗어난다는 것은 또 다른 의미에서는 한때 영국 식민지였던 조국, 자신을 끊임없이 하인으로 훈육시키려 한 모국으로부터의 탈출을 의미한다. 그러므로 루시가 자신을 '누군가의 메아리'echo of someone(36)로 만들려는 잘못된 모성으로부터 벗어나려 하는 것은 배신당한 어머니로부터의 계획적인 분리(Mahlis 170)라고 볼 수 있다. 이후 어머니의 편지들을 뜯어보지 않으려 하는 것도 어머니와의 거리두기(31)로, 이는 어머니를 있는 그대로 바로 보려는 루시의 자세이자 어머니를 용서하는 데 필요한 시간의 거리를 의미한다.

다음으로 새로운 세계를 대변하는 머라이어는 루시로 하여금 젠더와 인종관계에서 탈식민세계의 권력의 갈등을 탐구하게 한다. 매사에 여유 넘치고 행복해 보이는 머라이어에 대한 탐색은 서구 백인세계에 대한 탐구라 할 수 있다. 루시에게 '제1세계' 부유계층인 머라이어는 자신들이 쌓은 부가 세계의 주변부 여성들의 삶, 다시 말해 '제3세계 여성'의 억압과 어떻게 연결되는지를 인식하지 못하는 한계를 보인다. 머라이어와 그 가족들이 향유하는 '제1세계' 상류층의 안락함과 주변부의 자원개발과 착취의 필요성 사이의 긴밀한 관계를 날카롭게 의식하는 루시는 인종과 계급 헤게모니가 인간관계를 결정하는 사회, 경제적 세계의 복합성을 탈식민 페미니즘의 시각에서 논쟁적으로 전개한다(Paravisini-Gebert 142). 머라이어를 통해 본 미국/유럽과 카리브 세계관의 차이는 특히 계급문제에 연결될 때 더 분명해진다. 보모 루시는 머라이어 가족 내부에서는 이방인적 존재이다. 머라이어에게 루시는 '아이 돌보는 여자'에 불과하다. 또한 머라이어에게 삶은 그렇게 단순하며 깨끗하고 의심을 지니지 않은 것으로(26), 마치 군더더기 없이 '간단해 보이는 예쁜 수선화'(29)처럼 상처의 흔적이 없는 것이다.

머라이어는 자유주의적 정체성 정치학을 대변하는데 이러한 정체성 정치학은 물질적 불평등에 크게 관심을 보이지 않는 '승리자의 특권'에 불과하다. 루시는 머라이어를 통해 삶이 얼마나 복잡한 것인가를 생각하며 인종에 기반한 육체노동이 과거 식민지배사와 연결되어있음을 상기시킨다. 여름휴가차 가는 기차여행에서 식당칸의 "식사하는 사람들은 전부 머라이어의 친척처럼 보였다. 그들을 시중드는 사람들은 전부 나와 같은 사람들로 보였다"(32)면서 미국에서의 인종주의 역사가 현재도 지속되고 있다는 점을 꼬집고 있다. 미국 흑인 대부분이 근육 노동자의 후예로 길들여져 왔다는 점은 루시에게 카리브 플랜테이션 노예제 역사를 환기시킨다. 루시의 인식에서 미국의 부유층과 세계의 대다수의 빈곤층간의 관계는 이처럼 전 지구적 불평등을 전경으로 한다. 머라이어의 남편 루이스Lewis가 주식과 노동착취, 그리고 지구의 자원과 연계되어 부를 축적하고 있음에도 불구하고 머라이어가 환경보호를 주장할 때 루시는 이들이 대변하는 자본주의 체제가 환경을 통해 이윤을 착복하고 있음을 결코 놓치지 않는다. 사라져가는 자연에 대한 글을 써서 환경보호단체에 기고할 생각을 갖고 있는 머라이어는 '제1세계'가 '제3세계'의 열대우림과 자연파괴에서 막대한 자원을 획득하고 있음을 인지하지 못한다. 이 둘의 관계에서 중요한 점은 자본주의 체제에서 이윤을 취하는 자와 그렇지 못한 자를 루시가 구별한다는 점이다.

루시에게 "머라이어는 내가 사랑했던 내 어머니의 많은 부분들을 생각나게 하는"(59) 대리모적인 인물이지만 '제3세계'의 현실을 볼 수 없는 나르시스적 무능함과 권력을 대변한다. 미국에서의 6개월이 지나면서 루시는 앤티가에서의 삶을 새로운 시선으로 바라본다. 이 같은 인식의 전환에는 기억 속에 자리 잡고 있는 식민주의 교육에 대한 루시의 저항 때문이다. 머라이어가 루시를 아름다운 수선화가 만발한 들판으로 데려갈 때 그곳에서 루시는 '슬픔'과 '비통함'을 느끼면서 머라이어와 거리감을 느낄 수밖에 없었다(30). 루시의 기억에 수선화는 카리브에서는 볼 수 없으나 영국인들이 사랑하는 꽃이다. 수선화를 보고 앤티가에서의 식민주의의 무거운 유산을 상기하는 것은 그녀가 유년기에 암송을 강요당한 워즈워스William Wordsworth의 시 「수선화」 "Daffodils"에 대한 기억 때문이다. 루시는 열 살 때 많은 사람들 앞에서 한 번도 본적이 없는 수선화에 관한 시를 외어야 했던 치욕스러운 기억과 그날 밤에 수많은 수선화 다발들이 자신을 뒤쫓았던 악몽을 상기한다(18). 문제는 수선화나 워즈워드 시 암송이 아니라 앤티가 아동들에게 영국시를 암송하도록 강요하는 식민교육 체제를 머라이어가 전혀 모른다는 점, 그리고 그러한 체제는 단어들이 아닌 식민주의라는 야만적 힘과 물질적 억압에 근거한다는 사실이다(Scott 983).

이와 같이 루시와 머라이어는 자신들의 과거의 경험과 사건에 비추어 다른 문화적 렌즈를 통해 수선화를 보게 된다. 루시에게 수선화 사건은 암송에서 저항으로 향하는 몸의 여정을 보여준다. 시 암송 후에 많은 박수를 받았음에도 불구하고 "마음속으로는 시 한 줄 한 줄, 단어 한 자 한 자를 지울 것을 맹세"(18)한 루시는 대영제국의 시를 암송하는 행위를 대영제국의 언어(혀)를 자신들의 몸으로 흡수하는 것으로 인식한다. 루시에게 타자의 문화를 암기하는 것은 자신들의 표현을 교살하는 행위이며 그들의 미학을 수용한다는 것은 자신들의 미학을 삭제하는 것을 말하기 때문이다. 따라서 그녀는 제국주의적 학제의 부자연성과 지워버리고 싶은 식민주의 흔적들이 자신 안에 깊이 침투해있으므로 자신의 정체성을 추구하는 데 있어 '앵글로-글쓰기 전통'을 거부하지 않으면 안 된다고 생각한다. 실제로 워즈워드의 시는 대영제국의 식민지 교과과정에 주입된 프로젝트와 밀접한 관련이 있다(Smith, Ian 801). 맹간J. A. Mangan은 제국의 교과과정이 '인종적 정형화, 인종중심적 태도를 갖게 하고 피식민에게 '꼬리표 붙이기'를 했다고 기술한다(1).

피식민 여성의 몸과 관련해서, 여성의 몸을 담론적으로 말살하는 것은 유럽식 재현의 주요 특징이다. 이 소설에서 수선화 암송은 피식민 여성에게 식민문화의 가치를 내면화하는 효과를 창출한다. 피식민을 종속시킬 때 담론적 말소와 호명은 핵심 역할을 한다. 이러한 문화 제국주의에 대항하는 탈식민문학을 논할 때 『루시』는 서구의 담론적 말살과 이러한 말살에서 몸을 복원시키려는 논쟁의 궤적을 제공한다는 점에서 중요한 텍스트라 할 수 있다. 이는 킨케이드가 『루시』를 통해 상실된 몸의 반환을 요구하는 대응 식민전략을 구사하여 몸과 성sexuality의 재/인식을 위한 가능성을 탐구하게 하기 때문이다. 『루시』에서 여성의 몸의 말살은 이중으로 진행되는데 한편으로는 식민주의자의 호명으로 인한 앵글로 글쓰기 전통 안에 갇히게 된다는 점과, 다른 한편으로는 카리브 흑인남성에 의해 흑인여성성이 배제된다는 점이다. 이 이중의 억압은 카리브 여성에 대한 폭력을 야기한다는 점에서 특수한 폭력이라 할 수 있다. 이러한 폭력과 억압은 근본적으로는 서구적 구조에서 발생한 것으로, 정복, 식민화, 몸, 그리고 텍스트를 통한 폭력을 의미한다(Tiffin "Cold Hearts" 918). 이 같은 맥락에서 루시가 생각하는 성의 개념에는 '여성 몸의 복원'의 의미가 함축되어있다. 루시에게 성은 뭔가 강력히 경험되며 남성의 통제를 거부하는, 여성 스스로 행사할 수 있는 것이다. 그녀는 성을 자유로운 주체로 만들어주는 도구로서 전략적으로 사용한다. 남성중심적인 성이 아니라 여성의 적극적인 참여를 유도하는 루시의 태도는 루시의 어머니 세대와 대조된다. 성적 욕망을 포함한 모든 행위에서 주체적 자아의 의지를 대변하려는 루시에게 성적 욕망의 표현은 그녀의 몸을 통해 세계와 연결되고 몸을 통해 세계를 경험하는 것을 말한다. 따라서 몸의 경험은 루시의 정체성을 구성한다는 의미에서 식민주의와 남성중심사고를 벗어나는 또 하나의 중요한 통로이다.

이제 루시는 자신들과 똑같은 삶을 강요하려고 했던 어머니와 머라이어로부터 벗어나 자기만의 독립적인 공간에서의 삶을 살려고 한다. 이 과정에서 루시는 앤티가와 어머니, 그리고 '작은 섬'의 풍속이나 전통을 이상화하지 않을뿐더러 동시에 머라이어가 대변하는 유럽중심적이거나 식민 이데올로기의 거짓을 받아들이지 않는 비낭만적 태도를 견지한다. "지위나 돈은 없지만 분노, 절망을 가진"(134) 루시에게서 자기와의 단절이 아닌 자기와의 유대를 통한 분노와 절망을 읽을 수 있다. 그러한 분노와 절망은 앤티가에 대한 기억을 자아 창조의 원동력으로, 그리고 어머니와 짓밟힌 고향으로부터 루시 자신을 분리시키는 추진력으로 승화시킬 수 있음을 예시하기 때문이다(Mahlis 181). 루시의 자기 찾기 방식은 소설 말미에 루시의 상황이 잠정적이기는 하지만 미래지향적이라는 느낌을 부여한다. 이처럼 주변에 의해 자신의 정체성이 규정되는 것을 거부하는 행위는 이산 흑인 여성의 탈식민 과정에 대한 비유적인 탐색으로 볼 수 있다. 루시는 본질주의적 이분법에 의해 그녀를 자리매김하려는 주변의 인식태도를 단호히 거부하면서 인종적, 문화적, 성적, 지형학적 요소를 개입시켜 자아란 그렇게 쉽게 규정하거나 다가갈 수 있는 것이 아님을 보여주기 때문이다.

루시가 자신의 이름을 새롭게 의미화하는 대목도 루시의 자아인식에 이르는 또 하나의 계기를 부여한다. 한 때 루시라는 이름이 싫어서 어머니에게 그 연유를 묻자 어머니는 루시가 귀찮은 존재여서 사탄인 루시퍼 Lucifer를 줄여 루시라고 했다고 말한다(152). 그러나 루시는 많은 방황 끝에 이름을 통해 자신의 정체성을 연결시킬 정도로 이름에 애착을 느끼게 되는데, 이는 루시의 주체적 의지의 발현에서 오는 자아 추구 때문이다. 이러한 자아 추구는 이제 그 의미를 실패에서 승리로, 타자화된 자신의 삶에 대한 침묵에서 소통으로 전환하는 교섭능력을 지닌 주체로 거듭나고 있음을 보여준다. 이 이름을 통해 그녀는 앤티가/어머니라는 과거와 메트로폴리스에서의 현재라는 두 세계 가운데 딱히 어느 하나를 추구하지 않으면서 루시퍼처럼 '정복될 수 없는 자신만의 의지,' '결코 복종하거나 굴하지 않는 용기'를 드러낸다. 말하자면 루시는 두 힘 사이에 내재된 긴장을 자신의 새로운 미래를 위해 전유함으로써 앤티가와 미국이라는 서로 다른 문화의 교차가 주는 혼돈을 극복하려 한다.

킨케이드는 자신의 이름을 일레인 포터 리처드슨Elaine Porter Richardson에서 자메이카 킨케이드로 개명한 이유를 이야기할 때, 미국에 온 무렵에 카리브 세계가 자신과 영원히 멀어질 곳으로, 결코 되돌아갈 것 같지 않아 자기 자신을 위한 공간을 만들기 위함이었다고 술회하였다(Cudjoe 400). 루시가 처음 미국에 도착했을 때의 자신의 미래에 대한 '회색의 빈 공간'은 이제 소설 끝부분에 나오는 '빈 페이지들로 된 하나의 책'(163)이 됨으로써 이후 많은 것을 기록할 수 있는 공간이 된다. 이는 과거의 어두웠던 기억에서 벗어나 독립적인 주체로서 인생의 빈 공간에 그녀의 독자적인 삶을 기록할 수 있을 것이라는 의미이기도 하다. 아마도 그 기록에는 제국주의의 물질적 근간과 그 영향에 대한 탐색과 더불어 젠더를 통해 하위주체를 자리매김하는 방식이 면밀히 개입될 수 있을 것이다.

4. 제3세계 이산 여성의 문화적 정체성 형성의 정치학

독자에게 그다지 알려지지 않은 카리브 해의 어느 작은 섬에서의 식민교육으로 인한 주체적 시각의 상실이 성장과 이주를 통해 회복됨을 보여주는 『어느 작은 섬』과 『루시』는 식민사와 인종, 젠더 문제를 삶의 증언 형식으로 보여주면서 남성텍스트를 다시 쓰는 데 있어 주도적 역할을 한다. 이는 '제3세계' 여성에게서 흔히 볼 수 있는 침묵의 입장을 강하게 거부하는 것으로 이주로 인해 화자/작가는 앤티가를 좀 더 객관적으로 바라볼 수 있는 시각을 지닐 수 있었을 뿐만 아니라 자본주의의 핵심인 미국에서의 경험을 통해 대영제국의 식민사라는 역사적 관계를 더욱 냉철하게 통찰하여 성숙한 자아에 도달할 수 있게 된다.

킨케이드의 글쓰기는 '제3세계' 이산 여성들의 창조적 힘이 갖는 문화적 정체성 형성의 정치학을 보여준다. 『어느 작은 섬』을 거쳐 『루시』에 이르면 제국주의의 물질적 역사나 그 지속성이 분명히 드러나는데, 이러한 시각은 현재의 전 지구적 자본주의 사회에서 제국주의의 뿌리와 제국주의로 인한 문화차이의 개념이 탐구되는 시점에서 매우 중요한 시각이라 할 수 있다. 두 텍스트는 식민주의에 대한 대응담론적 전략을 찾아보려는 욕망을 드러내면서 제국주의의 작동방식, 그리고 그 이해를 위한 특수한 글 읽기나 문화해석을 유도한다. 이렇듯 『어느 작은 섬』과 『루시』는 문화적, 정치적 저항과 대안모색을 위한 가능성을 보여준다는 점에서, 그리고 흑인 여성의 분노를 활기차고 다양한 방식으로 증언하는 가운데 독자로 하여금 카리브계 이산여성의 힘찬 목소리에 귀를 기울이게 한다는 점에서 탈식민 페미니스트 글쓰기 전략에 중요한 기여를 하고 있다. 이들 텍스트는 또한 현대의 다양한 이론적 입장들을 흑인여성의 경험과 관련시켜 구체적으로 적용할 수 있는지 그 여부를 심문하는 일종의 비평적 관계성을 제시하는 텍스트이자 '제1세계' 이론과 남성중심적 탈식민주의 경향에 도전할만한 재현방식들을 입증하는 텍스트로 평가될 수 있다.

제4부

아프리카계
미국여성의
글쓰기

제7장

흑인 페미니즘 — 앨리스 워커의 『메리디언』

1. 블랙 페미니즘과 흑인여성의 특수한 문화적 가치

페미니즘 문학이론이 발전되어옴에 따라 서구 중산층 여성의 시각에서 벗어난 다양한 주체를 내세우는 이론이 대두하게 되었는데 그것은 그동안 서구 페미니즘 문학이론에 드러나지 않게 도사리고 있는 서구중심의 백인성 whiteness이 유색여성에게는 적합하지 않으므로 새로운 주체의 구성에 눈을 돌려야 한다는 주장이 설득력 있게 제기되어 왔기 때문이다. 유색여성 페미니즘은 다시 말해서 주체라는 용어가 일정하게 백인중심으로 구성되어 온 탓에 유색여성을 배제해왔으며, "여성"이라는 개념은 "보편성"이라는 이름 아래 가부장제를 합법화하며 문화초월적인 공유성을 말함으로써 문화적 차이를 제외시키고 있다는 것이다(Butler 86–88). 실제로 백인여성 중심의 헤게모니는 유색여성의 개입을 거절하고 특권과 인종 중심적 보편성의 가정과 서구 지배체제의 맥락을 그대로 적용해 왔는데 이것이 얼마나 부적

절한 역사의식을 심어주었는가 하는 인식은 유색여성 작가 가운데 특히 아프리카계 미국 여성작가African-American Women Writers의 활약에 힘입은 것이라 할 수 있다.

페미니즘을 문화적으로 규정하면 "여성"의 독특하고 전통적인 특징이 되는 가치, 신념, 이념 및 행동에 대한 의식적인 관심과 긍정이라 할 수 있다. 인종문제가 지배적 인종이 소수인종에게 자행해온 역사적 과오를 시정하려는 욕구에서 제기될 때 그 주된 관심사는 지배적 인종이 부과하는 사회적 억압을 비판하고 소수인종의 소망이나 가치, 신념, 이념 및 행위를 밝히는 일이다(Denard 171). 크리스천Barbara Christian은 미국 흑인여성소설이 대부분 "성차별주의와 인종차별주의의 관계의 강도를 비치는 거울 이미지"(Black Feminst Criticism 172)라고 지적했는데, 미국 흑인여성작가들은 여성억압을 보는 데 있어 성차별과 인종차별이라는 두 문제에 동시적 관심을 보임으로써 서구 중산층 여성의 페미니즘과 궤를 달리함을 알 수 있다. 그것은 개인 중심이라기보다는 그룹중심으로, 정치적이라기보다는 문화적인 면에서, 또 여성일반을 대상으로 하기보다는 하위주체로서의 흑인여성의 특수한 문화적 가치에 더 관심을 갖는 데서 그 차이를 보여준다. 이 글에서는 미국문학에서 블랙 페미니즘이란 무엇이며 그것을 실천하는 사람들은 누구인가를 문학사적으로 살펴보고, 그 대표적 인물가운데 하나인 앨리스 워커의 『메리디언』Meridian (1976)을 분석해보기로 한다.

2. 억압에 대한 흑인 여성주의 시각의 확대

주지하다시피 미국의 흑인문학은 전통적으로 남성위주였다. 문학사를 차지하는 작가는 모두 남성이었고 작품세계 역시 남성지배논리로 일관되었기 때문에 흑인여성작가는 근본적으로 무시당해 온 것이다. 예컨대 1920년대의 할렘 르네상스The New/Harlem Renaissance에서도 여성작가의 위치는 찾아보기 힘들뿐더러 1960년대 들어 여성들이 대거 등장하였음에도 남성위주의 시각은 그대로 군림해 온 사실에서 알 수 있듯, 흑인남성은 자신을 흑인경험의 유일한 해석자로 규정해왔다. 이러한 상황에서 1970년 밤바라 등 27명의 여성작가를 편집, 발간한 『흑인 여성』The Black Woman은 흑인여성작가에 부과한 성별 불평등을 종식시키려는 여성해방의 운동을 본격화한 것으로, 다수는 60년대 흑인인권운동에 참여한 사람들이었다. 이들의 작품이 스타일, 언어, 감수성면에서 신선함을 보여준 점이라든지, 과감한 소재, 미래 지향적인 힘 있는 문학세계를 구축한다는 점에서 새로운 전통을 확립한 획기적인 일이었다(Hernton 198). 그 뒤를 이어 1978년 브로드웨이에서 숑가의 『유색 소녀들을 위해』for colored girls(1979)를 계기로 『흑인 학자』The Black Scholar에서는 처음으로 "흑인 성차별 논생"을 싣게 되었다. 그렇지만 여전히 불쾌감을 표시해온 흑인 남성들은 한결 같이 그녀들이 백인여성주의의 선전물이 되어 흑인사회를 분열시키고 흑인탄압의 주역인 백인남성 지배, 인종주의, 자본주의 사회에 협조한다고 매도하는 글을 발표함으로써 흑인여성의 "추방"에 정당성을 부여하였다. 흑인남성들은 자신들의 형제애에 대해서는 인간다운 적절한 소재로 생각하면서도 자매애를 다루는 흑인여성작가들에 욕설을 퍼부었다(Hernton 202).

흑인남성중심의 미학에 도전하는 여성비평가도 마찬가지로 시각을 변화시켰는데 1903년 뒤 보이스Du Bois가 언급한 흑인의 이중의식, 즉 흑인이라는 것과 미국인이라는 의식에 성차별을 넣어 삼중의식을 강조했다. 또한 흑인여성학자들은 그간 문학사에서 무시되어 온 허스턴, 휘틀리, 웨스트Dorothy West, 마셜 등을 발굴하고 인종주의와 성차별주의를 환기시켜 미국문학사의 정전의 확립을 요구함과 동시에 여성문학일반의 지평을 확대해서 이제는 "제3세계"의 여타 유색여성 문학자와의 연대를 폄으로써 여성 의식을 연구하는 데 있어 상호 협조적인 비평적 대화를 실천하고 있다. 그녀들은 마치 선풍을 일으키는 야생의 여성들처럼 말의 힘, 자신들의 생각, 그리고 이상을 목표로 나아갔다.

미국문학사에서 부정되거나 제외된 내용을 복원함으로써 새로운 가능성의 비전을 제시해온 현대미국 흑인여성작가의 분출은 이제 명실공히 흑인여성문학의 시대가 도래했음을 말해준다. 이 같은 현상은 정치와 문학에 있어 일종의 격동기인 1960년대의 흑인해방운동이 진정 국면에 들어가는 1970년대 초반부터 시작된 것으로, 60년대의 운동이 미국 사회의 여러 국면에서 성과를 얻기 위해서는 전반적으로 일상적인 수준으로 복귀하지 않을 수 없었으며 그것은 운동의 쇠퇴가 아닌 전술의 전환, 즉 보다 작은 변혁에로 그 흐름이 바뀌었다고 봄이 타당하다(Bambara 108). 이 같이 흑인사회의 관심의 초점이 사회적 문제보다도 개인적, 가정적인 문제로 이동하는 데에는 우선 페미니즘의 영향이 가장 크다고 할 수 있다. 실제로 백인남성으로부터 받은 고통도 고통이려니와 흑인남성들이 가한 새로운 차별 내의 차별이야말로 흑인여성 모두가 공감하는 절실한 테마였다. 한 예로, 새로운 비평 방향을 제한 베이커나 게이츠가 인종적 언술과 흑인여성의 글의 특징인 자기 재현의 진술만 강조하였지 흑인남성의 글에 등장하는 흑인여성의 묘사에서의 이데올로기 문제는 중시하지 않았음을 들 수 있다(Butler-Evans 16). 그 결과, 흑인여성작가들은 당연히 60년대 흑인남성작가들에게 대부분 냉담하였으며, 그 대신 새로운 문학 선배로 투머(Jean Toomer, 허스턴, 브룩스 등을 내세우게 된다. 이와 같이 블랙 페미니즘, 혹은 아프리카계-미국적 페미니즘이라 불리는 흑인여성문학에 대한 연구는 흑인이며, 여성을 다루는 문학작품에서 인종차별과 성차별이 그 핵심이 된다. 여기에는 아프리카계 미국여성들의 삶을 형상화하는 데 있어 흑인여성의 주체를 결정하는 여러 문제를 밝히는 비평적 전략을 전반적으로 포함하는데, 백인여성 운동의 목표와 전략을 재규정한다든지, 여성문학으로 지금까지 수용되고 있는 것의 초점과 그 내용에 많은 도전을 불러일으키는 것이 그 것이다.

일찍이 18, 19세기에 노예 이야기나 일기형식으로 신문과 강론을 통해 자신들을 표현해 온 미국흑인여성들 가운데 윌슨Harriet E. Wilson의 『우리 검둥이』Our Nig(1859)을 시작으로 하퍼의 『이올라 르로이』Iola Leroy(1982)는 최초의 흑인여성소설로 인정되나 이올라를 교육받은 중산층의 혼혈로 그림으로써 노예폐지론자로서의 여성의 권리를 끊임없이 주창해 온 작가 자신과는 상반된 것이었다. 그러다가 할렘 르네상스에 들어 포셋, 라슨, 허스턴 등은 흑인여성의 자아각성을 추구하며 자아의 의미와 역할을 탐색해왔다. 특히 허스턴은 미국 흑인민담을 처음으로 여성적 시각에서 다루었다는 점에서 흑인여성 미학의 기초를 마련한 선구자로 볼 수 있다. 현대의 워커나 모리슨에 이르면 흑인여성에 대한 억압의 본성이나 종류가 더욱 분명히 그려지는데, 그것은 억압에 대한 여성주의 시각이 더욱 확대되고 이를 통해 자신들의 경험에 질서를 부여할 수 있었기 때문이었다. 워커는 두 번째 소설 『메리디언』을 통해 흑인여성의 사회적 제조건, 즉 그들을 학대하는 사회의 성차별을 파헤쳐 흑인여성의 자아를 보다 분명히 이해시키려 한다. 미국사회에서의 흑인의 미래를 창조하기 위해 건강한 과거의 전통을 복원하는 이 소설은 억압을 극복해 온 흑인여성의 독특한 문화적 가치를 확립하고 있다.

3. 흑인여성의 문화적 가치로의 의식의 전환

『언젠가』Once, 『혁명하는 페튜니아』Revolutionary Petunias 시집에 이어 첫 장편 『그레인지 코플랜드의 세 번째 삶』The Third Life of Grange Copeland(1970), 13개의 단편집인 『사랑과 고뇌 속에서: 흑인여성들의 이야기』In Love and Trouble: Stories of Black Women(1973), 그리고 『메리디언』과 『컬러 퍼플』The Color Purple(1982) 에 이르기까지 워커의 문학세계는 노예여성부터 1960년대 흑인인권운동가 에 이르는 여성을 주인공으로 한다. 그것은 "흑인여성의 경험을 일련의 운 동, 즉 자신들의 삶에서 사회와 남성으로부터 철저히 희생당한 여성들로부 터 발전하는 여성들을 여성자신의 삶을 조절하도록 해주는 여성의식으로 의 성장하고 발전하는 여성들로의 진화"에 관한 것이다(Washington "An Essay" 137). 특히 성차별과 인종차별의 문제를 가장 솔직히 폭로한다는 점에서 주 목을 받아온 워커는 "흑인여성의 억압, 광기, 성실과 승리의 탐구"(O'Brien 192)를 자신의 문학적 목표라고 밝히고 있다. 워커는 서구적 의미의 "feminist"라는 용어 대신 흑인의 창조성을 강조하는 "womanist"를 사용하 는 것도 이 같은 맥락에서이며, 나아가 "나는 흑인이고 아름다우며 강하고 거의 항상 옳다"라고 주장할 정도로 긍지가 대단한 작가이다(In Search of Our Mother's Gardens 137). 워커의 여성주의 시각에서 볼 때, 18-20세기 초반에 속 하는 제1단계의 흑인여성은 허스턴이 말한 "세상의 노새들"로서, 가족과 사회가 부과한 짐을 나르는 동물, 다시 말해 인종과 성적 억압의 희생물 그 자체로 워커는 이를 "정지된 여성"이라 부른다. 미국사회가 흑인여성에 게 움직일 공간을 주지 않을 정도로 사회적 억압을 가했기 때문에 그들은 정지된 상태에 처할 수밖에 없었으며, 노예로 끌려온 지 수백 년이 지나는 동안 값싼 노동력으로만 존재해 온 흑인이 글을 읽고 쓴다는 것 자체가 백 인사회에서는 처벌의 대상이었다. 하물며 흑인여성이 창조성을 지속시켜

온 것을 생각하면 "피가 멈출 정도로 잔인한 일"임을 지적하는 워커는 실제로 하퍼로부터 모리슨에 이르기까지 모두가 출구를 갖지 못한 채 하나같이 정지되었음을 상기시킨다(In Search of My Mothers Gardens 69).

자전적 요소가 강한 『메리디언』은 "남부의 혁명"이라는 1960년대 민권운동Civil Rights Movements을 소재로 하는, 민권운동의 고전으로 평가받는다. 이는 여주인공이 사회와의 조화로운 관계를 추구할 때 중요한 문화적 가치를 보여주는 상징적인 기능을 한다(Danielson 317-18). 이 소설은 일종의 "관념소설"로 볼 수 있는데 크리스천은 이 작품의 구성적 요소들은 작가가 운동의 기반이 된 남부 흑인들의 역사와 철학을 분석하는 데서 발전된 것들"이라고 평한다(Black Women Writers 205). 그러나 여기에 아프리카와 미국 인디언 신화를 곁들임으로써 독자로 하여금 의미를 구성하는 데 있어 일관성을 파괴하고 다의적 해석을 하도록 유도한다(Butler-Evans 140). 구조상으로 볼 때도 선제가 상별로 되어있지 않고 에피소드식의 콜라주 수법에다 때로는 메타픽션적인 요소를 가미하여 전체적으로 나선형 구조를 만든다. 이 같은 비고정성이라든지 다의적 해석은 여주인공 메리디언 힐Meridian Hill의 기능에서도 나타난다. "서문"에 나오듯이 "메리디언"은 이 소설의 상징적 틀을 구성하는 것으로 정상이나 정점을 의미할 수 있고, 고정되면서 움직이는 진로나 궤도를 뜻하기도 한다. 또한 "상상력의 대순환"이며 북에서 남으로 달리는 궤도선을 말한다. 그리고 인디언 신화에서는 삶과 죽음의 교차선을 상징하기도 한다. 메리디언은 크게는 미국사, 작게는 흑인사를 매개하여 여러 부수인물들을 다수의 메리디언들로 엮어내는 등 역동적이며 유동적인 역할을 하는데, 한 예로 민족주의자 지식인이며 남성 우월주의자인 트루먼Truman도 그녀에 의해 새로운 자아각성을 하게 됨이 그것이다.

이 소설을 여성주의시각에서 볼 때, 막다른 골목에 다다른 한 정지된 흑인여성의 길 찾기 과정에서 자아에 대한 인식이 어떻게 새롭게 확립되

어 가는지, 그녀를 둘러싼 대결구도는 어떤 것인지를 살펴보는 것이 필요
하다. 특히 흑인여성의 자아확립에 있어 모성motherhood에 대한 견해가 변
모하고 있음이 두드러지게 드러난다. 메리디언의 어머니Mrs. Hills는 모성에
대한 전통적 입장을 보여주는데, 이러한 어머니를 벗어나는 메리디언은 모
성의 해체를 통한 변증법적 시각을 보여준다. 그 과정을 살펴보면, 여주인
공은 16세에 결혼하고 이어 출산을 위해 학교를 그만두는데 남편 에디Eddy
가 가출해버리자 TV나 보면서 소일한다. 그녀가 개구리 구각에서 벗어나
기 시작한 것은 어느 날 한 시민운동가의 집이 폭파되는 것을 목격하고 나
서이다. "폭발 같은 무언가에 그녀는 끌렸다. 집이 없어지는 것, 이러한 혼
란스러운 사태를 예견했던 인식 같은 것"(80)에서 알 수 있는 바와 같이,
모성을 상징하는 집의 파괴는 모성신화에 대한 거부라 할 수 있다. 흑인
모성신화의 비판적 모델인 힐스 부인은 노예 시절부터 자식들을 지키려는
일념으로 처절하게 싸워왔고, 다른 한편으로는 여성자신의 삶을 "생매장"
해버린 희생적 모성 전통의 대변자라 할 수 있다. 힐스 부인의 전통적 사
고방식은 모녀관계에서 갈등을 초래하는데, 그것은 메리디언이 새로운 자
각으로 대학진학을 작정하고 아이문제로 고민할 때 오히려 딸의 자아실현
에의 꿈을 질책하는 가부장적 표상으로 많은 죄책감을 안겨준다. 실제로
이 소설의 중심 갈등은 자식을 방치한다며 딸을 "괴물"이라고 비난하는 어
머니의 "소리"(89)와 주체적 삶을 실천하려는 딸의 입장 차이에서 비롯된
다. 이와 같이 모성과 여성의식의 상반된 관계는 임신으로 인해 수많은 흑
인여성의 삶이 중단되는 데서 명확히 드러난다. 이들 모녀뿐만 아니라 어
린 시절 친구인 넬다Nelda가 14세에 임신하여 삶이 정지되어버린다든지,
버려진 아이로 자라나 임신하여 만삭의 배를 이끌고 거리를 헤매다 차에
치어 죽는 와일드 차일드Wild Child, 그리고 영아 살인죄를 지은 패스트 매리
Fast Mary를 예로 들 수 있다.

상호문화적인 관점에서 여성억압의 변증법적 은유는 미라 여성 마릴린Marilene O'Shay과 유태인 여성 린Lynn을 들 수 있다. 성차별과 인종차별이 교묘히 극화되는 제1장은 남부의 인종분리정책과 성차별에 대한 비판의 장이다. "순종적인 딸," "헌신적인 아내," "열애형인 모친," 여기에 "잘못을 저지른"이라는 선전 문구를 달고 순회전시되는 이 미라 여성은 남편에 의해 살해당한 예로, 그녀의 남편은 "아내가 가정을 즐겁게 해야 할" 여성본연의 임무를 저버리고 "스스로 밖에서 쾌락을 찾았다"는 대가로 그녀를 목졸라 염분호수에 던져버린 것이다. 여기에서 보이는 남성에 의한 전통적 여성이미지의 강요와 남성우월주의에 대한 비판은 개인적, 인종적, 성적 모순을 구체화하는 트루먼에게도 이어지는데, 그것은 진보적 흑인남성까지도 여성에게는 똑같은 가해자임을 보여준다. 린과 메리디언의 관계 역시 여성주의 시각에 맞춰 그려지는데, 메리디언은 린이 자신처럼 트루먼의 실체를 인정하고 그녀의 유태인 뿌리를 찾도록 도와줌으로써 그들은 인종 상호간의 우정을 갖게 된다. 이제 트루먼은 메리디언으로 인해 여성을 성적대상으로만 여겼던 자신의 과오를 인정하고 나아가 흑인사회에서 자신들의 집단적 꿈을 실현하는 일이 진정으로 어떤 것인가를 인식하는 작업부터 시작하지 않으면 안 된 것이다. "트루먼은 자신의 행동과 그 결과에 대해 애매하고 위선적이며 여성은 안중에 두지 않은 태도로 평생을 살아왔기 때문에 앞으로는 분명히 자신의 삶에 책임질 것이다"(Tate 189)라는 지적에서 알 수 있듯, 우리는 그를 통해 남녀양성의 자유로운 자기창조야말로 인종문제를 희석시키지 않을뿐더러 오히려 흑인성을 더욱 강화시킨다는 작가의 진보적 시각을 읽을 수 있다. 그 밖에도 흑인여성에 대한 흑인남성의 지배이데올로기는 흑인인권운동이 내세우는 평등주의의 이론과 실천 사이의 괴리에서 보다 구체적으로 드러난다. 1964년 이후 SNCC(학생비폭력통합위원회)의 와해는 많은 논란거리가 되었는데, 한 보고서에 의하면 그 조직 안에서 11가지 유형의 성차별이 열거되었다(Evans 233). 흑인여성들은 운동이란 실제로 무엇인가라는 반성을 제기하면서 여성의 불만을 여성주의적 시각에서 접근하는데, 이 같은 사회운동은 구체적인 면에서 성차별과 연결되고 더욱 복합적인 양상을 보여줌으로써 흑인 남녀관계의 강점과 약점을 보게 하는 필터 역할을 한다.

메리디언의 여성의식에 있어 보다 큰 방향 전환은 흑인여성의 문화적 가치체계의 중요성을 자각할 때이다. 힐스 부인의 백인 지향적 가치라 할 수 있는 그녀가 믿는 서구 기독교는 흑인 노예사에서 볼 때 마약과 같은 것으로 노예제도의 잔인성을 은폐시키고 흑인의 생명력을 앗아가 버린 신화라 할 수 있다. 그 대안으로 제시되는 것이 흑인교회와 미국 원주민 신화 및 아프리카 주술신화이다. 흑인교회에서의 한 추도예배식의 "기이할 정도로 도전적인 음악"(195)은 그녀에게 새로운 종류의 사회의식, 즉 산자와 죽은 자를 다 같이 포용하는 의식을 깨우쳐주었다. 그녀는 "살해당하기 전에 먼저 살인하라"는 조직의 명령을 생각해보며, 이제는 자신의 역할이 그들과는 다른 것임을 분명히 인식하는 것이다(201). 그로 인해 지금까지 고민해왔던 흑인인권운동에서의 과격한 노선을 벗어나 삶을 다른 각도에서 보기 시작한다. 이제 그녀의 역할은 치료자, 비전을 지닌 자, 꿈을 갖는 사람으로 바뀌게 된다. 이와 같이 노예선조 때부터 탄압에 대항해 온 토양에 자리한 흑인교회는 메리디언에게 자기 집단의 정체성을 발견하게 하는 근원지일 뿐만 아니라, 아프리카의 구전 전설과 신화, 음악 전통도 마찬가지로 메리디언의 흑인여성으로서의 정체성 확립에 근간을 이룬다. 이 소설의 무대의 대부분이 조지아 주인 것도 남부는 인종차별과 탄압의 장소이자, 흑인 체험의 요람이요 산실이기 때문이다.

이러한 미국계 흑인전통과 더불어 또 하나의 인종적 꿈의 대변자는 미국의 인종정책에 대한 비판의 상징이자 "신성한 의식"을 구현하는 인디언 블랙 엘크Black Elk로 그는 이 소설의 서문에서도 언급되듯, 메리디언의 비전에 있어 흑인여성사를 새롭게 인식하게 하는 힘을 부여한다. 또한 아프리카의 전통문화와 흑인여성 언의 잠재력을 표상하는 노예여성인 루비니Louvinie 에피소드는 바로 흑백관계의 뛰어난 은유라 할 수 있다. 루비니가 들려주는 이야기에 주인집 아들이 경기를 일으키고 죽어버리자 주인은 그녀의 혀를 잘라버린다. 그녀는 주술적인 힘을 지닌 자신의 혀의 영혼을 구하기 위해 그것을 나무 밑에 묻고 거기에서 자라난 커다란 목련나무는 이후 "머무르는 자"인 서저너Sojourner로 불리게 된다. 또한 이 오래된 목련은 위대한 흑인 여성해방가인 서저너 트루스Sojourner Truth를 상기시킨다. 그후 학교 당국에 불만을 품은 여학생들, 영아 살해를 한 패스트 메리, 도망친 노예, 거부당한 와일드 차일드의 시신을 "그 무성하게 자란 이파리들이 어머니의 반 곱슬머리를 거꾸로 해놓은 것처럼 포근히 감싸준다"(48). 이는 페너 내Feather Mae를 포함한 이러한 선대 흑인여성들이 위대한 어머니Great Moher의 원형하고는 또 다른 의미, 즉 모성보다는 신성한 전통 지식의 수호자의 의미가 강한 것으로 그들은 그림이나 노래를 통해 서사를 만들어내는 흑인여성 예술가를 의미하며 메리디언의 문화적 정체성을 추구하는 데 영향력을 크게 발휘하는 신화적 인물들이라 할 수 있다.

자신과의 싸움을 극복하여 흑인사회에 복무하기 위해 흑인사회로 돌아오는 메리디언은 흑인여성사에서 볼 때 60년대를 대변하는 인물이다. 그녀는 일종의 "발전적 정언적 임무" 수행자로 "지형학적 공간을 넘는 여정은 개인의 성장, 보다 큰 의미에서 역사적 변형에 대한 은유"이다(Willis, Specifyng, 117). 이제 메리디언은 그동안 자주 앓았던 마비와 탈모 등 약해진 몸 상태도 회복한다. 이 소설이 낭만적 결론을 제시하는 것이 아님은 메리디언을 순교자나 트루먼의 아내라는 "낭만적 플롯"에서 벗어나 "새로운 플롯을 지닌 다양한 개인"으로 그려나간다는 점에 있다(DuPlessis 158). 오히려 메리디언이라는 한 흑인여성은 인종적, 문화적 이데올로기와의 대결을 거쳐 이제는 성적 억압에 대항하는 싸움에서 개인의 변화와 사회 변혁사이에 상관관계를 추구함으로써 미국 문학사에서 제2차 세계대전 이후 거의 자취를 감춘 도덕적 이상주의와 사회적 정의의 세계를 창조하려는 새로운 참여의 한 예를 보여준다는 이 소설의 의미가 있다.

흑인여성작가가 미국 문학사에서 제외되어 온 사실은 그녀들이 그동안 최소한의 인간다운 삶까지도 거부당해왔음을 입증하는 것이다. 따라서 흑인 페미니즘에 대한 연구는 이 같은 제약이 역사적으로 흑인여성의 창조성을 어떻게 저해해왔으며, 흑인여성의 정체성이란 과연 무엇인지, 또 누가 그러한 작업을 하는가를 밝혀주는 작업이라 할 수 있다. 그렇다고 해서 흑인 페미니즘이 흑인여성이라는 단일한 범주의 생물학적 정체성을 지칭하는 데만 국한된 것은 아니다. 그것은 넓은 의미에서 다수의 모순적 주체 구성에 대한 환기일 뿐만 아니라 수많은 차이로 인한 융합적, 복수적 정체성의 개념에 관심을 유발하는 것이다. 이제는 페미니즘 자체도 흑인 페미니즘의 등장으로 인해 단일한 본질을 구성하지도 않을뿐더러 개념적으로 통합된 것이 아님이 밝혀진 것이다. 지금까지 살펴본 바와 같이 워커의 소설은 이 같은 흑인 페미니즘을 이론과 실천면에서 입증하는 텍스트로 평가될 수 있다. 나아가 이들을 포함한 흑인여성 문학은 미국문학과 페미니즘 문학의 정전에 대한 도전이자 미국문학사 자체를 재구성해야 할 필요성을 느끼게 한다는 점에서 그 중요성을 찾아볼 수 있을 것이다.

제8장

흑인여성의 자매애—글로리아 네일러의 『브루스터 플레이스의 여성들』

1. 여성들의 차이화와 여성들의 사랑

남성 지배가 정당화되는 기반들을 무너뜨리기 위한 페미니즘의 작업 가운데 보살핌과 상호 키워 나가기라는 윤리적 가치의 중요성이 날로 부각되고 있다. 비단 생태학적 상상력뿐만 아니라 극도의 개인주의나 경쟁 원리, 자기중심의 자본주의적 가치관에 대한 대안으로서 이러한 "함께"하는 삶이나 사고하기는 그간의 서구 사상의 기저에 깔린 남성지배의 가치관을 해체하고 있다. 소위 "정의"의 이름으로 서로에게 대항하여 사고하는 것만이 과연 정당한 가치인가에 대한 의혹의 해석학에서 출발하는 페미니스트 윤리학은 정의의 이름을 내건 서구 담론이 실은 타자를 지배하려는 논리를 은폐하고 있음을 간파하여 그 대안으로 "함께 사고하기"라는 여성적 가치가 결국 정의로운 사회에 기여한다는 점을 입증하고 있다. 그러나 페미니즘이라는 기표에도 마찬가지로 은폐되는 부분이 있는데 그것은 민족적, 문화적, 경제적 차이라는 것이다. 미국 흑인(유색) 페미니즘과 아주 최근에는 제3세계 페미니즘, 레즈비언 이론이 주류 페미니즘의 가정에 이의를 제기하고 동시에 그 패권성을 해체시키려는 데서 우리의 관심을 모으고 있다. 주로 이성애 중심의 백인 중산층 여성의 관점에서 "여성"의 정체성을 보려하는 주류 페미니즘의 이러한 인위적 "보편성"에 반대하는 "주변부" 그룹은 인종/젠더/계급의 상호작용을 초점으로 현재 다원적 페미니즘의 방향으로 나아가고 있다. 이 같은 의미에서 백인 페미니스트인 게인즈Jane Gaines가 페미니스트 비평이 제대로 임무를 다하지 못하는 이유를 그것이 라캉식 심리분석과 마르크스주의적 페미니즘으로 일관되어 백인, 중산층, 이성애자 여성들의 중요성에서만 텍스트를 고찰하는 것이 관행으로 되어 왔음을 지적하는 내용은(12-26) 주류 백인 페미니즘 진영 내부의 독단적이며 비관용적인 입장을 내부에서 성찰한다는 의미에서 음미해볼 만한 내용이다.

지식과 지적 권력의 문제, 다시 말해 정전이나 제도의 이름으로 행해지는 학문적 패권 싸움에서 흑인여성 작가나 비평가는 자신들의 체험을 다루지 않은 것, 혹은 소홀히 다룬 것을 비판하여 자신들의 주변화된 공간을 들춰내는 작업을 꾸준히 수행하고 있다. 이와 같이 미국 흑인여성 작가들의 "글쓰기"뿐 아니라 그 이론화 작업인 흑인 페미니스트 비평이 일정한 단계에 이르렀음에도 불구하고 미국 주류 비평가들에게는 여전히 저변화되고 있는 실정이다. 예컨대 미국의 주류 비평은 흑인여성의 텍스트를 "하나의 사건"으로만 처리하려 하거나 인종차별주의와 성차별주의 시대의 교정책 정도로 폄하하려는 데서 우리는 현재의 이른바 "양심의 위기" 하에 자행되는 정치적 편법을 읽을 수 있다. 1980년대에 들어서면서 자신들의 입지를 강력하게 주장하기 시작한 미국 흑인 페미니스트 비평의 이론화 작업은 그러나 따지고 보면 이미 오래 전부터 자신들이 처한 역사나 사회, 정치, 경제적 위상을 재현했던 선대 흑인여성들의 글쓰기 전통에 그 뿌리를 두고 있다. 여기에 공적 발언, 전미 흑인여성 협회 등 유용한 공적 기제를 활용해 "공적 목소리"를 획득하려는 싸움의 연장선상 위에서 오늘의 흑인 페미니스트들은 이론 체계를 정식화하고 있는 셈인데, 이들은 나아가 타자의 글쓰기에서 자신들이 어떻게 구성되어온 것이라든지 흑인여성들의 텍스트에 대해 암암리에 행해져온 그간의 제제조치까지도 밝혀내는 일종의 고고학적 작업까지도 병행하면서 이론화를 구축해오고 있다 (Smith, Valerie 57).

서로 다른 환경은 자연히 흑백 여성들의 텍스트에 영향을 줄 수밖에 없으며 그것은 "여성들"의 차이화로 유도되는데(Carby 215-35) 그동안 백인 페미니스트들은 주로 가사 노동의 불평등한 역할에 초점을 둔다든지 유아기 정체성 형성에 관심을 갖는 등 공적 영역에서 사적 영역의 문제점들을 투사해 보려는 정치의식을 보여준 데 반해, 흑인 페미니스트들은 차별 처벌 조처나 인종차별주의, 학교 분리 철폐, 감옥의 개선과 투표자 등록 등의 공적 문제에 관심을 보여 공적 영역은 이들에게 정치사상과 정치행위의 모든 요소를 함의하는 일종의 당위성을 띠고 있다. 이와 같이 미국 백인 여성들은 사적인 것이 정치적이라고 주장하는 반면, 흑인여성은 공적인 것이 사적인 것이라는 일종의 정치적 의식을 갖고 있다. 전자에게는 공적/사적 구별이 가능한 영역인 데 반해, 후자에게는 이러한 구별의 배후에 있는 경제적 조건의 이익에서 제외되어 온 자신들이 삶과 가정이 역사적으로 볼 때 미국 지배 사회에 의해 일정하게 개입당해 왔다고 주장한다.

이러한 차이를 묵과하거나 흑인여성 문제를 단일화시켜버린 주원인은 흑인여성에 대한 미국 사회의 편견이었다. 그동안 미국사회는 미국 흑인여성의 삶의 물질적 조건에 커다란 영향을 미치는 흑인모계사회의 힘을 와

해시키는 데 개입해왔는데, 그 단적인 한 예로 악명 높은 "모이니언 보고서"Moynihan Report라는 노동청에 보고된 내용에 따르면 흑인의 문제가 여성들이 지나치게 강한 "가모장제"를 이루고 있는데 그 원인에 있어 그 대안은 가부장적 권위를 다시 주장하여 여성의 힘을 약화시켜야 한다는 것으로 여성의 침묵과 수동성을 암암리에 강제화하고 있다(Fraser 98). 1970년대의 흑인여성작가들은 이러한 입장이 어떻게 성차별적이며 여성을 비효율적, 부차적, 약한 존재로 잘못 규정하고 있는 가를 설명하였다. 역사적으로 볼 때 미국 백인 여성들이 노예제라는 억압적 체제의 상속자를 재생산하는 반면, 흑인여성들은 플랜테이션 체제의 자본 축적에 보탬이 되는 재산 증식용 노예후손을 재생산하였다. 이와 같이 인종과 계급에 따라 전혀 새로운 양상을 취하는 어머니 역할만 보더라도 흑인 어머니들은 생물학적인 자식들에 관련될 뿐만 아니라 대가족, 나아가서 보다 넓은 흑인 사회내의 아이들과 관련된다는 점에서 억압적인 지배 문화의 희생물과 양육하는 흑인 가치사이의 노련한 매개자이다. 따라서 "역사적으로 특수한 정치 경제학"에서 자신들에게 어떤 것이 유용한 선택이었는지를 잘 인식하는 흑인 여성들은 백인과는 다른 입장을 표명하고 있다(Joseph & Lewis 76).

흑인 페미니스트 작가들은 인종/성/계층이라는 삼중의 차별화 현실을 특유의 역사, 사회, 경제적 조건에서 여성과 여성의 유대 관계, 즉 자매애나 모녀 관계, 또 혈통을 벗어난 여성들만의 사회의 경험에 강점을 두어 깊이 있게 다루고 있다. 미국 흑인여성들이 노예제도 이래로 가족과 사회에서 강력한 중심인물이 되어온 전통을 보유하게 된 것은 비단 남성과의 관계 때문만이 아니고 노예 생활에서 살아남기 위해, 자식들의 생존이나 사회와 인종의 생존을 보장하기 위해 그들 특유의 자매애나 상호 호혜적 공존의식에서 발로한다. 그러므로 이들의 "여성적 가치"는 미국 사회의 핵가족에서 강제되는 여성의 종속에 대한 미국적 규범과는 크게 대조될 수밖에 없다. 이들의 자매애는 직접적이고 특수한 개별 상황에서 필요하다고 인식되는 요구에 대해 즉각적으로 부응하는 것을 전제로, 삼중의 차별에서 겪는 흑인여성의 슬픔, 고통의 과정과 그것을 딛고 일어서는 점, 혈연관계로만 규정되지 않는 "가족"이라는 연대, 그리고 생존의 기제화로서의 여성들의 평생의 우정을 강조한다.

흑인여성의 가치나 자매애를 확립하는 데 있어 현대 미국 여성작가들은 여성들 간의 사랑을 찬양하였다. 특히 모리슨이나 워커, 마셜 등은 가난과 인종차별주의, 여성혐오로 인해 무능해진 여성들에게 삶의 의욕을 불어넣는 강력한 힘을 보여주었는데 이러한 흑인 페미니스트 문학전통의 연장선상에서 흑인여성의 삶에 대한 관점을 확대하고 있는 대표적 작가 중의 한 사람이 네일러Gloria Naylor(1950-)이다. 흑인 페미니스트 문학전통에서 볼 때 여성적 가치를 실험하고 있는 네일러의 대표작인 『브루스터 플레이스의 여성들』The Women of Brewster Place(1982, 이하 『브루스터』로 칭함)은 다른 사람을 돌보며 키워나가는 흑인여성의 자매애를 중심적 주제로 하고 있다. 본 논문에서는 선대들의 삶, 현 세대 간의 갈등과 경제적 착취, 그리고 상실된 꿈을 배경으로 여성간의 사랑의 위력이 평화와 전체성을 이룩하는 힘의 긍정으로 어떻게 확대되고 있는지를 살펴보도록 한다.

2. 흑인여성들의 동일시로서의 자매애

1970년대 후반부터 80년대의 대표적인 현대 미국 흑인여성 소설들과 『브루스터』를 비교해볼 때 몇 가지 공통점을 찾아볼 수 있다. 첫째, 성차별과 인종차별의 상호 관련성의 탐구이다. 『브루스터』는 강간과 가족 구타를 솔직히 묘파하여 대단한 논쟁을 불러일으켰는데 여기에 계급의 시각을 훨씬 강화하고 있으며 이것이 성차별로 확대됨을 보여준다. 또한 이러한 성차별은 백인에게서 받는 지속적인 굴욕감과 경제적 기회를 거절당하는 데서 오는 흑인 남성의 좌절감이 성차별주의를 강화한다는 점에서 인종차별과도 불가분의 관계로 드러난다. 이와 관련해서 다음으로 공동체 의식이나 여성의 연대감, 혹은 역경을 이겨내는 주제들을 볼 수 있다. 등장인물들이 지배 문화로부터 소외되어 서로에게 향할 수밖에 없다는 내용이 비단 미국 흑인여성 문제만으로 치부할 수 없지만 여성들이 서로를 키워 나가는 주제는 네일러를 포함해 미국 흑인여성 소설에서 일정하게 드러난다. 흑인여성이 자신의 가치를 새롭게 발견하고 흑인여성으로서의 정체성을 확립하는 데 있어 다른 여성들과의 상호 연대를 통한 동일시라는 경험은 매우 중요하다. 이 소설로 인해 네일러는 여성 관계의 범위를 상당히 확장시킨 소설가로 평가되는데 그 이유는 성차별, 인종차별, 가난이라는 특수한 차별적 상황에서도 예외적으로 치열한 생존싸움을 하는 여성들을 묘파하기 때문이다. 네일러는 "여성들이 함께 하는 것은 . . . 정신적인 힘이며 여성의 의사소통의식으로 내 생각에 모든 여성은 정신적 건강과 생존을 위해 역사적으로 이것을 활용해왔다"고 언급하였다(Contemporary Authors 361).

자매애는 흑인여성 문학의 중심 주제 가운데 하나로 과거에는 정치적 글쓰기에서 추상적인 의미로 논의가 되어 오다가 워커의 『컬러 퍼플』이후 처음으로 부각되었다. 그러나 지난 40여 년 동안의 흑인여성작가의 열두 편의 소설을 중심으로 웨이드-게일즈Wade-Gales가 분석한 내용을 보면 흑인여성작가들이 "여성 중심"의 자매애를 비판적 시선으로 보고 있음을 알 수 있다.

여성억압을 경험하면서 자매애를 함께 나눈다고 이해하는 여성들까지도 '자매애는 강하다'라는 신념에 따라 행동하지 않음이 자주 나타난다. 그들은 자신들의 공통의 역사, 공통의 현실을 함께 이야기하지 않는다. 여성으로서 의사소통을 시도할 때도 그들은 자매애를 유지해 나가지 못하고 있다. (237)

모리슨의 『술라』나 『컬러 퍼플』에서 보듯 강한 우정을 묘사하는 흑인여성 작가는 많지만 그 우정은 경쟁이나 배반, 신체적 혹은 사회·경제적 분리로 인해 느슨해지거나 개인과 개인의 차원에서 끝나버리는 데 비해 네일러는 여성들이 세대를 달리해서 존재할 수 있는 상호간의 특수한 연대라든지 집단 연대 의식을 정치적 수준으로 끌어올릴 필요성을 보여준다는 데서 이들보다 진일보한 것으로 자매애의 틀을 더 확장시키고 있다고 볼 수 있다. 이러한 자매애의 양태는 폐쇄되고 악순환되는 무력한 사회 현실 속에서도 자신들의 정체성과 삶의 목적, 생존력을 갖게 하며 이러한 여성간의 소통이 결여할 때 비극적 반향이 일어날 수 있음을 제시하는데 로레인Loraine의 비극은 레즈비언과의 소통을 거절할 때 공동체는 파괴될 수 있음을 시사하고 있다.

3. 흑인여성간의 상호연대의 비전

대학 2학년 때 모리슨의 『아주 푸른 눈』The Bluest Eye을 읽고 "금지된 영역에 발을 들여놓은 것을 허가한" 놀라운 충격을 받았다고 고백하는 네일러는 모리슨과 워커에 이은 차세대 주자로 현재 활발한 창작 활동을 하고 있다. 『브루스터』는 네일러의 첫 장편소설로 1983년 퓰리처상을 수상한 『컬러 퍼플』과 같은 해 전미 도서상을 수상한 데다 이 두 편의 소설들이 다같이 영상화되어 화제가 되었다. 네일러의 대표작들은 크게 두 부류로 나

뉘서 볼 수 있다. 『브루스터』와 『린덴 힐즈』Linden Hills(1985)는 1970년대의 흑인사회의 동향을 주 문제로 부각시켜 빈부 차이의 확대로 포착하는 페미니스트 계열이고, 다음으로 『마마 데이』Mama Day(1988)는 흑인의 문화적 관심을 결부시켜 페미니즘 테마를 긍정적인 흑인 남녀관계에서 추구하고 있다.

전부 6개의 장을 중심으로 그 앞뒤로 프롤로그와 에필로그가 붙어있는 『브루스터』는 "두 사람" 장을 제외한 각 장에 특별한 여성의 이름을 제목으로 붙여 주인공으로 하지만 다른 이야기 속의 여성을 포함시키기도 한다. 이야기는 상호 침투하여 반향하는 가운데 등장인물 전부가 "브루스터 플레이스"라는 공간과 연결되며 종국에는 에필로그에서 전체적 통합이 이룩된다. 이러한 형식은 인물의 개체성을 부각시킬 뿐 아니라 그들의 상호관련성을 강조하여 브루스터를 그 덧없는 역사에도 불구하고 하나의 사회로 확립하려는 전략을 내비친다. 에피소드 형식의 단편 작가적인 특징을 갖춰 장편을 만드는 이러한 글쓰기 방식은 네일러의 다음 장편인 『린덴 힐즈』에서도 계속된다.

미국 흑인여성작가들이 특히 지형적 공간에 관심이 많은 이유는 자신들이 아프리카에서 미국 남부로, 다시 북부로 이동해 온 전치displacement 과정이 자신들의 역사의 상당부분을 차지해왔다고 믿기 때문이다. 강요된 전치라는 집단 경험이 지금까지 계속되고 있기에 그들은 자신들의 현주소에 대해 비판적일 수밖에 없다(Christian "Naylor's Geography" 106). 지역사회의 기원과 그 역사적 발전은 모리슨이나 마셜에서처럼 네일러 소설의 구조에 중요하다. 모리슨은 『술라』의 초입부에 등장인물을 소개하는 것이 아니라 인물이 태어난 사회사를 소개하면서 "바텀" 마을이 전 주인의 속임수 때문에 태어난 마을로 묘사한다. 마셜도 『갈색 소녀, 갈색 사암집』에서 브루클린으로 이민 온 바베이도스 사람들이 결국 갈색 사암집들을 소유하게 되는 과정을 반영한다. 네일러도 마찬가지로 브루스터를 흑인여성들이 보다 큰 사회의 권력에 거의 접근할 수 없어 인종/성/계층면에서 삼중의 소외를 받는 공간으로 부각시켜 흑인사회의 분석을 더욱 확대시키고 있다.

흑인들에 대한 미국 사회의 차별을 명확히 인식하고 있는 장소, 다시 말해 차별주의의 영향에 의해 빚어진 결과물인 브루스터는 유럽 이민 물결에 따라 들어 온 아일랜드계 사람이 다수를 점하던 무렵에 새로운 쇼핑 센터를 짓기 위해 시의원과 부동산 업자사이에서 "은밀하게 만들어진 사생아"(1)였다. 도박장을 경영하는 한 부동산 업자가 정직한 경찰서장을 시의회에 압력을 가해 해고하자 아일랜드계 이민사회가 거센 항의를 하게 된다. 이에 지역 정치가들이 무마용으로 내놓은 것이 브루스터로 오래 전부터 살아온 주민들과 북쪽으로 난 시의 도로와의 사이에 두꺼운 벽이 세워지면서 중심가로부터 분리된 결과 이제는 좁은 동네가 되어버렸다. 그동안 유럽이민들은 공황을 피해 나른 장소로 이농하고 제2차 세계대전 무렵에는 흑인 남성들조차도 보다 풍요로운 삶을 위해 떠나버린 데서 알 수 있듯, 흑인 거주 지역 끝에 세워진 벽돌담은 정치·경제적 기제화로서 주민들을 다른 세계와 분리시키는 인종차별주의의 상징이다. 특수하게 제한된 공간인 브루스터는 인물들의 공통의 장소이자 연결 장치이다. 어떤 의미에서 브루스터는 주인물로 이 소설은 그것의 탄생, 발전, 노경화와 죽음의 드라마라 할 수 있다. 벽이 주는 단절감과 악취 나는 환경은 흑인여성 과거와 현재에 각인되는 현실이지만 여성들은 이 현실을 함께 나누며 "누구나 불사조처럼 시간과 계절 속에서 제각기 이야기들"을 지니고 있다(5). 브루스터의 일곱 여주인공들은 한결같이 경제적 기반이 없는 최빈곤층으로 가난은 모두가 나누어야 할 하나의 조건이다. 그들이 그러한 상태로 버려지게 되는 것은 흑인여성에 대한 사회적 견해와 그러한 견해에 대한 그들의 반응 때문이다.

    1993년 시인 지오바니Nikki Giovanni는 "흑인의 사랑은 흑인의 자산"이라고 말하였는데 다른 사람을 돌보며 키워 나가는 자매애를 연계하는 중심 인물은 매티Mattie이다. 그녀의 과거는 플래시백의 수법으로 보이다가 말미에서 매티의 현재의 의식에 연결된다. 20세의 어느 여름 날, 흑인청년의 재치 있는 말솜씨와 성적 매력에 끌려 남부 시골의 사탕수수밭에서의 관능적 체험을 하게 되는데 이것은 매티의 인생에서 최초이자 최후의 성적 경험이 된다. 청년은 떠나버리고 임신한 딸의 행동에 분노가 치민 아버지는 아이 아버지 이름을 대라며 그녀를 구타하고 내쫓아버린다. 이후 18년에 걸친 그녀의 삶은 아들 베절Basil을 데리고 북부 한 도시에 와서 생존 싸움을 해나가다가 중년에 이르러 아들이 살인죄로 기소되자 보석보증금으로 집을 잃고 브루스터로 들어와 살기까지의 기복이 심한 삶이다. 아버지로부터 자식에 이르기까지 삼대에 걸쳐 받은 상처로 몰락의 과정을 가다가 이웃 여성들과의 연대관계로 나아가는 매티의 삶을 통해 우리는 흑인 여성들이 살아온 세월이 어떤 것인가를 가늠해볼 수 있다.

    자매애를 구현하는 매티에게서 가부장제의 이상적인 대안을 볼 수 있는데 그녀는 이름이 시사하듯 "가모장제"Mat[tie]riarch의 원형이다. 어린 자식을 안고 거리로 나 앉았을 때 거처를 제공하였을 뿐 아니라 가족처럼 돌봐온 미스 이바Eva Turner처럼 매티 역시 이웃 여성들의 상처를 아물게 하며 흑인여성 정체성을 추구하도록 하는 촉매자이자 대가족의 흑인여성 전통을 대변하는 아프리카의 어머니의 원형적 실천자이다. 또한 모리슨과 워커가 자신들의 공통된 문학적 선대로 내세우는 여성들, 예컨대 정원을 가꾸고 퀼트를 만들고 뿌리를 캐고 자서전을 쓰는 여성 매개자들과 동일선상에 있는 매티는 "침묵을 말로 옮기면서 분리보다는 연결"(Pryse 5)을 갖게 하는 "비유적 영매 여성"metaphorical conjure woman으로 "압도적인 부당함에 직면했을 때 자아와 자신의 유산을 재주장하는 힘"(Pryse 16)의 상징이다.

매티의 자매애는 같은 남부 출신으로 매티의 평생 친구인 에타 매 존 슨Etta Mae Johnson에게서 뚜렷이 드러난다. 가정적이며 심성이 착한 매티와 달리 에타는 반항적이며 모험을 갈구한다. 이 두 여성이 브루스터를 피할 수 없었던 것은 그들이 흑인여성이라는 점이며 바로 그 사실로 인한 상처 때문이다. "십대를 계속 문제 속에서"(59) 보낸 이후 백인들이 그녀를 "교만 하다"고 하여 백인사회에 영입되지 못한 채 떠돌이 삶을 살아온 에타에게 서 우리는 미국 사회의 성차별과 인종차별을 보게 된다. 우즈Woods 목사를 위시한 여러 성공한 남성에 기대어 살아가려는 꿈을 놓지 않는 에타는 "상 승하는 검은 별"로 가는 남성들의 마차행렬에 끼고 싶은 욕망으로 우즈 목 사와 하룻밤을 지낸 것이 어쩌면 목사의 아내로 존경받는 삶을 살게 되는 계기가 되지 않을까 하는 환상을 품게 된다. 환상이 깨진 후 매티에게 다 시 돌아오는 그녀는 "매티의 현존이 주는 자유에 깊게 숨을 들이쉬었다. 여기에서 그녀는 선택의 여지없이 자기 자신"이 된다(58). 고독과 절망 속 을 헤맨 에타가 이제는 "빛과 사랑과 위로"를 향해 부드럽게 웃을 수 있는 데 그 연결체는 바로 매티와의 자매애이다.

매티와 에타의 자매애는 브루스터의 젊은 여성들에도 확대되어 영향 을 미친다. 특히 매티가 양녀인 씨엘Luciella에게 보여주는 "모성적" 힘은 아 들 베절에서와는 달리 긍정적인 효과를 발휘한다. 생후 1개월 된 자식을 두고 가출했다 돌아온 무책임한 남편 유진Eugene이 가족을 "덫"으로 여기 는 탓에 결국 중절수술을 받게 되는 씨엘은 "남편에 대한 타오르는 분노" 로 파편화된다. 이어 남편은 직업을 잃고 "고통 없이 유일하게 사랑했던 딸" 서리너Serena는 어른들의 부주의로 감전사를 당한다. 절망하는 씨엘을 회복시키는 매티는 인종차별과 성적 억압으로 인한 상처의 파편들을 뽑아 내어 씨엘을 새로운 삶에 들어서게 하는 치유력을 보인다.

그녀(매티)는 침대 가에 앉아 새까만 굵은 팔로 씨엘의 가녀린 몸을 안았다. 그리고 앞뒤로 흔들었다. 씨엘의 몸은 너무 뜨거워 매티가 처음 만졌을 때 거의 델 뻔하였다. 그러나 그녀는 꼭 안고 흔들었다. 앞뒤로, 앞뒤로 . . . 그리고 천천히 그녀를 목욕시켰다. . . . 마치 새로 태어난 아이를 다루듯이. (103-4)

씨엘의 "살해당한 꿈"의 조각들을 다시 쓸어 담아 그녀를 정화시키는 매우 종교적인 감정을 느끼게 하는 이 대목은 언어의 한계를 벗어나는 체험으로 고통스럽고 참혹한 현실을 극복하게 하는 재생의 신성한 의식이자 한 흑인여성 몸과 마음을 극진히 위무하는 또 다른 여성의 씻김굿이다. 씨엘과 매티는 "자신들의 비슷한 고통을 통해 자신들을 동등하게 만들어주는"(Andrews 288) 유대관계, 바꿔 말해 서로의 처지가 같음을 알고 여성 대 여성의 관계로 이해의 폭이 확대되는 자매애를 통해 여성사 전체로 연결된다. 여기에는 그동안 소외받아온 자신들의 삶, 어머니로서의 책임감, 아이를 상실한 경험을 통해 제식적 세례를 받고 건강을 되찾아 폭력을 극복하고 여성 중심의 생존을 긍정하게 되는 인식이 함의되어 있다.

워싱턴Mary Helen Washington은 흑인여성 세대 간의 갈등, 특히 모녀간의 갈등이 자주 나타나는 점을 지적하면서 그 갈등이란 "기본적으로는 이상주의자(딸)와 실용주의자(어머니 혹은/그리고 할머니) 간의 갈등"("Introduction" XXIV)이라고 말하였다. 민족주의자인 키스와나Kiswana와 미국 흑인여성의 혈통을 중시하는 그 어머니의 갈등은 흑인여성의 역사적·문화적 분위기의 변천을 보여준다. 주지하다시피 1960년대의 페미니즘의 대두와 흑인 민족주의의 여성에 대한 폄하로 인해 일군의 흑인 페미니스트들이 흑인의 여성적 가치를 주창하게 된다. 한 예로 모성의 가치를 들 수 있는데 모성의 중요성과 양육 능력은 제3세계와 서구 여성이 여성 차별을 공동으로 투쟁해나가는 과정에서 가장 근본적 차이를 빚는 가치이기도 하다. 여성사와 여성의 경험에 대한 관심이 증대됨에 따라 모성을 여성 억압의 주요 원천으로 재현하는 백인 페미니스트들은 생물학적 모성에는 반대하지는 않지만 리치Adrienne Rich가 말한 여성을 무력하게 만드는 모성의 가부장적 사용이라는 "모성의 제도"에 대해서는 비판적이었다. 그러나 흑인여성들 사이에서는 모성에 대한 관심이 더욱 긍정적으로 증대되었는데 그것은 노예제도 때부터 생존해온 모계 유산이야말로 바로 아프리카계 미국인의 진정한 유산이라는 주장과 함께 이를 부활하려는 시각 때문이었다. 이제 흑인 딸들은 어머니에 대한 대단한 존경과 흑인 모성에 특별한 관심을 보임으로써 "모성 공포"(Rich 237) 대신에 딸들이 닮아야 할 모델로 부각되었다.

중산층이 사는 린덴 힐즈 출신으로 권력이 어떻게 행사하는가를 아는 교육받은 세대인 키스와나는 흑인 민족주의자이지만 전치의 경험이 없다. 흑인에 대한 사회적, 성적 억압을 의식하여 브루스터의 여성들을 진정한 인종적 연대로 파악하는 키스와나는 물질적 혜택을 누리는 어머니가 정신적으로뿐 아니라 지형학적으로 자신의 인종과 동떨어진 삶을 영위한다 하여 "도의적 공정성"이 없다고 경멸한다. 따라서 자신의 원형을 아프리카의 조각상에서 찾는다든지 원래 이름인 멜라니Melanie를 버리고 아프리카 사전을 들춰내 키스와나라고 개명하는데 브라운 부인은 흑인 민족주의에 집착하여 아프리카계 미국 여성사를 말소하려는 이러한 딸의 행위를 정체성의 분열에서 나온 허황된 것으로 보고 혹독하게 비판한다.

> "네가 이름을 바꾸다니 억장이 무너진다. 난 네게 내 할머니 이름을 붙여주었는데. 그 양반은 자식을 아홉이나 낳아 전부 교육시킨 분이다. 그러다가 백인이 아들 하나를 '주제 파악을 못한다'며 감옥에 넣으려 하자 나머지 아들들이 총을 쏴 백인이 여섯이나 죽게 되었지.

그런데도 넌 네 자존심을 지킬 이름을 갖겠다고 아프리카 사전을 들출 필요가 있었다는 게냐." (86)

브라운 부인이 자긍심과 강한 어머니상의 전통을 되찾게 되는 것은 다혈질인 이로코이스Iroquois라는 선대 할머니를 통해서였다. 이 할머니는 자식들로 하여금 세상을 힘차게 직면하도록 애쓰는 흑인 어머니의 모습으로, 네일러는 골드스틴William Goldstein과의 인터뷰에서 이 소설을 쓰는 목적을 "나의 할머니, 백모, 어머니에게서 내가 본 정신을 영구히 남기고 싶은"(36) 마음에서라고 술회한다.

흑인의 역사를 냉정하게 대면하여 인종적 긍지를 분명히 하려는 브라운 부인의 태도에는 한편으로 맹신적이라 할만큼 인종적 우월성을 내세우려는 키스와나 세대의 주장을 부정하면서도 다른 한편으로는 흑인성의 협소한 개념을 거부하는 면도 있다. "내가 이 사람들의 피를 통해 배운 것이란 흑인이란 아름답거나 추하지 않다는 게야. 그냥 흑인일 뿐이다"(86)라고 역설하는 브라운 부인은 인종보다 모성이 앞선다고 강조한다. 그녀의 이같은 말은 키스와나를 깊게 감동시키는데 키스와나는 자신이 흑인이라는 사실만 강조했을 뿐 여성의 삶과 가치를 간과하였음을 인식한다. 그녀의 새로운 자각은 "자기와 동일한 우주를 여행하는" 어머니의 모습을 통해 "과거의 자기와 미래의 자신의 여성 모습을 응시"(87)하는 것으로 여성의 삶을 더 먼저 헤쳐나간 선대 여성과의 일체감에 근거한다.

흑인여성 삶에 내재된 분열을 복합적으로 제시하는 인물은 일곱 아이를 낳은 코라Cora이다. 이웃에게 아이 낳는 공장을 연상시킬 정도로 일종의 공포감을 주는 코라에게서 우리는 어머니 역할에 서투르면서도 모성에 병적으로 집착하는 매우 불균형적인 모습을 볼 수 있다. 그동안 만난 많은 남자들은 코라에게 자신들의 성적 욕망만을 추구하는 "그림자"들에 불과하였다. 코라는 아이를 갖는 일에만 집착하며 또 이 같은 삶의 방식을 선택하는 데 당당하다. 그녀가 자식들에게 줄 크리스마스 선물을 살 때도 아이들의 나이를 고려치 않고 인형만 사고 싶어 하는 기묘한 취미라든지 아이일 때만 사랑하는 것도 따지고 보면 어린 시절 아버지로부터 인형 선물을 받지 못한 욕구불만의 표출이다. "살아있는 인형"인 아이를 계속 낳았지만 그녀는 자식이 커나가면서부터는 전혀 통제하지 못하는 무책임하고 거의 자포자기한 무방비상태의 수동적인 삶을 살고 있다.

이러한 코라에게 한 인간으로서 그리고 어머니로서 자신을 알게 하고 존중하게 하는 데 도움을 주는 인물은 키스와나이다. 키스와나가 집수리를 해주지 않는 주인에 항의하기 위해 주민을 일치시켜 기금을 모으고 재판소송을 위해 주민의 단결을 호소하던 중 코라를 방문하면서 이들의 친교는 시작되는데 코라는 그동안 닫고 살았던 마음의 빗장을 서서히 풀어 타사에 대한 진화력을 보이게 된다. 한 예로 키스와나가 초대한 셰익스피어의 『한여름밤의 꿈』은 코라에게 새로운 자각의 계기가 된다. 키스와나가 설명해주는 극의 음악이나 춤은 그녀의 내부에서 그동안 닫아두었던 유년기의 사랑, 학교가 재미있었던 기억, 특히 아프리카의 인형극의 기억이 떠올라 코라 속에 있는 긍정적인 부분으로 연결된다. 요정의 여왕이 무단결석을 하는 자신의 딸과 닮았다고 생각하여 자식들의 교육을 잘 시켜야겠다는 자각은 여태껏 살아있는 "아기 인형"만을 희구했던 자신의 꿈이 "한여름밤의 꿈"임을 인식하는 단계이다. 이제 그녀는 텔레비전 연속극의 제조된 사랑 이야기에 빠져 집안일을 팽개쳐왔던 자신의 삶의 자세를 반성하고 모자 가정의 역할을 수행하는 긍정적인 행위로 나아간다. 특히 "셰익스피어가 흑인인가요?"라고 묻는 아들의 말에 "아직은 아니란다"(125)라고 대답하는 데서 알 수 있듯 흑인으로서의 정체성도 인식하게 됨으로써 자신의 내면의 혼란을 수습한다.

이와 같이 자매애나 모녀의 연대관계가 다양하지만 엇비슷하게 여성의 삶의 현실을 재현하여 생존 싸움에서 긍정적 힘을 발휘하지만 레즈비언인 로레인과 터리서Teresa의 삶에서는 분절되어 드러남으로써 "편견과 성차별주의에 대한 강력하면서도 불안한 초상"(Matus 131)을 제시한다. 로레인의 강간은 흑인여성의 이중적 침묵을 가부장적 권력구조로 강제화하는 기표로 매우 극적으로 재현된다. 먼저 로레인의 "존재자체가 위험한 인종의 힘없음과 인종차별주의의 희생양"인 것은 그녀가 강간당한 벽 근처는 무덤을 상기시키는 것으로 "미국계 흑인"을 사회적 힘에 대항하게 하지 못하게 하는 한계의 벽이자 브루스터를 막다른 골목으로 단절시키는 상징이다. 다음으로 강간은 여성의 사랑을 파괴하는 흑인남성의 가부장적 기표이다. 크리스천이 주목한 대로 로레인에 대한 공격은 모든 여성에 대한 공격으로 레즈비언이 여성이기 때문일 뿐 아니라 레즈비언 유형화가 남성으로부터 여성이 독립하려는 것을 사회가 두려워하고 있음을 노정하기 때문이다. 또한 이러한 폭력은 여성의 성적 공포를 통해 여성의 목소리를 침묵시키려는 행위이다(*Black Feminist Criticism* 196).

로레인을 보호하려다 오히려 죽임을 당하고 마는 벤Ben에게서 우리는 비극적 복선을 볼 수 있는데 이는 폐쇄적 억압에 갇힌 흑인여성의 저항이 얼마나 복합적인가를 보여주기 때문이다. 또한 브루스터에 맨 먼저 이주한 벤이 벽에서 죽게 되는 것은 한 사회로서의 브루스터의 죽음을 알리는 것이며 그 사회의 남성의 무능함을 상징한다고 할 수 있다. 그는 여성을 양육하여 재생시키는 매티와 달리 늘 술에 절어 있어 가족에게는 실패한 아버지이다. 이 같은 맥락에서 볼 때 소설 초두에서 "벤과 그의 술은 브루스터의 고정물로 그것은 벽과 같다(4)"는 표현은 "흑인 딸들"이 무능한 알코올 중독자 아버지를 받아들일 수 없으며 벽은 제거되어야 한다는 욕망을 암시하고 있다. 흑인사회가 레즈비언에게 가하는 박해와 적개감을 자세히 탐구하는 이 소설은 이성애와 독신주의를 포함한 성적 경험의 연속체에다 여성간의 성적 사랑을 위치시키고 있다. 비극이 터진 후 레즈비언을 이해해 보려는 매티는 자신의 경험을 반추하면서 여성과 여성의 관계가 여성들을 타자화시킨 남성과 맺는 관계보다 더 유의미성이 있다는 통찰력을 보인다. "그러나 난 지금껏 남자보다도 몇몇 여자들을 더 깊이 사랑해온걸 . . . 게다가 나를 보다 더 사랑해준 사람들은 남자들보다는 여자들"(141)이라는 표현은 이 소설의 흑인의 자매애의 가장 중심적인 부분이라 할 수 있다.

여성간의 연대의 비전이 집합적으로 예시되는 것은 비극이 터진 후 브루스터 여성들이 잠을 뒤척이다 꾸는 꿈을 통해서이다. 그 집약점은 매티의 꿈에서 드러나는데 레즈비언인 로레인을 강간하는 행위에서처럼 남성이 여성을 힘으로 대항하려는 태도는 기필코 없어져야 한다는 흑인여성의 자각이다. 더욱이 피 묻은 벽이 상징하듯 인종차별주의나 계층 억압 역시 사라져야 함을 인식하여 함께 벽을 깨는 여성들의 행위는 그것이 어디까지나 꿈을 통한 문제 해결이라는 점에서 아이러니컬하지만 그 꿈이 개인적 차원의 꿈이라기보다는 여럿이 꾸는 미래지향적인 현재형을 함의하고 있다는 데서 그 의미를 찾아볼 수 있다. 벽을 허무는 직접적인 계기는 코라의 어린 딸 소니아Sonya의 손에 묻은 벽의 핏자국 때문이었다. 소니아의 미래는 키스와나로, 키스와나는 매티의 모습으로 연결된다는 점에서 매티의 꿈은 개인적 차원을 벗어난 흑인여성의 꿈이 미래에 현실이 될 수 있음을 암시한다. 벽을 허물 때 내리는 비는 벽에 대한 여성들의 분노와 공격성을, 동시에 화해와 정화를 상징한다. 특히 터리서에게 벽돌을 건네주는 코라에게서 이웃들이 이제는 레즈비언도 배제하지 않는 더욱 확대 결속된 공동체의 느낌을 재확립하고 있음을 볼 수 있다(Hoefel 16). 이 소설의 헌사로 인용되는 휴즈Langston Hughes의 시 "지연된 꿈에 어떤 일이 일어나는가?"What happens to a dream deferred?는 이 같은 의미에서 여러 겹으로 이 소설의 주제와 병행한다. 브루스터의 여성들의 꿈은 "미국의 꿈"이란 허울 아래 그 속살은 "태양에 내놓은 건포도 같이" 말라비틀어지거나 "곪아터진 종기"처럼 악취를 풍길 수 있지만 이 "지연된 꿈"이 언젠가는 집단적 꿈으로 "폭발"할 수 있음을 암시하기 때문이다.

4. 자매애의 윤리적 가치와 네일러의 다원적 페미니즘

자매애의 연계의 중심인물인 매티의 꿈을 통해 여성들의 미래의 연대에의 가능성이 암시되는 이러한 결말은 열린 결말의 형식을 취하고 있다. 그것을 세 가지 방향에서 제시해 볼 수 있다. 하나는 매티가 그 대표적인 경우로 힘없는 여성들이 자매애나 여성연대의 실천을 통해 생존을 지속해 가면서 동시에 그들을 가둔 벽에 대한 저항을 상징하는 경우이다. 다른 하나는 젊은 세대의 키스와나로 이제는 지역의 주변적인 문제로 연결을 갖고 단결을 도모하고 있는 변혁의 에너지를 보여준다는 점이다. 키스와 나의 이러한 일상사로의 복귀는 미국 흑인의 주체를 변화시키는 길이 일상을 함께 나누기라는 점과 무연한 것인 아닌 것으로 젊은 세대 특유의 현실감각과 낙천주의를 보여준다. 또 그 뿌리는 구세대의 흑인여성들에 대한 사랑과 존경이다. 마지막으로 더 큰 집단적인 자매애가 실현되는 곳으로 구역 협회를 들 수 있다. 흑인여성은 보다 큰 사회로 나아갈 수 있는가하는 문제에서 구역 협회의 정치적 힘은 아직 초기 수준으로 여러 갈등이 야기되지만 이 소설의 대단원에서 보이는 바와 같이 꿈을 통해서일망정 집단 연대행위와 분노를 통한 변혁의 가능성을 배태하고 있다는 점이다.

지금까지 살펴본 바와 같이 흑인여성의 물질적, 역사적, 사회적, 상징적 위상을 페미니스트 내러티브로 극화시킨 『브루스터』는 인종/젠더/계급의 상호 작용면에서 구성되는 하위주체들이 역사적으로 그다지 중요하지 않는 존재로 결정되고 무시되어 온 사실에 대항하여 흑인여성의 가치와 정체성의 정당성을 입증하고 있다. 특히 네일러는 흑인여성 사회 내부의 여러 요소들, 즉 다양하면서도 엇비슷한 하류층 흑인여성의 현실, 레즈비언에의 차별, 강간과 같은 야만적인 여성경시, 인종차별 등 "주변부" 그룹의 삶의 조건과 주체의 구성이 얼마나 복합적인가를 드러내는 가운데 흑인여성 특유의 자매애를 통해 자신들의 윤리적 가치를 부각시켰다는 점에서 다원적 페미니스트 지평을 넓혔다고 할 수 있다.

제9장

흑인여성의 서술과 차이의 글쓰기 ― 토니 모리슨의 『술라』

1. 서술기법을 통한 흑인여성의 자아의 재현

서구 문학이론에서 서술은 아리스토텔레스 이래로 문학 텍스트와 담론의 기본적인 요소로 인식되어왔음에도 불구하고 실제로는 그에 상응한 대접을 받아오지 못하였다. 굳이 그 이유를 들어본다면 아마도 서술이란 언어처럼 투명하여 '거기에' 그냥 존재한다는 정도도 지극히 자연스럽고도 분명한 것으로만 여겨져 왔기 때문일 것이다. 서술이론이 부각된 것은 구조주의에 이르러서였다. 20세기 들어 서술이 언어와 더불어 문학담론의 중요하고도 포괄적인 요소임을 부각시킨 구조주의에 힘입어 서술연구는 서술 장르, 이야기를 말하는 서술 체계, 그리고 플롯의 구조에 관한 진술들을 포함한 문학 텍스트의 분석을 일임하게 되었다. 그러다가 최근 들어 해체론을 포함한 후기구조주의, 그리고 포스트모더니즘의 입김과 영향으로 인해 이제 서술학은 철학, 윤리학, 문화학, 인류학 분야로까지 폭넓게 확장되고 학제간 연구로까지 치닫고 있다.

이 같은 최근의 흐름에 발맞춰 서술에서 재현문제와 자아에 대한 개념들이 서술에서 본격적인 탐구 대상이 되고 있다(Rimmon-Kenan 109). 새로운 서술기법을 통해 재현과 자아개념을 가일층 첨예화시키면서 리얼리티의 복합성을 들춰내고 주체의 문제를 부각시키는 작가로 아프리카계 미국 여성작가인 토니 모리슨을 들 수 있다. 모리슨은『가장 푸른 눈』The Bluest Eye 과『술라』Sula,『비러비드』Beloved, 그리고 최근의『파라다이스』Paradise에 이르기까지 소설마다 새로운 서술 기법을 통해 다양한 재현을 시도하고 있다. 모리슨의 서술자들은 대개 미국 사회에서 특수한 경험을 해온 아프리카계 미국인들의 가치 체계를 어떻게 하면 미적 형식으로 빚어낼 수 있을 것인가에 대한 부단한 노력을 보여준다(Rainwater 96). 동시에 지배적인 '미국적' 가치들이 과연 옹호 받을만한가 하는 의구심도 내비치는데 이는 서술자가 미국사회에서 통용되는 이른바 "진리"를 쉽게 받아들일 수 없을 정도로 자신의 복잡한 체험을 크게 의식하고 있기 때문이다.

모리슨의 서술자는 이러한 의구심을 풀어가는 데 있어서도 흔히 모호한 태도를 취하면서 중요한 사회적, 윤리적 문제들을 제기한다. 따라서 서술자의 불확실한 태도에서 독자는 저자의 애매한 재현태도에 고개를 갸우뚱하면서, 혹시 서술자와 작중인물들이 저자가 재현하는 불확실한 궤적들이 아닐까하는 생각을 해보게 된다. 이러한 서술전략은 독자 나름의 해석과 판단을 이끌어내려는 모리슨의 대표적인 서술 특징가운데 하나이다. 모리슨의 서술자는 적절하게 패턴화된 반응을 찾으려는 인습적인 글 읽기에 길들여진 독자에게 서술자가 제기하고 있는 문제를 함께 생각해 보도록 유도하는 서술방식을 취한다. 이와 같이 독자 참여를 최대한으로 요구하는 모리슨의 서술 기법은 독자를 텍스트에 끌어들이려는 전략의 일환으로 그 목적은 독자에게 이른바 '진리'나 '역사'가 어느 특정한 인종이나 개인의 비극을 설명할 수 없을 때 그것들을 과연 '진리'나 '역사'라고 부를 수 있을 것인가 의심하게 된다.

『술라』는 모리슨의 소설 가운데 서술의 복합성과 글쓰기의 특징을 가장 잘 보여주는 경우라 할 수 있다. 이 소설은 한편으로는 두터운 상징세계를 구축하며 많은 것을 결코 설명하려들지 않고 독자의 상상에 맡기는 서술을 특징으로 한다. 그러나 이에 못지않게 중요한 서술 특징은 서술의 윤리 문제이다. 『술라』에서 윤리적 선택의 문제는 비단 초점화된 작중인물뿐만 아니라 서술의 모든 양상에 결부되어 나타난다. 작중인물들의 일관된 삶을 보여주지 않는 점이라든지, 또 그들을 구조화하려는 어떤 시도도 방해함으로써 독자를 혼란스럽게 만드는 『술라』의 서술방식은 혈연이나 결혼, 우정을 통해 형성된 개인 상호간의 관계에서 옳고 그름의 문제에 주된 관심을 보인다. 예를 들면 선악의 문제, 친구가 된다는 것, 사랑한다는 것의 의미 캐기와 또 독자는 이를 어떻게 배울 수 있는가하는 윤리적 문제를 깊이 있게 탐구하고 있다. 특히 서술자는 독자로 하여금 독자의 생활세계에서 윤리적 판단을 할 때의 어려움과 불확실성을 해석적 절차에 연루시키려는 경향을 두드러지게 나타낸다. 이 글은 작중인물들과 이들이 처해진 상황에서 제기되는 여러 윤리적 문제가 서술 기법을 통해 어떻게 독자에게 질문을 던지며 그에 대한 답을 어떤 식으로 모색하고 있는가를 살펴보는 데 목적이 있다.

2. 『술라』에서의 서술의 윤리

최근 10여 년에 걸쳐 서술에서의 윤리에 대한 관심이 새롭게 부각되어 왔다. 그것은 이 세계에서 어떻게 사는 것이 잘사는 삶인지에 대한 문제를 서술에서 살펴보려는 방식에 관한 것이다. 서술에서 허구적 사건의 인식론적 위상을 자리매김하고 평가하는 것은 곧 서술에 있어서의 윤리라는 윤리 중심적 주장을 살펴보는 일로 연결된다. 예컨대, 서술 텍스트의 윤리적 차원을 논할 때 작중인물들의 행위를 윤리적 논쟁의 대상으로 삼을 수 있다. 그러나 작중인물의 행위는 텍스트상에서는 언어로만 전달되므로 서술의 윤리적 위상을 평가하려면 일단 텍스트 안에서의 서술적 재현에 대한 윤리적 분석으로부터 시작되어야 할 것이다.

서술의 윤리 문제를 특수한 문학적 사례를 들어 접근하여 이 분야의 연구에 중요한 출발점을 제시한 이론가는 주네트Gerard Genette이다. 주네트는 서술과 윤리문제에 대해 "서술 담론의 기법들이 특히 . . . 영향론적 충동을 생산하는 데 있어 도구적이라고는 보지 않는다. 작중인물에 대한 공감이니 적대감은 저자가 작중인물에게 부여하는 심리적, 도덕적, (혹은 신체적) 특징들, 그에게 부여된 행동이나 말에 본질적으로 달려있는 것이지 작중인물을 등장시키는 서술 기법과는 거의 무관하다"(153)고 언급하여 서술과 윤리문제의 관련성 여부문제를 일단 제기하였다. 그러나 주네트의 입장은 특수한 문학적 기법을 선택하는 것이 윤리면에서 별다른 영향력을 미치지 못한다는 결론에 이른다. 주네트에 비해 이 문제에 본격적으로 개입하는 부스Wayne C. Booth는 형식주의 문학 비평가라는 명칭에 걸맞게 형식의 중요성을 강조한다. 부스는 형식에 대한 강조가 문학의 윤리적 측면에 대한 우리의 관심을 오히려 새롭게 부각시킨다고 보고 있다. "형식에 관심을 기울일 경우 형식의 윤리적 힘에 대한 관심을 배제하지 않을까 생각하여 적어도 한동안 형식에 대한 관심을 포기하려고 한 사람들에게 얼마든지 합법적인 길이 열려있다"(6-7)고 제안한 부스는 작가가 "장치와 구성적 전략을 선택하는 것은 에토스의 선택에서 시작하는데, 이것이 윤리적 비평으로의 입문"(108)이라고 말한다.

"서술의 윤리"라는 말은 서술 형식의 "윤리적" 양상을 연구하는 것을 의미한다. 이 경우 "윤리적"이라고 말하는 것은 모종의 의사소통 상황에서 모종의 형식의 선택이 가치 부가적이라는 말이다(Nissen 265–66). 물론 모든 서술에는 윤리가 담겨있지만 그렇다고 모든 서술이 윤리에 관한 것은 아니다. 그러므로 서술의 윤리는 서술에서의 윤리와는 다르다. 서술되는 것은 서술되지 않은 것을 통해 초점화된다. 하나의 작중인물이나 사건이 어떻게 서술되는가는 선택되지 않은 수단과 비교를 통해 그 윤곽이 드러난다. 그러므로 어떤 하나를 선택하는 데는 반드시 다른 하나가 개입되어 있으며 따라서 순수한 선택이란 있을 수 없다. 바로 이 점에서 재현한 문체의 선택이 문학 텍스트에 영향을 미치므로 이러한 영향력을 어떤 특수한 문학적 장치와 분리해서 볼 수 없다는 콘Dorrit Cohn의 주장은 설득력이 있다고 볼 수 있다(138). 저자가 이야기 속에서 혹은 이야기를 통해서 윤리적인 주장을 하고 있는지 아닌지의 여부를 떠나, 저자라면 누구나 이야기의 형식을 통해 자신의 주장을 펴나간다. 누구에게 목소리가 부여되는가? 누가 침묵 당하는가? 작중인물 가운데 직접적 혹은 간접적인 인물은 누구인가? 누가 초점을 맞추는가? 누가 초점의 대상이 되는가? 어떤 사건이 소설에서 제외되는가? 어떤 사건이 장면 묘사로 처리되는가? 독자는 누구의 마음에 들어가며 또 누구의 마음에는 접근하지 않는가? 의식의 묘사는 어떻게 되는가? 우리는 이러한 선택들이 작중인물과 사건을 바라보는 독자의 태도를 결정하게 할 때 그것들을 윤리적 선택이라고 말할 수 있다.

『술라』에 나타난 서술의 윤리적 태도는 서술자의 변환 구조에서 찾아볼 수 있다. 우선 이 특수한 이야기의 서술은 두 가지 기법을 사용하는데, 전지적 서술과 작중인물에 서술을 반영하는 기법이 결합된 것으로 비교적 흔치 않는 서술 기법이라 할 수 있다. 하지만 모리슨의 기법이 제임스Henry

James 식의 서술기법과 차이를 보이는 점은 후자가 서술자의 시점과 작중 인물의 시점을 일시적으로 뒤섞기도 하지만 모리슨의 경우는 이러한 시점 자체를 문제 삼아 그 대안들을 제시한다는 점에서이다. 제임스처럼 문학적 인상주의를 발전시킨 작가들의 작품을 보면 전지적 서술자가 '선택적'이며 '산발적'으로 드러나지만 저자의 현존은 '상당히 빤하게' 드러난다. 『술라』 의 서술자도 "저자의 현존"과 같이 일정하게 거리를 둔 전지적 관찰자로 올림포스의 신과 같은 삼인칭 서술자이다. 그러나 이 전지적 서술자는 전통적으로 간주되어온 진실이라든지 명료한 진리와는 거리가 멀다. 그렇다고 "신뢰가 안 가는" 서술자는 아니다. 퍼거슨Susanne Ferguson이 언급한 바와 같이 저자의 현존에는 두 양상이 있는데 "삼인칭 인상주의적 서술이 보여주듯 지나치게 개입하는 양상과, 자유 간접 문체로 말과 생각을 간접적으로 보고"(234)하는 양상 가운데 『술라』는 후자에 속한다. 바꿔 말해 전지적 서술자이면서도 "어느 정도 빠져나가는 서술자"(Grant 92)로 볼 수 있다. 그것은 마치 이야기가 스스로 말을 하는 것처럼 "시점" 서술을 작중인물 한 사람 이상의 의식을 통해 서술을 주도하는 기법으로,『술라』에서는 여섯 명의 작중인물을 통해 초점화되는데, "서술 정보를 선택하는 것은 전통적으로 전지식과 관련해서 초점화"(Genette 74)되는 경우이다.

서술의 기본 조건중의 하나는 화자와 청자, 또는 화자와 독자이다. 야콥슨Roman Jacobson이 말한 발신자와 수신자라는 용어로도 일컬어질 수 있는 이러한 서술조건에서 볼 때『술라』의 서술의 윤리적 과제 가운데 하나는 독자가 '순진한' 상태를 벗어나게 하려는 데 있다. '순진성'이란 독자나 청자가 진실에 쉽사리 접근할 수 있다고 추정하는 윤리적 명제와 관련된다.『술라』는 모리슨의 여타 소설에 비해 진실이라든지 완전한 지식에 접근하는 것이 가능치 않다는 윤리적 명제를 매우 복잡하게 구성하고 있는 경우이다. 일단 서술자는 '순진한' 독자에게 신뢰할만한 전언자 역할을 하지만, 독자가 이러한 전지적 서술을 믿기 힘들다고 여기게 하는 데서 이 소설의 서술 기법이 가일층 복잡함을 알 수 있다. 그것은 서술자의 권위를 공략하는 저자의 정체성, 즉 서술자가 구현하는 윤리적이며 인식론적인 권위가 저자에 의해 공략 당하는 경우를 독자가 경험하면서 저자의 정체가 과연 무엇일까 하는 의구심을 품게 되기 때문이다. 예를 들면, 서술자는 인간의 동기와 의도의 문제에 대해 자주 말끝을 흐려 권위 있는 윤리적 판단들을 회피하는듯한 인상을 준다. 그렇지만 서술자가 애매하게 말한다고 해서 모든 인간행동이 정당화된다는 것은 아니다. 오히려 어떤 인간이 왜 나쁜 행동을 하는지를 서술자 자신은 알 수 없다는 것, 그리고 독자도 동기의 여부를 떠나 과오를 범할 수도 있기 때문에 독자의 판단과 이해를 유보하는 편이 낫지 않겠는가 하는 유보적 태도를 보인다는 것이다. 서술자가 일정하게 역점을 두는 것은 아무 것도 모르는 '순진한' 독자가 편파적인 윤리적 판단을 하려드는 점을 결코 용납할 수 없다는 점이다. 『술라』는 이러한 과정을 통해 소설이라는 장르 자체에 대한 독자의 신념을 차근차근 없애간다. 서술이 진행되면서 장르 형식이 점차 부적합하게 드러나고 이제 서술자와 독자는 다 같이 인간 경험의 '전언들에 의해 와해된다.' 이 점이 모리슨이 주장하는 가장 핵심적인 내용인 바, 서술자는 독자로 하여금 전통적 소설형식에 들어있는 권위의 유형을 거부하게 하여 새로운 "서술자-독자 관계"를 형성시킨다.

『술라』의 서술자는 훨씬 간접적으로 독자를 유도한다. 맥도웰Deborah E. McDowell은 이 점을 들어 독자가 『술라』를 읽을 때면 의미를 만드는 데 고심하지 않을 수 없다고 지적한다. "이 소설의 분절성, 에피소드, 간결한 생략은 텍스트의 통일성을 위협하고 전체화하려는 해석을 방해하려는 것"으로 독자는 "여러 잡다한 내용 . . . 글쓰기로 된 일련의 장면과 일별들을 각기 그 전에 선행되어야 할 내용에 연결시켜야만 일관된 그림으로 짜 맞출 수 있다"(112). 이 소설의 여러 분절적 에피소드, 가령, 두 소녀들이 어린 아이가 물에 빠져 죽는 것을 그저 바라만 보고 있다든지, 어머니가 아들을 살해하고, 딸이 어머니가 불에 타고 있는 것을 숨어서 보고만 있으며 또 가장 친한 친구가 친구의 남편과 잠자리를 함께 하는 등의 여러 충격적인 사건들을 어떻게 해석해야 할지 그 중요한 몫이 독자에게 주어진다는 것 이다. 따라서 독자는 이 일련의 사건들에 어떤 판단을 내려야 할지를 결정 하지 않으면 안 된다.

3. 『술라』의 서술구조와 다성적 텍스트

전통적인 서술 전략인 전지식 서술을 선호하면서도 동시에 그것이 지닌 노종의 전통적인 권위를 폄하하는 이러한 서술 방식은 바꿔 말해 리얼리 즘 전통의 다양한 유산들을 이어받으면서도 새로운 서술 형식을 함께 사 용하는 것으로, 그 의도는 서술자의 한계를 보여주고 글쓰기를 통해 다른 부류의 진실에 접근할 수 있다는 신념을 제시하려는 데 있다. 이와 같이 『술라』의 서술은 어떤 이야기에도 궁극적인 '진실'이나 믿을만한 입장이 존재하지 않음을 암시하는 쪽의 전략을 취한다. 『술라』의 서술구조는 외 형적으로는 인습적인 순환패턴을 취하고 있다. 19세기 대부분의 서구소설 이 보여주듯 개인 운명의 부침에 따라 완벽한 순환 구조를 보여주는 눈뜸 소설이나 교양소설은 개인의 성숙을 향해 논리적으로 진행되는 조화롭고, 인습적인 패턴으로 흔히 닫힌결말 구조나 전지식 서술을 사용하고 있다. 하지만 『술라』에서는 권위적인 서술장치로서의 순환패턴이 전개됨과 동시 에 이 패턴이 깨져나간다는 점에서 그 차이를 볼 수 있다. 각 장의 제목으 로 붙여진 연도는 하나의 순환을 이루며 기괴한 작중인물들을 입체적으로 부각시킨다. 그러다가 마을의 연중행사인 "민족 자살날"로부터 시간의 흐름을 기록해 가는 『술라』의 서술은 순환적 서술 패턴에 거슬러서 역사를 탈신비화 하려는 경향을 띤다. 일테면 삶이란 매년 순환을 반복할 뿐 종결이 없는 식으로 드러난다.

이 소설의 서술은 마을의 40년의 역사보다도 더 긴 1919년에서 1965년까지를 기록한다. 해가 바뀌면서 마을에서는 이름만 다를 뿐 비슷한 인물들이 등장하고 사라진다. 하지만 이들이 과거를 함께 했다고 해서 서로 간에 연결고리가 있다는 뜻은 아니다. 왜냐하면 그들의 과거는 진정으로 함께 나눈 과거가 아니기 때문이다. 소설 말미에서 서술자는 "샤드랙 Shadrack과 넬Nel은 서로 반대 방향으로 과거에 대한 각자의 생각들을 하면서 걸어 나갔다. 그들 서로가 지나간 것들에 대해 기억할 때마다 그들 사이의 거리는 점점 멀어져 갔다"(149)라고 말하는데 이것은 제아무리 시간이 순환된다하더라도 역사적 공동체나 시간적 공동체 구성원들을 함께 감싸주지는 않음을 암시해주는 대목이다. 예컨대 넬과 술라의 경우처럼 가장 친한 사이라도 결국은 멀어지고 말거나 술라를 포함한 많은 흑인들이 죽어가고 흑인사회가 파괴되면서 이야기는 끝난다. 그렇다고 그것으로 이야기가 끝나지 않는다. 넬의 고립된 삶을 포함해 모든 개별 이야기들은 중심을 향해 함께 모이지만 각기 분리된 "원"들일 뿐이다. 소설 맨 마지막에 넬이 "그것은 훌륭한 울음이었다—크고 긴—그러나 그 울음은 밑도 끝도 없는, 그저 서러움의 둥근 원, 원, 원들이었다"(149)라고 외치는 부분은 이러한 맥락에서 해석될 수 있다. 이와 같이 서술은 시작에서부터 다양한 가지치기, 그리고 종결을 회피한 채 열린 결말로 끝나는데, 이러한 순환에서 독자는 전지성이나 종결에 대한 생각이 하나의 바람으로만 남는다는 점을 인식하게 된다. 이처럼 순환 구조를 점차 탈신비화하여 기원을 회피하여 길을 찾게 하는 일종의 되돌아가는 서술적 역행은 앞을 향해 나아가는 직선적인 연대기적 구성을 취하기도 하지만 때로는 선형적으로도 전개되기도 하는데 이는 기원이란 역사적으로 회복될 수 있는 성질의 것이 아님을 보여주기 위함이다. 서술자는 역시 유용한 정보를 제공하면서도 동시에 이러한 서술이 충분치 않음을 암시할 뿐만 아니라 항상 새로운 장소에서 새로운 서술을 시작하고 있다. 이는 마치 '진리'를 수렴하기 위해 불연속적인 여러 내용을 강제화하는 역행적 서술 방식이다.

1919년부터 1965년까지 연대순으로 붙여진 각 장은 서술자가 초점화된 작중인물의 개인사를 탐색하는 공간이다. 이러한 탐색과정에서 흥미를 끄는 복잡한 패턴들이 나오는데, 이를 자세히 살펴보면 납득할 만하게 연결되어 있지는 않다. 예를 들면, 술라와 이바Eva는 아무런 연계성이 없다. 술라는 어머니가 불타죽는 것을 쳐다만 보고 있었던 잔인한 아이이다. 실제로 그녀에게는 "들개", "부랑자", "떠돌이"란 별칭이 붙어있다. 이바도 술라와 비슷한 비인간적인 행위를 행하는데, 아늘이 마약중독자로 회복할 기미를 보이지 않자 불태워 죽인 것이다. 그러나 이바의 과거는 동정적으로 드러나는 반면 술라는 그렇지 못하다. 그것은 이바의 성격에 무서울 정도의 보호적 모성이 있어 독자는 이바의 살해 행위에서 공감할만한 동기를 끄집어낼 수 있는 데 비해 손녀딸인 술라에게서는 이러한 점들을 찾아볼 수 없다는 데 있다. 그러므로 두 사람의 행위가 비슷하다고 해서 서로 연관성이 있다고 보기는 어렵다. 게다가 서술자는 전통적 권위를 회피하면서 불안전하고 입증할 수 없는 정보를 제공하여 독자에게 그 판단을 전가시켜 오히려 서술자를 도와주었으면 하는 바람을 보인다. 이러한 서술 기법은 독자로 하여금 사람들의 마음속에 들어있는 생각을 서술자와 함께 나누었으면 하는 기대치를 반영한 것이다.

서술에서의 초점화는 샤드랙, 헬린Helen, 넬, 이바와 술라, 그리고 한나 Hannah 등 여섯 명을 중심으로 되는데, 이 가운데 넬과 술라는 질량 면에서 가장 초점화된 인물이자 두 사람의 관계는 소설의 핵심에 해당된다. 따라서 이 소설의 보다 큰 윤리적 주장은 이 두 여성의 성장을 재현하는 것과 밀접히 연관된다. 그러나 서술자의 말만 믿고 술라와 넬을 우정의 차원에서 동전의 앞뒤처럼 서로 보완적인 존재로 볼 경우 두 사람은 별반 차이가 없어 보인다. 그보다는 서술자의 판단을 일단 유보한 채 둘을 개별적 존재로 접근하면 그 차이는 명백히 드러난다. 넬의 경우, 기차여행 에피소드에서 어머니 헬린을 통해 독자와 첫 대면을 한다. 그 후, 넬 자신이 어머니와 별개임을 인식할 때 초점화의 힘, 즉 퍼스펙티브는 넬의 퍼스펙티브가 된다. 넬에게는 여러 쪽에 걸쳐 심리서술이 주어지는데, 헬린이 기차여행에서 느끼는 수치감에 대한 넬의 반발을 묘사하는 부분에서 독자는 넬의 내면을 들여다볼 수 있다. 마찬가지로 술라도 어머니 한나에 어떤 반응을 보이는가에 따라 독자는 술라의 감정이나 생각을 알게 된다. 예를 들면 한나가 친구에게 자신은 "딸을 좋아하지는 않지만 사랑한다"(49)고 하는 말을 우연히 엿듣는 순간, "그 말이 그녀로 하여금 층계를 뛰어올라가게 했다. 당황한 그녀는 눈에서 고통을 느끼며 커튼 가장자리를 손가락으로 만지작거리며 창가에 섰다"(57)라는 서술에서 독자는 술라의 반응을 읽게 된다.

치킨 리틀Chicken Little의 익사 사건에서도 넬과 술라의 차이는 뚜렷해진다. 우리는 이 사건에 대한 두 소녀의 각기 다른 반응에서 앞으로의 사건에 미칠 파장을 예단해볼 수 있다. 일종의 증후적 사건을 서술하는 이 장면은 '그들'의 퍼스펙티브로 시작되다가 술라가 치킨 리틀과 나무에 올라갈 때 물이 깊어지고 익사지점에 이르면 술라의 퍼스펙티브로 옮겨지면서 시점이 분리된다. "그 아이의 단단하고도 포동포동했던 그 자그마한 손가락을 만졌던 감각은 물 속으로 잠겨 들어간 그곳을 바라보며 서있는 동안에도 그녀[술라]의 손바닥에 남아 있었다"(52). 이어 술라가 샤드랙의 오두막에 갔을 때의 서술은 심리서술이지만 술라의 감정에 관해서는 거의 언급하지 않고 대신 술라가 느끼는 공포와 두려움만을 전달한다. 이와는 대조적으로 넬의 서술은 넬이 자기통제력이 있고 말을 부드럽게 한다는 점을 보여준다.

　다음으로 술라와 주드Jude의 불륜사건 이후 넬과 술라의 서술에서도 둘의 차이는 드러난다. 술라와 주드가 침대 마루에 있을 때를 목격한 넬은 이를 자유 간접 문체의 독백서술에다 직접 화법을 섞어 전달한다. 넬이 주드와 헤어질 때는 독백으로 서술되지만 곧바로 인용부호가 붙는 독백으로 바뀐다. 여기에서 넬은 주드와 예수를 향해 애처로운 돈호법으로 자신의 내적 독백을 전달한다. 이 자동화된 인용독백은 이 소설에서 유일하게 사용된다는 점에서 주시를 요한다. 인용독백은 문체론에서 말하자면 직접 화법과 같은 것으로 작중인물의 발화된 말들이 직접 인용처럼 의식을 재현해주는 형식이다. 이것은 주네트가 말한 "내적 언어로 말해질 때의 생각을 . . . 문자 그대로 인용"한 경우이다(Genette 56). 그렇지만 중요한 점은 가장 개인적인 독백이라는 내적 언술 자체도 많은 것을 감추고 있다는 점이다. 가령 프루스트Marcel Proust의 경우가 그러하다. 프루스트는 "정신적 언어와 다른 정신적 실재 간에 커다란 간격이 있음을 인식한" 작가로 성찰적 정신을 탐사한다기보다는 인물이 생각하고 있는 언어의 허위성을 노정하기 위해 독백을 사용하였다(Cohn 80). 이들과 비슷하게 모리슨도 넬의 독백에서 넬이 뭔가를 노정하기보다는 더 많이 감추고 있음을 강조하고 있다.

　넬의 독백부분은 독자의 윤리적 판단을 이끄는 형식적 장치를 모리슨이 어떻게 사용하는가를 가장 적절하게 보여주는 경우이다. 이는 언뜻 보면 객관적이며 믿을만한 서술 기법인 것 같지만 일종의 속임 장치이다. 넬이 자신의 상실감을 서술하는 대목은 남편 주드가 거의 언급되지 않은 긴 심리서술임에도 불구하고 독자는 주드가 넬을 떠난 탓에 그러리라는 생각을 쉽게 하게 되며 또 독자의 이러한 생각은 한동안 지속된다. 말하자면 넬의 슬픔의 진정한 요인이 분명히 드러나지 않는데도 독자는 주드를 잃어버렸기 때문이라고 확신하게 된다. 달리 그 밖의 요인을 찾아 볼 수 없음은 버틀러-에반스Elliot Butler-Evans가 지적한 대로 넬의 "서술 초점에서의 변화"가 독자의 연민을 노리는 것으로 볼 수 있기 때문이다(87). 버틀러-에반스는 "소설의 결말에 이르러 넬이 술라와 헤어져 고통스러웠음을 갑자기 깨닫는 순간이 있기는 하지만 그러한 통찰력이 그 이전에 보인다는 느낌은 없다"고 언급하였다(85). 이러한 점은 넬이 술라를 여전히 친구로 여겨 이야기하는 것 같은데도 술라를 미워하고 두려워한다든지, 주드가 그녀를 떠난 이유가 술라 때문인데도 술라에게 차마 말할 수 없었다는 대목에서도 확인된다. 독자는 넬의 반응을 충분히 개연성 있는 것으로 여기게 되는데, 바로 이 지점에서 독자는 넬 만큼이나 인습적이다. 넬의 서술을 보면, 그녀의 생각은 정연하고 수사적 효과를 발휘하며 투명하다. 그러다가 소설 말미에 이르러 넬은 그간 28년 동안이나 마음에 묻어둔 일종의 억압을 표출하는데 이는 말하자면 넬의 인습적 사고로 인한 내면화된 윤리적 억압인 셈이다. 여기에서 넬이 지금까지 자신의 이야기를 할 때 스스로를 충분히 성찰하지 않았을 뿐만 아니라 자신을 합리화하려 들었던 것으로 나타난다. 따라서 독자도 이 대목에 이르러 넬을 잘못 생각했다고 깨닫게 된다. 이와 같이 모리슨은 독자로 하여금 넬의 경우와 같이 인습적 과정을 겪게 한 후 시점을 변화시킴으로써 마침내 넬을 "공감하는 데서 벗어나게 한다"는 보거스Diane S. Bogus의 주장은 설득력이 있다(75).

『술라』는 어떤 한 인물만을 텍스트의 윤리적 중심에 놓거나 하나의 윤리를 구체화하지 않는다는 점에서 근본적으로 다성적 텍스트이다. 인물들 또한 내포된 저자의 윤리적 위치와 전적으로 일치하지 않는다. 하지만 이바는 어떤 작중인물에도 견줄 수 없을 정도로 신뢰감이 가게 재현된다. 다시 말해 독자는 다른 작중인물들이 말하는 이바에 대한 인상과 기억을 받아들여 이바를 충분히 신뢰할 수 있게 된다. 플럼Plum이 어렸을 때의 어느 추운 겨울날 밤의 장면이 자세히 묘사되는데 서술자의 묘사는 이바의 윤리적 입장을 충분히 믿게끔 해준다. 이 심리서술에서 독자는 이바의 마음에 접근할 수 있게 된다. 심리 서술은 "서술자에 의해 직접 취해지는 작중인물의 생각의 분석"(Genette 58)으로, 서술자와 일치되거나 불일치되어 사용될 수 있다. 이바의 경우는 서술자와 일치하는 심리서술이다. 남편 보이보이BoyBoy가 가출할 당시, 이바가 가진 것이라곤 "1달러 65센트, 달걀 다섯 개, 순무 세 개, 그리고 무엇을 어떻게 느껴야 할지 모르는 막막함뿐"이었다(27–28). 이바의 머릿속에 과연 무슨 생각이 들어있는지를 말해주는 이 대목은 서술자와 이바 사이에 거리감이 없는 자유 간접 독백으로 전달된다. 여기에서의 초점은 현재의 어려운 처지에서 벗어날 궁리와 어린 플럼을 구하기 위해 뭔가를 결심하려 할 때의 이바의 명료한 생각들에 맞춰지고 있다. 이러한 서술은 이바의 윤리적 입장을 확고히 해준다. 이는 "한 작중 인물의 시점, 즉 작중인물의 생각이나 경험을 밝혀줌으로써 그 작중 인물과 일체감을 이루게 하고 작중인물이 그리는 가치와 제휴하게 한다(Leech and Short 275).

플럼이 태어나던 해인 1898년에 보이보이가 바틈 마을을 잠깐 방문하는 장면은 이바에 대한 독자의 연민을 자아내기 위한 장치이다. 이 대목은 이바를 통해 초점화된다. 그가 돌아왔다는 말을 듣고 이바는 "만나서 뭘 해야 할 지 아무런 느낌이나 생각이 나지 않았다"(30). 이바가 부엌에서 느끼는 감정은 "그것은 . . . 인사말을 하기 위해 잠깐 들른 어떤 사촌과의 대화 같은 것이었다"(31). 작중인물이 무엇을 생각하는지를 모를 때, 혹은 자기의 생각들을 쉽사리 말로 표현할 수 없는 상황들을 묘사할 때 협화적 심리서술은 매우 적절한 이상적인 서술이다. 보이보이가 데리고 온 여자의 웃음소리는 "큰 쇠망치처럼 그녀를 내리쳤고, 이때 그녀는 조금 전에 느낀바를 확실히 알았다. 액체 같은 미움이 그녀의 가슴에 홍수처럼 밀어닥쳤다"(31)에서 직유와 은유는 이른바 심리-유추라고 볼 수 있다. 작중인물에 의해 말로 옮겨질 수는 없으나 서술자에 의해 표현되는 이러한 비유는 이바와 서술자간의 친근성을 가장 잘 보여주는 예이며 나아가서 독자의 공감도 획득할 수 있다. 이와 같은 협화적인 심리서술이 이바의 성격묘사에서 효과적으로 사용되고 있음에 주목할 필요가 있다.

이바는 아들을 살해했음에도 불구하고 감정이입이 강하고 타자를 생각하고 이해한다는 점에서 술라나 넬, 그리고 한나나 헬린보다 훨씬 폭넓은 인간으로 드러난다. 오튼Terry Otten은 이바를 "외아들에 대한 지극한 사랑에서 살해할 수도 있었지만 여전히 자신의 딸을 불에서 구하려고 목숨을 버릴 각오도 한, 도덕군자적 견지보다는 인간적인 견지에서 선악을 경험"하는 인물로 진단한다(43). 독자는 구체적인 현실에서 위기에 대처하는 이바를 보편적 윤리 법칙이나 인습에 준해서는 결코 마음의 평화를 얻지 못하는 유형의 인물로 여기게 된다. "나는, 나라면 절대로 지켜보지만은 않았을 게다"(145)라는 이바의 언급은 그녀의 개인적 윤리를 집약한 내용으로, 그녀는 소설에서 드러나듯 자신이 뱉는 말을 반드시 실천하는 인물이다.

서술의 윤리는 이바가 플럼을 살해하는 부분에서도 명징하게 드러난다. "1921년 어느 늦은 밤"이라는 장면처리에서 독자는 이바가 아들의 생명을 앗아가는 것을 모리슨이 어떻게 재현하는가를 볼 수 있다. 이바가 방을 떠나고 이어 플럼의 몸에 석유를 뿌려 불을 붙인 뒤 다시 그 방으로 돌아올 때까지의 장면은 매분마다 의도를 갖고 서술되는 매우 도발적인 장면이다. 여기에서 독자는 지금 누가 말하고 있는가와 인지의 초점은 어디인가라는 퍼스펙티브의 문제와 더불어 '시점'과 '서술속도'를 함께 생각해 볼 수 있다. 이 단순한 장면은 대략 두 쪽 반에 걸쳐 길게 서술되고 있어 독자에게 중요한 사건임을 알려준다.

플럼을 살해하는 부분에서 이바를 해오라비heron 새의 은유로 확장시키는 목소리는 서술자의 목소리이다. 이는 플럼의 퍼스펙티브에서 어머니의 팔을 "축축한 빛 같은 것을 퍼붓는 거대한 독수리 날개"로 느끼는 부분과 대조된다(40). 그 나머지에서의 서술자의 목소리는 마약에 취한 플럼의 몽롱한 상태를 중립적으로 보고한다. 이바의 "그래, 난 자러간다. 플럼"(40)이라는 한 마디만을 제외하고는 서술 목소리는 없으며 이어 플럼의 직접적인 말을 통해 독자는 그가 멀리 저세상으로 떠나가고 있음을 알 수 있다. 이바의 침묵은 그녀가 언어 너머의 세계에 있음을 보여준다. 그러나 이 부분에서 장면의 퍼스펙티브는 여러 차례 바뀐다. 이바는 처음에 서술자에 의해 초점화되다가 그녀 자신이 초점자가 된다. 서술자의 의식은 크게 드러나지 않는다. 모리슨은 이 무시무시한 순간에 이바의 생각을 자세히 분석하거나 재현하지 않는다. 대신 "이바는 입속으로 흘러드는 눈물을 막기 위하여 혓바닥을 입술 끝에다 올려 둘" 뿐이라고 짧게 서술한다(47). 독자로서는 행간의 의미를 읽고 장면을 그려보며 이바가 무엇을 느끼는지를 상상하게 된다. 으깨진 딸기를 입술에 가져다 댈 때마다 뭔가를 발견하고 놀라는 장면에서는 독자도 이바처럼 놀라게 된다. 이러한 장치는 독자 역시 이바처럼 심각한 상황에 빠지게 한다. 그러나 독자에게 미치는 효과는 다시 한번 연기되고 독자가 무엇이 실제로 일어났는가를 깨닫는 것 역시 지연된다. 그러다가 "석유에 흠뻑 젖은, 아득한 환희 속에 누워 있는 젖은 플럼"(40)에 이르러서야 비로소 어떤 일이 일어났는가를 알게 된다.

존슨Barbara Johnson은 모리슨이 이 섬뜩한 대목을 "폭력의 미학"으로, "쾌락"으로 변형시킨다고 말한다(17). 이 장면에서 시간의 순서는 중요한데도 플럼의 죽음을 이 장의 맨 끄트머리에 배치하는 의도는 이러한 폭력적 사건을 독자가 이해하는 데 계속 영향을 미치도록 하는 것으로 여기에서 우리는 내포된 저자의 서술 방식을 볼 수 있다. 모리슨은 서술 속도, 목소리, 관점, 그리고 순서를 조종하면서 이바가 아들을 살해하는 상황을 독자가 이해하도록 유도한다. 플럼의 죽음을 한나가 지켜보고 이바는 기다리는 것으로 대충 처리되는 대목에서 이바가 살해했을 거라는 생각에 점차 빠져들다가 확신하게 되는 무서운 과정을 겪게 된다.

이바에서 보이는 심리서술은 헬린이 어린 넬을 데리고 남부에 있는 친정집에 갈 때의 심리서술과는 판이하게 대조적이다. 여기에서 서술자는 작중인물 스스로도 전혀 기대하지 못한 은유를 사용한다. 헬린이 과도하게 소심하다는 것을 전달하기 위해 서술자는 헬린이 매우 이례적으로 군인들의 "칙칙한 빛깔의 군복들"(18)에 주목하게 한다. 또 철도역에 있는 남자들이 지나갈 때 지나온 여러 읍내들의 역사 처마에 "파손된 도리아 식 기둥처럼 우뚝 서 있었던 그 사내들의 진흙 같은 흐릿한 눈동자들의 시선을 지나칠 때마다 아무런 동요 같은 것을 느끼지 않는다"(21)라는 서술에서 헬린을 초점화시켜 소격 효과를 만들어내는데 이는 서술자와 작중인물간의 거리감이 크다는 점을 보여준다.

소설에서 대화는 윤리적 주장과 윤리적 곤경을 해결하는 데 중요한 요소이다. 다른 사람들이 세상을 보듯 세상을 보는 유일한 방식은 대화이므로 뭔가를 인식하고 깨닫게 되려면 대화를 통해야만 한다. 『술라』에서 모종의 대화는 소설에서 주요한 윤리적 갈등을 해결하는 데 단서를 부여한다. 두 가지 예를 들어보면, 이바와 한나, 그리고 술라와 넬간의 대화에서 보이는 대결의식이다. 한나의 경우, 왜 이바는 플럼을 죽였을까, 그리고 넬의 경우는 술라가 어떻게 주드를 유혹하게 되었나 하는 질문을 중심으로 대화는 때로 직접적으로, 때로는 간접적으로 제시된다. 이 두 경우에서 이바와 술라는 인습적인 차원에서는 범죄자이지만 방어적 차원에서는 승리자로 그려진다. 그 까닭은 이 두 사람에게 자신들의 입장을 변호할 수 있는 기회를 부여하는 서술자의 역할 때문이다. 이바는 길고 강력한 독백으로 플럼이 언제가 그녀에게 가했던 공포를 설명한다. 술라도 "그래, 그들은 날 사랑할 거야. 시간이 걸리겠지만 그러나 사랑할 거야"(125)라는 예언적 랩소디를 내뱉는다.

술라와 넬의 대화는 이바와 한나의 경우에 비해 상호 이해가 뒤떨어진다. 대화의 생명력이라는 측면에서 보면 오히려 술라와 에이작스Ajax의 대화가 상호이해의 차원을 보여준다. 이때 모리슨은 주로 술라의 관점에서 보고하게 한다. "그는 그녀에게 내려다보거나 깔보는 조로 이야기하지 않았으며, 그녀의 생활에 관한 철없는 하찮은 질문들을 하거나 자기 자신의 활동에 대한 독백 같은 얘기들을 하는 데 만족하질 않았다"(110). 이 둘의 관계는 평등하며, 감정이입적이며 대화는 순수하다. 이에 비해 술라가 임종 직전 친구인 넬과 함께 하려는 대화도 이러한 진정한 대화였지만 "옛것들을 새로운 눈으로 보게 만들 수는 없다"(82)라고 생각하며 기대를 접는다.

그러나 넬이 이바를 요양소로 병문안 가는 대목에서 대화가 갖는 재생력에 주목할 필요가 있다. 독자는 95세의 이바와 55세의 넬의 대화를 들으면서 이바가 한나나 술라와 대화할 때의 장면을 떠올리게 된다. 다음의 대화에서 우리는 이 소설의 구체적인 윤리적 비전을 볼 수 있다.

"어떻게 네가 그 조그만 애를 죽였는지 얘기를 좀 해봐라."
"뭐라고요? 무슨 조그만 애 말인가요?"
"물속으로 네가 던진 그 애 말이다. 난 오렌지를 얻었지. 어떻게 해서 네가 그 아이를 물속으로 들어가게 하였는가 말이다."
"전 물 속으로 어떤 애도 던진 적이 없는데요. 그건 술라지요."
"네가 술라지 뭐야. 다른 게 뭐야? 너도 거기에 있었지 않니. 그것을 지켜보지 않았어? 나는, 나라면 절대로 지켜보지만은 않았을 게다."
(144-45)

이 부분은 병중인 술라를 찾아간 넬에게 술라가 "어떻게 알아? . . . 누가 선한지. 그게 너인지 어떻게 아니?"(126)라고 말할 때를 독자에게 상기시킨다. 25년이 지난 지금 넬은 과거의 기억을 새롭게 환기시키는 이바를 만나 치킨 리틀의 죽음에 대해 답하지 않으면 안 된다. 그리고 남편과 왜 헤어지게 되었는가에 대해서도 넬은 답하지 않으면 안 되는 상황에 돌입하는데, 바로 이 시점에서 "독자가 판단하는 작중인물들이 독자의 지금까지의 판단 기준을 크게 벗어나 있기 때문에 독자도 판단을 요청받게 된다"(Bryant 10).

개인의 자각에 기초하여 개인적 윤리를 선호하는 것과 이른바 원칙이라든지 보편적인 윤리적 법칙을 지키려는 부류간의 논쟁을 두 집안의 여성들에게서 볼 수 있다. 피스Peace 가의 이바, 술라, 한나는 어떤 면에서 인습적 윤리와는 거리가 멀다. 대조적으로 라이트Wright 가의 여성들인 헬린과 넬은 인습적 윤리의 측면을 보여준다. 독자는 이 두 가지 유형에서 독자 스스로의 윤리적 수행에 있어 어느 쪽이 더 나은 것인지의 여부를 놓고 고민하게 된다. 특히 윤리적 선택이 복잡함은 넬의 경우에서 드러난다. 항상 원칙에 준해서 행동하는 넬이 윤리적 딜레마를 겪지 않는 것은 준수해야 할 원칙이 있기 때문이다. 또한 넬은 관망자의 자세만 취하므로 이바나 술라처럼 범죄행위는 면할 수 있었다. 그러나 넬의 "냉정함"은 선한 행위와는 다르다. 넬은 잘못된 이유에서도 옳은 일을 할 수 있으며 감정적 진실에는 눈이 먼, 이성의 소유자이다. 넬이 슬퍼하는 것은 가장 친한 친구가 남편과의 관계로 적이 되어서가 아니라 남편을 잃게 되었기 때문이다. 그러다가 친구가 병이 들자 미워하면서도 병문안을 간다. 넬은 위기가 닥치면 조용하면서도 남에게 해악을 끼치지 않는 한도 내에서 행동한다. 그러한 넬의 인습적 도덕은 이미 치킨 리틀의 죽음에서 취한 방관자의 자세에서 드러났었다.

술라의 넬에 대한 관점이나 그 반대로 넬의 술라에 대한 관점가운데 어느 한쪽을 정당화하기가 어려운 것은, 술라와 넬을 대립시키거나 어느 하나를 선택하게 되면 텍스트의 역동적 복합성은 축소되어버린다. 또한 독자가 이 소설을 전통적인 해석 방식, 즉 인물의 '성숙'의 과정에서 해석한다면, 넬이 겪는 성숙의 과정이 술라에게는 해당되지 않으며 그 반대의 경우도 마찬가지임을 알 수 있다. 그러므로 '성숙'의 논리보다는 사건의 윤리적 지각을 소설의 전개과정으로 재현하고 있다는 존슨의 주장은 타당성을 지닌다. 존슨은 "영향과 사건을 분리하는 것은 『술라』의 가장 현저한 문학적 기법중의 하나로, 서술 목소리에서 . . . 그리고 작중인물들의 정서적 삶 속에서 이점은 현저히 나타난다"고 주장한다(168). 넬이 주드와 술라가 자신을 배반했다는 반응을 보였던 시점으로부터 무수한 세월이 흐른 뒤에야 이에 대한 '진실'을 인식하게 되는 경우에서처럼, 독자는 긴 시간이 흐른 다음에야 그동안 유보되어 온 의미가 소설 텍스트의 인식론에 맞닿게 된다. 이 밖에도 『술라』는 윤리적 선택이 어렵고 불확실한 것임을 복합적으로 보여준다. 그 이유는 술라가 그녀의 에고 중심적인 개인주의와 더불어 소설의 윤리적 중심이 될 수도 있었는데 실은 그렇지 못하다는 데 있다. 술라는 당시 바틈 마을사람 가운데 그 누구보다도 자아의 많은 부분을 탐색하는 용기 있는 인물이었는데도 결과적으로는 이바가 지닌 윤리적 입지를 획득하지 못했기 때문이다.

그렇다면 왜 모리슨은 『술라』라는 제목을 택했을까? 우리는 여기에서 모리슨의 윤리의식을 연결시켜 이 질문을 생각할 필요가 있다. 술라라는 인물이 지닌 의미와 관련해서 모리슨이 삶을 예술과 연계시켜 예술에 대한 생각을 주제의 일부로 발전시키는 점에 주목하자는 것이 그것이다. 예술은 구성적이면서도 동시에 파괴적이며 위험성을 수반할 수 있으므로 예술은 예술가의 창조에 의해 영향을 받는 이들에게 커다란 책무가 있다는 윤리의식이 그것이다. 예컨대 술라는 사람들에게 미치는 자신의 영향력을 확인해보려고 흥미위주로만 말하고 행동하는 점에서 의도성이 없다할 망정 상당히 짓궂고 잔인하며 소외된 인물로 재현된다. 그녀의 이름을 따 붙여진『술라』라는 제목은 그녀의 이 같은 말과 행동에서 무책임한 예술가임을 암시한다고 볼 수 있다. 술라의 상상력과 "은유의 재능"이 남에게 해를 끼칠 수 있음을 들어 서술자는 내포된 저자의 관점에서 그 특수성에 대해 "아무런 예술 형식도 가지지 못한 예술가처럼 그녀[술라]는 위험스러워졌다"(105)라고 말한다. 서술자는 술라가 지닌 이 같은 예술적 파괴력을 통해 예술가의 책임을 전달하고 있다. 그러므로 이 소설을 성숙의 과정이나 유동적인 가능성으로서 자아를 수용해야 한다고 해석하기보다는 오히려 자신의 삶과 행위에 대해 책임을 지는 윤리적인 문제, 그리고 인간의 현 상황과 살아온 경험에 대해 독자의 다양하고 깊은 이해를 얻게 하려는 모리슨의 윤리의식에 역점을 두고 있다고 해석하는 것이 타당하다고 볼 수 있다.

4. 아프리카계 미국인의 "알려져 있지 않는" 풍경에 대한 윤리적 서술

『술라』의 서술자는 인간이란 자기가 속한 사회에서 어떤 삶이 좋은 삶인가, 위험스럽고 허무한 삶을 직면했을 때 어떻게 할 것인가 하는 등의 윤리적 문제를 제기하고 여기에 독자를 연루시켜 독자 스스로 답을 모색하게 한다. 그러한 서술이 의도하는 바는 독자에게 일반적인 윤리적 원칙들이 개인적 윤리를 기반으로 한 건강한 것인가에 대한 논쟁을 불러일으키게 하려는 데 있다. 서술자는 전통적인 소설장르 형식에 따라 독자에게 진실을 말하고 싶어 하지만 진실을 찾을 수 없고 계속해서 이를 탐색해간다.

따라서 독자는 서술자의 설명이 주어지지 않아 당혹감에 빠지기도 하지만 독자 스스로 해석해내지 않으면 안 된다. 모리슨은 이러한 주제를 전달하는 서술기법이야말로 미국 사회의 인종적 풍경의 "알려져 있지 않는 부분"에 대한 윤리적 탐구를 확대시키는 중요한 전략임을 보여주고 있다. 그러므로 부스가 지적한 대로, 최고의 윤리적인 소설을 구별하는 것은 타자성의 정도가 아니라 '타자'를 다루는 데 있어 얼마나 심도 있게 가르쳐들려 하는가에 달려있다(195).

주체가 투명하게 재현되지 않은 서술기법은 독자자신을 타자와 다르게 인식할 수 있는 관점을 제공하는 이점이 있다. 독자들은『술라』읽기를 통해 아프리카계 미국인의 삶이 어떤 단일한 척도에 따라 효과적으로 조직화될 수 없음을, 차이화가 크게 보이는 점을 터득하게 된다. 이러한 기법은 흔히 포스트모던 계열의 소설이 보여주는 특징이기도 하지만, 주제면에서 보지면『술라』는 이린 종류의 소실과 사이를 쾨한다.『술라』가 포스트모던한 '유희'들, 특히 진리, 의미, 가치에 관해서 독자와의 철학적 '유희'를 결코 인정하려 하지 않기 때문으로,『술라』의 서술자는 독자를 속이려 들거나 지적 유희로 독자를 유도하지는 않는다. 이점에서 우리는 이 소설의 윤리적 기능을 확보하게 된다.

이와 같이 서술, 주체, 재현, 의미에 대한 서구의 근대적 사고를 아프리카계 미국인의 진영에서 비판하는 모리슨은『술라』에서 흑인들의 물질적, 역사적 이질성을 식민화하여 합성한 흑인에 대한 이미지를 분쇄하기 위해 흑인의 특이성과 역사 그리고 차이를 만들어냄과 동시에 자신들을 판단하는 규범과 그것의 재현을 치밀하게 심문한다. 그것은 흑인들이 미국 사회에서 역사적, 문화적, 정치적 방식에서 '다른' 주체로 생산되고 있음이 서술을 통해 보이게 한다. 다시 말해 이 소설은 미국의 지배적인 역사 서술과 그 가정에 도전할 뿐만 아니라 어떤 담론이든지 그것의 불완전성과 한계를 암시해준다. 특히 이 소설은 모든 담론들은 선택과 배제에 기반하므로 필연적으로 불완전할 수밖에 없음을 서술기법을 통해 전달하여 경험에 대한 보다 복합적인 이해, 주체성과 정체성에 대해 주류 담론과는 다르게 성찰하도록 한다. 말하자면 아프리카계 미국 흑인들이 특수한 상황에서 경험하는 여러 문제들을 통해 흑인의 역사와 그들의 사회적 문화적 조건들과 다양성에 대한 비전을 독자에게 전달하려 한다. 그러므로 이 소설의 '서술자-독자관계'는 상호주체성의 서술이라는 관점에서 이해와 공감을 증대시키는 윤리적 기능을 하고 있다.

『술라』는 독자를 끌어들여 그들의 인식을 확장시키려는 요구가 강한 텍스트이다. 그러나 『술라』의 서술은 독자의 윤리적 판단이 그리 간단치 않은 문제임을 전략적으로 보여주었다. 가령, 서구 소설의 구조적 특징인 종결을 피한다든지, 서술자가 경험을 '진실'이라는 시각에서 접근할 수 있다는 전제하에 독자에게 모호하지 않은 진실을 전달해야겠다는 임무를 수행하면서도 동시에 독자가 의지해온 미학의 기본 가정을 전복하려드는 여러 서술기법이 그것이다. 독자에게 삶의 복합성을 이해시키려는 이러한 서술 기법을 고려하는 모리슨은 독자를 일단 '순진'하다고 상정하여 독자에게서 형식의 편안함을 앗아감으로써 독자를 순진함에서 깨어나게 한다. 이때의 깨우침은 기존의 글읽기 형식에서 볼 때 너무 쉽게 약호화되고 종결을 지향하는 지금까지의 인식을 깨는 것을 의미한다. 결국 독자는 진리에 대한 안정된 생각을 없애고자 하는 모리슨의 의도를 충분히 감지하게 한다.

제5부

흑인여성 신화와
문화적 정체성

서구 신화의 인종적 변형 — 조라 닐 허스턴의 『그들의 눈은 신을 보고 있었다』

1. 허스턴의 재평가

1970년대 말 이래로 미국문학의 새로운 연구 대상으로 확고한 위치를 확립하고 있는 조라 닐 허스턴Zora Neale Hurston, 1891-1960은 할렘 르네상스Harlem Renaissance 시기에 유일한 남부 출신 작가로서 아프리카계 미국인의 전통적인 언어와 문화를 담은 장, 단편을 발표해서 주목받았다. 그 가운데 특히 『그들의 눈은 신을 보고 있었다』*Their Eyes Were Watching God*(1937, 이하『그들의 눈』으로 약칭)는 생동감 넘치는 표현과 높은 서정성으로 흑인민속과 이야기서술에 대한 허스턴의 깊고 정확한 이해를 보여주는 작품으로 손꼽힌다. 플로리다의 흑인마을 이튼빌Eatonville에서 태어나 백인의 후원 아래 뉴욕의 바나드 칼리지와 컬럼비아 대학에서 문화 인류학자 보아스Franz Boas 박사와 함께 연구한 허스턴은 문화 인류학자로서의 업적도 남겼지만, 작가로서의 그녀의 진면목은 생전에 그리고 사후에도 오랫동안 묻혀 있었다. 1930년대 이후 네 권의 소설과 흑인의 민간전승 이야기를 모은 두 권의 책, 그리고 자서전 등을 남겼지만 빈곤 속에서 생을 마감하기까지 우여곡절의 삶을 살게 되며, 특히 1950년대 이후에는 작가로서의 허스턴은 잊혀서 작품이 절판될 상황에 이르렀다. 1960년대에도 작가로서의 허스턴에 대한 평가는 매우 미미했고, 주로 그녀의 대담하고 자유분방한 삶의 방식에 초점을 맞춘 것이 대부분이었다.

허스턴의 재평가에는 1960년대의 흑인연구나 흑인미학에 나타난 흑인의 독자적인 문화를 바로 보려는 움직임과 1970년대 이래의 페미니즘의 영향이 크게 작용하였다. 과거 흑인문학의 가장 큰 특징 가운데 하나인 저항문학의 전통이 퇴조한 데다 거리보다는 가정으로, 또는 흑인내부의 문제나 성차별 문제로 시선을 돌림으로써 텍스트를 보는 시각에 전환점이 마련됨에 따라 허스턴에 대한 재평가도 본격화 되었다. 재평가의 성과를 대략 몇 가지로 정리해보면, 우선, 허스턴이 일찍이 1930년대에 이미 1960년대 이후의 아프리카계 미국문학의 새로운 방향을 예시했다는 점과 그동안 미국문학사에서 무시되거나 잊혔던 여성작가를 다시 발굴하게 된 점을 들 수 있다. 그리고 허스턴이 흑인여성 주인공의 심리나 성장을 그녀의 소설을 통해 선도적으로 다루었다는 점과 허스턴의 재발견과 더불어 1970년대 들어 워커Alice Walker나 모리슨Toni Morrison 등으로 이어지는 흑인여성작가들의 창작이 활발해졌다는 점 등도 빼놓을 수 없다. 그 밖에도 네일러Gloria Nailor, 밤바라Toni Cade Bambara, 송가Ntozake Shange 등 흑인여성작가들이 흑인여성문학의 계보에 관심을 기울임에 따라 허스턴은 당연히 그 대모 격으로 자리매김하게 되었다. 무엇보다도 자칫 망각 속으로 사라질 뻔 했던 허스턴을 부활시켜 흑인여성작가의 선구적 위상을 부여한 작가는 워커이다. 특히 자신에게 "『그들의 눈』만큼 중요한 책은 없다"("Introduction" xiii)라고 할 정도로 워커는 흑인여성작가의 선배로서 허스턴을 예찬하였고 여성문학 앤솔로지를 통해 흑인여성작가의 전통 속에서 허스턴의 공적과 위상을 기린다. 워커는 그녀의 단편을 집필할 무렵 흑인 민간신앙을 탐구하게 되는데 그 계기가 허스턴의 글이었다고 말한다. 이처럼 허스턴은 대다수 흑인 남성작가들이 인종차별에만 관심을 쏟을 때 시선을 내부로 돌려 흑인사회 자체와 흑인민속학에 관심을 두었고 또 여성으로서, 개인으로서 흑인여성의 정체성 문제를 다룬 점에서 선구적 면모를 엿볼 수 있다.

재평가 이전에 허스턴에게 가해졌던 무시나 혹평을 보면 당시로서는 "신세대 흑인여성"이었던 그녀에 대한 심한 악의나 편견을 느낄 수 있다. 남성이 여성작가를 평할 때 그 대부분은 으레 전기적인 사실의 방향에서만 접근하려 들고, 또 거기에서 도덕적인 성향을 부각시키려 든다. 게다가 흑인 남성작가들은 허스턴이 흑인 생활을 묘사하면서 인종차별을 전혀 다루지 않은 점을 들어 그녀가 차별 자체를 인식하지 않거나 이를 가볍게 여긴다는 비판을 제기했다. 이들은 허스턴이 흑인의 잘못이나 증오심, 그리고 폭력을 재현한다고 비판하였지만, 정작 그녀의 소설이 성차별과 인종차별이 교차되는 이중의 차별을 담고 있음을 간과하였다. 허스턴은 라이트 Richard Wright가 바라고 있는 것 같은 피지배계급, 피억압민족으로서 투쟁하는 흑인상을 묘사하지는 않았다. 하지만 허스턴은 그녀 이전에 어느 누구도 그 존재를 알지 못했던 남부농장의 흑인노동자의 생활, 그들의 삶과 문화를 그 내부자적 시각에서 진정으로 재현한 최초의 작가라 할 수 있다. 일례로 『그들의 눈』의 여주인공 제니Janie Crawford의 생활방식에는 흑인중산계급의 생활이나 가치관과 거리가 먼, 흑인대중의 삶에 대한 접근이라는 모티브가 크게 자리 잡고 있다. 그녀를 통해 허스턴은 흑인서민의 기지, 상상력, 유머 등, 흑인에 대한 이해를 구체적으로 전달한다.

허스턴의 소설들이 오늘날 독자에게 많은 주목을 받고 있는 이유도

따지고 보면 "인종"이라든지 "흑/백"의 이분법 자체에 의문을 갖는 급진적 입장을 보여준다는 데 있을 것이다. 바로 이 같은 점에서 허스턴은 라이트나 엘리슨Ralph Ellison과 차이를 보인다. 그동안 많은 찬반을 불러일으킨 소설로서 『그들의 눈』은 "아마도 아프리카계 미국 문학정전에서 가장 널리 알려지고 가장 특권화된 텍스트"라는 워싱턴Mary Helen Washington의 언급에서 확인되듯이("Forward" xii), 오늘날에 이르러 그 연구가 활발히 진행되고 있다. 특히 현행 연구의 전반적 흐름은 이 작품이 전술한 문학적 논쟁을 뛰어넘어 흑인문화의 정전이자 아이콘의 대표적 텍스트로 바뀌고 있음을 보여주는데(Corse and Griffin 174), 이는 이 텍스트가 아프리카계 미국문화를 구체화한 본격적인 문화적 텍스트라는 점과 관련을 지닌다.

이 글은 문화적 텍스트로서 『그들의 눈』에서 가부장제 아래 고통 받는 아프리카계 미국여성의 경험을 대변하는 제니를 통해 허스턴이 서구 남성중심문화에 각인된 대표적인 여성이미지인 페스세포네Persephone 신화를 어떻게 해체하고 변형을 꾀하는지를 분석한다. 허스턴은 이 소설에서 오랜 제식적 죽음을 겪는 제니의 삶을 통해 페르세포네 신화를 남근중심문화에서 여성에게 가해지는 원형적 통과제의로 구체화하고 아프리카계 미국여성의 정체성 탐구에 있어 가부장적 지배의 심각성을 탐구하는 한편, 그 틀을 원래의 신화와 다르게 변형시킨다. 이 점에 주목하여 허스턴이 페르세포네의 신화의 차용을 분명히 의식하거나 관심을 기울였는가의 여부를 떠나, 『그들의 눈』에서 페르세포네 신화의 원형을 차용하면서도 동시에 어떻게 차이화를 꾀하고 있는지, 특히 아프리카계 미국여성의 처지에서 페르세포네 이미지들을 구체화하는 데 있어 허스턴이 어떻게 차이를 보이면서 이를 흑인여성의 권력과 연계시켜 명시화하는지, 그것의 재현을 다룰 것이다. 허스턴은 페르세포네 신화를 교란시키는데, 제니의 경험은 페르세포네의 그것과 여러 가지로 유사하면서도 그 구체적 재현은 신화적 원형과 분명한 대조를 이루고 있다. 그리스 신화에서는 페르세포네의 구원으로 귀결되지만『그들의 눈』에서는 이 같은 점이 불분명하거나 약화되기 때문이다.

2. 페르세포네/데메테르 신화의 인종적 전유

고대 그리스-로마 신화에서 가장 널리 알려진 서사 가운데 하나가 데메테르Demeter와 페르세포네 모녀서사이다. 이 서사에 드러나는 모성의 원형과 여성의 통과제식이 작가나 독자의 집단무의식의 일부를 이루는 근원적인 인간의 경험들과 감성들을 구체화하는 측면이 있음은 주지의 사실이다. 원형이라든지 통과제식의 비유들은 신화예술의 언어이자 무의식의 언어이다. 우리는 그것들을 이해하고 그것들에 반응하며 그것들을 사용한다. 게다가 신화적 원형들이 작가나 독자에게 순전히 무의식적 층위에서 영향을 미칠 수 있기는 하지만, 이 모녀서사의 원형은 서구의 문화의식 속에 깊이 각인된 내용들이어서 그 중요성이 크다고 볼 수 있다. 실제로 모녀의 원형적 이미지들은 지금까지 2천년 이상에 걸쳐 서구문학에 반복적으로 나타나는 것으로, 서구의 여러 문화권의 작가들의 작품에서 익히 드러나고 있다. 그동안 이 모녀신화에서 가장 넓게 수용해 온 내용은 데메테르가 지옥이라는 죽음의 수렁에 빠진 딸을 구원하여 여성의 재생산의 힘을 축복하는 서사이다. 페르세포네가 사자의 세계에서 생자의 세계로, 지하세계에서 지상세계로 살아 돌아온다는 것은 겨울의 죽은 땅에 새 생명의 싹을 틔운다는 것을 의미한다.

페르세포네 신화를 자연의 순환에 은유적으로 연결시켜보면, 살아있는 존재란 싹이 트거나 자라기 전에 죽음이라는 제식을 겪어야 하는데, 그것은 어둠의 세계에 머물고 폐쇄된 장소를 지나야 한다는 것을 의미한다. 어두운 자궁이나 지하세계에서 씨앗은 새로운 생명을 싹틔운다. 이는 바꿔 말해 지하세계에서 보내는 일정기간, 즉 죽음이 없이는 그 어떤 새로운 생명도 가능하지 않다는 이야기이다. 이러한 제식적 죽음은 여성에게 필요한 자연의 순환의 일부로 간주된다. 페르세포네가 삶의 세계로 다시 돌아오는 것은 봄이 될 때이다. 이처럼 처녀는 어머니가 되고 어머니는 여성의 재생산적 생명의 순환이 된다. 그러므로 페르세포네의 유괴와 강간은 "자연스러운" 사건들로 남성의 막강한 권력들에 의해 기호화되고 승인되며 호명되는데 이는 지구상의 삶의 영속화를 확보하기 위함이다. 따라서 신화 텍스트를 전통적으로 읽는 것은 여성의 재생산을 지속하기 위해 고통을 겪지 않으면 안 되는 사물의 존재방식을 이야기하는 것에 다름 아니다. 그러나 이 모녀신화를 다른 시각에서 읽게 되면 이 서사는 주로 지하의 신 하데스Hades가 자행한 페르세포네 강간과 그로 인한 강제 결혼의 이야기로 읽힐 수 있다. 또 다른 측면에서는 딸이 실종되자 분노와 비탄에 젖은 어머니가 지구의 생명을 책임지고 양육하는 일을 전면 중단하게 되는 사연으로 읽히기도 하며, 이후 딸을 되찾고자 하는 모성에 강한 경외심을 갖지 않을 수 없게 하는 강력하고 정죄적인 힘을 전달하는 서사로도 읽힌다.

　　이처럼 페르세포네와 데메테르 신화에 대한 해석은 다양한 버전을 갖고 있다. 그럼에도 그것을 관통하는 주요 내용은 권력 있는 여성들까지도 주변부로 밀려나는 현실, 바꿔 말해 가부장제가 그것의 가장 핵심적 주범임을 재확인하는 내러티브로 일관된다. 예컨대, 호머의 「데메테르 찬가」 "The Hymn to Demeter"에서 가장 막강한 권력의 소유자는 페르세포네의 아버지이자 신들의 왕인 제우스Zeus와 그 형제인 지하의 신 하데스이다. 형제는 판테온Pantheon 신전에서 가장 영향력 있는 여신이자 그 누이인 데메테르를 포함해서 나머지 신들을 능가하는 무소불위의 권력을 휘두른다. 이 형제신화는 가부장이 원하는 것은 어떤 물리력을 사용해서라도 반드시 쟁취하고야 만다는 것을 잘 보여주는 예이다. 하데스는 성적 욕망에서 페르세포네를 납치한 후 지하의 신의 권한으로 그녀를 소유한다. 제우스는 데메테르와의 사이에서 난 자신의 딸인 페르세포네보다 남성 형제인 하데스와의 관계가 더욱 긴밀하다는 것을 보여준다. 하데스나 제우스는 데메테르 모녀가 겪게 될 죽음과도 같은 고통, 다시 말해 이 모녀가 어느 날 갑자기 영원한 이별 을 하게 됨으로써 겪게 되는 비통과 분노를 전혀 생각하지 않는다. 나중에 제우스가 하데스로 하여금 페르세포네를 일정기간 풀어주는 것도 여성들 이 겪는 극심한 고통을 이해해서가 아니라, 이 모녀로 하여금 대지의 결실 을 맺게 하여 인간들이 이를 신들에게 제물로 바치게 하려는 의도에서이 다. 심지어 지구의 신인 가이아Gaia조차도 하데스가 페르세포네를 납치할 때 페르세포네가 데메테르 일행에서 멀어지도록 그녀의 시선을 유혹하는 특별한 꽃을 키우게 하여 하데스를 돕는다.

하지만 이 신화를 해체적으로 읽을 경우, 페르세포네와 데메테르가 겪 는 여러 불행과 고난이 강조됨으로써 신화 텍스트가 흔히 함의하는 전통 적인 축복이나 축제의 분위기는 급격하게 훼손된다(Hayes 171). 이 같은 해석 적 맥락에서만 보면 실제로 이 신화가 지닌 여성의 승리라는 주제는 결국 이 신화의 일면만을 말하는 셈이다. 페르세포네 신화를 좀 더 자세히 들여 다보면 여성의 승리는 매우 불완전하게 드러난다. 데메테르는 사랑하는 딸 을 지옥에서 구하기 위해 강력한 협상을 밀어붙일 정도로 능력 있는 여신 인 반면, 페르세포네는 저항을 계속해나가지만 자신을 지하세계에 묶어놓 는 장치인 석류씨앗을 거부할 정도의 권력을 갖고 있지는 않다. 또한 페르 세포네는 다산의 상징이자 씨앗의 원초적 힘인 하데스의 성욕에서 자유로 울 수도 없다.

페르세포네가 한 해의 일정부분을 하데스와 함께 살아야 하는 내러티브는 데메테르의 힘이 상실되었다거나, 모녀 연대가 약화되어서가 아니라 바로 딸 자신에게 권력이 없음을 의미한다. 처녀여신 페르세포네는 지옥의 신 하데스에게 납치되어 강간당하는 순간 "처녀"로서의 정체성을 상실하게 되고 거기에 학대자/남편에게로 돌아가서 1년의 절반을 그와 함께 지내야 하기 때문이다. 신화의 결말만을 봐도 그녀가 하데스의 학대를 견뎌냄으로써 아내라는 지위로 이를 보상받지만, 이것은 곧 자신을 성폭행한 자가 결정하는 새로운 정체성, 즉 하데스의 성적 대상이자 소유물로서의 "아내"의 지위를 갖는다는 것을 의미한다. 실제로 하데스의 세계에서 페르세포네는 아무런 권력을 갖지 못한다. 그러므로 페르세포네 서사에서 "결혼"이나 "재생산"만을 강조하다보면 남성에 대한 여성의 평생에 걸친 종속적인 관계만 강조될 뿐, 기존의 질서를 거스르는 모종의 진정한 정치적인 힘과 정치적 목소리를 놓치게 된다.

오늘날 페미니스트 시각에서 이 신화를 읽는 여성작가들은 이 서사를 해체적으로 읽으면서 페르세포네와 데메테르의 이야기를 둘러싼 제우스와 하데스가 대변하는 가부장적 구조를 부각시켜 왔다. 그들은 하데스의 성적 희롱과 정신적 학대에 반항하는 페르세포네, 그리고 농사일을 거부하는 데메테르라는 모녀의 저항의 내용에 자연스레 초점을 맞추곤 한다. 특히 데메테르가 판테온 신전의 지배자들인 남성 신들에 대항하여 투쟁을 해 나갈 때, 딸과의 연대를 통해 이 남성신들을 거절하는 정치적 전술을 활용한다는 점에 주목할 필요가 있다. 이처럼 이 신화는 실제로 권력과 정치학의 상관관계를 함의한다. 다시 말해 이 신화는 주변부에 위치한 여성이 가부장제 내부에서 하나의 목소리를 어떻게 획득해나가는지, 여성을 남성의 소유물로만 규정하려드는 가부장적 문화에서 여성들이 어떻게 해서 강력하고 긍정적인 정체성을 획득하는가의 문제를 내포하고 있다.

이처럼 이 모녀 이야기가 박탈감을 경험하고 침묵을 강요받는 여성들의 이야기라면, 이는 가부장제 문화 속에 사는 여성들이라면 모두가 공유하는 내용일 수밖에 없다. 이러한 점은 특히 아프리카계 미국여성들의 경우 더욱 더 가혹하게 드러난다. 이들은 이중의 억압을 당해왔는데, 유럽계 미국인들의 지배문화에 의해서도, 그리고 아프리카계 미국남성이라는 소수문화에 의해서도 오랫동안 종속적인 삶을 살아온 것이다. 가부장 문화에서 남성에 의해 정치적 권리를 박탈당하고 성적학대를 받는 흑인여성의 이야기는 이 같은 의미에서 아프리카계 미국 여성소설의 주요 주제이기도 하다(Hayes 171). 아프리카계 미국 여성작가들은 미국사회가 유색여성을 침묵시키려 할 때마다 페르세포네 신화를 매우 효과적으로 드러내어 효율적인 목소리를 얻곤 한다. 그 대표적인 경우로 워커와 모리슨을 들 수 있다. 그러나 페르세포네 신화의 원형과 유사하면서도 차이가 있는, 그러면서도 중요한 이미지를 재창조하는 최초의 본격적인 작가는 허스턴이라 할 수 있다.

3. 제니의 여정과 지하세계의 거부

『요나의 박넝쿨』*Jonah's Gourd Vine*(1934)에 이은 허스턴의 두 번째 소설이자 대표작인『그들의 눈』은 결혼을 통해 비유적인 의미에서 죽음의 삶을 살게 되지만 마침내 지옥으로부터 해방되는 제니의 삶을 그리고 있다. 허스턴은 제니를 통해 평범한 한 흑인여성의 자아가 어떻게 성장해가는지, 여성정체성을 어떻게 형성해가는지, 그리고 마침내 가부장적 지배로부터 여성해방이 어떻게 성취되는지를 다루고 있다. 그러나 허스턴은 제니를 비극적 인물로 만들지 않고 자아를 추구하고 실현하는 적극적이고 성숙한 인물로 재현함으로써 당대 흑인여성작가들이 흑백 혼혈들의 삶을 전형적인 비극으로 다루는 방식과 대조를 보인다. 허스턴 이전의 아프리카계 미국여성은 여성노예의 체험을 그린 서사들에 처음으로 등장한다. 1861년 브랜트Linda Brendt의 『노예소녀의 삶에서의 사건들』Incidents in the Life of the Slave Girl(1861)을 시작으로 하퍼Francis Harper나 포셋Jessie Fauset 등으로 이어지는 흑인여성작가들은 백인독자, 특히 여성독자를 의식하여 흑인여성의 이미지를 잘 묘사하기 위해 흑인여성도 백인여성과 마찬가지로 모성애나 정숙한 미덕을 가질 수 있다는 주장과 의도를 강하게 내비쳐왔다. 바로 이점이 허스턴이 지니는 차이가 드러나는 부분으로, 『그들의 눈』의 제니는 성적 분방까지는 아닐지라도 에로틱한 사랑이 존재한다고 믿으며 이상적인 연애관계를 추구하는데, 이는 이러한 문학전통에서 볼 때 매우 파격적이고 현대적인 흑인여성상이라 할 수 있다. 제니는 자유롭게 느끼고 행동하며 세 번의 결혼에서도 타격을 받거나 양심의 가책을 느끼지 않는다. 또한 전자의 소설들에서 드러나는 모성애나 가족관계에서의 한계가 『그들의 눈』에서는 거의 드러나지 않는다. 제니를 양육하는 할머니 내니Nanny는 흑인여성이란 흑인남성이 백인에게서 받았던 억압을 되받고 사는 "노새"(14) 같은 존재라고 여기지만 제니는 이에 전혀 굴하지 않는다. 인종과 성이라는 흑인여성이 짊어지는 이중의 억압적 상황에서 개인으로서 자기형성이라는 주제 자체가 인종 전체의 이미지 향상이나 인종문제의 해소를 말하는 종래의 흑인 문학 전통의 핵심이라 할 수 있지만, 제니는 이로부터 크게 일탈한 존재로 볼 수 있다.

분명한 점은 제니의 자아가 형성되어감에 따라 모종의 "해체"가 일어나는데 게이츠는 이를 "대상에서 주체로의 여정"이라 부른다("A Negro Way" 187). 그러한 여정은 제니가 세 번째 남편인 티 케이크Tea Cake를 매장하고 이튿빌로 돌아와 친구인 퍼비Phoebe에게 자신의 집 포치porch에서 자신이 살아 온 삶을 회상형식으로 마치 옛 이야기나 민담을 얘기하듯 들려주는 데서 구체화된다. 먼저, 제니의 처음 두 번의 결혼은 지옥의 페르세포네의 삶과 흡사하다. 그러나 결혼에 대해 낭만적 상념에 가득 찬 16살의 제니가 꽃피는 배나무 아래서 성적 자각을 하는 장면은 풍요를 연상케 하는 "봄처녀"로서의 페르세포네의 모습이다.

> "벌들이 신생의 아침을 노래하며 키스를 해주고! . . . 이파리가 시리게 푸르고 꽃봉오리가 탐스럽게 터져 오른 그녀는 삶과 몸부림치고 싶었다. 그러나 삶이 그녀를 피해가는 것 같았다. 그녀를 위해 노래하는 벌들은 다 어디 있을까?" (11)

한창 피어나는 배꽃과 자신을 동일시하면서 제니는 로맨스를 꿈꾼다. 자신을 벌들에 의해 교배되는 꽃나무로 상상하면서 "그녀의 꽃을 찾는 벌"을 동경하는 환상은 제니의 낭만적 사고를 드러내주는 중요한 은유이다.

제니의 최초의 시련은 16살 때 할머니의 중매로 결혼을 하게 되면서 시작된다. 제니가 이웃 건달소년 테일러Taylor에게 키스를 허용하는 것을 본 내니는 손녀의 결혼을 서두르는데, "평생 의지할 기둥이고 보호벽"(22)으로 나이 많은 자영농민인 로건Rogan Killicks을 택한다. 제니는 로건에게서 전혀 매력이나 사랑을 느끼지 못한다고 내니에게 대들기는 해도 결혼을 거부하지는 않는다. 그렇지만 페르세포네처럼 자신에게 닥친 문제에 대해 목소리를 거의 내지 못하는 제니는 결혼에 대해 여전히 "배꽃나무 그늘에 앉아서 생각할 때 같은 그런 달콤한" 꿈을 지니고 있다(23). 로건은 60에이커에 이르는 광대한 토지를 소유하여 짐 크로우 사우스Jim Crow South의 미국흑인에게서는 보기 드문 부와 권력을 지닌 농부이다. 결혼식 날 로건이 노새가 끄는 스프링 없는 마차에 신부를 데리고 가는 장면은 하데스가 죽음의 땅인 지하세계로 페르세포네를 납치하는 장면과 유사하다. 그러나 페르세포네와 달리 고분고분하지 않는 제니는 나이 많은 로건을 "무덤 속의 해골바가지"(13)로 여기는데 이는 곧 하데스를 연상시킨다.

안정된 삶을 원한다면 자신과 결혼하라고 주장하던 로건은 결혼 후 변모하여 그녀를 소유물로 취급한다. 게다가 무조건 매사에 자신의 뜻만을 따를 것을 강요하자 제니는 자신의 감정을 공중에 매단 채 사랑이 도착하기만을 기다린다. 제니가 집안일도, 농장일도 거부하자 로건은 도끼로 그녀를 죽이겠다고 위협한다. 그러나 페르세포네를 지하세계에 잡아두었던 하데스의 강력한 권력이 로건에게는 없다. 결국 제니는 로건이 퍼붓는 폭언을 "이제껏 자신이 보고 들어온 다른 기억들 곁에 나란히 정리해두고"(31) 한 마디 말도 없이 집을 떠난다. 그녀가 로건을 떠난 것은 그녀에게 몰래 구혼해온 조Jody Starks와의 특별한 삶을 위해서가 아니라, 제니 자신을 죽음의 속박에서 해방시키기 위해서이다. 이때 그녀는 맨 먼저 구속의 상징인 앞치마를 벗어던진다. 그리고 "설령 조가 그녀를 그곳에서 기다리고 있지 않더라도 이것은 그녀에게 더 나은 변화일 수밖에 없다"라고 생각하면서 "꽃을 꺾어 부케를 만들면서 계속 걸어간다"(31). 바로 이 장면은 페르세포네가 납치되기 전, 데메테르와 꽃이 만발한 풍요의 들판과 계곡을 거니는 즐거운 장면을 연상시킨다.

로건에게서 해방된 지 한 달 만에 제니는 그녀를 기다리고 있는 조와 결혼한다. 조는 노예해방 이후 필사적으로 일을 하여 플로리다의 흑인사회인 이튼빌을 세운 집념이 강한 인물이다. 재기 발랄하며 활력이 넘치는 그는 토지를 사고파는 토지 분할판매를 통해 재산을 모으고 이어 잡화점 경영으로 중심가에 진출해서 우체국을 개설할 정도로 물질적 성공을 거둔다. 제니보다 갑절 많은 나이에 부와 권력을 모두 갖춘 그는 흑인사회의 근대화를 대변하는 인물로, 흑인사회를 통합적으로 조직하는 "독점 자본주의"를 상징한다(McGowan 116). 조는 결혼 후 일주일이 지나자 이튼빌의 초대시장이 되어 이곳을 자신의 권력 기반으로 삼는다. 조는 악인은 아니지만 흑인을 지배한 백인이 그러하듯, 동족인 흑인을 경멸하며 백인권력가를 그대로 흉내 내려 한다. 거드름을 떨고 명령하기만 하는 조의 자기중심적 성격은 마을사람인 심Sim과 오스카Oscar가 "사람들이 자기 목소리에 고분고분 복종하는 것을 즐기며," "꼭 회초리를 휘두르듯이 말한다"고 불평하는 데서도 잘 드러난다(44).

마을사람들에 대한 조의 이러한 태도는 제니를 다루는 방식에서도 그대로 반영된다. 처음에 제니는 조와의 이튼빌에서의 삶이 변화의 가능성을 보여준다고 생각하였다. 하지만 제니의 인격을 인정하지 않고 순종적인 아내의 역할만을 강요하며 지배하려드는 점에서 조 역시 로건과 별반 차이가 없다. 조는 제니를 이튼빌에서 가장 자랑스럽고 행복한 여성이자 "군계일학"the bell-cow(39)으로 만들려 하지만, "지하세계에서 만족할만한 자신의 존재감을 느끼지 못한 재 자신을 희생하는 페르세포네"(Spitz 418)처럼, 제니는 조의 의도에 공감하지 못한다. 제니에게 여왕의 자리는 "스탁스 시장부인"이라는 꼬리표에 불과한 것으로, 자기소외를 초래할 뿐 자아를 추구하는 의식 있는 여성의 위상과는 거리가 멀다. 그는 제니가 동네 사람들과 이야기하는 것도 금하는데, 가령 저녁마다 마을사람들이 가게 포치에 모여 이야기 할 때도 같이 웃거나 즐기는 것을 허용하지 않으려 한다. 로건에 이은 또 하나의 하데스일 뿐인 조는 자신을 "왕"(69), "황제"(84), 혹은 "지배자"(75)로 묘사하며 제니를 "여왕"에 비유한다(39). 페르세포네가 그러하듯 제니에게 왕의 배우자라는 존재는 자신의 권력이나 목소리를 갖지 못한 존재에 지나지 않는다. 로건보다 더 지배적이고 군림하는 하데스로서의 조에 대한 느낌은 결혼 초에 "오싹하고 공포스러운 감정이 그녀를 사로잡았다. 그녀는 모든 것에서 멀리 떨어져 외롭다"고 느끼는 제니의 감정에서 잘 드러난다(44).

조는 사소한 일을 빌미 삼아 제니를 지속적으로 위축시킨다. 조와의 결혼생활에서 자신의 목소리를 거부당한 채 침묵만을 강요받는 제니는 결국 마을사람들과의 언어게임이나 이야기하기, 노새의 장례식, 그리고 이튼빌의 다른 지역 행사들에 참여하지 못한다. 다음의 인용은 조에 대한 제니의 닫힌 마음을 잘 전달한다.

> 그녀는 이제 더는 조에게 꽃잎이 열리지 않았다. . . . 마침내 자신의 내면에서 무언가가 툭 떨어지는 것이 느껴지기까지, 그 정체를 찾기 위해 그녀는 자신의 내면을 가만히 들여다보았다. . . . 그녀 안에는 더 이상 자기의 남자에게 꽃가루를 입히기 위해 잎을 활짝 벌린 꽃송이들이 존재하지 않았다. 그리고 꽃이 지고 난 자리에는 눈부신 어린 열매들이 맺혀 있지도 않았다. (67)

아직은 조에 대항할만한 강한 정체성이나 목소리를 갖고 있지 못한 제니는 상점과 집안일을 하면서도 공기와 햇살, 자연세계를 꿈꾸며 해방되기만을 꿈꾼다. 그 해방의 가장 큰 계기는 조가 흑인전통인 "이야기하기"라는 언어행위에 끼지 못하도록 하자 그녀가 이에 반발할 때이다. 제니가 마을사람들과의 이야기에 끼지 못하도록 억압당한다는 사실은 이 소설을 이해하는 데 핵심적인 부분이다. 흑인 구전문화를 작품에 도입하는 것이 허스턴 소설의 특징이지만,『그들의 눈』에서는 흑인의 독자적인 언어표현이나 화술 등의 구전문화가 이 소설의 단순한 배경이나 지방색에 머물고 있지 않다. 그것은 제니의 자아형성이라는 주제에 불가결한 구성요소가 된다. 제니와 남편들, 특히 조와의 관계에서 구전문화는 중요한 역할을 한다. 6-7장을 보면 이야기꾼, 흑인민속을 수집·연구하는 인류학자로서 허스턴의 면모가 탁월하게 드러나는데, 특히 흑인들이 모여서 "거짓말 내기"telling tales를 하는 장면은 미국남부의 흑인사회에 전해 내려오는 농촌의 서술전통을 그대로 옮긴 것이라 볼 수 있다. 바로 이 "거짓말 내기"는 악의가 없고 현실에서 불가능한 풍자와 해학이 가득한 일종의 카타르시스 역할을 하는 민속문화이다. 허스턴은 조가 운영하는 잡화점 가게의 포치를 마을사람들이 모여 이야기를 교환하는 즐거운 장소로, 거짓말 내기, 온갖 소문, 세상 이야기들이 오가는 경이로운 장소로, 그리고 이곳에서 이야기하는 사람들의 몸짓, 표정, 목소리, 어조까지 생생하게 그려내고 있다.

제니의 반발은 또 다른 맥락에서 볼 때, 흑인전통을 천대시하는 조에 대한 비판으로 해석될 수 있다. 이는 제니의 자아형성에서 흑인 구전문화의 중요성을 암시하는 대목이기도 하다. 따라서 이후 티 케이크와의 생활에서 그와의 대화에 제니가 자유롭게 참여한다는 사실은 주목할 만한 점이다. 이것은 여성이 들을 뿐 아니라 이야기를 하는 주체로 스스로를 실현하는 모습이 구체화되는 대목이라 할 수 있다. 이와 같이 이 소설에서 흑인영어 특유의 표현, 욕설, 음담패설이라는 구전전통이 점유하고 있는 중요성은 매우 크다 할 수 있다. 나아가 "이야기하기"와 "듣기"라는 구전 전통은 이 텍스트에서뿐만 아니라 허스턴 문학의 특질을 수립하는 가장 핵심적인 요소 중의 하나이다. 지난 300여 년에 걸친 흑인의 언어사에서 구전 전통이 지닌 괄목할 만한 역할을 보여주는 허스턴의 글쓰기는 이후 모리슨과 워커에게 흑인 글쓰기의 전통으로 계승되고 있다.

조는 자신의 지배력을 계속 장악해 나가기 위해 제니를 끊임없이 비판하고 얕잡아본다. 조에 의해 제니의 삶은 "수레에 짓밟히며 . . . 이면에 충만한 생명이 있음에도 불구하고 끊임없이 길에 난 바퀴자국"(72)처럼 진정한 자아를 표면으로 드러내지 못한 채 매장되기 시작한다. 어느 날 조가 식사 때 자기가 좋아하는 음식을 마련하지 않았다고 폭행하자 그녀는 자신의 생각과 감정을 감추어 조가 그것들을 지배하지 못하도록 내부로 고

의적으로 숨기기 시작한다. "마음은 내내 녹음 짙은 나무 아래 앉아 바람
이 머리카락과 옷자락 사이로 스며드는 것을 즐기는 채로", "자신이 방관
자처럼, 또 다른 자신이 조 앞에 고개 숙여 엎드리고 바삐 가게 일을 보고
다니는 것을 가만히 지켜보고 있는"(73) 제니에게서 자아의 분열의식이 엿
보인다.

　　이 두 개로 분열된 자아를 의식적으로 지켜보면서 제니에게 비로소
새로운 자각과 의식의 변화가 시작된다. 자신이 조를 통해 얻으려고 했던
것이 꿈의 실체가 아니라 걸 휘장에 불과한 것임을 자각한 것이다. 오랫동
안 언어적 학대 속에서 살아온 제니가 여러 사람 앞에서 자신의 몸을 깔보
는듯한 조의 발언을 기민하고 날카롭게 반격하는 대목은 이 소설의 클라
이맥스 가운데 하나이며, 이때의 충격으로 인해 조는 죽음을 재촉한다. 조
로 인해 목소리를 잃은 채 사소한 실수만 해도 구석으로 몰리던 제니가 여
자들 흉이나 보는 남성들에 맞서 여성의 입장을 대변하며 도전하는 것은
매우 놀라운 변화이다. 조는 제니가 "당신은 그 점에 대해선 도저히 말을
꺼낼 수가 없죠. 당신, 그렇게 어깨에 힘주고 위세 떨고 다니지만 사실 내
세울 건 목청이 크다는 것밖에 없어요. 허! 내 늙은 것을 논해요!"(74-75)라
고 조롱에 가까운 반격을 가하자 이를 자신의 공적권력에 치명타를 가하
는 것으로 받아들여 끝내 제니를 용서하지 못하고 임종을 맞는다.

　　자신을 구속했던 노예 같은 결혼생활로부터 제니가 스스로를 해방시
키는 또 다른 예로 제니가 자신의 스카프를 벗어던지는 행위를 들 수 있
다. 시장부인이면서도 조의 잡화점의 점원생활을 20여 년 계속하는 동안
조는 제니의 목소리를 앗아갔을 뿐만 아니라 남들이 부러워하는 그녀의
검은 머리를 스카프로 가리도록 하는데, 이는 제니의 여성다움과 성적 매
력을 가두는 행위로 볼 수 있다. 질투심 많고 과격한 성격의 조는 제니의
아름답고 윤기 나는 머리를 다른 남자들이 보는 것조차 허용하지 못할 정

도로 가부장적 남성의 소유욕을 드러낸다. 그가 죽자 제니는 거울을 보면서 아직 건재한 자신의 아름다움과 자신감을 확인하고 스카프로 감쌌던 머리다발을 풀어 내리는데 이는 로건이 제니를 구속하기 위해 강요했던 앞치마를 벗어던지는 행위와 같은 맥락이다.

제니가 극복해야 할 또 다른 대상은 내니이다. 조가 죽자 마침내 남성 지배에서 해방된 제니는 자신을 되돌아보면서 고인이 된 할머니가 "왜곡된 사랑mis-love이라는 이름으로 자신을 그처럼 옭아 비틀어놓았"음을 자각한다(85). 내니는 손녀를 지극히 사랑하지만 노예제 하에서 흑인여성이 감내해왔던 혹독한 삶과 가부장 사회의 가치관을 탈각하지 못한다. "우리 흑인들은 뿌리 뽑힌 나무들이고 그것이 만사를 까다롭게 뒤틀어버려," "이할미가 알고 있는 한에는 백인이 이 세상의 지배자이고 . . . 흑인여자는 이 세상의 노새"(15)지만, "난 한 마리의 일소나 씨돼지로 이용당하는 걸 원치 않았다"(15)라는 내니의 이야기는 흑인여성으로서 그녀가 인내해 온 긴 고난의 삶을 압축적으로 드러내 준다. 내니는 남북전쟁 때 남부의 한 백인주인의 딸을 낳고 그가 전쟁에 나가자 그 처의 학대가 심해 도망쳐 나온다. 백인 주인의 자식을 낳지 않을 수 없었던 흑인여성의 처지는 내니의 딸 리피Leafy에게도 대물림되는데, 해방이 되자 내니는 백인가정에서 일하면서 리피를 교사로 만들기 위해 학교에 보내지만 리피는 17세에 백인교사에게 강간을 당해 제니를 낳은 것이다.

내니가 손녀인 제니에게 들려주는 자신의 삶에 대한 이야기는 백인 지배사회에서 흑인의 박해받는 운명과 흑인남성과 백인남성이 흑인여성들에게 부과하는 이중의 짐, 즉 인종과 성이라는 이중적 차별을 구체적으로 드러내 준다(14). 자신의 삶을 "노새"에 비유하는 내니는 손녀만은 이 같은 처지를 면하게 하기 위해 결혼을 강권하려 한다. 제니가 동경하는 낭만적 사랑은 위험하기 그지없다고 생각하는 내니에게 남성지배사회는 여성의 삶에 주어진 하나의 기정사실일 뿐이다. 여성이 사회적 지위를 얻고 가난에서 벗어나려면 경제적으로 안정된 남성과 결혼하여 여성자신을 보호해야 한다는 내니의 신념은 손녀의 결혼을 경제적 측면에서 평가한다는 점에서 로건이나 조가 지향하는 물질주의를 공유한다(Cooke 73).

내니가 데메테르와 다른 점은 페르세포네가 아닌 하데스와 제휴한다는 점이다. 내니는 페르세포네를 지옥에서 해방시키는 데메테르와는 달리 자신의 목소리를 통해 분노하지 않으며 오히려 제니를 구속하여 하데스에게 양도하는 결과를 초래한다. 내니는 제니를 사랑하고 양육한다는 점에서는 데메테르와 다를 바 없지만 불행한 삶을 영위하는 제니를 보면서도 여성에게는 선택권이 없으므로 남성에게 복종해야 한다고 하는 생각을 고수한다. 결혼 후 몇 개월이 지나 방문한 제니에게 내니는 로건이 "내 새끼를 벌써 두들겨 팼는지"(21)를 물어본다. 이렇게 묻는 것은 내니가 결혼이란 응당 여성에 대한 신체적 학대가 따르기 마련이라는 생각을 갖고 있기 때문이다. 내니에게 있어 여성이란 남성의 학대를 방어할 힘이 없는 존재이다. 이처럼 내니는 품성이 선하지만 제니가 가부장적 학대에서 벗어나 자아를 성취하거나 자기를 표현토록 유도하지 못한다는 점에서 데메테르와 차이를 보인다. 그러므로 제니는 조와 로건이라는 하데스뿐만 아니라 내니라는 데메테르에게서도 벗어나지 않으면 안 되는 상황을 깊게 성찰함으로써 "자기 안에 보석이 있는 것을 깨닫고 . . . 그 보석을 밝게 비출 수 있는 곳"으로 향하게 된다(85–86).

조의 장례식 때 이웃들은 여전히 사랑이나 보호의 이름으로 제니에게 결혼을 권유하지만 이제 그녀는 결혼의 실체를 누구보다도 잘 알게 된다. 이러한 단계에서 만난 티 케이크는 분명 다른 부류의 인물이다. 티 케이크는 제니로 하여금 "그녀의 은신처에서 빠져나오게 하여"(122) 꽃을 피우게 하는 "남성 데메테르"이다. 그는 지금까지의 제니의 삶에서 제니 자신이 누구인지를 인식하고 자신을 표현할 수 있게 도움을 주는 유일한 인물이다. 페르세포네를 지배하기 위해 강간이라는 폭력을 사용하는 하데스와 달리, 스스로 심고 키우는 데메테르적인 생명의 씨앗들과 연관된다는 점에서 티 케이크는 씨앗이나 풍요성을 암시한다. 15살이나 연하의 자유롭고 쾌활한 티 케이크에게서 제니는 어린 시절 이래 처음으로 삶의 생동감을 느낀다. 그녀에게 영향을 준 할머니와 전남편들은 모두 제니를 부정하고 그녀를 자신들의 틀에 맞추기를 강요했던 사람들인 반면, 티 케이크는 제니를 있는 그대로 사랑하며 제니의 매력과 자신감을 회복시켜 준다. 둘의 관계는 달빛, 호수, 새벽, 한밤중의 낚시 등과 같은 시적 장면과 언어를 통해 드러나는데, 제니는 티 케이크와의 관계를 통해 내적 분열을 극복하고 자신이 꿈꾸던 사랑의 실체를 보게 된다.

　제니는 티 케이크와 여러 면에서 공통점을 지니고 있다. 티 케이크가 사준 푸른 공난 옷을 입고 날듯이 이튼빌을 떠나는 제니의 모습에서 지금까지의 억압적이고 지배적인 남성관계에서 벗어나지 못한 흑인여성이 이제는 상호관계성을 중시하는 인물로 바뀌고 있음을 알 수 있다. 둘이 함께 하는 먹Muck에서의 생활은 물질문명이나 자본주의의 세례를 받는 이튼빌에서의 삶과는 대조된다. 카리브 해 쪽에 더 가깝게 위치한 이곳은 흑인노동계급의 문화와 둘의 낭만적 사랑을 구체화하는 공간이다. 자신의 목소리를 되찾은 제니의 단순하고 행복한 생활은 그녀가 작업복을 걸치고 마음대로 웃고 이야기할 수 있는 자유를 만끽하며, 흑인 노동자사회에 능동적으로 참여하는 것에서 엿볼 수 있다. 그런 의미에서 티 케이크는 조나 로건과 달리 제니가 흑인대중과 일원이 되어 사회활동에 참여하게 하는 데 도움을 주는 데메테르라 할 수 있다.

　이처럼 티 케이크는 제니로 하여금 내면의 보석을 깨닫게 해주는 양육하는 인물로 부각된다. 하지만 사랑이 싹트는 배나무 같은 그녀의 삶은 오래가지 못한다. 이들의 사랑은 인간이 아닌 자연, 즉 태풍에 의해 산산조각 나고 말기 때문이다. 거친 태풍이 불어 닥칠 때 제니를 구하기 위해 물에 뛰어든 티 케이크가 미친개에 물려 광견병으로 발광한 나머지 제니를 총으로 쏘려 하자 제니는 자기방어차원에서 그를 쏘게 된다. 이 상황이 매우 아이러니한 이유는 제니가 그토록 오래 싸워왔던 가부장제의 관습을 광견병에 걸린 티 케이크가 상징적으로 대변하기 때문이다. 말하자면, 제니가 티 케이크를 쏘아야만 하는 상황은 그와의 성실한 관계조차도 제니로서는 탈출하지 않으면 안 되는 죽음의 신과의 결혼임을 뜻하기 때문이다. 많은 비평가들은 제니가 비유적인 의미에서 세 명의 남편들을 죽임으로써 새로운 형태의 문화적 힘, 즉 자신의 이야기를 발화할 수 있는 능력을 성취한다고 평한다. 예컨대, 게이츠Henry Gates, Jr는 제니가 "사회적 서술"communal narration을 발전시키게 되는데, 이는 그녀의 이야기가 청자인 마을사람들의 목소리들을 포함시키는 집단적 서술이 된다는 것을 의미하며, 이 점이야말로 바로 이 소설이 지닌 가장 혁신적인 내용 가운데 하나라고 지적한다(The Signifying Monkey 200, 214). 그 대표적인 예들 가운데 하나가 제니가 티 케이크의 살해범으로 법정에서 진술하는 상황이다. 제니는 감동적이며 웅변적인 말로 청중을 감동시키고 판사는 마침내 그녀에게 무죄판결을 내린다. 백인여성 방청객들은 흐느끼고 티 케이크의 친구들은 제니를 티 케이크의 가해자로 고발했던 것을 사과하며 부끄러워한다. 그녀의 발언은 힘찬 블루스 공연에 비유될 수 있는데, 베이커Houston Baker는 제니를 "타의 추종을 불허할 정도의 뛰어난 블루스 예술가"(14)라고 말한다. 중요한 점은 가부장적 코드에 대한 지금까지의 제니의 침묵과 복종이 이로써 영원히 종식된다는 점이다.

이제 홀로 된 제니가 이튼빌에 돌아와 친구 퍼비에게 그간의 그녀의 삶을 이야기하는 것은 실제로는 마을사람들 모두에게 전달하는 이야기이기도 하다. 이 소설 말미를 보면 그녀는 결코 지옥으로 귀환하는 페르세포네와는 같지 않을 것임이 분명히 예시된다. 전술한 바와 같이 이 소설의 구조적 형식은 이튼빌에 돌아온 제니가 친구에게 자신의 삶을 이야기하는 액자형식으로, 제니의 이야기를 끝까지 들은 퍼비가 "듣는 것만으로도 난 키가 열 자는 더 자란 것 같아 . . . 나도 이제 전처럼 살고 싶지 않다"(284)라고 하면서 자기의 삶까지도 변화시킬 결심을 하는 대목은 제니의 이야기가 흑인여성들에게 발휘하는 특별한 힘을 나타낸다. 또 맥락에 따라 제니의 이야기는 여러 가지로 변용되기도 한다. 흑인마을인 이튼빌의 이상적인 청자라 할 수 있는 퍼비 앞에서 이야기를 할 때 제니는 상대방에게 이처럼 강력한 반응을 불러일으킨 데 반해, 다른 종류의 청자라면 그만큼의 효과를 발휘하지 못할 수도 있다. 그러므로 허스턴이 이상적인 청자인 퍼비를 설정하면서 독자에게 이상적인 반응의 모델을 제시하는 점은 작가적 전략으로 높이 평가할 수 있다.

4. 페르세포네 신화의 해체와 흑인여성의 이야기하기

"어머니를 추구하는 딸"이라는 글에서 멀른Harryett Mullen은 워커가 가부장적 가족에서 어머니의 부재라는 주제를 반복해서 다루고 있다고 지적한다. 그것은 가부장제에서는 "여성으로서 어머니의 사회적 위상이 본질적으로 평가절하된다는 점에서 딸을 보호할 정도로 강한 어머니는 결코 존재하지 않을 것"이라는 워커의 인식이 드러나는 부분이라 할 수 있다(48). 물론 어머니가 실제로 존재한다고 해서 어떤 지지나 도움을 보장받을 수 있는 것도 아니다. 『가장 푸른 눈』The Bluest Eyes이나 『보랏빛』에서의 어머니들은 딸들을 방어하지 못하는 무능한 존재들이다. 내니 역시 가부장적 규범을 수용하는 인물로 페르세포네인 제니가 남성의 성적 대상이라는 부당한 역할을 수행하도록 유도한다. 내니는 제니의 대리모로서 제니를 양육하는 데 있어 생모 이상으로 많은 심혈을 기울이지만 그녀는 이미 신체적으로 노쇠한 상태에 있다. 제니의 어머니 리피 역시 실제로 부재하는 인물이다. 제니를 낳은 후 얼마 지나지 않아 가출해버린 리피는 행방이 묘연한 채 텍스트에서 사라짐으로써 지옥에서 결코 되찾지 못한 페르세포네가 되고 만다. 그만큼 제니와 생모 사이에는 어떤 구체적인 연대감이 없는 것이다. 이처럼 어머니가 존재하지 않는 제니의 이야기는 신화에서처럼 의미 있는 모녀연대를 보여주지 않는다. 허스턴은 특히 주체로서가 아닌 대상으로서 딸의 위상을 관습적으로 자리매김하는 가부장사회에서 딸이 자아를 추구하고 자아를 주장하는 그런 페르세포네 이미지에 초점을 맞추지 않는다. 대신 제니를 가부장제가 부여하는 딸들의 제식적 죽음이라는 몫을 견뎌내지 않으면 안 되는 한편, 어떤 식으로든 강한 정체성, 다시 말해, 자신의 분명한 목소리를 소유하거나 발전시켜나가지 않으면 안 되는 상황에 처하게 한다. 만일 제니가 페르세포네처럼 약자로서 침묵해버린다면 그녀는 실종될 수밖에 없다.

실제로 허스턴은 페르세포네 신화의 원형을 전통적으로 읽어나가는 것 자체를 해체한다. 허스턴은 페르세포네 신화를 아프리카계 미국여성의 버전으로 변형하여 그들의 새로운 위상에 응답한다. 남성에 의해 규정되는 세계에서 여성이 자신에게 부과된 소극성과 희생성을 극복해내는 문제라든지, 유럽 중심적, 남근 중심적 문화가 담보하는 자연의 순환이나 모성적 사랑에 초점을 두는 페르세포네 이미지가 아니라, 소수계 여성들의 정체성과 권력화를 향한 치열한 싸움에 초점을 맞추고 있는 것 등이 바로 그것이다. 이 과정에서 허스턴은 가부장적 신념과 태도를 지닌 남성과 여성 모두가 파괴되는 모습을 전달한다. 로건과 조는 진정한 제니의 모습을 알지 못하며 알고 싶어 하지도 않는다. 각각은 제니를 소유물로 여겨 제니라는 인간과의 관계를 희생한다. 또한 내니가 내세우는 가부장적 사고 역시 제니에 의해 암암리에 거부된다. 이처럼 허스턴은 그 어떤 지배와 억압이 자연적이거나 정해진 것임을 가정하기를 거부한다. 즉, 허스턴은 남성들이 페르세포네를 지배하려 드는 것을 자연의 이치나 순리라는 틀에서 해석하지 않고, 이를 자연스럽지 못하고 매우 거슬리는 불쾌한 행위, 또는 파괴적인 행위로 재현한다.

지금까지 살펴본 바와 같이 『그들의 눈』은 페르세포네 신화의 원형을 텍스트의 중심 골격으로 설정하여 현대 미국사회의 아프리카계 미국여성들의 통과제의를 이것과 대조시키고 동시에 이를 새롭게 변형시킨다. 가부장적 남성지배에 대한 저항을 효과적으로 지원할 모성이 결핍되어있음에도 불구하고 제니는 이를 극복해낼 수 있는 충분할 목소리와 정체성을 지옥의 화염 속에서 스스로 형성해나가지 않으면 안 된다. 16살 되던 그 봄에 찾아 나섰지만 잃어버렸던 자아의 "수평선"을 찾아 나서는 모습에서 허스턴은 아프리카계 미국여성들의 자아의식과 신념의 문제, 나아가 여성의 진정한 자유라는 문제를 제기한다. 이러한 변형적 글쓰기는 아프리카계 미국여성인 허스턴이 겪는 딜레마를 기표화하는 방식들로 볼 수 있으며 (Hayes 116), 허스턴은 제니라는 흑인 페르세포네를 통해 가부장제가 흑인여성에게 부과하는 파괴적 연대의 고리를 끊고 결국 자유를 쟁취하게 함으로써 아프리카계 미국여성들의 위상에 있어서 긍정적인 변화의 가능성을 용의주도하게 부각시키고 있다.

제11장

이민과 다문화적 정체성 —
폴리 마셜의 『갈색 소녀, 갈색 사암집』

1. 이산가족과 문화적 연속성

여러 문화와 언어의 교차점인 카리브 해 섬들은 아메리카역사에서 무수한
나라들의 충돌이 기록된 최초의 지형학적 공간이다. 제1차 세계대전 이후
영국의 식민지였으며 카리브 해 동쪽에 위치한 바베이도스Barbados를 떠나
생활방편상 뉴욕의 브루클린 지구로 이민 온 바잔Bajan가족에게서 태어난
폴리 마셜Paule Marshall은 자신의 세대를 가리켜 "브루클린 태생의 바잔
들"Bajans 혹은 "뉴욕 아이들"이라는, 어느 한 사회에 완전히 동화할 수 없
는 존재로 인식한다. 마셜의 작품을 읽어감에 따라 우리는 그녀의 삶에 미
친 여러 힘을 의식하게 되는데, 주로 두 세계 사이에서 자신의 정체성을
모색하는 이민 제2세대의 태도를 볼 수 있다. 여기에 젠더 문제를 포함시
켜 제3세계적 비전을 보여주고 있는 마셜의 소설들은 흑/백, 식민/피식민,
남성/여성의 기존의 이분법을 통해 궁극적으로는 그 종합을 시도하고 있

다. 그것은 넓게는 흑인 이산자Black Diaspora의 시각, 즉 "아프리카계 미국인이거나 아프리카계 카리브인들로서뿐만 아니라 보다 넓은 세계의 일원으로 자신들을 보는 것"(Brock 197)이며, 이것이 마셜이 밝히고 있듯 자신의 소설의 테마 중의 하나이다. 마셜의 첫 장편소설『갈색 소녀, 갈색 사암집』Brown Girl, Brownstones은 다문화 속의 정체성을 추구하는 데 있어 아프리카계 흑인 이산의 문화적 연속성을 미국문학전통에 확립하려 한다. 특히 아프리카 후예들의 특이한 역사적 충격을 그려나가는 마셜의 괄목할 만한 비전이 자신들의 뿌리로 되돌아가려는 정신이야말로 생존을 위한 최선책으로 보고 있음에 주목할 필요가 있다. 나아가 이러한 가려진 문화, 역사, 흑인 여성이라는 여러 요소들이 크게는 다양성 속에서 어떻게 자아의식의 확립이라는 정체성 추구의 문제와 연결되는지 살펴보자.

2. 흑인여성 문화의 다양성

마셜 소설의 정체성 추구문제에서 몇 가지 특징을 들어보면, 첫째, 다문화적인 시각과 둘째, 알레고리로서의 역사 그리고 흑인여성의 자아확립 문제이다. 먼저 다문화적인 시각을 살펴보면, 아프리카계 미국과 아프리카계 서인도, 나아가 미국이라는 세 가지 문화가 섞이는 가운데, 이를 어떻게 연결하고 화해하는가라는 주제는 마셜 소설의 중심문제가 된다. 이러한 다문화적 시각은 정체성 추구에서 자칫 혼란을 야기할 수도 있지만 보다 큰 세계로의 의사소통을 할 수 있다는 점에서 매우 현대적인 관점이 될 수 있다. 그러나 크루즈Harold Cruse가『흑인 지식인의 위기』The Crisis of the Negro Intellectual에서 마셜을 이편도, 저편도 아닌 작가, 자신의 배경 때문에 양편에 걸친 어중간한 작가라고 지적한 데서 알 수 있듯이(197) 마셜에 대한 비판적 시각은 어느 한 진영에 고정되어 있다. 이러한 관점자체를 거부하는 마셜은 정작 자신의 소설과 삶이 복합적으로 인식되기를 바라고 있다.

> 내 자신이나 내 작품이 거대한 두개의 흑인 이산 진영에 참여하는 가교 역할로 보였으면 한다. 내 강점이라면 브래스웨이트Braithwaite에 부분적으로 동의하듯, 이도 저도 아닌 것, 즉 두 집단들을 보는 독특한 앵글을 부여하는 데 있다. 한편으로는 참여하며 다른 한편으로 어떤 객관적이고 유익한 거리를 유지하는 것이다. . . . 나는 나를 형성한 두 문화가 실제로는 하나의 문화라고 생각한다. . . . 우리 모두는 하나이다. . . . 세계를 보는 나의 방식은 이중적인 경험에 의해 구성되는데, 두개의 사회, 즉 서인도와 아프리카계 미국이 그것이다. 이 두 위대한 전통은 나를 확립했고 내게 영감을 부여했으며, 나를 형성한 힘이 이 되었다. 나는 이 두 문화의 상호작용에 지대한 관심을 갖는데, 그것은 실제로는 하나의 전통, 하나의 문화라 할 수 있다. (Dance 14-16)

작가에게 문화가 중요한 까닭은 우리의 구체적이며 특수한 성장 경험들을 지형학적으로 설명하면서 우리의 분절된 개인 세계가 사회적 영역으로 확산되어 인간사의 억압과 본성, 사회와 개인 등, 의식되지 않은 많은 추상적 개념을 계속 상기시키기 때문이다(Willis "Describing" 53). 뉴욕이라는 지형학적 공간에서 출발하여 카리브라는 뿌리로 옮겨가는 마셜의 소설은 이러한 다문화속에서 개인의 정체성문제를 추구하는 문제로 집약되는데, 문화가 개인의 도덕적 본성을 어떻게 결정하며, 영향을 행사하는지를 보여준다(Christian "Subculture" 80). 오늘날 흑인 여성문학의 고전으로 자리 잡고 있는 『갈색 소녀, 갈색 사암집』은 아메리카 사람들의 온갖 피부색들, 그들의 갈등과 모순을 미국, 유럽, 아프리카 등지로 확산해서 이러한 다문화논쟁을 확산시키고 있는데, 주인공은 과거의 의미를 찾고 미래를 구성하는 수단을 찾기 위한 정신적인 싸움을 계속해나간다.

다음으로, 이러한 다문화적 시각과 병행해 알레고리로서의 역사를 들 수 있다. 공식적 역사에 대항해서 사실을 다시 쓰고 지금까지 진실의 이름으로 수용된 내용을 반박하는 알레고리로서의 역사가 그것이다(Coser 28). 주로 카리브 지도를 미국의 도시로 확장시켜 오늘의 소설로 재구성하는 마셜은 서인도에서의 식민지의 유산의 복합성과 모순을 그리고 재학시절 조금밖에 배우지 못했던 흑인사가 그나마도 흑인의 정체성을 과소평가하려는 미국의 거짓된 역사임을 깨닫게 된 후, 왜곡된 역사의 기록을 바로 잡는 일 자체가 자신의 정체성을 확립하는 데 불가결하다고 인식하게 된다. 그녀는 진정한 역사를 알고 이해하는 것은 우리의 본질에 속하는 문제로, 자신의 작품에서 과거에 대한 강조와 관심은 바로 그 때문이라고 언급한다.

> "얼마동안 싸운 다음 마침내 . . . 내 작업에 중심이 되는 두 가지 테마를 고려하게 되었는데, 개인적이며 역사적인 면에서 과거를 진정으로 직면하는 중요성, 그리고 현재의 질서를 전복할 필요성을 느끼게 되었다." ("Shaping the World" 110)

마셜을 포함한 카리브계 작가들은 역사에 대한 단일한 개념만을 주입하는 근대 식민주의에 대항해서 서인도의 역사나 지형에 대한 이상화된 역사서술까지도 대안적으로 서술하는 것을 제도화할 하위주체의 문화를 강조한다. 왜곡되고 변질된 이미지를 역동적으로 다시 살려 유럽 근대주의에 대한 아프로-카리브적 개념을 분명히 세우는 것이다. 이것은 베이커가 말한 "기형적 지배"deformation of mastery로서 하위주체의 식민들은 이산집단의 언어를 교묘히 발전시키면서 유럽 근대주의의 이성적 담론을 기형적으로 만들어버린다(51, 66). 그녀의 작품이 대부분 이데올로기적이며 이론적인 기반을 갖고 있는 것도 근대 식민주의와 그 역사서술을 어떻게 재현하는가의 문제에 천착하기 때문이다. 피식민이 과거를 분명히 말할 수 있는 것은 억압적이며 물화되어가는 현재의 질서를 전복하기 위한 것으로, 그 물질적 조건을 완전히 이해할 때이다. 신세계에서의 흑인 체험이 해석되고 재현될 수 있음을 논증하는 마셜의 소설은 독자가 지배문화에 억압되어 온 흑인경험의 저 본래적 의미들에 접근하기가 불가능하게 하는 과도한 결정 법칙이라든지 해석 행위를 방해하는 언어적, 심리적 장해를 다루고 있다. 이것은 콜브David Kolb가 말한 "현대적 정체성은 일련의 역사적 구성물 속에서의 다른 것이 아니라 이러한 구성물의 뿌리에 놓여 있는 것의 베일을 벗기는 것"(10)과 같다고 할 수 있다. 카리브 섬에서의 아프리카 체험이 역동적으로 살아남는 것에 대한 일종의 "메타 논평"(Gikandi 170)이라 할 수 있는 그녀의 소설에서 우리는 그녀의 이른바 "역사에 의해 생겨난 심리적 상처"("Shaping" 110)를 대면하면서 신세계에서의 흑인체험을 중심으로 식민화된 흑인자아의 현실은 어떤 것이며 지금은 잊힌 그 경험의 원래적인 의미는 무엇인지, 어떻게 그것들을 발견될 수 있는가하는 문제를 생각하게 된다.

우리는 흔히 마셜의 주인공들이 기만적이고 모순된 의미로 가득 찬 흑인의 역사를 대면하며 분노를 느끼면서도 동시에 애정을 갖고 있음을 볼 수 있다. 그 같은 기만의 역사에서 그들은 자신의 뿌리로 돌아가 역사를 바라보게 되는데, 이는 흑인체험을 진정으로 의미 있게 직면하는 긍정적인 것으로 미국에서의 물화되어가는 삶에 대한 반명제로서 귀중한 가치이다. 이와 같이 역사의 악몽과 그 소외가 왜 필요한가에 대한 마셜의 관심은 아프리카 문화를 변형하고 식민 전통을 극복하려는 흑인경험을 현대적으로 서술하고자 하는 욕망에 근거한다. 그녀에게 역사는 고통스러운 것이지만 문화적 반응을 야기하는 데 필요한 소외이다(Gikandi 190). 그 같은 반응은 대체로 민담이나 민중문화를 통해 나타난다.『갈색 소녀, 갈색 사암집』에서 바잔 이민의 이야기는 고통스러운 하위주체의 목소리들이 카리브 민족문화를 구성하는 "부재"하는 식민사로서 이것이 아프리카사를 주장하는 목소리(Gikandi 171)가 되고 있다. 이것은 서인도 작가인 윈터Sylvia Wynter가 말한 "시장경제에 대항하는 문화 게릴라식 저항으로서의 민담"(36)으로 볼 수 있다.

세 번째로 마셜의 주인공들은 대부분이 자신의 정체성을 추구하는 흑인여성들이라는 점이다. 이들은 흑인문화의 정체성을 말살하려는 미국사회의 시도에 맞서는 이산 흑인여성들로 정체성을 탐구하는 여정은 길고 고통스럽게 드러난다. 마셜의 이름을 널리 알린 대단히 정교한 단편「리나」"Reena"를 발표한 후, 1979년「문학에서의 흑인여성」"The Negro Women in American Literature"이라는 글에서 마셜은 흑인여성은 백인문학은 물론이거니와 흑인문학에서조차도 흔히 치우치고 깊이가 없는 인물로 잘못 재현되고 있다고 언급한다(19). 백인 문학에서 만나는 흑인여성, 예컨대 포크너의 딜지Dilsey 같은 인물은 표면적이며 전형화된 인물로 내면세계와는 거리가 먼 인물이다. 흑인남성작가에게서도 제대로 묘사된 것을 보지 못한 마셜은 브룩스Gwendolyn Brooks의『모드 마타』Maud Martha나 도로시 웨스트Dorothy West의『삶이 수월하다』The Living is Easy의 주인공들이 의식 있는 흑인여성의 내면을 보여준다는 것이다. 특히『모드』는『갈색 소녀, 갈색 사암집』을 구상할 때 여러모로 도움이 되었다고 피력한 바가 있다(Pettis 127).

마셜 이후의 현대흑인여성소설의 주조를 이루는 워커나 모리슨도 다같이 미국 흑인의 역사적 원천으로 되돌아가는 여정을 다루고 있다. 이들은 여성의 전형을 거부하는 가운데 정서적, 성적, 지적 면에서 흑인여성의 경험을 제대로 탐구한다고 볼 수 있다(Kubitschek 44). 마셜은 모리슨처럼 대단히 사실적이며, 신뢰가 가는 비낭만적인 주인공들을 그리지만, 모리슨과 달리 자신의 삶을 형성할 힘이 없는 개인들 속에서도, 변화를 향한 적극적 행위를 추구하는 여주인공을 다루고 있다. 우리는 마셜에 이르러 흑인사회 내의 깊이와 다양성을 지닌 복합성이 강점으로 작용하여 인종과 민족문학에 새로운 활력을 가하고 있음을 볼 수 있다.

3. 두 문화 사이의 바잔 사회

등장인물들의 삶을 둘러싼 사회경제적인 환경을 자세하고 풍부하게 다루었다는 점에서 사회학자들이 뉴욕시의 소수인종그룹 연구의 사례로 자주 인용하는 『갈색 소녀, 갈색 사암집』은 단지 환경의 영향의 부산물로만 그려지지 않은, 가족사 소설로도 빼어난 작품이다. 특히 "가족의 심리적 형상"configuration면에서 가족과 그들이 사는 세계를 대비시켜 주인공의 성장기, 부모의 각기 다른 신념과 그로 인한 갈등, 영향력을 미치는 바베이도스 문화, 미국사회와 인종차별 등 여러 요소가 면밀하게 상관된다(Schneider 54). 생존과 성공을 위해 이민사회의 싸워나가는 이야기에는 물질과 정신, 실용주의와 꿈, 신구세대, 흑과 백, 바베이도스와 뉴욕의 삶이 얽힌 풍부하고 복합적으로 드러난다. 여기에 화자가 전하는 바베이도스계 이민이 구사하는 미국어는 아프리카계 미국문학의 사회적, 문화적 통찰에 중요하고 드문 예를 제시하고 있다.

　　이 소설은 작가 자신의 경우처럼 바베이도스에서 이민 온 바잔 가족이 뉴욕의 브루클린의 갈색 사암 연립식 주택Brownstones에 자리 잡는 이야기이다. 이민 삶에 대한 연구 이상으로 "미국사회에 대한 논평"(Brock 199)이라 할 수 있는 이 소설은 아프리카계 미국인과 아프리카계 카리브 전통의 가교역할을 하는 바잔 이민을 통해 미국과 서인도라는 두개의 문화의 문제점을 노정하고 있다. 우리는 이민 2세대인 주인공 실리나Selina에게서 가난하고 인종차별을 받아온 이민 아이들이 뉴욕에서 민족적, 문화적 정체성을 통한 생존을 어떻게 모색하며 대항하는가를 읽을 수 있다.

소설의 시간적 배경이 되는 1900년과 1940년대 사이에 이민 온 바잔 사람들은 강인한 소수인종으로 서인도에서의 영국 식민지의 착취를 벗어나기 위해 온 사람들이었다. 거의 교육의 혜택을 받지 못한 이들은 고국에서 플랜테이션 노동자, 사탕수수 노무자, 소작농들로 자신들의 땅의 정당한 주인이 되지못한 채 미국에 오게 된다. 제2차 세계대전 이후 영국으로 유입되어온 거대한 서인도 이민들처럼 미국으로 흘러들어온 이들은 특히 뉴욕이라는 막강한 달러의 도시에서 무엇보다도 "집을 사기" 위해 돈벌이에 열중한다. 그들에게 뉴욕은 거대한 부와 무한한 기회의 도시로 내비치어 "달러를 벌기"위해 단단한 각오로 백인을 흉내 내며 상업정신으로 무장하게 된다.

바잔 사람들이 미국으로 이민 온 데에는 "의도성"이 있는데, 즉 백인들처럼 자진해서 온 것이다. 그러면서도 그들의 고국에서 식민지 경험을 겪었다는 점에서 유럽 이민자와 차이를 갖는다. 주지하다시피 서인도 흑인은 과거에 노예로 끌려와 유럽의 봉건제도뿐 아니라, 인종차별주의와 식민주의를 자기 땅에서 맞서지 않으면 안 되었다. 그러나 적어도 아프리카에 뿌리를 둔 혼합문화를 발전시킨 서인도에서는 흑인이 다수여서 자연히 문화적 습관도 자기들의 것이 지배적인 것으로 보였었다. 문제는 이민 온 후에도 노예처럼 일해도 나은 삶에 대한 보장이 불투명한 데다, 이제는 잘살기 위해 미국적 문화가치에 적응하지 않으면 안 된다는 데 있다. 현실적으로 그들은 미국 내에서 여러 가지 형태의 인종차별주의를 겪는데 "Monkeychaser"라는 경멸어는 아프리카계 서인도인에 대한 일종의 사회적 추방을 의미한다.

이제 미국에서 그들은 소수인종인 데다 경제적 향상을 위해 지불해야 할 많은 정신적 가치의 희생을 감수하지 않으면 안 되었다. 그들의 일차적 목표는 재산을 모아 집을 소유하는 것이다. 그 길만이 인종차별주의에서 벗어날 수 있는 것으로 생각한 그들은 여기에서 이탈하는 사람들을 이민 사회에서 몰아내려 한다. 그들은 원하는 것이면 무엇이나 집단적 힘을 행사해서 얻으려고 한다. 더욱이 카리브 이민은 아프리카계 미국인의 사회적 결에도 쉽게 합치될 수 없는데, 그들 자신이 아프리카계 미국 흑인 전통의 일부이기를 원하는지 여부가 불투명하기 때문이다. 이 같은 의미에서 이 소설은 보이스Boyce 가족 내의 갈등뿐 아니라 이러한 이민사회를 재규정하지 않으면 안 되는 과정에 관한 것(Keizs 81)이라 할 수 있다.

이러한 과정에서 갈색 사암집은 플롯을 통합하고, 성격의 윤곽을 드러내며, 전반적인 환경을 물질적, 사회적, 심리적으로 규정하는 중요한 의미로 등장한다(Benston 68). 풀턴 파크Fulton Park 주변의 빅토리아식 연립주택가인 브라운스톤즈는 이민 온 바베이도스 출신의 사람들이 사는 주변 환경을 지칭하는 것으로, 1939년에 마지막 백인들은 바잔 사람들에게 집을 세놓거나 팔고 떠나간다. 바잔 사람들은 대부분 사우스 브루클린의 바퀴벌레 투성이의 집을 떠나 풀턴 파크의 갈색 사암집을 갖는 것이 소망이다. 여기에는 미국인의 꿈을 실현하고자 하는 여러 인종들의 소망이 담겨있다.

> 브라운스톤즈는 그냥 건물이나 집이 아니다. 모든 장애를 극복하고 자신의 사회와 적대적 사회 사이의 방어적 울타리를 만들고자 하는 그들 사회의 의지의 구현이다. 앤 페트리Ann Petry의 『거리』The Street처럼 거리의 연립식 갈색사암집에 배경을 두지만, 페트리의 소설과 달리 적대적 환경이 아니라 이민의 생존과 방어의 수단이다. (Christian 7)

이 소설의 중심 갈등은 1920년대에 이민 와서 거의 20여 년 간 주로 공장노동자나 가정부로 혹독하게 일해 온 데이튼Deighton과 실라Silla 부부가 현재 세 들어 살고 있는 브라운스톤을 살 것인지 말 것인지에 대한 의견의 차이에서 드러난다. 여기에는 브라운스톤즈를 향한 각자의 상이한 태도가 반영되어있다. 집을 통한 부부의 갈등은 집을 소유할 것인지의 여부라기보다는 어떤 종류의 집을 갖는가에서 그 윤곽이 뚜렷해지는데, 부부간의 논쟁을 보면 "고향의 땅", "집", "어디에서 살 것인가", "어떻게 살 것인가" 등의 문제가 크게 부각된다. 실제적이며 상징적인 동기가 되는 집과 땅은 문화적 차원으로 확대되어, 각자의 특수성이 드러나는 개인적 명분을 설명하고 있다. 나아가 이것은 여성과 남성의 규정, 미국에서의 실제적 삶과 이민사회가 겪는 자아규정의 과정과 관련되어 두 사람 사이의 갈등으로 첨예화된다.

뉴욕과 바베이도스라는 두 장소는 크게 "집"과 "땅"의 이미지로 대변되는데, 이와 같이 역사의 알레고리는 집과 관련되어 시작된다. 바잔 이민자 대다수에게 브라운스톤즈는 미국적 꿈의 실현을 상징한다. 고된 일을 하다보면 결국 부와 행복에 이른다는 종말론의 최후의 욕망의 대상일 뿐이다(Gikandi 179). 그들의 사회적 신분상승 욕망을 면밀히 읽으면 우리는 작가가 브라운스톤즈를 어떻게 의미를 도치시켜 전달하고 있는지를 알게 된다. 브라운스톤즈는 겉으로는 안정과 재산으로 보이는 집이지만 실제로는 내부가 어리석고 감금된 세계이자 부모의 분열을 시사함이 그것이다. 부모의 대립이 고조될 때면 집 내부 역시 소외된 공간으로 드러난다. 그들을 둘러싼 높은 텐트 같은 어둠의 갈색 사암집은 "가족의 모반에 가담하듯 그 모습을 드러내며"(309) 방들은 불길하고 적대적이다. 소설 초입부터 집을 사려는 의지를 대변하는 실라는 자아는 물론이고 어떤 형태의 즐거움도 거부하고 오직 집을 사기 위해 일에만 매달린다. "주여, 이보다 더

잘할 수 있는 기회를 주십시오. 성공하게 해주세요!"(224)라며 유태인집 마루를 닦으면서 간절히 기도한다든지, 밤낮없이 일하며 방을 세내고 한 푼도 쓰지 않는다. 자식들이 고임금 직업을 갖도록 하기 위해 엄하게 다루며 같은 바잔 사람들과는 가깝게 지내면서도 미국 흑인들과는 거리를 두게 한다.

실라가 미국에서 신분 상승의 꿈이 이루어지리라고 믿게 된 데는 당시의 사회적 문맥과 연결된다. 제2차 세계대전은 많은 도시흑인의 사회적 위치를 변모시켰는데, 전쟁은 흑인여성에게 공장의 문을 열어 집안일에서 공장의 노동자로 전환시킨 것이다. 이로 인해 사유재산소유에 기반한 중산층 계급에 대한 갈망이 이들을 사로잡는데, 이때는 중산층 백인지배에 경합하는 도시 흑인들이 부동산으로 눈을 돌릴 때이다. 그러나 우리는 실라를 통해 부동산 욕망의 증대는 다른 모든 가치를 잠식시켜 성과 사랑의 억압, 기만과 배반의 관계로 나아가고 있음을 볼 수 있다.

갈색 사암집에 사는 다른 바잔 인 역시 재산획득에 노예가 되어간다. 서인도인의 정체성 문제를 현대적으로 투영한 다음의 대목은 전 주인인 유럽 사람들과 관련된 집들의 정체성의 혼란스러운 운명을 보여주는 사회적 의미를 띠고 있다.

> 가까이 보면 두터운 덩굴나무 아래 각 집은 분명 그 자신의 어떤 것을 갖고 있음을 보았다. 고딕, 로마네스크, 바로크, 혹은 그리스풍이 빅토리아식의 흐트러짐 속에 승리하고 있었다. . . . 그들은 모두 같은 갈색의 단조로움을 함께 갖고 있다. 모두가 그들의 의도 때문에 혼란에 빠질 운명이다. (3)

각 집은 집주인의 개성을 강조하는 것 같지만 실제로는 거리가 멀다. 주택을 덮은 무성한 아이비덩굴은 죽음과 몰락의 상징이자 실망과 상처를

야기할 운명을 예시하는데, 이것은 제임슨Fredrik Jameson이 말한 "부재한 명분"absent cause(102)일 뿐이다. 심한 경쟁세계에서 이민사회의 핵심이자 영혼이며 우상으로 부상했던 이 같은 갈색 사암집은 결국 소설말미에서는 아이러니컬하게도 도시 계획에 따라 고층아파트로 대치되는 "커다란 낭비"(309)로 끝나고 만다. 실라와 반대로 데이튼이 그리워하는 바베이도스의 "고향"은 단순성, 가난함, 삶의 더딘 속도, 자연미, 본질적으로 유년기의 순수성으로 자리 잡는다.

이처럼 브라운스톤즈에 대한 부모의 태도는 성장하는 실리나에게는 상징적 중요성을 갖는다. 그들의 태도에 대한 실리나의 해석은 복합적인 파장을 미치는 데 그녀의 지적, 정서적 삶의 모든 방향에 영향을 미치고 있다. 실리나는 "저들 행복에의 슬픈 색조"를 인식하고, "저 긴 보상의 세월에 걸쳐 서서로운 자아 훼손, 영혼의 일정한 속성"(300)을 보게 된다. 실리나가 가장 두려워하는 것은 브라운스톤즈처럼 정체성을 찾지 못한 생명 없는 삶을 찬양하는 것이다. 집이란 "살아있는 것"(4)으로 그 안에 사는 사람들의 감정을 표현한다고 생각하는 실리나가 결국 브라운스톤즈의 세계를 떠나는 것은 어머니의 소유욕이 죽음의 손처럼 움켜잡으려는 세계를 떠나 진정으로 다시 태어나기 위해서이다.

브라운스톤즈에 대한 태도에서 빚어지는 부부의 갈등은 가치관의 대비로 연결되고 있다. 이 소설에서의 핵심적 과제중의 하나가 데이튼과 실라사이의 회복될 수 없는 균열을 설명하는 것으로 여기에는 그 사회의 성격이 관련된다. 부모의 대립은 이제 두 문화의 대립으로 각자의 과거, 성장배경, 남성과 여성의 차이로 이어진다. 작가는 이 두인물의 성격을 노정시켜 각자가 자신을 둘러싼 적대적 사회에 어떻게 대응하는가를 보여준다. 데이튼의 경우, 유산 받은 고향 땅은 현실적이자 상징적 의미를 지닌다. 그곳은 청춘의 꿈으로 되돌아가 자신이 현재와는 다른 사람이 될 수 있다는 희망에서 그에게는 중요한 의미를 띤다. 그러나 실라는 바베이도스에서 산다고 해서 문제가 해결되지 않는다고 보는데 백인의 노예처럼 일했던 그곳에서의 참혹했던 가난을 친구들과 이야기하면서 자식을 전쟁에 내보내는 바베이도스로 다시는 돌아가지 않겠다는 결심을 내비친다. 그녀는 고향을 가난, 정신의 부재, 적대성과 테러의 장소, 다시 말해 식민지로 보고 있다. 실리나의 시각에서 시작되는 이 소설에서 유산 받은 고향 땅으로 돌아가길 원하는, 겉으로는 태평한 아버지를 실리나는 상상 속에서 좋아한다. 아버지는 태양, 즉 자유와 따뜻함과 관련된 반면, 어머니는 차가운 겨울 이미지에 연결된다. 그러므로 실리나가 어머니로부터 아버지를 보호하고 그의 꿈을 보호하려는 것은 브라운스톤을 소유하고 싶은 강박관념에 잡혀있는 어머니로 인한 것이다.

　　바잔 이민사회의 패러다임이라 할 수 있는 실라는 돈과 재산에의 헌신을 대표한다. "이 남자나라"에서 생존하기 위한 억척스러움은 바잔 이민자들 전부의 문제로, 그녀는 이 소설에서 홀로 비쳐진 적이 없으며 혼자 생각하지 않는다. 이 같은 의미에서 실라는 "바잔 이민사회의 힘의 상징이자 가치를 반영하며 바잔 역사를 구체화한다"(Washington "Afterward" 316). 바잔 악센트로 두려움과 열망을 강력히 표현할 줄 아는 실라는 몸집이 크고 생각이 깊은 인물로 일터에서 돌아올 때 대자로 활보하듯 이 소설을 가로젓고 다닌다. 실리나는 그녀가 지나갈 때면 태양도 그 힘을 비껴 선다고 생각한다. 실리나는 "나의 어머니"가 아닌 "어머니"The Mother라고 부르는데, 이는 실라의 지배력을 의식한 말이다. 실라는 개척자처럼 가는 길에 방해가 되는 것은 무엇이든지 자르려 든다. 데이튼의 평생 꿈인 유산 받은 고향땅을 남편 몰래 팔 계획을 수개월 동안 세우면서 친구들 앞에서 저 갈색 사암집의 집세를 줄이기 위해 영혼을 버릴 준비가 되어있다고 말한다. 사랑스러운 딸 이나Ina를 무섭게 맹종시키며, 실리나를 의과대학에 가도록 강요한다. 남편이 땅을 판 돈 전부를 써버리고 이후 종교로 빠져들자 가족을 버렸다고 이민 당국에 일러바쳐 그를 포기한다. 실리나가 실라에게 돈으로 사랑은 살수 없다고 그녀의 물질주의에 반발하자 "애야, 언제고 내 손에 일 달러만 쥐어다오"(104)라면서 면박을 준다.

동시에 실라는 미국사회의 빠른 변화에 민감하다는 점에서 실제로는 상반되고 복합적인 인물이다. 재빠르고 힘 있는 것을 닮아가려 하는데 이는 "누군가 와서 너를 재빨리 짓밟기"(225) 때문이라고 말한다. 부드러움과 딱딱함, 끌어들이는 능력과 쫓아내는 능력, 사랑과 분노사이에 오가는 그녀의 복합적 성격은 가족관계를 통해 잘 드러난다. 남편의 회상속의 그녀는 한 때 부드러움을 지닌 여성이었지만 그동안의 이민의 힘든 삶에서 경화되어버려 기계를 연상시킬 정도로 차갑게 변모한다. 특히 이층 세입자인 서기Suggie를 "창녀"라고 욕하는 실라의 가차 없는 잔인성은 개인적인 것만이 아닌 오히려 사본주의의 힘과 그 기본속성을 보여준다. 실라는 바베이도스 문화를 대변하는 서기나 데이튼 같은 사람들을 반생산적 힘으로 보고 자신의 행위를 합리화하려 한다. 이 같은 실라의 행위의 배후의 정치적 동기를 규정해보면, 개인의 욕망이 "부르주아 자본주의 백인에 통합하려는 데서 왜곡되고"(Willis "Describing" 75) 있음을 알 수 있다.

그녀가 남편 몰래 고향 땅을 팔아치운 동기를 헤아려보면 인종차별사회를 극복하기 위한 중산층적 욕망에 있다고 볼 수도 있다. 그러나 문제는 그러한 욕망이 아니라 행동 양식도 그것을 본받으려는 데 있다. 따라서 실라의 기만적 힘은 인간관계를 왜곡하고 물화하려 한다. 사회적 신분상승 욕구가 남편에 의해 위협받을 뿐 아니라 현실적으로 대안을 찾지 못하자 그녀의 욕망은 내면으로 향할 수밖에 없음이 자명하다. 그 가장 불행한 예가 남편에 대한 미움이다.

실리나에게 데이튼은 실라의 결핍에 대한 더욱 호소력 있는 대안이다.

자유분방한 편안함과 쾌락을 즐기며 관용적이며 일과 놀이를 동시에 존중하는 데이튼은 브루클린의 현실적인 집이 아니라 나무와 정원이 있는 고향의 커다란 집을 몽상한다. 열대 섬을 꿈꾸는 비물질적, 비 중산층적 환상은 실리나에게 그 자체가 우아하며 시적인 특별한 장소로 다가온다. 이와 같이 데이튼은 실리나에게 카리브의 꿈을 키워준다는 점에서 긍정적인 측면을 갖고 있다. 아버지가 죽은 후 실리나는 댄스와 그림 같은 예술을 좋아하는 자신에게서, 또는 바잔 소녀들의 파티에서 자신들의 아버지에게서 받은 물질적 혜택을 자랑하는 친구들과 달리 아버지로부터 물려받은 정신적 가치의 소중함을 발견하는 것이 그 좋은 예이다.

이러한 데이튼에게도 복합적 측면은 드러난다. 우선 그는 고향을 지나치게 환상시하는 현실적 약점이 있다. 실제로 그 배후에는 이민 온 미국사회에서 자신이 원하는 사람이 될 수 없다는 많은 방해물을 의식하고 있음이 도사리고 있다. 따라서 돈과 지위에 대한 관심을 경멸하는 식으로 나타내거나 백인세계를 마주칠 때면 분노와 두려움이 솟구치는 것도 따지고 보면 데이튼 내면에서는 실라보다도 더 특권이나 위상, 돈, 남성다움에 대한 욕망이 크다고 볼 수 있다. 여기에서 우리는 데이튼과 실라의 공통점을 볼 수 있는데, 미국이라는 신세계에서 자신들이 아무것도 되지 못할 것이라는 두려움이 그것이다. 데이튼은 적대적 세계를 헤쳐 나갈 재간이 없다는 불안에서 실라의 열정적 용기를 필요로 하지만 실라는 자신에게 힘을 줄 남편으로서의 책임을 다하지 못하는 데이튼을 경멸하기에 싸움은 계속되고 분노는 쌓여간다. 결국 고향 사람들의 눈에 실패자라고 비치기가 싫어 고향으로 강제 송환되는 중에 물에 빠져 자살한 데이튼보다도 남편을 밀고해 죽게 했다는 죄의식에 사로잡혀 유다처럼 자신의 배반 행위를 계속 기억하면서 살아가야 하는 실라가 더 비극적 인물인 까닭은 그녀가 소수인종에 가해지는 미국사회의 냉혹한 태도를 앞서가려는 데서 "억압받은 소수인종의 혹독한 현실의 불행한 결과를 총체적으로 드러내기"(Keizs 71) 때문이다. 이와 같이 "The Mother Silla"의 비극성은 백인 세계에서 살아가는 바잔 여성의 불패정신을 보여주면서도 동시에 그녀의 실현에 따른 대가가 지나치게 크다는 데 있다. 그것은 실라가 결과적으로 가족에게 더 나은 삶을 부여하려는 순간 가족을 파괴한 셈이 되고 말기 때문이다.

4. 흑인문화 유산의 연결과 다문화적 정체성

부모를 둘러싼 대립적 가치구조와 그것이 내포하는 의미는 실제로는 어떤 객관적 현실의 반영이라기보다는 실리나자신의 투영이라 할 수 있다 (Schneider 69-70). 누 사람에 대한 실리나의 태도 가운데 가장 주목할만한 점은 데이튼이 역사정신을 환기시키는 것과 실라가 성공윤리를 좇아 바잔의 과거를 거부하는 것 사이의 비극적 대립에서 오는 긴장이다. 성장하는 실리나는 그 밖의 주변사회로부터도 영향을 받는데, 첫째는 바베이도스 이민자들이 조직한 "바베이도스계 주택소유자와 실업인 연합"이며, 둘째는 새로운 이성교제와 여성들의 우정이다. 이러한 것들은 자신이 누구인가를 인식시키는 주요한 계기가 된다.

실리나에게 이민협회는 단일한 힘으로 "목표를 정해 매진하는 것"처럼 보인다. 그들은 시청에서 목소리를 내고 신용협동조합과 은행을 세우며 사람들에게 "큰소리를 위한 큰소리"를 쳐서 자신들의 존재가 인정받아 백인의 벽을 뚫자고 이구동성으로 주장한다. 그러면서도 그들 조합에 다른 미국 흑인을 철저히 배제하는 그들은 하나의 목소리만을 강조하는 배타적인 사회이다. "협회"는 실라적인 가치관과 억압적 형식으로 조직되고 가시화되는데 이는 소수인종들에게 강한 연대를 유지하는 것은 절대적이라고 생각하기 때문이다. 흑인은 제한된 게토에서만 살도록 백인에 의해 강제되자 중산층 전통의 바잔 사람들은 미국 흑인들과 대조를 이루기 위해 흑인들과 벽을 쌓는다. 이처럼 "협회"는 적대적이고 이국적인 환경에 대항키 위해 자발적인 형태로 나아가며 구성원들은 다음세대에 넘겨줄 재산을 자랑한다. 그러나 그들은 물질적 측면만 고려했지 자식들에게 안겨준 심리적 부담은 헤아리지 못한다. 알맞은 배필감을 찾아주려는 부모의 의지와 집단 연대감으로 인해 자기의 선택을 펼치지 못하는 자식들은 부모들의 억압이나 강요에 따라 사랑 없는 결혼을 한다. 거타 스티드Gatha Steed의 딸이나 친구인 베릴Beryl은 부모세대의 협소한 정신과 물질주의에 한 번도 대항하지 못한 젊은 세대이다. 실리나를 제외하고는 순종하고 동질화하고 규약화된 삶을 아무런 의심 없이 따라가는 자식들은 인종의 힘으로 통제되는 사회에 자신을 묶으며, 종국의 피할 길 없는 결과인 "자아가 서서히 없어져가고, 오랫동안 일정하게 영혼을 세월에 바치며 살아간다"(Washington "Afterward" 318). 이와는 반대로 실리나는 이민사회가 실라식의 가치에 준해 아버지의 사려 깊지 못한 행동에 분노한 나머지 결국 그를 방어벽 밖으로 내던져버린 점을 간과하지 않으므로 이민사회에 대한 새롭고 비판적인 관점으로 등장한다. 거꾸로 그녀는 이민사회를 통해 자신이 누구이며 동시에 자아와 타자에 대한 책임 있는 행동이란 무엇인가 하는 점을 헤아리게 된다.

다음으로, 클라이브Clive와의 교제 역시 실리나로 하여금 자신이 누구인가를 인식하게 하는 중요한 계기가 된다. 비순응주의자요 나이 많은 바잔 예술가인 클라이브는 데이튼처럼 이민사회에서 소외되어왔다. 바잔 사회를 대표하는 여느 어머니들은 클라이브나 데이튼의 예술정신을 사치로 보는데, 이는 구성원 사이의 차이나 개성을 무시하는 이민사회의 약점을 반증한다. 따라서 이민사회는 생존에 필요한 상상력을 희생할 정도로 가차 없는 실용주의 사회가 되어버린 셈이다. 이점을 잘 알고 있는 클라이브는 자신의 감수성과 그를 키워준 사회의 요구사이에 끼어 자기비하나 체념에 빠지는데 이는 그를 둘러싼 상황이 너무 무겁기 때문이다. 그는 심기증 있는 어머니에 대한 애증으로 무력해져간다. 실리나가 이러한 심리적 무인도에서 죄의식으로 마비된 클라이브와 결별하는 것은 그의 한계를 보면서 자신은 어떤 사람이어야 하는가를 생각하게 해주기 때문이다. 이와 같이 클라이브가 실리나의 자아형성에 지렛대역할을 할 수 있는 것은 그의 한계와 무력감을 통해 부모를 명확히 이해하고 여성으로서의 자신에 대한 규정뿐 아니라 자기 민족과의 관계를 분명히 인식할 수 있기 때문이다.

실리나가 서인도 이민 흑인에서 나아가 흑인일반으로 자아를 확대해서 자신의 정체성을 파악하게 되는 계기는 한 백인여성의 인종차별주의 발언에 연유한다. 댄스 발표회 후 맨해튼 상류층의 백인친구인 마가렛 Margaret 집에서의 파티에서 그 어머니가 서인도 흑인은 미국흑인과 뭔가 다르다는 이야기에 자신이 결국은 차별받는 흑인이라는 사실을 깨닫게 된다. 서인도인이 아프리카계 미국흑인보다 다소 우월하다는 뜻으로 건넨 백인 여성의 말속에서 백인에 의해 은연중에 차별화되는 다른 아프리카계 흑인을 생각한다. 이제 실리나는 자신이 크게는 흑인의 일원임을 받아들임으로서 백인의 편견으로 인해 흑인의 정체성을 파괴하도록 허용하지 않겠다는 결의를 할 정도로 그녀의 자기 인식은 확대된다.

이와 같이 이민사회의 억압적 태도에서 벗어나기 위해 협회의 장학금을 거부하고 무기력하고 소극적인 클라이브를 통해 자신의 입장을 재강화하면서, 여기에 인종차별을 경험하는 동안 자기식의 결정을 하는 데서 우리는 실리나의 발전된 의식을 엿볼 수 있다. 여기에서 우리는 실리나의 입장이 "주변부적"인 것이라 볼 수 있는데 고든Milton Gordon에 따르면 "인종집단, 특히 인종적, 종교적 경향을 뛰어넘어 기본적인 접촉을 유지하고 지키는 개인은 "주변부적 인간"으로 불릴 위험이 있는데, 주변부적 인간은 두 개의 문화의 경계나 주변에 서있지만, 그 어느 하나의 구성원이 아님(111)을 알 수 있다. 이러한 상황은 개인을 어려움에 처하게 하지만 그럼에도 창조적 잠재성을 갖고 있다. 중요한 것은 이 같은 주변부적 입장을 실리나가 자발적으로 선택하고 있다는 사실이다.

실리나가 다문화속에서 흑인여성의 정체성확립에 바베이도스 문화를 연결시킬 수 있게 한 것은 바로 성차별을 받고 있는 여러 여성들에 의한 것이다. 실리나와 레이철Rachel의 관계는 젠더를 설명하지 않는 인종, 문화적 경험의 패러다임을 은연중에 비판한다(Kubitschek 49)고 볼 수 있다. 그들은 우정뿐만 아니라 소수인종여성으로서의 경험도 함께 나눈다. 유태인인 레이철은 초기 아프리카계 미국여성작가에게 일정하게 나타나는 혼혈의 상황과 비슷하다. 머리를 짧게 자르고 서툴게 염색함으로써 유태사회의 얌전한 여성상에 반항하는 레이철은 성적 억압을 거부한다. 실리나에게 카리브로 가는 길을 마련하는 실제적인 문제에서 도움을 준 레이철은 주변부 여성의 정체성을 추구하는 보편적 견해를 보여준다.

실리나에게 바베이도스 문화를 연결해주며 자신의 정체성 확립에 중요한 영향을 주는 여성은 서기이다. 그녀는 주 엿새 동안 하녀로 일하고 하루를 사랑을 나누는 데 보내는데 마치 실라와 데이튼의 두 극단을 섞은 모습이라 할 수 있다. 서기는 정열적이고 남에게 스스럼없이 베푸는 바잔 여성이다. 쾌락을 사랑하며 바베이도스에서 과거의 삶의 한 방식을 보여주는 그녀는 점잖은 바잔 사회에서 비난의 대상이 되지만, 실리나에게는 퓨리탄적인 이민사회에 대항해서 사랑과 정열의 중요성을 가르쳐준 여성이다.

아프리카계 미국인 미용사 미스 톰슨Miss Thompson은 실리나의 인식의 지평을 넓혀주는 좋은 충고자이다. 미용실에서 대화를 통해 여성들을 키우는 톰슨은 미국 남부에서 태어나 바잔 사회에는 속하지 않지만 인종주의의 잔인성이라든지 강간당할 뻔한 경험을 실리나에게 들려준다. 실리나에게 미용실은 세상 사람들이 오가는 것을 관망하는 정거장이다. 아프리카의 목판화에서처럼 신비스럽고 연민에 가득 찬 그녀의 눈은 깊은 슬픔으로 드리워져 있다. 실리나의 고민에 귀 기울이며, 위로하고 가르치는 사제적 기능으로 실리나를 여성으로 고양시켜준다. 그녀는 실리나가 반감을 갖고 있는 바잔 이민사회와 조화할 수 있도록 조언하는 데서 알 수 있듯, 그녀는 실리나에게 큰 사회, 즉 미국 내 흑인을 인식시키는 연결고리이다. 또한 잊힌 아프리카의 역사를 이어주는 가교 역할을 하는 그녀를 통해 실리나는 처음으로 인종차별에서 오는 분노와 굴욕감을 극복함과 동시에 자신의 인종들과 하나 되는 것을 시인할 수 있도록 깨닫게 된다. 그밖에 아일랜드계 백인 세입자인 나이 든 미스 메어리Miss Mary가 들려주는 많은 기구한 이야기는 실리나의 상상력에 보고가 된다. 실리나는 이들의 개별 경험에 귀 기울이며 이를 자신의 성장의 올 속에 짜 넣는다.

마지막으로 가장 강력하면서도 모순된 영향을 미치는 인물로 어머니 실라를 들 수 있다. 왜냐하면 실라는 자본주의 문화를 획득하기 위한 노력을 상징하면서도, 흑인여성의 삶의 혹독함과 과거지사를 들려주는 목소리의 상징이기도 하기 때문이다. 슈나이더가 지적한 대로 이 소설만큼 모녀 관계의 복합성을 강열하게 보여주는 소설도 드물다(Schneider 321). 성인세계에 진입하는 실리나가 어머니를 비판하면서도 어머니의 좋은 특질을 인정할 수 있고 그것이 자신 안에 반영되어있음을 자각하는 것이 그것이다. 예컨대 본국으로 후송되는 데이튼과 결별하는 장면에서 딸은 어머니를 가리켜 아버지를 파괴한 히틀러라고 비난하는 것은 어머니가 휘두른 전제적 억압을 의미한다. 그러면서도 동시에 어머니에 대한 애정을 새롭게 인식하는 것은 소유욕이 강한 어머니임에도 불구하고 실리나에게 여성의 자기포기나 타협적 태도를 가르치지 않는 점, 다시 말해 소위 "여성적" 기술을 가르치지 않고 딸의 모험 정신을 어느 정도 존중하며 은근히 격려한 점이다. 그것은 실리나를 독립적인 여성으로 자라게 하는 데 커다란 도움이 되었다. 앨리스 워커가 자기의 어머니가 딸의 가능성을 존중하고 실현의 의지를 키워주었다는 이야기에서 우리는 실라를 연상하게 한다. 기계처럼 노예처럼 살아가도 딸에게 여성으로서 열등감을 말하지 않는 것이 그것이다. 더욱이 실리나는 어머니의 갈등과 실패를 통해 여성의 삶에 대한 인식을 새롭게 한다. 이 강인하고 분노한 여성은 이민 온 소녀시절부터 입을 굳게 다물고 허리를 꼿꼿이 편 채 가시밭길을 헤쳐 나온 것이다. 몇 푼 안 되는 돈을 벌기 위해 아침마다 기차를 타고 가서 유태인집 마루를 문지르며 공장에서 기계를 돌려왔다. "지구상의 피 흘리고 자라는 것 가운데 여성이 가장 상처받은 풀"(29)로 생각하는 실라를 통해 딸은 어머니가 흑인여성의 고통의 증인임을 깨닫게 된다. 이제 실리나는 어머니를 파괴한 것이 무엇인가, 그 상황의 억압성을 이해하기 시작하고 자신은 어머니와는 달라야 한다고 깨닫는 점에서 중요한 일보를 내딛는다. 그녀의 자기 인식은 어머니가 결핍한 것, 어머니가 할 수 없었던 것을 앞으로 자신이 해낼 수 있음을 보여주는데 실라에게서 카리브 과거를 잊어버려야 한다는 강박관념이라든지 집을 사려는 생각에만 몰두하여 물질만을 추구하는 감정 없는 삶에서 자신은 그녀와 달라야 함을 배운 것이 그것이다.

사람들로부터 "데이튼의 실리나"로 불릴 때마다 몽상가였던 아버지의 기질을 강하게 느끼고 있던 그녀가 자신의 또 다른 부분을 완전히 자각하게 될 때는 자기가 어머니를 닮았다는 점을 시인할 수 있을 때이다. 자기 주장이 있고 의지적이며 솔직하고 독립적 개체가 되어 대학에 가고 18세에 사랑을 하는 것은 모두 어머니에게서 물려받았다고 깨닫는다. 실라도 마찬가지로 딸에게 "넌 내 어머니 같다"(102)라고 말해 모녀 3대의 연대성을 느끼게 해준다. 여기에서 우리는 지금까지의 모든 대립이 실리나에게서 통일됨을 볼 수 있다. 그녀는 이제 현실을 볼 때 혼자 힘으로 무거운 삶을 짊어지고 있는 어머니에게서 강한 동질감을 느끼며, "나는 당연히 그녀의 자식," "엄마가 고향을 떠나 18살 때 단신으로 건너와 엄마자신의 여성이 어떻게 되었는가 말하곤 했던 것 기억하시죠? 그 얘기 듣기를 좋아했거든요"(307)라고 말한다. 실라는 섬을 떠나 미국으로 왔지만 이제 실리나는 미국을 떠나 카리브에로의 여행을 준비한다. 두 사람 모두 각기 한 장소를 추구하는 움직임은 그녀들이 각기 독립적 인간이 되려는 심적 싸움의 결과라는 점에서 유사하다.

실라가 딸에게 미친 가장 큰 영향은 바베이도스의 과거 문화와 역사를 밀하는 음성으로서의 역할이다. 실라는 바베이도스 언어를 섞어 위트 있게 말하는데, 실리나가 자라면서 듣게 되는 것은 주로 어머니의 음성이었다. 그러나 무엇보다 중요한 것은 실라가 "바잔 여성의 집단의 목소리, 그들 이전의 고통이 발화되는 매개체"(45)라는 점이다. 작가가 이 같이 집단 발화를 강조하는 것은 음성이란 "사회적 자아의 비유이거나 바잔 사회의 역사적 경험의 알레고리로 기능"(Gikandi 191)하기 때문이다. 나아가 이것은 카리브와 아프리카계 미국문화 속에서의 억압된 아프리카의 과거의 패러다임이기 때문이다. 마셜은 실리나처럼 어린 시절 부엌에서 들려오는 어머니의 말솜씨, 여성들의 구전전통에 경외감을 느끼곤 했는데, 이른바 "부엌 시인들"에게서 문학적 영향을 크게 받은 것이다. 언어에 대한 여성의 놀라운 힘은 그들을 때로는 역사가나 이야기꾼으로 만든다는 점에서 흑인 문학전통을 재창조하고 있다고 할 수 있다. 경제적 궁핍과 사회적 억압에서 자신들의 목소리가 거의 들려지지 않은 이민 경험은 서로를 유달리 밀착되게 만드는데 여성들이 부엌이나 "뒤뜰"에 모여 하는 이야기는 주로 과거회상으로, 확고한 흑인토대를 갖는 구어spoken language이다. 한 친구는 실라에게 "이 백인 남자 세상에서 당신은 입을 총으로 쓰라"(70)고 말한다. 그녀의 어머니들은 아름다움을 말할 때도 단순히 "아름답다"고 말하지 않고 반드시 "아름답고-추한"beautiful-ugly이라고 말한다. 친구에게도 "soully-gal," 즉 혼과 육체를 합친 존재라고 부르듯 사물이나 현실을 다각적으로 포촉하는 이 같은 점은 그들의 역사와 문화에 기반한 것이다.

항상 구석에서 눈에 띠지 않게 귀를 기울이는 실리나는 어머니로부터 물려받은 언어 능력을 점차 개발해간다. 이웃과 부엌에 모여 하는 이야기는 민담지혜로 이것은 실리나에게 과거의 바베이도스 문화를 연결하는 것이자 여성들이 나누는 연대감으로 내비친다. 그러면서도 여기에서 주목해야 할 점은 실라의 음성이 전통적인 바잔의 정신으로 간주되기보다는 차연된다는 점이다. 왜냐하면 실라가 제기하는 중심문제 중의 하나는 바잔 문화가 북미의 자본주의윤리에 일단 갇히게 되면 그 통합성을 어느 정도로 갖게 되는가 하는 것이다(Washington "Afterward" 71). 그것은 일종의 역설적 상황으로, 그녀의 목소리는 과거를 울리는 반면 그녀의 행위는 과거에 내재된 윤리와 그 전통을 의문시한다는 것 사이에 있다. 그렇지만 어머니 음성을 그 원천인 카리브 문화로 확산해서 듣는 실리나에게서 우리는 작가의 주장을 엿볼 수 있는바, 그것은 신세계에서의 아프리카 경험을 들려주는 목소리, 노예사, 식민사, 나아가 서구사가 주는 고통으로 점철된 미주 대륙에서의 아프리카 문화를 전달하는 목소리이다(Gikandi 192).

어머니의 모순과 갈등을 해석하고 나아가 이를 이해하게 되는 실리나는 이제 바잔 전통과 새로운 문화를 흡수하며 미국사회에서 전승시인griot, 역사 구송자이자, 가깝고도 먼 과거의 보존자가 되어간다(Thomas 158). 이러한 자기 변형을 지속적으로 꾀하는 실리나가 소설 말미에 자신의 뿌리에 대한 상실된 의미를 찾아 바베이도스에 돌아갈 정치적 선택을 할 때 우리는 그 실체를 확인할 수 있다. 이제 부모를 거절하지 않고 부모 곁을 떠나는 그녀는 바잔 이민사회를 인정하면서도 그 사회가 그녀의 인성을 결정할 권리를 거부하는 것이다. 미국이라는 거대한 물질주의 사회와 소유욕망, 그리고 권력에 인간적 가치가 어떻게 파괴당해가는 가를 인식한 그녀가 미국흑인여성소설에서 가장 밝은 전망을 보여주는 주인공 중의 하나임은 소설 말미에서 그녀가 추는 춤과 팔찌의 상징적 행위에서 드러난다. 그녀가 추는 춤은 이 세계에서의 그녀의 존재방식을 보여준다. "자신의 신체에 완전히 의존해서"(281) 삶의 고통과 아름다움을 다 같이 춤추는 그녀는 어두운 심연을 진정으로 직면하며 데이튼, 실라, 바잔 사회도 아닌 자기 자신 실리나를 발견한다. 바잔 여아들이 어린 시절부터 차고 있었던 두 개의 은팔찌 가운데 하나를 빼어 공중에 높이 던져버리는 행위는 젊은 흑인 여성이자 바잔 이민자의 딸이 미래를 행해 나아가는 상징적 행위(Willis "Describing" 53)로 볼 수 있다. 바꿔 말해 지금까지의 자신의 정체성을 추구하는 데 있어 갈등과 분리가 통합되는 순간(Kubitschek 59)으로, 던져진 팔찌 하나는 그녀가 성장한 브라운스톤즈에 작별을 고하는 것이며 나머지 하나는 카리브 유산과 연결된, 크게는 여러 문화를 하나로 연결시킨 것이라 할 수 있다.

자신의 뿌리를 찾아 떠나는 실리나의 이야기를 통해 우리는 흑인작가들이 직면하는 주요문제 중 하나로 미국 중산층 사회에 동질화하려는 경향에 직면해서 흑인문화유산을 어떻게 의미화할 것인가 하는 문제를 보아왔다. 동시에 뉴욕이라는 지형학적 공간에서 출발하여 카리브라는 탄생지로 옮겨가면서 서인도, 아프리카, 미국이라는 여러 문화권을 통해 자신의 정체성을 모색하는 실리나에게서 미국인으로 태어난 흑인들이 필연적으로 안고 있는 정체성 문제의 어려움을 직면할 수 있었다. 그럼에도 불구하고 『갈색 소녀, 갈색 사암집』은 건강한 비전을 보여주고 있는데 그것은 "확고한 사상가로서의 개념적 유연성"("Allegoical Novel by Talented Storyteller" 76-78)을 지닌 마셜이 흑인여성의 삶을 풍부하고 완벽하게 전달하고 있기 때문이다. 따라서 코서Stelamaris Coser가 지적한 바와 같이 마셜을 통해 미국과 유럽에서 카리브와 라틴 아메리카가 무시되고 잊힌 현실은 이제 극적으로 바뀌고 있는 것이다. 모든 종류의 칼리반들Calibans이 풍요의 땅에 들어가 그들의 음악과 이야기를 들려줄 뿐 아니라 미국에서의 아프리카의 문화와 역사에 대한 관심을 불러일으키고 있기 때문이다. 이 같은 의미에서 마셜의 『갈색 소녀, 갈색 사암집』은 남북아메리카의 사람들의 온갖 피부색들, 그들의 모순과 갈등을 힘 있게 상기시킨다(Coser 80)고 볼 수 있다.

제6부

한국계 미국여성과
기억의 글쓰기

제12장

탈식민 글쓰기의 문화정치학 ─ 차학경의 『딕테』

1. 기억담론과 역사

개인이건 집단이건 정체성 문제에는 기억이 수반되기 마련이다. 내가 여전히 "나"임을 증명하는 것은 "내" 기억이며 국민/국가에게 하나의 정체성을 부여하는 것도 "역사"라는 공식 기억이다. 기억은 이처럼 개인적인 것과 역사, 사회적인 재현, 그리고 현재 상황에 대한 과거의 경험과 이해가 얽혀져 있는 복잡한 문화적 산물이다. 오늘의 전 지구적 자본주의와 탈식민 시대의 정체성 정치학의 맥락에서 다양한 학문의 실천에 복잡한 방법론적 도전을 행하는 기억은 최근 들어 학계의 관심이 크게 증가하고 있는 추세이다.

　개인에게 있어 무엇이 기억되고 무엇이 잊히는가는 기억주체가 처한 상황과 현재적 관심에서 과거를 재구성하고 미래에 일정한 의미를 부여하고자 할 때 결정된다. 개인의 기억은 모두 "역사화"historiocising되는 것은 아니다. 기억의 역사화는 항상 망각도 수반하는 선택적 작업이다. 집단의 경우, 사회 구성원들 사이에 일정한 정체성과 귀속감이 형성되는 것은 다층적 기억들이 서로 복잡하게 얽히고 경합하는 가운데 특유의 집단기억 collective memory, 즉 "기억의 문화"가 형성되면서부터이다. 기억의 문화는 기억대상과 기억주체들 간의 모순과 갈등, 전이에 주목함으로써 기억을 고정된 실체로 '물화'하거나 정치적 도구로 만들려는 어떠한 시도에도 저항한다(Feldman 61). 그런 의미에서 우리는 기억의 문화를 "기억의 문화정치학"으로 불러도 무방할 것이다.

　기억담론이 새로운 학문담론으로 대두하게 된 배경에는 역사와의 갈등이 자리 잡고 있다. 학문으로서 역사학이 성립한 이래 기억과 역사는 줄곧 갈등을 빚어왔으며 승자는 늘 역사 쪽이었기 때문이다. 역사 쪽에서 볼 때, 기억이란 주관적이며 느슨하고 임의적이란 점에서 역사학이 추구하는 객관성, 합리성, 과학성과는 어긋나는 것으로 폄훼되고 만다. 역사는 특히 주체성, 일체성 등을 근본 원리로 삼아 근대의 모든 활동영역에 끊임없는 이념적 원천을 제공해왔다. 그러나 20세기의 양차 세계대전, 홀로코스트, 전 지구적 자본주의를 거치면서 역사의 영역은 차츰 와해되는 양상을 보여 왔다. 기억담론이 성행하게 된 요인은 역사 자체가 일부 지배세력의 일방적이고 폐쇄적인 자기 정체성에 불과하다는 비판이 제기되면서부터이다. 사물의 의미와 질서를 부여하는 지배담론으로서 역사가 실제로는 주변화시킨 기억주체를 수용하지 못하고 이분법적 관계를 지속해옴에 따라 양자 간의 상보적인 성격의 연관성에의 탐구의 필요성이 제기되면서부터 그 타개책으로 기억이라는 테마가 역사학의 전면에 대두하게 된 것이다.

　역사의 기능은 특정한 시각에서 선택과 배제를 통해 "역사적 사실" 자체를 구성하는 점에서 기억의 작용과 다르지 않다. 특정한 기억을 전유하는 역사는 그 사회 구성원들의 삶과 욕망, 실천과 사유를 특정한 방향으로 이끄는 "기억의 정치학"에 다름 아니다. 실제로 기억과 역사가 이항대립적인 관계를 형성함에 따라 과거, 현재, 미래를 잇는 역사의 의미는 실종되고, 그로 인해 사회는 정체성 문제에서 그만큼 심각한 위기를 낳을 수밖에 없게 된다. 특히 지배적인 역사서사가 오랜 세월 동안 기억에 대한 조직적 은폐와 강요된 망각을 수행해옴에 따라 기억을 둘러싼 정치적 충돌은 현재도 계속되고 있다. 역사발전이나 다른 추상적 이름 하에 공식역사를 구성하는 서사들은 흔히 진정으로 기억하기보다는 망각하기를 조장한다. 이런 맥락에서 일각에서는 역사학 자체를 기억의 터전에 포함시키자는 주장까지도 나오게 되는데, 이는 기억하기가 기왕의 역사서술을 비판적으로 점검하고자 하는 일종의 "메타 역사"라는 데 근거하기 때문이다. 그러므로 기억과 역사의 화합을 도모하는 역사 다시쓰기는 우리 자신을 기억의 일부로 성찰하는 비판적 역사학이라 할 수 있다.

기억은 근대성의 자기 확실성을 지지해온 진리와 주체의 일원론에 의문을 제기한다. 주체가 진리를 독점하는 권력으로 드러남으로써 역사적 진실에 대한 소유권도 다양한 주체들에게로 이전되는 계기가 마련되었다. 이제 과거는 더 이상 "역사"의 이름으로 일원화되기 힘들어짐에 따라 그동안 편향적이고 분산적이며 일시적, 우연적인 과거들 나름의 권리가 인정받게 된다. 바꿔 말해, "지식-권력"으로서의 역사는 기억에 의해 이제 비판적 검토의 대상이 된 것이다. 과거가 재현되는 방식, 즉 "진리의 효과"가 산출되는 근본 형식에 대해 문제제기를 한 푸코Foucault는 니체Nietzsche의 영향을 받은 하이데거Heidegger로부터 역사에 대한 정보를 획득한다. 권력과 지식의 관계란 인종적 기억의 문제임을 밝히는 비평적 이점을 제공한 푸코는 지식의 확립에서 니체의 "효율적인 역사"effective history를 상기시키며 "역사"의 불연속성을 지적한다.

계보학이 유도하는 역사의 목적은 우리의 정체성을 찾는 것이 아니라 정체성의 소실에 집중하는 것이다. 그것은 우리의 출현의 독특한 시초, 형이상학자들이 회귀를 약속하는 고향을 규정하려는 것이 아니라 우리를 가로지르는 저 불연속성을 모두 가시화시키는 데 있다. (162-63)

역사의 파괴적 양상은 우리를 "대응역사"counter history로 유도하며 "대항기억"counter memory에 대한 당위성을 더욱 더 확산하고 있다.

　역사의 억압적인 패러다임을 깨기 위해서 기억은 과거만큼이나 중요하다. "기억하기"란 오늘 날 다른 형태의 "지식"으로 역사와 정치의 맥락에서 매개항으로 부상하고 있는데 이것이 바로 기억의 문화정치학이라는 새로운 관점의 연구이다. 여기에는 그동안 주변화되고 소외되었던 사람들의 대항기억을 발굴하여 이를 억압해왔던 기득권 세력의 주류 기억을 비판하는 실천이 뒤따르게 된다. 이제 기억연구는 역사가 내세우는 진리의 절대성을 와해하고 다양한 재현 방식과 정체성들을 인정하는 방향으로 나아가고 있다. 그것은 다층적인 내러티브들이 경쟁하고 공존할 수 있게 함으로써 특정 기억이 여타의 주변화된 기억들을 억압할 수 없도록 만드는 반사효과가 있다. 그러나 동시에 기억연구는 내러티브 바깥에서 울려나오는 "말로 할 수 없는" 타자의 호소에 응답하는 윤리적 가치를 지닌다. 특히 타자성을 가장 극명하게 드러내주는 "트라우마"trauma 증상에 대한 관심이 인문학 분야에서 증대되면서 재현체계 내에 쉽게 편입될 수 없는 고통의 심연에 대한 진지한 공감과 책임의 문제에 관심이 집중되고 있다.

　실제로 트라우마는 오랫동안 의학과 심리요법에서 다루어진 주제이다. 프로이트Freud가 이 용어를 처음 사용한 것은 히스테리 연구에서이며 이후 『쾌락 원칙을 넘어』Beyond the Pleasure Principle에서 보다 구체화된다. 허먼Judith L. Herman은 트라우마가 역사, 사회적인 맥락에서 개인에 미치는 영향을 다음과 같이 말한다.

> 트라우마의 순간에 희생자는 압도적인 힘에 의해 무력한 존재가 된다. 그 힘이 자연력일 때 우리는 재앙을 이야기한다. 그것이 다른 인간들의 힘일 때 우리는 만행atrocity을 이야기한다. 트라우마를 야기하는 사건들은 사람들로 하여금 조절능력과 관계성, 그리고 의미를 부여하는 배려care의 일반적인 체계를 압도해버린다. (33)

트라우마적 증상에서 울려나오는 타자의 외침을 어떻게 재현할 것인가 하는 문제에서 기억연구의 "윤리적 전환"은 탈식민주의의 문제의식과 마주하게 된다. 스스로 말할 수 없는 이른바 "하위주체"의 침묵에 귀 기울이게 하는 재현의 전복성은 과연 누구를 위한, 무엇을 위한 기억인가라는 질문을 제기한다. 이처럼 기억의 문화적 차원에 대한 연구는 근래 들어 기억의 윤리적 차원에 대한 연구에 의해 보완되고 있다. 이제 기억의 문화정치학은 역사에서 소외된, 타자화된 주체의 목소리에 직접 귀를 기울이며 그들을 기억의 주체로 내세우는 대위 서사를 제공한다.

2. 한국계 미국인의 인종적 기억과 젠더

지난 20여 년 동안 미국 문학은 인종성과 젠더 정체성이라는 이슈로 인해 주변화된 주체의 다층적 기억을 드러내기 시작하였다. 유럽 이민, 미국 원주민, 아프리카계 미국인, 아시아계 미국인 등, 각 인종의 기억과 대응기억이 다양한 문학적 결실을 맺음에 따라 앵글로색슨 시각의 지배적이고 획일적인 기억담론인 미국의 "동화" 내러티브는 그 지형을 바꾸게 된다. 한 예로, 솔라스Werner Sollors 같은 문학사가들이 주장하는 "인종적 동화"ethnic assimilation 담론이 실은 소수인종들을 내부 식민주체로 다루는 지배담론이라는 비판이 그것이다(Singh 11). 더 나아가 애퍼듀레이Arjun Appadurai 같은 탈식민 비평가는 현대 미국을 다양한 이산과 초국가인들의 만남의 공간으로 규정하면서 미국의 "다양성 속의 복잡함"을 가리키는 "모자이크," "무지개," "조각이불" 같은 이미지들이 엄청나게 증대되는 초국가적 공동체에 "급속히 뒤쳐지고 있으며" 이제 전 지구적 이산사회가 계급, 종교, 언어, 인종, 지역에 따라 각기 특수한 역사를 형성하므로 탈식민 담론까지도 전체화하려 든다면 매우 위험하다고 경고한다(803).

　이 같은 새로운 문화적 지형에서 배출된 다인종 작가들은 인종문학과 역사가 다 같이 기억으로 연결됨에 따라, 인종적 자아를 자리매김하는 데 있어서 기억이라는 대안적 인식론이 갖는 중요성을 내세운다. 인종주체가 역사에 도전할 수 있는 것은 역사와 동떨어진, 기억을 통해서만 가능하며 기억은 역사를 수정하게 한다. 기억이 역사에 끼어들어 기억을 안정되게, 역사를 불안정하게 한다. 이런 이중의 움직임은 인종서사에서 역사로서의 기억을 재각인하게 한다(Palumbo-Liu 212). 개인은 기억하고 갈등하면서 기억을 선택적으로 지우기도 하지만 결국 집단적 기억을 수정하는 방식에 관심을 갖게 된다. 우선 각 인종마다 각기 특수하고 다양하게 억압당한 역사와 투쟁사를 지니고 있다. 이 가운데 아시아계 소수인종의 기억과 역사는 오늘의 미국사회의 정체성 문제를 논할 때 중요한 주제중의 하나가 된다. 이들의 글쓰기는 상실되거나 실종된 "문화적 정체성"에 대한 갈망을 크게 표출하고 있다. 마Sheung-mei Ma는 아시아계 미국인과 아시아계 이산문학에서의 이민 주체들을 "인종연구, 탈식민연구 및 지역연구라는 학문의 교차점"으로, 아시아계 미국 문화의 정체성은 정적인 것이라기보다는 하나의 진행과정으로 소개한다. "'아시아계 미국인 정체성을 하나의 고정되고 확립되어 소여된 것으로 간주하기보다는 오히려 '정체성을 생산하는 아시아계 미국인의 문화적 실천을 고려"할 것과 "이러한 정체성을 생산하는 과정들은 결코 완성되지 않으며 역사적이며 물질적인 차이들과의 관계에서 항상 구성되는 것"이라고 지적한다(64).

그러나 기억도 경험과 마찬가지로 젠더화된 문화를 함의한다. 기억하기와 망각하기는 권력과 패권성, 그리고 젠더 이슈와 밀접한 관련을 맺기 때문에 젠더와 문화적 기억은 복잡하며 경합적인 관계이다. 그린Gayle Greene은 "여성들이야말로 더욱 더 기억할 필요가 있으며, 망각은 변화에 주된 방해물"이라고 주장한다(298). 우리가 과거를 인식하고 현재를 이해하는 것은 역사가 우리에게 말해주는, 역사의 목소리에 의해 형성된다. 그것은 권력이나 특권의 여부에 따라 증언이나 증거가 들려지거나 무시될 수 있는 공간이 상대적으로 결정뇌기 때문이다(Hirsch and Smith 12). 그러므로 주변부 여성을 가시화하려는 아시아계 미국 여성의 글쓰기는 공식적 역사 내러티브의 재현체계들을 붕괴하는 경계선상에서의 글쓰기로, 지배 서사에 동화하지 않고 오히려 이질적 주체들을 내세워 이를 전복하려든다.

최근 들어 미국인의 정체성에 영향을 미치는 인종, 민족, 젠더 복합성을 자신들의 글쓰기의 중요한 시각으로 포함시키고 있는 한국계 미국 여성 작가인 차학경Theresa Hak Kyung Cha의 『딕테』Dictee(1982)는 기억의 문화정치학이라는 보다 특수한 문제에 주목하는 중요한 텍스트로 부상하고 있다. 본 논문은 이 텍스트에 가로놓인 한국계 미국 여성 주체의 경험이 기억을 통해 어떻게 재현되는지, 그리고 개인적 기억을 통해 역사에 대해 말하는 "다른" 방식을 어떻게 재현하는지, 두 텍스트가 한국계 미국인의 인종적 기억과 젠더를 주장하면서 역사가 망각한 "무수한 빈 틈"을 채울 수 있는 가능성을 살펴볼 것이다. 『딕테』는 다양하고 풍부한 문학적 전략을 구사하면서 한국계 미국인의 인종적 기억이 주류 미국사에 대항하는 강력한 모반의 힘을 증명한다. 이는 미국사가 수행하지 못했던, 크게는 아시아계 미국 여성들, 작게는 한국계 미국여성들의 말로 할 수 없었던 주변화된 사람들의 기억을 역사로 진입시키려는 작업이다. 일제 식민 지배와 한국 전쟁, 분단 체제, 그리고 미국에서의 소수인종으로서의 삶 등, 고통과 질곡의 시간들을 기억하고 재현하려는 두 텍스트는 그 자체로 "망각의 역사"이고 "말할 수 없는" 영역, 거대한 심연에 관한 서사이다. 그것은 집단적인 기억 상실증을 방조하는 패권적 역사서사를 수정하려는 대항 역사로서의 기억화작업이다.

차학경은 이민세대로서 두 경계지역을 교차하는 한국계 미국여성이다. 이들은 식민주의와 민족주의, 그리고 이산의 틈바귀에서 한국계 미국 이산 여성의 존재란 무엇인가라는 주제를 공통의 화두로 삼고 있으며, 무엇보다도 집단적 역사를 개인화하여 역사를 생존자의 기억을 통해서 공식 역사에 대항한다. 특히 그녀의 작품은 모두 어머니의 의식을 다음 세대인 딸이 탐구하는 특징을 보이는데, 이는 크리스천Barbara Christian이 말하는 "어머니의 사랑/고통의 공간이자 딸의 사랑/고통의 혼란스러운 공간이기도 하다"("Somebody" 339). 이처럼 어머니의 "말할 수 없는" 영역은 두 텍스트가 지닌 가장 큰 공간으로, 딸이 개인적 고통을 극복할 수 있음은 어머니의 고통스러운 기억에 동참할 때만 가능하다는 점에서 윤리적인 측면을 보인다. 이 텍스트는 첫째, 이름이 붙여지지 않은, 이름을 붙일 수 없는 트라우마에 어떻게 이름을 붙이는가의 문제와 침묵과 담론 사이를 어떻게 매개할 것이며, 역사적 상처를 지닌 개개 여성들을 어떻게 치유하여 축복 받는 집단으로 변형할 것인가를 깊이 있게 다루고 있다. 여기에서 개인과 집단이 기억을 통해 과거로 여행하는 것은 자아인식, 카타르시스, 용서, 해방으로 나아가는 길이 된다(Grewal "Memory" 142).

3. 접경지역에 위치한 한국계 미국인의 정체성의 문화정치학

탈식민주의, 페미니즘, 포스트모더니즘, 정신분석학, 영화이론에 이르기까지 다양한 읽기의 장을 제공하는 『딕테』는 아시아계 미국문학의 대표적 혼성 텍스트로 평가된다. 이산의 기억과 언어의 상실을 주제로. 한국계 미국여성의 자아가 위치한 구체적인 시공간에서 출발하여 아시아 이산 여성들 중에서도 한국계 이산여성의 차이를 말하고 있는 이 텍스트는(Wong 135) 인종적, 자전적 글쓰기에서의 전치displacement 서사로 볼 수 있다. 이는 일제 치하의 만주, 이후 하와이를 거쳐 샌프란시스코에 정착할 때까지 계속된 차학경의 가족사와 무관하지 않다. 차는 1970년대 후반부터 영화, 비디오, 퍼포먼스 등 다양한 작품세계를 펼쳐 시대를 앞지른 선구적 예술가의 면모를 보이나 31세의 나이에 비극적인 죽음을 맞이한다.

　『딕테』는 그러나 이달과 이질성이 극대화되어 조기에는 범주화하기 힘든 작품으로 간주되었다. 『딕테』는 출판 당시 "백인적"이며 "공동체나 여성주의 문제가 결여된" 작품으로 치부되어 아시아계 미국독자들로부터 외면당했다. 그러다가 1991년 일레인 킴Elain Kim을 비롯한 네 명의 비평가에 의해 관심이 촉발되었다. 그러나 일레인 킴도 이 책에 대한 첫 인상이 도저히 이해할 수 없을 정도로 난해해서 같은 한국계 미국인임에도 불구하고 외면했다고 고백하였다(Kim, Elain "Poised" 3). 그렇지만 불확실성, 다층성, 미결정성 같은 개념을 차학경이 사용하는 점에 착안한 후기구조주의 비평가들이 한국 역사의 특수성이나 한국계 미국인의 정체성의 중요성을 고려하지 않고 접근하여 "차의 한국적 유산을 무시한다면, 그리고 한국계 미국인으로서 정체성과 젠더성을 거부한다면 그들은 우리 모두가 같은 백인이라는 전제하에 유도된 오리엔탈리즘을 행하고 있는 꼴이 된다"는 킴의 지적은 중요하다(22).

우선 이 텍스트에는 한문 서예, 불어 교재, 필기 초고, 영화 대본과 스틸, 지도, 도표, 인체 도감, 드로잉, 텅빈 여백, 역사적 사건을 담은 사진, 시, 일기, 편지, 인용문, 번역문이 전혀 연관성을 갖지 않는 듯이 콜라주처럼 엉켜있다. 여기에 안중근의 이야기를 통한 한국 근대사에 대한 서술, 자신과 자신의 어머니, 유관순을 비롯한 여러 역사적인 여성 사진들, 영상과 이미지가 결합된다. 본문은 대부분 시의 형식을 빈 산문으로, 분절적이며 파편화된 글쓰기이다. 이는 "여러 이주경험을 교차로 투사시킨, 서로 어울리기 어려운 파편들을 가지고 책이라는 대상물을 만들기 위한" 의도에서 나온다 (Kang 265-66). 자신의 잃어버린 계보를 상기시켜 언어와 이미지로 그것을 나타내려는 듯 보이지만 "언어 그 자체는 이산의 트라우마를 통해 분절되어 보인다"(Rinder 18). 하지만 다층적 주체, 역사와 개인적 기억의 상호텍스트성, 비선형성, 파편화된 구조와 시적 언어 등은 여성적 글쓰기의 특징으로서, "절단되었지만 다층적 목소리들이 인용과 설명 없는 사진을 빌려 고백하지 않은 내용을 고백하고 기원 없는 받아쓰기, 이름 없는 역사를 제공한다"(Cheng, "Memory" 119). 장르와 형식 해체를 통한 이 같은 새로운 글쓰기가 주목받는 이유는 무엇보다도 한국계 미국 여성의 목소리로 미국의 국민/국가 내러티브에 도전하고 있기 때문이다(Kim, Elain "Korean American Literature" 175).

　　텍스트의 구성을 보면, 도입부를 뺀 아홉 개의 장은 그리스 뮤즈 신과 이들이 주관하는 학문을 제목으로 내걸고 있다. 각장은 서로 연결고리가 없어 보인다. 초상화와 사진, 문서 등 지시성을 결여한 채 서술상의 긴장을 낳는다. 그로 인해 기억의 서술과정은 쉽게 풀리지 않는, 완강히 버티는 식이다. 직설적으로 드러내는 식이 아니라 그 대상을 에둘러 표현하는 점에서 『딕테』는 기억과 역사의 경계 허물기가 쉽지 않음을 반증한다. 이는 역사와의 상호텍스트적 관계를 통해 상실된 목소리 찾기가 쉽지 않기에 취하는 서술 전략이다. 4장 「우라니아」 "Urania"까지는 공식기록에서 배제된 내밀한 한국사가 다소 사실적인 필체로 기록되어 있다. 5장 연애시 「에라토」"Erato"를 기점으로 복합적 여성 주체들의 모호하고 유동적이며 파편화된 발화가 압도적으로 나타난다. 서술은 하나의 중심서술자가 없이 이산과 일제식민주의, 남북분단 등 한국사를 축으로 구성된다. 특히 기억주체들이 모두 여성이며 '어머니'를 핵심으로 하여 언어와 국가, 모국어, 모국으로 확대된다.

서술이 시작되기 전의 제사題詞는 역사에 대한 기억의 관계를 비교적 명징하게 드러낸다. "어머니 보고 싶어, 배가 고파요. 고향에 가고 싶다"로 시작되는 한국어는 텍스트 전체에서 단 한 차례, 그것도 첫 페이지에만 나오는데, 이것은 일본강점과 그 이후의 이산의 과정에서 상실된 조선어와 조선의 식민사를 극대화하려는 의도로 보인다. 당시 조선 청년들이 탈향과 배고픔, 그리움을 담아 벽에 새긴 조선어는 영어로 쓰인 이 작품에서는 읽힐 수 없고 번역될 수 없다는 점에서 바바Homi Bhabha가 말한 식민화된 존재의 삭제와 침묵을 가리키는 동시에 영어의 이질성과 외래성을 부각시키는 효과를 낳는다(164-69). 어머니를 부르는 이 부분은 전시에 일제가 노동력 부족을 메우기 위해 조선 반도에서 70만 명 이상의 조선인 청년을 연행해 탄광과 광산, 군수공장에서 위험하고 가혹한 강제노동을 시켰던 어두운 식민사와 관련된다. 어머니의 도움을 기대는 조선 아이의 "비밀스럽고 친숙한 언어"(Min 313)인 식민지 조선어는 일제치하에서는 공식 언어가 아닌데도 이처럼 서두에 나오게 함으로써 식민사에서 들리지 않는 "비권위적인" 소수를 재현하려는 것이다. 또한 텍스트 전체에 걸쳐 증언이나 증거로 보이는 서로 다른 이야기, 서로 다른 목소리와 인용들, 아무런 설명도 없이 분명히 드러나지 않는, 깨알 같은 글자가 박힌 흑백 사진들이 섞여있다. 1919년 3.1운동과 1961년의 4.19혁명에 관련된 이러한 다큐멘트는 화자의 개인적 기억이 특수한 한국근세사나 민족적 기억과 밀접하게 얽혀있음을 말해준다. 이처럼 차학경이 역사적 사건들에 대해 믿을만한 정보를 주지 않고 분절되고 절단된 이미지를 사용하는 것은 순환적 역사에 대한 의심이자 형식상 다큐멘터리적 욕망을 비판한다고 볼 수 있다(Cheng, "Memory" 121).

『딕테』는 한국 역사에 대한 재확인 작업을 통해 담론사의 재영토화를 시도한다(Kang 267). 젊은 나이에 만주로 쫓겨난 어머니, 4.19 민주화 운동에 참여한 오빠, 가족의 미국 이주 등, 작가의 가족이 직접 겪은 경험들은 일제치하에서 한국인들이 만주, 일본, 미국 등지로의 이주, 한국전쟁, 그리고 분단이후의 사회적, 정치적 불안을 강력하게 환기시킨다. 이 역사적 사건들은 상세한 서술을 통해 그것들이 민족과 역사를 뛰어넘어 지속적인 의미를 지니고 있음을 입증한다. 이처럼 개인적 기억을 통한 역사 다시쓰기의 과정에서 화자인 딸은 침묵 속에서 정지되는 것을 피하기 위해 그리스 여신들에게 언어를 통해 치유할 수 있는 힘을 간구한다. 언어의 힘으로 자신들의 억압적 현실과 고통을 극복할 수 있기를 바라는 것이다.

역사를 주관하는 뮤즈인 「클리오」 "Clio" 장은 한국의 언어적, 역사적, 문화적 정체성을 치열하게 보여준다. "말과 영상 속에서 또 다른 말과 영상을 조각조각 끄집어내어, 잊힌 역사를 되풀이하지 않겠다는 대답을 끄집어내기 위해서" 글쓰기는 망각되고 삭제된 기억을 발굴하는 작업으로 나아간다. 유관순의 사진과 글, 하와이 한국동포들이 루스벨트에게 보낸 청원서, 3.1운동에 대한 묘사, 세 사람의 한국인이 눈이 가려진 채 일본군에게 총살당하는 사진 등은 서구에는 알려지지 않은 먼 '타자'인 한국에서 자행되는 일제의 만행을 알리고 있다. 이는 역사라는 공식 기억에서는 드러나지 않는 한국과 한국인을 기억하게 한다.

다른 민족에게는, 이 이야기들은 (또 하나의) 먼 땅, (다른 어떤) 먼 땅과 같이 . . . 멀리 들릴 것이다. . . . 왜 지금 그 모든 것을 부활시키는

가, 과거로부터, 역사를, 그 오랜 상처를, 지난 감정을 온통 또 다시. 그것은 똑같은 어리석음을 다시 사는 것을 고백하기 위해서이다. 지금 그것을 불러일으켜 잊힌 역사를 망각 속에서 되풀이하지 않기 위해서이다. (33)

미국 대통령에게 보내는 청원서 전문을 삽입한 것은 한국사와 미국사를 내적으로 연결시키는 효과를 가져온다. 당시 루스벨트 행정부는 한국 교민의 요구에 적극적인 답변을 주지 않으면서, 일본과의 신사협정에는 서명하였다. 이에 대항하여 "먼"이라는 말을 반복하는 것은 개입할 수 없다는 명분에 저항하는 의미를 지닌다. 이처럼 한국, 미국, 한국계 미국인 공동체를 의미심장하게 중첩시키면서 역사에서 조작되고 은폐된 사실을 폭로한다.

「클리오」에서 가장 중요한 부분은 공식역사에 기술되지 않은 한 여성에 대한 화자의 대응기억이다. 평범한 여성으로 서술되는 유관순의 이야기는 "피부를 뚫고 살을 찌르는 기억"(32)을 통해 한국의 반식민 민족주의 담론의 남성중심적 문화규범에 저항한다. "그녀는 한 어머니와 한 아버지에게서 태어났다"(25)라는 유관순의 약력에 대한 기술은 거의 우스꽝스러울 정도로 골격만 남긴 전기적 개요로서 역사를 패러디한다. 더불어 이장 끝에 실린 처형장 사진은 망각될 수 없는 식민 과거와 이를 기억하여 대응역사로 서술하려는 작가의 치열함을 드러낸다. "목이 잘린 형상들 . . . 이전의 형상의 과거의 기록, 현재의 형상은 정면으로 대면해보면 빠진 것, 없는 것을 드러낸다. 나머지라고 말-해-질, 기억, 그러나 나머지가 전부다. 기억이 전부다"(38)라면서 화자는 식민사에 드러나지 않는 희생자들을 기억하여 역사의 틈새에 각인시킨다.

차학경에게 있어 언어는 단순한 의사소통 수단만이 아니라 새로 편입된 미국사회에서 자신의 목소리와 글쓰기를 기입해 넣기 위한 투쟁으로 드러난다. 동시에 자기가 떠나온 세계, 기억해야만 할 역사, 정치, 문화적 정체성의 문제와 맞닿은 무의식의 영역으로서 언어의 뿌리에 관한 문제를 상기시키기도 한다. 화자의 서술 면면에 드러나는 언어적 기호들과 단어들은 이산의 당사자로서 그녀가 겪었던 정체성의 혼란을 대변한다. 그것은 문화적 전치와 소외를 반영하는 것으로서 한국계 미국인 여성의 자기정체성 확립의 힘든 과정을 말해준다. 작가는 열한 살에 이민 온 자신이 불어와 영어 받아쓰기를 하면서 자기 목소리를 내기보다 타자들이 그녀를 통해 말하게 됨을 상기시켜주기 때문이다. 텍스트 서두의 "말하는 여자"diseuse는 이산자로서의 화자가 한마디 내뱉기까지 혀에서부터 출발하는 고통스러운 과정을 세세히 그리고 있다. 「우라니아」 장에서의 구강도는 발화가 시작될 때 많은 세부적 구강조직들이 동원된다는 것을 보여준다. 이민자의 글쓰기를 "갈라진 언어, 부서진 언어"(75)로 묘사함으로써 화자는 한국계 미국인이 겪는 이중의 식민화, 다시 말해, 일본의 식민경험에다 다시 미국 이민이라는 문화적 식민화로 확대되는 과정을 보여준다. 이 텍스트에서 외래어 구사는 모국어에 익숙한 구강조직에 일으키는 충돌의 현장이 된다.

그러한 중간자의 고뇌는 제목이 시사하듯 "받아쓰기"라는 상징적 주제에서 충분히 암시된다. 제국의 언어들을 통한 문화적 식민화 교육은 이민 온 차학경에게 무엇보다도 영어 받아쓰기의 경험에서 고통을 기억할 때 잘 드러난다. 그것은 어린 차학경에게 "규범과 규칙을 강요하는 위압적인 체계"(Min 313)이다. 이처럼 한국계 미국여성으로서의 중간적 주체의 말하기와 글쓰기 문제는 문화적인 상호연관성, 다양성을 허용하지 않는 "받아쓰기"에 내재된 규칙들을 폭로함으로써 드러난다. 외국인이기 때문에 겪는 자연스러운 장애를 의도적으로 드러내려는 작가의 태도에는 이중 언어 사용자들이 원래 소속된 역사적, 사회 문화적 정체성들과의 유대를 억압하지 않으려는 주체의 탈식민화 의도가 배어있다(Min 315). 더불어 텍스트 전체에서 드러나는 한글의 자음과 모음, 불어의 알파벳, 음절의 분절과 해체, 영어를 포함한 다종의 언어사용, 동어반복, 언어유희는 모국어 상실을 말해준다.

「칼리오페」(서사시) 장은 화자가 미국에 이민 오게 된 중요한 변명을 담고 있는 장으로, 여기에 식민지가 된 한국으로부터의 어머니의 망명 내용이 병치된다. 화자는 어머니의 일기를 한 여성의 개인적 이야기를 대신하면서, 망명자로서 만주에 거주하는 동안 금지된 모국어를 사용하며 일제에 저항한 어머니의 삶을 재구성한다. 어머니의 망명자로서의 삶은 미국에서의 차학경의 삶, 나아가 이산자들 모두에게로 확대된다. 한국계 미국인이라는 정체성 문제는 화자가 이민 온 지 15년 만에 서류를 갖추어 미국 시민권을 갖게 될 때 동화라는 국가적 형식의 정체성 자체를 문제시하는 데서 분명히 드러난다. 선서의 절차와 서명을 통해 순식간에 미국인이 되어버리는 화자는 서류에 명시된 국적의 분류를 보고 이방인으로서의 소외감을 느낀다.

> 그들은 당신의 정체성을 묻는다. 당신이 말을 할 수 있는지 없는지를 평가한다. 당신의 국적에 대해 진실을 말하고 있는지 아닌지를. 그들은 당신이 말하는 것과는 달라 보인다고 말한다. 마치 당신이 누구인지를 모르고 있다는 듯. 당신은 스스로 자신이 누구인지 말하겠지만, 점점 의심스러워지기 시작할 것이다." (56–57)

이 인용문이 보여주듯, 자신을 2인칭으로 칭하면서 현재 시제로 말 걸기를 하는 것은 남성중심적 영웅 서사시의 자아에 저항하는 여성적 글쓰기를 시사한다. 2인칭을 사용하여 화자는 자신과 어머니의 타자화의 경험을 전달하며, 나아가 독자와의 관계를 유도하기도 한다.

한민족의 비극은 일제 식민통치에서 멈추지 않고 「멜포메네」"Melpomene"라는 "비극"의 장에서 한국동란, 분단, 4.19, 군부 독재로 이어진다. 이민이후 18년 만에 한국에 돌아와 어머니에게 보내는 편지에서 화자는 조국과민족의 현실이 일제식민시대와 별반 다르지 않음을 발견한다. 딸은 어머니의 삶에 구현되어있는 한민족의 역사에 주목한다. 그러한 민족사는 평범한한 가족의 이야기, 즉 어머니의 삶과 차학경의 삶에서 출발한다. "제가 이곳에 18년 만에 돌아왔는데 지금 전쟁은 끝나지 않았습니다. 우리는 똑같은 전쟁과 싸우고 있습니다"(81)라고 언급함으로써 해방 이후 여전히 진행중인 국토분단과 국내 불안을 전달한다. 한국 공항에서의 입국 심사과정은미국의 시민권 획득에서처럼 화자 스스로의 정체성을 의심하게 되는 이산현실을 반영한다. 미국여권을 가지고 한국에 돌아오게 된 화자는 이민자의삶에서 결핍된 어떤 것을 한국동포들에게서 기대한다(57-58). 그러나 그녀는가는 곳마다 또 다른 정체성에 대한 질문을 받게 된다. 입국절차상 형식적인 서류들에서 그녀는 한국인이 아닌 존재로 분류된다. 화자는 자신이 문서상으로는 미국 시민이지만 미국 시민이라는 정체성 역시 다른 이에 의해주어진 것이지 스스로 확립한 것이 아님을 상기시킨다.

이처럼 『딕테』는 한국계 미국인이 겪은 식민화 경험과 민족주의, 종교, 가부장제, 문화 식민주의적 억압으로 인한 여러 장애들을 여서의 시각에서 전달한다. 즉, 가톨릭 교회의 "남성-신"Man-God(13)을 강하게 의식하는한편, 민족의 독립이라는 이름으로 훼손된 유관순, 국가의 분단과 전쟁이가져온 상처, 남성주의적 민족주의 담론에 가려 침묵 속에서 신음하는 어머니의 아픔에서 서구의 가부장적 식민주의와 억압적 민족주의에 대항하고 있음을 보여준다. 이러한 대립을 통해 차학경은 한국계 미국여성만이가질 수 있는 제3의 공간을 만들어내고 있다(Kim and Alarcon, 8).

공식역사에 도전하는 화자의 개인적 기억은 "나의 처음 소리"my first

sound(50)로서 "어머니"라는 말과 존재를 향한 기도에서 드러난다. 어머니에게 치유와 초월을 희구하는 딸의 기도는 주변부 여성이 그저 단순하게 자기목소리를 내는 자전적 고착화를 넘어서서 사포Sappo를 포함해 여러 인용과 제재의 사용을 통해 개인적이면서도, 동서 문화의 결합이라는 원대한 바깥을 시사한다(Min 310). 화자는 "혼종적인, 뉘앙스를 갖는 '불충한'unfaithful 목소리"로 모국어를 말할 수도 쓸 수도 없었던 어머니 세대의 식민주체에게 말 걸기를 한다(Lowe 47-48). 이는 딸 세대가 어렵사리 획득한 언어능력인 글쓰기가 말하기를 통해 어머니 세대의 식민주체에게 시도하는 말 걸기로, 어머니와 딸이 서로 교류하는 경계지대를 보여준다. 그런 의미에서 『딕테』는 "식민화의 복잡한 물질적 역사들로 인해 병들고 침묵하는 어머니에게 애타게 말을 걸지 않으면 그야말로 망각과 정지의 삶을 반복"(태혜숙 251)하게 되는 한국계 미국여성의 역사화하기 작업으로 볼 수 있다.

식민지 시기 동안 망각되어 온 것을 아직 "발설되지 않았으므로" "역사, 과거, 말하는 여자"인 딸은 "어머니를 찾아내도록 하라. 기억을 회생시키라.(133)"고 주문한다. 그러므로 이 텍스트는 "다른 모든 것을 높이 올리기 위해 모든 기억이 모두 메아리치는 곳으로"(162) 향할 것을 주문한다. "서사가 바뀐다. 변주를 발견한다. . . . 이것이 미래와 과거를 통하여 자신의 기억으로 되찾아졌을 때, 하나의 다른 결론을 전제한다"(145)라는 화자의 언명에서 화자의 "이야기하기는 역사쓰기가 된다"(Min-ha Women 120). 이처럼 『딕테』는 역사를 여성의 관점에서 재구성하고 여성적 글쓰기를 통해 재현하고 있다.

『딕테』는 "정체성에 관심이 있는 것이 아니라 동일시 과정에 깊은 관심을 보인다"(Cheng, "Melancholy" 141). 자아와 민족/국가를 사이에 두고 동일시의 공간이 자리 잡고 있으며 이것은 텍스트의 풍부한 영역으로 드러난다. 개인이 민족/국가와의 관계에서 공적 역사라는 보다 큰 질서에 수용될 수 없는 우울한 인식을 직면하는 데서 고통을 겪는 화자는 "말하는 여자"가 되어 특정한 역사적 배경에서 여러 지역들을 넘나들며 한국계 미국 이산 여성의 경험을 자신의 목소리로 이야기한다. 그리고 목소리에는 파편화된, 끈질긴 트라우마의 경험이 묻혀있다. 그것은 쉴 새 없이 바뀌는 불안정하고 파열된 다중적 목소리로 이름 없는 "나"의 목소리이다. 나아가 자기만의 목소리를 갖기도 전에 이미 언제나 외국어를 말해야 하는 이민자들이 겪는 혼란스러운 고통을 의미한다.

> 속에는 말의 고통, 말하려는 고통이 있다. . . . 더 거대한 고통은 말하지 않으려는 고통이다. 말하지 않는다는 것. 말하려는 고통에 대하여 아무것도 말하지 않는다. 속에서 들끓는다. 상처, 액체, 먼지, 터트려야 한다. 비워내야 한다. (3)

이처럼 『딕테』는 "접경지역"(Kim, Elain "Poised" 21)에 위치하여 이데올로기의 초점이 될 수밖에 없는 한국계 미국인 이라는 소수인종의 정체성의 문화 정치학을 다루고 있다. 개인의 기억을 한국계 미국인 여성주체가 경험하는 매우 굴곡 있는 계보로 병치시킴으로써 한국과 미국의 경계선상에서 뚜렷하게 민족 정체성을 확인하려는 역사주의자들의 배타적인 용어를 거부한다고 볼 수 있다(Kang 273).

제13장

기억으로 다시 쓰는 역사─
노라 옥자 켈러의 『종군위안부』

1. 개인적 기억에서 역사라는 대항적 기억으로

1991년 김학순 할머니의 증언으로 시작된 일본군 위안부 문제는 그간 한
국의 20여 개 페미니즘 단체들이 결성한 "정신대문제대책협의회" 등의 끊
임없는 노력으로 90년대 중반 들어 전 지구적인 인식의 지평에 떠오르게
되었다. 이런 가운데 1990년대 후반, 이에 관한 세 편의 소설이 미국에서
출판되었다. 그 중 기억의 문화정치학에 입각하여 페미니즘의 대항기억을
가장 잘 재현한 작품이 『종군위안부』*Comfort Women*(1997)이다. 1993년 하와이
대학에서 있었던 황금주 할머니의 증언을 듣고 충격에 빠진 한국계 미국
작가 노라 옥자 켈러Nora Okja Keller는 역사적으로 자행된 일본군 성노예화를
추적하고 이에 대한 공모적 침묵 속에 가려져있는 남근중심적 탈식민사를
밝히고 있다. 다큐멘트에 기반한 역사 내러티브를 전 일본군 위안부 여성
의 기억을 통해 상상적으로 재구성한 『종군위안부』에서 주인공 베카Beccah
와 그 어머니 순효는 일인칭 화자가 되어 기억주체들의 "자유로운 이야기"

를 시도한다. 일제 강점기의 한국, 그리고 하와이에서의 삶을 여러 서사적 매개들을 통해 재현한 이 텍스트는 이른바 "객관적"인 역사에 부재하는 내용이 무엇인가를 밝히는 데 주력한다. 그것은 넓은 의미의 역사적 비애라기보다는 "넓지는 않지만" 깊숙한 개인적 기억과 트라우마, 그리고 역사적 상처의 유산과 다음 세대가 짊어진 짐이라는 주제를 모녀관계를 통해 전개시킨다.

서술은 현재의 시간을 중심으로 베카의 어머니가 죽은 날부터 장례식까지 3일에 걸쳐 진행된다. 어머니의 부고란을 쓰려 하면서 어머니가 과연 어떤 존재인가의 문제를 놓고 고민하는 베카의 모습을 통해 이들 모녀관계가 결코 간단치 않은 것이 드러난다. 베카의 어머니의 죽음에 얽혀있는 이야기는 복잡하다. 첫째, 어머니 이야기의 서술자는 진짜 이름이 아닌 일본 이름인 아키코Akiko라는 전 일본군 위안부 여성이다. 그녀는 "아키코 41"이라는 이름을 달고 플래시백 기법으로 자신의 이야기를 전달한다. 다른 플롯은 딸 베카의 내러티브로, 어머니 곁을 지키는 "생존자 서술"로 어머니 서술보다 더 많은 분량을 차지한다. 베카는 증인으로서뿐만 아니라, 테이프에 담긴 어머니의 육성 증언, 신문기사, 편지 등을 통해 어머니의 험난한 과거를 파헤쳐나감으로써 비로소 어머니와의 단절된 삶을 극복하게 되며 어머니의 본래 이름을 되찾게 된다. 실제로 베카의 역할은 작가로서 켈러가 스스로에게 부여하는 역할로서, 역사에서 침묵하고 있는 한국계 미국여성의 목소리를 살려내어 역사에 기입하려는 대항기억화 작업이다. 이처럼 어머니의 트라우마와 그로 인한 밀폐된 삶과 죽음에 이르는 과정의 내러티브는 인종차별주의로 인해 하와이에서 우울한 사춘기를 겪은 베카의 내러티브와 상호작용을 한다.

모녀의 기억 서사는 이야기가 진행됨에 따라 개인적 기억에서 역사라는 집단적 기억으로 나아가게 한다. 이 소설의 강점 중의 하나는 바로 위안부 여성들이 현실을 구성해내는 주체로 지금까지 담론화 되어있지 않는 상황에서 개별적 욕구를 갖는 주체성을 지닌 개인으로서의 목소리를 드러내게 하는 데 있다. 이는 현재에도 여전히 해결되지 않고 진행 중인 식민폭력과 민족주의의 공모의 역사를 겨냥한 것으로 볼 수 있다. 김은실은 "민족주의의 헤게모니 담론을 통해 일본군위안부 여성의 경험을 읽는 것"에 문제제기를 한다(40–43). 문제는 "일본군 위안부 여성들이 현실을 구성해내는 주체로 담론화되어야 함"에도 불구하고 "개별적 욕구를 갖는 주체성을 지닌 개인"인 일본군 위안부 출신 여성들의 목소리는 문제제기 과정에서 제대로 드러나지 않았다는 것이다. 바로 이점에서 켈러의 글쓰기는 중요한 의미를 지닌다.

일본군 위안부 문제는 20세기 젠더화된 폭력의 역사를 가장 복잡하게 보여준다. 과거 청산의 문제가 젠더와 연루되면 또 다른 차원에서의 비판적 성찰을 필요로 한다. 일제는 주로 10대 소녀를 대상으로 조선에서만 10만 내지 20만 명을 전국에 걸쳐 강제 동원하였다. 한국인 위안부들은 주로 12-20세의 연령대에 있는 여성들이었다. 이들은 속거나 팔리거나 강제로 납치되어 "위안부"가 되었다. 이들의 숫자를 정확히 파악하는 것은 여전히 쉽지 않다. 한국정신대문제대책협의회는 위안부들의 수를 8만-20만 명으로 추정했다. 이들 가운데 80-90퍼센트가 한국여성이었다. 그 이유는 일본이 1925년에 부녀 및 아동의 매매금지에 관한 국제조약에 조인했는데 21세 이하 여성과 아동의 인신매매를 금지하는 이 조약은 식민지 여성에 대해서는 적용되지 않았기 때문이다(안현선 16). 전후 다른 나라에 비해 유독 남한여성들에게는 "더러운 여자"라는 상징적인 폭력이 주어지게 됨에 따라 위안부들은 평생을 독신으로, 가난과 외로움 속에 살아가게 된다. 여기에서 우리는 식민주의와 더불어 가부장제 한국사회의 모습이 이 문제에 스며들어있음을 알 수 있다.

『종군위안부』는 폭력의 역사가 남긴 트라우마를 언어로 재현하려 할 때 제기되는 언어의 한계를 다루고 있다. 하위주체의 역사를 있는 그대로 재현할 수 있다는 믿음은 착각일 수 있고 트라우마를 남기는 폭력적 과거를 있는 그대로 재현하기란 불가능함을 이 텍스트는 잘 보여준다. 역사에서 삭제되고 무시된 위안부의 삶은 역사의 의도적인 망각하기에서 비롯된다. 이 소설에서 켈러는 근대성에 대한 남성주의적 식민 담론에 도전하고 있다. 첫째, 켈러는 제2차 세계대전 동안 일본군 성노예로서 한국여성들이 강제동원된, 잊히지 않는 역사를 "믿을만한" 증거로서 개인의 기억을 특권화하면서 우리의 집단기억 속에 재주입하여 "(국제)민족 문서보관소"를 수정하려 한다. 둘째, 켈러는 역사적 상처의 충격이 엄청남에도 불구하고 이를 적당하게 봉합하고 해결하려드는 것을 거절하는 서사전략을 사용함으로써 상상적 수정작업이 간단치 않음을 보여준다(Jodi Kim 61-62).

2. 폭력의 역사가 남긴 트라우마

일제 식민통치와 세계대전에 의해 조선의 상황이 악화됨에 따라 그 대가를 혹독하게 치르게 되는 주체는 바로 가난한 집안의 딸들이다. 사춘기가 되기 전에 "내[순효]는 내 이전에도 그랬고 이후에도 그러했듯 그녀[큰 언니]의 결혼 지참금으로 암소처럼"(18) "정신대"로 팔려간다. 이후 그녀는 일본인들이 "위안부[오락 캠프]," "대중 휴게소"등 그럴듯한 이름이 붙은, "군위안소"로 끌려가 성노예로 강제복역 당한다. 그러다가 2년 후에 탈출하여 하와이에서 새 삶을 시작하나 폭력적인 트라우마는 떠나지 않는 "기억"으로 평생 동안 그녀를 짓누르게 된다. 그렇다면 폭력적인 트라우마를 안고 살아가는 "생존자" 위안부란 어떤 의미를 지니는가? 카루스Cathy Caruth는 트라우마를 분명하게 규정하기보다 그것의 놀라운 충격에 대해 언급하면서, "트라우마란 개인의 과거의 폭력적 사건에 자리매김하는 것이 아니라 그 것의 동화되지 않는 성격이 . . . 생존자의 마음에 되돌아와 이후에도 떠나 지 않고 자리를 잡는 데"서 문제의 심각성이 있다고 지적한다.

자신을 압도했던 사건에 대한 반복적인 강박을 느끼면서 하나의 이미 지에 사로잡히게 되는 증후를 갖는 트라우마는 상처받은 영혼의 "병리적," 혹은 "단순한 질환"이라기보다는 기억주체의 생생한 목소리로 의해 덧나 는 상처를 말한다. 트라우마의 몇 가지 징후를 보면, 사건의 테러와 관련 해서 희생자가 망각하고자 하는 의지amnesia, 그 결과 일반적으로 파편화된 느낌으로 유도하는 개인의 분리와 전위dislocation, 그리고 특히 트라우마 자 체를 "말할 수 없음"을 들 수 있다. "말할 수 없음"은 부분적으로 개인을 테러화한다. 즉 기억주체가 망각하고자 하는 고통에 직면하여 자기 자신을 말살하려 하는 것이다. 트라우마는 가해자와 희생자라는 차별화된 관계에 서 비롯되어 그 관계가 유지된다. 가해자는 희생자 못지않게 침묵의 상황 을 주장하는데, 더욱 복잡하고 "패권적인" 권력을 사용하여 물리적, 담론 적으로, 그리고 희생자가 "이해"할 수 있는 사회적 논리를 공적 공간으로 부터 차단시켜 응집력 있는 권력 행사를 한다(Lloyd 214).

『종군위안부』에서 폭력적인 침범으로서의 트라우마는 주체로서 순효/ 아키코를 말살하여 철저히 대상화한다는 느낌을 부여한다. 이는 식민화의 기제효과와 유사하다. 순효/아키코의 "목소리"로 생생하게 전달되는 트라 우마는 독자로 하여금 하나의 역사적 진실에 다가가게 한다. 그것은 일본 과 미국, 한국이라는 세 개의 민족/국가의 식민담론과 가부장적 담론들이 삭제하거나 무마시켜버린 내용이다. 더욱이, 일본의 공식적인 사과와 배 상, 책임자 처벌이라는 처음 목표는 여전히 달성되지 못하고 있는데도 한 국의 민족주의 담론은 전후 한국사회에서 "위안부" 생존자들이 침묵을 지킬 것을 조장하는, 말해지지 않는, 암묵적인 내용들을 담보한다는 데서 이 문제의 심각성이 있다. 오히려 순효/아키코는 "치유하기"를 거부하는 점에서 근대 국민국가의 인종중심 담론을 비판하고 있다.

순효/아키코는 남편의 죽음이 자기의 기도 때문이라며 남편이 죽은 5주기에 딸에게 고백한다. 이때 그녀는 "몽롱한 단계"를 거치는데 이는 그녀의 심리상태를 말해준다. 그만큼 심적으로 힘든 위안소에서의 삶을 생생하게 기억하기 때문이다. 순효/아키코의 기억의 저장고에서 가장 중심적 역할은 "아키코 40번" 인덕에 대한 기억이다. 순효가 "아키코 41번"으로 불리는 것은 인덕을 대신하는 것으로 풀이될 수 있다. 나이가 어려 시중드는 일을 하는 순효/아키코는 인덕이 살해되던 날 밤에 위안부의 삶을 시작하게 된다. 위안부 의사만이 제한적으로 방문할 뿐, 화장실 가는 것과 1주일에 한 번 강가에서 목욕하는 것만 허용된다. 거적 휘장이 쳐진 작은 칸막이 방에 갇혀 지내는 아키코는 "인덕이 미치지 않았고 . . . 도망을 계획하고"(21)있었음을 알게 된다. 인덕이 죽음을 선택한 것은 "위안소에서 그녀의 삶에 특별한 것이 없었고 죽음만이 특별하였기" 때문이다(143). 짐승만도 못한 존재에서 인간이 되기 위해 인덕은 저항하며 죽음을 택한 것이다. 끝내 자살로 생을 마감되지만 인덕은 실제로는 살해된 셈이다. 일본군은 인덕이 위안부가 지켜야 할 행동강령을 지키지 않았다고 처참하게 살해한다(16). 그것은 인덕이 금지된 언어인 조선말로 "나는 한국인이며, 나는 여성이다, 나는 살아있다, 나는 열일곱 살이다, 나에게는 너와 같은 가족들이 있었다, 나는 딸이며 누이다."(20)라고 외치면서 일본군을 모욕했기 때문이다. 실제로 『남북 종군위안부 27인의 증언집』을 보면 조선인 위안부가 "조선말을 했다는 이유"로 목이 잘렸다는 증언이 나온다(62-69). 인덕이 저항하면서 외치는 말은 일본 민족주의적 관점의 역사 기록물에서는 결코 드러나지 않은 내용이다. 그것은 현재 생존하고 있는 "과거 위안부"들이

외치는 내용이다. 결국 인덕은 "그들의 분노를 돋우어 사악한 갈망이 여지없이 드러나게 했다. 그녀는 자신의 생명을 끝장내고 해방을 찾기 위해 그들을 이용했던 것이다."(144) 그러므로 아키코의 상상 속에 인덕은 애국자이자 순교자로 남아있다.

식민화된 조선에서 일본식 이름이나 일본어의 강제화는 위안부의 경우에 한국 식민보다 훨씬 혹심한 통제를 받았다. 일체의 언어 사용이 금해지는 상황임에도 불구하고 인덕은 이에 굴복하지 않은 것이다. 실제로 이름의 박탈은 인격을 빼앗고 인간을 "사물화"하기 위한 필수적인 절차다. "아키코 41"에서 볼 수 있듯, 일제는 조선 이름이 부르기 힘든 "반도"식 이름이라 하여 "내지"식으로 바꾸고 여기에 숫자를 붙여 조직화하였다. 게다가 순효자신도 여성의 순결을 중시하는 한국의 가부장적 유교문화에서 자란 탓으로 일본군의 성노예가 된 뒤 더 이상 "자신의 이름을 사용할 권리가 없다"고 생각한디(93). "화냥년"에 대한 "우리" 사회의 집난석 낙인을 살알고 있는 순효/아키코는 평생 아키코라는 호명에만 응한다. 일본군이 가지고 돌아온 인덕의 시체가 바로 자신이라고 생각하여 순효라는 이름을 포기하는 것은 바로 순효의 상징적 죽음을 의미한다. "나는 내가 죽었을 때를 정확히 기억하려고 한다. 그것은 김 씨 문중의 막내인 넷째 딸로 태어난 것을 시작으로 압록강Yalu 북쪽 위안소에서 생을 마감한 무대였음이 틀림없다."(17)라는 기억하기에서 엿볼 수 있듯, 정신과 몸의 이원성은 순효/아키코의 트라우마뿐만 아니라 그녀의 현재의 생존에도 지속되고 있다. "나의 진정한 자아, 나의 근본적 본성을 숨김으로써 나는 위안소에서 그리고 이 새 나라 미국에서 살아남을 수 있었다"(153)고 하는 그녀의 고백에서 순효는 아키코의 타자화된 자아임을 알 수 있다.

순효/아키코의 타자화에서 켈러는 한국의 패권적 반식민 민족주의가 식민주의와 마찬가지로 역사적 과오를 범해왔음을 비판한다. 순효에게서 볼 수 있듯, 조선인 "위안부"들은 학대에 반항, 탈출, 실성, 자살의 형태로 항거하기도 했지만 죽음의 위협 속에 가해지는 성폭력은 이들의 저항의 의지마저 꺾어버렸다. 더욱이 이들은 "정조"라는 유교 이데올로기를 고스란히 간직하고 있었기 때문에, 자신들이 몸이 더럽혀졌다고 생각하여 상당수가 "국적 없는 부랑아" 신세로, 아니면 고향에 돌아온 뒤에도 끔찍했던 경험을 철저히 감추어야만 했다. 그들을 보듬어야 할 한국 또한 이들을 "민족의 수치"라고 생각해 오랫동안 방치하였는데 이는 위안부 문제의 해결에 커다란 걸림돌이 되었다. 이에 많은 여성학자들은 위안부 문제에 대한 시각이 일제의 만행을 단죄하는 운동을 넘어 반여성적 관념을 깨뜨리는 여성의 주체화를 향한 운동이 되어야 한다고 강변한다. 여성과 여성의 섹슈얼리티에 대한 여성의 이해를 희생시킴으로써 남성성을 강화하려는 남성주의적 민족주의 담론은 여성과 남성을 단일화하고자 하는 충동에서 민족의 개념을 단일화하고, 여성과 여성의 순결에 규범을 부과함으로써 여성을 가부장적 질서에 귀속시키려 한다(Elain Kim and Choi 5). 그 결과 위안부 문제는 성애화된 민족의 문제, 민족주의화된 성의 문제로 축소되어왔다. 이러한 재현은 생존 위안부들을 주변화시켰으며 그들에게서 일생에 걸친 수치와 침묵 그리고 고통을 안겨주었다. 민족주의 담론은 위안부를 주된 과제로 삼아 그것과 씨름했다기보다는, 위안부 문제를 전유함으로써 자기 논리를 다시 한 번 공고히 해왔다(Yang 134–35).

위안부 여성에 가하는 사회적 낙인은 미국인 남편에 의해서도 되풀이된다. 브래들리 목사에게 그녀는 전 일본군 성노예 여성이자 "타락한 여성"(94)일 뿐이다. 선교원에서 순효/아키코의 성적 매력에 끌린 브래들리는 그녀를 "아키코"로 호명한다. 이는 일제통지가 끝난 탈식민 상황에서도 순효/아키코는 자신의 목소리를 지니지 못한 피식민 여성임을 드러낸다.

나는 그[브래들리]가 군인들이 나에게 붙여준 이름으로 마치 나를 때리고 있는 것처럼 느꼈다. 나는 소리치고 싶었다. "아니야! 그건 내 이름이 아니야!" 그러나 나에게 일어난 그 일 이후에는 태어났을 때 가졌던 이름을 사용할 권리가 없다고 생각하며 아무 말도 하지 않았다. 그 여자애는 죽었던 것이다. (93)

브래들리는 기독교를 통해 야만적인 동양을 교화한다는 소위 오리엔탈리스트이다. 그렇지만 신앙 뒤에 숨겨진 그의 육욕은 위안소 남자의 경우와 다르지 않다. 아키코의 과거를 알게 된 그는 딸을 위해 침묵해줄 것을 요구한다(196). 부부 사이의 의도적 침묵 속에서 아키코는 순효라는 이름을 "자신의 진정한 이름"으로(183) "진정한 목소리이자 순수한 언어"(195)로 몰래 간직한다.

『종군위안부』에서 유령은 하나의 서술전략으로서 특별한 의미를 부여받는다. 켈러는 순효에게 순교자가 된 인덕과 상징적 순교자라 할 수 있는 그녀의 어머니 유령은 한국사의 중심축으로 부각시킨다. 고든Avery Gordon에 따르면, "유령 이야기를 쓴다는 것은 배제와 비가시성을 말하려는 것이다. 유령을 통해 역사에서 잘못된 재현을 수정할 뿐만 아니라 역사를 다시 쓰게 된다. 유령이야기는 역사보다 기억이 먼저 됨을 의미하며 미래를 위한 대항기억을 지향하는 조건들을 이해하려는 싸움이기도 한다."(7) 특히 『종군위안부』에 등장하는 유령은 서발턴의 형태로 나타나는데 이는 "희생자"이지만 그 힘이 거부되지 않는 인덕 같은 여성 유령들을 통해 여성의 권력, 욕망, 그리고 살아있는 자에 대한 유령의 요구를 다루려는 의도로 볼 수 있다.

인덕은 살해당한 후 원혼이 되어 "위안소"에서 천신만고 끝에 탈출하여 두만강에 빠져 죽으려는 순효/아키코에게 나타나 살아남아 자신들의 기억해줄 것을 주문한다.

"어느 누구도 죽은 자들을 위해 그에 맞는 의식을 거행해 주지 않았
어. 나를 위해, 그리고 너를 위해 말이지. 우리의 죽음을 알리며 곡을
하며 울어줄 사람이 누가 있었어? 혹은 우리의 시신을 목욕시켜 . . .
염 의식을 해준 사람이 누가 있었어? 우리의 이름을 써주거나, 우리
의 이름을 알고 기억하기라도 하는 사람이 과연 있었냔 말이야?" (38)

순효는 숲속에 아무렇게나 버려진 인덕의 시신을 수습하지 못해 인덕을
두 번 죽였다는 죄의식으로 시달린다. 그러한 죄의식은 순효에게 인덕의
혼령은 바로 순효 자신일 수 있다는 인식에 근거한다. 시신조차도 찾지 못
한, 역사에서 사라진 하위주체의 원혼이 순효 자신 속에, 자신과 함께 있
기를 강렬히 원하게 됨에 따라 그녀는 빈번히 의식불명 상태에 빠져들며,
이후 순효의 삶은 인덕의 원혼을 달래는 과정이라고 볼 수 있다.

정신이 빙빙 돌아 몸에서 빠져 나간 후 나는 인덕을 찾아 잠시라도
보기를 원했다. 밤과 낮의 빈 공간 속에서, 말과 음악 소리나 숨결과
심장 소리 사이의 공백 속에서 나는 그녀가 행여 나오지 않을까 하
고 귀를 기울였다. 나는 인덕이 나를 버린 것은 아닐까 라고 생각하
며 기다렸다.
당신은 어디 있는 거죠? 어디 있는 거예요?"라고 소리를 질렀지만
그것은 전혀 의미 없는 말이었고 나는 텅 빈 가방에 불과했다. (93)

순효의 인덕 찾기는 역사에서 실종된 여성을 찾아 나서는 페미니스트
의 윤리를 보여준다. 이러한 윤리적 전환은 누구를 위한, 무엇을 위한 기
억하기인가라는 질문을 제기한다. 해방이 되고 학도병, 징병 갔던 사람, 강
제연행 당했던 사람들이 돌아왔다. 그러나 그중에 위안부는 없었다. 세상
은 "사라진 여성들"에 대해 무심했다. 그러나 순효의 기억하기와 달램의

제식은 식민지 여성들이 겪은 일을 묻어버린 한국사회와 대조된다. 실제로는 생존자 위안부인 순효자신을 위한 제의이기도 하지만 인덕은 순효에게 트라우마적 경험이 남긴 상처들을 역사화하도록 유도하는 위안부 여성을 대변한다.

순효/아키코는 미국인 기독교 목사와 결혼까지 하게 되었지만 계속 한국인의 무당풍습과 조상숭배를 실천해간다. "천국을 지배에서 해방된 한국으로, 그곳에서는 천사들이 일본인 시신들로 널려있는 강에 발을 내디딘다"(92)고 상상할 정도로 그녀에게 기독교 신은 구체적이지 못하다. 따라서 그녀는 순교자 예수를 위해 울부짖는 것보다 순교자 인덕을 위해 통곡하며 결국 기독교인으로 개종하지 못한다. 미국과 미국인의 꿈도 그녀에게는 공허할 뿐이다. 순효/아키코는 이처럼 기독교와 미국의 동화적 모델을 수정하고 비판한다.

> [미국을] 처음 보면 꿈처럼 번쩍거리고 아름답다. 그러나 그 나라를 더 오래 걸어 다녀보면 그것은 그 꿈이 공허하고 거짓이며 불모의 나라임을 더 실감할 것이다. 여러분은 이 나라에서 얼굴도, 공간도 없음을 깨닫게 된다. (110)

순효/아키코가 목도하듯, 미국의 자본주의 사회의 과도함과 모순은 미국적 꿈의 허황됨을 반영한다. 이처럼 아키코의 "기억"은 일제 치하의 트라우마의 서사에서 나아가, 한국과 한국계 미국여성들을 배제해온 미국 사회의 인종차별과 젠더화된 소수인종의 문제를 들춰내면서 미국의 지배 서사의 아카이브까지 비판하는 역사화된 기억으로 나아간다.

3. 여성들의 기억의 계보:
고통스러운 과거에 대한 비가悲歌이자 증언

어머니의 기억의 조각들을 모아 역사적 의미화를 만드는 작업은 다음 세대인 베카에게 주어진다. 여기에서 이러한 여성의 계보는 역사적 힘을 재현한다. 3.1 독립운동에 가담해서 멀리 피신해 있던 도중에 어쩔 수 없이 농부와 결혼해야 했던 지식인 외할머니, 일제 식민공간에서 성노예이자 한국계 미국인으로 살아가는 베카의 어머니, 그리고 딸 베카로 이어지는 여성들의 계보가 그것이다. 베카가 기억하는 어머니는 생전에 "정상"이 아닌 분이었다. 어머니는 "고향에서 멀리 떠난 이방인으로, 죽어간 자의 귀신인 용손"yongson(140)처럼 늘 이승과 저승사이에서 떠돌면서 태어난 곳으로 되돌아가려 한다. 그러나 어머니가 "정상적일 때"면 결혼 전 한국에서의 이야기, 천상의 거북, 삼신할머니, 저승사자 등의 이야기를 재미있게 들려주곤 했다. 그러다가 막상 자신의 어머니에 대한 부고장을 작성할 때 베카는 어머니의 삶을 어떻게 기억해야 할 것인지, 어머니 이야기를 과연 해석할 수 있을 것인지를 확신하지 못한다. 이때 어머니의 보석함은 기억의 저장고로서 주요 단서가 된다.

"세계 최초의 아카이브, 도서관들은 여성들의 기억들"(Women 121)이라는 민하Trinh Minh-ha의 주장에서 알 수 있듯, 베카에게 남겨진 어머니의 보석함이라는 개인적 보관소는 순효/아키코의 비밀스러운 기억들을 간직하고 있는 아카이브이다. 이것은 생존자의 기억주체에게 남겨진 잊히지 않는 대응기억의 아카이브이다. 함 속에 들어있는 빛바랜 신문 기사는 제2차 세계대전, 일본인과 위안소에 관한 내용과 연결된다. "Dear Mrs. Akiko(김순효)"(173)로 시작되는 서울의 미국 대사관 발신의 한 통의 편지, 그리고 카세트테이프에서 베카는 마침내 그녀의 어머니가 "말로 표현할 수 없는 것"을 표현하고 있음을 알게 된다. 그것은 "정신대"Chongshindae로서 역사에서 쓰이지 못한 위안부의 증언이다. 동시에 구천을 떠도는 "사라진 여성들"이 수치심과 트라우마를 극복하고 자신들을 위한 위령제를 치르는 순간이기도 하다. 역사가 부인해온 위안부 자신의 정체성을 드러내는 이 순간은 그러나 현재도 여전히 해결되지 않고 진행 중인 생존 위안부의 절박한 외침이자 그들을 위한 윤리적 응답으로 볼 수 있다.

> 일본인들은 자신들이 한국인들을 파괴했다고 믿지 않는다. 우리가 모두 죽었고 그 끔찍한 진실을 우리와 함께 가져갔다고 믿는다. 그러나 난 살아 있다. 나는 당신을 느끼며 강을 건너 당신과 결합할 때까지 당신이 내 옆에서 기다린다는 것을 알고 있다. 나는 당신에게 매년 이 작은 몸짓, 당신을 기억하려고 태운 한줌의 쌀과 끊임없이 부르는 당신의 이름과 굶어 죽는 사람들을 위한 제단에 빵 부스러기를 바친다. 그것은 일본인들이 지금 나를 침묵시키기 위해 제시하는 죄의식의 돈보다 더 가치가 있다. (193-94)

여기에서 켈러는 생존 위안부의 기억주체에 남겨진 중요한 문제, 즉 보상할 수 없는 과거를 어떻게 보상할 것인가 하는 보다 중요한 문제를 제시한다. 생존 위안부에게 지급 예정이던 1994년 일본 정부의 보상금 확립을 "죄의식의 돈"으로 언급함으로써 문제의 복잡성을 시사한다. 이처럼 『종군위안부』는 쉬운 해결을 보여주지 않음으로써 "보상할 수 없는" 고통, 폭력, 그리고 트라우마가 여전히 진행 중임을 암시한다. 보상할 수 없는 과거를 어떻게 보상할 것인가 하는 이 역설적인 문제제기에서 "보상할 수 없는 과거에 대해 사죄를 하는 것은 복잡한 문제"이며, "만일 사죄가 절대적으로 부적절하게 참회하는 식의 언어적 행위에 맞춰진다면 물질적 배상의 역설적 성격은 더욱 더 두드러진다"(Field 8). "지속되는 상처와 보상" 간에 어떤 대응관계를 수립할 수 있을 것인가 하는 문제는 우리로 하여금 과연 위안부들의 "고통에 대한 산정"을 합리적으로 정식화할 수 있는지의 문제를 성찰하게 한다.

『종군위안부』에서 순효/아키코의 트라우마는 언어로는 감지할 수 없을 정도로 엄청나다고 볼 수 있다. 이에 비해 그녀의 독백은 빈약한 서사로서 국가가 수용하지 않거나 거부한 서발턴의 기억을 발화하는 형태의 공간이다. 이와 같이 독백이라는 힘없는 공간은 그 한계가 있기 때문에 우리가 과거를 어떻게 적절히 재현할 것인가, 또 그것을 어떻게 회복시킬 것인가 하는 문제에서『종군위안부』는 과거를 완전히 혹은 제대로 회복시킬 수 없다는 점을 제기하여 오히려 그 정치적 위급함을 전달한다. 비록 한민족과 대한민국의 공식역사에서 제외된 이들의 존재를 역사에 다시 각인하려는 켈러의 글쓰기가 식민주의와 민족주의 담론 속에 억압되었던 위안부 여성의 고통을 기억주체의 시각에서 일인칭으로 서술할 수 있는 공간을 터놓은 것이 사실이지만, 침묵에 대항하는 순효의 목소리는 소설 서사 안에서 어디까지나 독백으로 이어진다는 점에 주목해야 한다. 결국 순효의 고뇌는 독백적일 수밖에 없고 주체 내부에 갇혀 있어 이 하위주체에게 대화적 소통은 찾아볼 수 없다. 어떤 의미에서 그녀는 살아서조차도 "자신에게만 말 걸기"를 하고 있는 셈이다.

그러나『기억으로 다시 쓰는 역사』의 증언팀은 위안부 생존자의 증언집을 만들면서 이들의 "증언"이 "집합적 울림과 혼과 기억 언어를 역사쓰기의 자원으로 삼고자 하는 하나의 시도"라고 밝히고 있다. 다시 말해 이들의 증언은 기억과 침묵을 포함하는 비언어적 감각의 차원, 울림의 영역에 자리하고 있다는 의미이다. 이들의 증언은 "세계 체제와 한국사 속에서 하위주체인 생존자 여성을 통해 역사적 지식을 복원, 생산, 확장하고자 하는 작업으로, 이러한 노력은 식민지 경험을 가진 사회들의 역사가 누구의 잣대에 의해, 누구의 입장에서 서술되어 왔는가하는 후기식민주의적postcolonial 성찰과 같은 선상에 있다"고 밝힌다(28).

1960년대의 미국의 인권 운동은 인종, 민족성, 종교, 젠더의 문제들을 수렴하게 되는 계기를 마련함으로써 미국 문화에서 기억의 의미를 변화시키는 획기적인 기폭제가 되었다. 특히 페미니즘과 탈식민주의 시각에서 이민사의 전통적 모델들이 비판의 대상이 됨에 따라 미국을 백인들의 나라, 민주국가라고 의심 없이 받아들이는 저 "용광로 이론"은 커다란 도전을 받게 되었다. 이제 아시아계 미국이민의 역사가 백 년이 넘게 됨에 따라 그간의 소수민족으로서의 한계성을 극복하고 더 이상 "주변화된 문학이나 내면화된 식민지 문학"(Cheung 24)이 아닌 미국문학의 주류에의 진입을 꾀하고 있는 아시아계 미국문학은 미국사에서 배제되고 침묵당한 부분들을 기억화하기 위해 상상력과 역사의 경계선을 넘나드는 작업을 활발히 진행하고 있다.

기억은 문화의 다른 구성체들처럼 기억을 담지하는 자와 상호 관계를 이룬다. 우리는 기억 속에서 삶을 창조하고 지탱해나갈 뿐만 아니라 집단기억들은 우리를 형성하고 구속하게 된다. 한국계 미국 여성작가인 켈러도 기록된 역사가 보여주지 않는 개인적 기억주체의 아카이브를 뒤쳐 한국계 미국인의 인종적 기억과 젠더를 통해 미국사를 패권적으로 구성해온 사람들에 대해 도전을 시도한다. 『종군위안부』는 개인적 기억을 통해 집단기억화와 역사에 도전하는 치밀한 서사전략을 갖춘 텍스트들이다. 이 텍스트는 역사에서 삭제되고 억압과 침묵을 강요당한 주변부 여성을 탐구 대상으로, 화자의 부모세대와 한국의 고통스러운 과거에 대한 비가悲歌이자 증언으로서 그간 묻힌 정체성과 역사 문제를 기억을 통해 독자에게 환기시킨다.

지금까지 살펴본 바와 같이『종군위안부』는 한국계 미국여성의 기억을 통한 글쓰기를 대응역사로 기록해내려 한다. 한국계가 경험하는 식민주의, 민족주의, 그리고 다층적 식민 지배권력이 만나는 교차점에서 발생하는 문제들을 젠더의 시각에서 살피고 있는 두 텍스트는 흔히 지배역사가 망각하고 삭제하며 억압했던 주변부 여성을 기억주체로 내세우고 이를 인종적 기억의 중심으로 끌어내려 하며 이 과정에서 개별적인 기억을 유동적인 집단적 기억으로 나아가게 한다. 여성주체들의 기억들로 새로운 공략을 펴나가는 이러한 글쓰기는 한국계 미국문학을 포함한 소수인종문학에서 기억과 인종적 정체성, 그리고 미국에서의 현재의 삶 간에 복잡하게 얽힌 실타래를 통해 기억하기의 문화 정치학을 보여준다. 게다가『종군위안부』는 독자로 하여금 무엇이 이들을 "침묵" 속으로 밀어 넣었는가, 젠더화된 억압적 역사의 희생자란 무엇인가를 깊게 성찰하게 한다.

| 인용문헌 |

김은실. 「민족 담론과 여성: 문화, 권력, 주체에 관한 비판적 읽기를 위하여」. 『한국 여성학』 10 (1994): 18-52.

다카시, 이토. 『종군위안부』. 서울: 눈빛, 1997.

박재영. 「노예의 성과 자유-선언, 부인, 재산 그리고 결혼」. 『영어영문학21』 19.1 (2006): 95-115.

안현선. 『성노예와 병사 만들기』. 서울: 삼인, 2003.

이경순. 「탈식민주의 페미니즘」. 『외국문학』 31 (1992): 68-92.

한국정신대문제대책협의회. 『기억으로 다시 쓰는 역사』. 서울: 풀빛, 2001.

태혜숙. 「아시아계 디아스포라 여성의 위치에서 '몸으로 글쓰기': 『여성전사』와 『딕테』를 중심으로」. 『영미문학페미니즘』 11.1 (2003): 235-55.

Abel, Elizabeth. "Women and Schizophrenia: The Fiction of Jean Rhys." *Contemporary Literature* 20 (Septermber 1970): 155-77.

Adams, Michelene. "Jamaica Kincaid's *The Autobiography of My Mother*: Allegory and Self-Writing as Counter Discourse." *Anthurium: A Caribbean Studies Journal* 4.1 (Spring 2006): 1-15.

Aljoe, Nicole N. "Caribbean Slave Narratives: Creole in Form and Genre." Anthurium: A Caribbean Studies Journal. 2.1 (Spring 2004): 1-11.

Anatol, Giselle Liza. "Speaking in (M)other Tongues: The Role of Language in Jamaica Kincaid's *The Autobiography of My Mother*." *Callaloo* 25.3 (2002): 938-53.

Anchor, Robert. "Bakhtin's Truths of Laughter." *Clio* 14.3 (1985): 237-57.

Andrade, Susan Z. "Rewriting History, Motherhood, and Rebellion." *Research in African Literatures* 21.1 (September 1990): 91-110.

Andrews, Larry R. "Black Sisterhood in Naylor's Novels". *Gloria Naylor: Crtical Perspectives Past and Present*. ed. Henry Gates, Jr. & K. A. Appiah. New York: Amistad, 1993. 285-301.

Appadurai, Arjun. "The Heart of Whiteness." *Callaloo* 16.5 (1993): 796-807.

Ashcroft, Bill, Gareth Griffiths, and Helen Tiffin. *The Empire Writes Back: Theory and Practice in Post-Colonial Literatures*. London: Routledge, 1989.

Baker, Houston. *Blues, Ideology, and Afro-American Literature*. Chicago: Chicago UP, 1984.

_____. *Modernism and Harlem Renaissance*. Chicago: Chicago UP, 1987.

Bambara, T. Cade. Ed. *The Black Women: An Anthology*. New York: New American Library, 1970.

Baumgartner, Barbara. "The Body as Evidence: Resistance, Collaboration, and Appropriation in *The History of Mary Prince*." *Callaloo* 24.1 (2001): 253-75.

Bazin, Nancy Topping. "Venturing into Feminist Consciousness: Bessie Head and Buchi Emecheta." *The Tragic Life*, ed Cecil Abrahams, Trenton: Africa World Press, 1985. 45-58.

Bender, Eileen T. "Repossessing Uncle Tom's Cabin: Toni Morrison's *Beloved*." *Cultural Power/ Cultual Literacy*. Ed. Bonnie Braendlin. Tallahasse: Florida State UP, 1991. 129-42.

Bennett, Lerone, Jr. *Before the Mayflower: A History of Black America*. New York: Penguin Books, 1984.

Bhabha, Homi. *The Location of Culture*. London and New York: Routledge, 1994.

Bogus, Diane S. "An Authorial Tie-Up: The Wedding of Symbol and Point of View in Toni Morrison's *Sula*." *CLA Journal* 33 (1989): 73-80.

Booth, Wayne C. *The Company We Keep: An Ethics of Fiction*. Berkeley: California UP, 1988.

Bouson, J. Brooks. *Jamaica Kincaid: Writing Memory, Writing Back to the Mother*. New York: New York State UP, 2005.

Brathwaite, Edward K. "Roots: A Commentary on West Indian Writers." *Bim* 37 (1963): 10-21.

Brice-Finch, Jacqueline. "The Autobiography of My Mother: A Book Review." *World Literature Today* 71.1 (Winter 1997): 202.

Brock, Sabine. "Talk as a Form of Action." *History and Tradition in Afro-American Culture*. Ed. Gunter H. Lenz. Frankfurt: Campus-Verlag, 1984.

Brown, Bev E. L. "Mansong and Matrix: A Radical Experiment." *A Double Coloniazation*, ed. Kirsten H. Peterson & Anna Rutherford. Oxford: Danggoo P, 1986. 68-79.

Brown, Lloyd. *Women Writers in Black Africa*. Westport, Conn.: Greenwood Press, 1981.

Brown, Nancy H. "England and the English in the Works of Jean Rhys" *Jean Rhys Review* 1.2 (1987): 8-20.

Bryant, Jerry H. "Review of *Sula*." *Toni Morrison: Critical Perspectives: Past and Present*. Ed. Henry Louis Gates, Jr. and K. A. Appiah. New York: Amistad, 1993. 8-10.

Butler, Judith. "Disorderly Woman." *Transition* 53 (1991): 86-95.

Butler-Evans, Elliott. *Race, Gender and Desire: Narrative Strategies in the Fiction of Toni Cade Bambara, Toni Morrison, and Alice Walker*. Philadelphoa: Temple UP, 1989.

Campbell, Jane. *Mythic Black Fiction: The Transformation of History*. Knoxville: Tennessee UP, 1986.

Carby, Hazel. *Reconstructing Womanhood: The Emergence of the Afro-American Woman Novelist*. New York: Oxford UP, 1987. Baltimore and London: Johns Hopkins UP, 1996.

Caruth, Cathy. *Unclaimed Experience: Trauma, Narrative, and History*. Baltimore and London: Johns Hopkins UP, 1996.

Césaire, Aime. *Discourse on Colonialism*. Trans. Joan Pinkham. New York: Monthly Review P, 1972.

Cha, Theresa Hak Kyung. *Dictee*. Berkeley: Third Woman P, 1995.

Chang, Shu-li. "Daughterly Haunting and Historical Traumas: Toni Morrison's *Beloved* and Jamaica Kincaid's *The Autobiography of My Mother*." *Concentric: Literary and Cultural Studies* 30.2 (July 2004): 105-27.

Cheng, Anne Anlin. *The Melancholy of Race: Psychoanalysis, Assimilation, and Hidden Grief*. Oxford: Oxford UP, 2000.

Cheung, King-Kok, ed. *An Interethnic Companion to Asian American Literature*. Cambridge: Cambridge UP, 1997.

Christian, Babara. *Black Feminist Criticism: Perspectives on Black Women Writers*. Berkeley: California UP, 1985.

_____. "Naylor's Geography: Community, Class and Patriarchy in *The Women of Brewster Place* and *Linden Hill*." *Gloria Naylor*. 106-25.

_____. "'Somebody Forgot to Tell Somebody Something': *African-American Culture and the Contemporary Literary Renaissance*." Eds. Joanne M. raxton and Andree Nicolas McLauhlin. New Brunswick, N.J.: Rutgers UP, 1990.

_____. "Subculture and Space: The Interdependency of Character and Culture in the Novels of Paule Marshall." *Black Women Novelists: The Development of a Tradition 1892-1976*. Westport: Greewood, 1980.

Clifford, James. *Routes: Travel and Translation in the Late Twentieth Century*. Cambridge: Harvard UP, 1997.

Cohn, Dorrit. *Transparent Minds: Narrative Modes for Presenting Consciousness in Fiction*. Princeton, NJ: Princeton UP, 1989.

Cooke, Michael. *Afro-American Literature in the Twentieth Century*. New Haven: Yale UP, 1984.

Corse, Sarah M. and Monica D. Griffin. "Cultural Valorization and African American Literary History: Reconstructing the Canon." *Sociological Forum* 12.2 (1997): 173-203.

Coser, Stelamaris. *Bridging the Americas: The Literature of Paule Marshall, Toni Morrison and Gayl Jones*. Philadelphia: Temple UP, 1984.

Coupland, Reginald. *The British Anti-Salvery Movement*. London: Butterworth, 1933.

Covi, Giovanna. "Jamaica Kincaid's Prismatic Self and the Decolonialisation of Language and Thought." *Framing the World: Gender and Genre in Caribbean Women's Writing*. Ed. Joan Anim-Addo. London: Whiting and Birch Ltd., 1996. 37-67.

Cruse, Harold. *The Crisis of the Negro Intellectual*. New York: Morrow, 1968.

Cudjoe, Selwyn R. "Jamaica Kincaid and the Modernist Project: An Interview." *Caribbean Women Writers*. Ed. Selwyn R. Cudjoe. Wellsley, Mass: Calaloux Publications, 1990. 215-32.

Dance, Daryl Cumber. "An Interview with Paule Marshall." *Southern Review* 28.1 (1992): 1-20.

Danielson, Susan. "Alice Walker's *Meridian*, Feminism and the Movement." *Women's Studies: An Indisciplinary Journal* 16 3, 4 (1998): 317-30.

Davies, Carol Boyce. *Black Women, Writing and Identity: Migration of the Subject*. London and New York: Routledge, 1994.

_____. "Motherhood in the Works of Male and Female Igbo Writers: Achebe, Emecheta, Nwapa and Nzekwu." *Ngambika: Studies of Women in African Literature*. Eds. Carole Boyce Davies and Anne Adams Graves. Trenton: Africa World Press, 1986.

Davies, Carol Boyce & Elaine Savory Fido, ed. "Introduction." *Out of the Kumbla: Caribbean Women and Literature*. Trenton: Africa World Press, 1990. 1-24.

Denard, Carolyn. "The Convergence of Feminism and Ethnicity in the Fiction of Toni Morrison." *Critical Essays on Toni Morrison*. Ed. Nellie Y. McKay. Boston: G. K. Hall & Co, 1988. 90-103.

Derrida, Jacques. *Specters of Marx. The State of the Debt, the Work of Mourning, and the New International*. Trans. Peggy Kamuf. New York: Routledge, 1994.

Donalson, Laura. *Decolonizing Feminism. Race, Gendered Empire-Building*. London: Routledge, 1993.

Donnell, Allison. "When Writing the Other is Being True to the Self: Jamaica Kincaid's The Autobiography of My Mother." *Women's Lives into Print: The Theory, Practice and Writing of Feminist Autobiography*. New York: St Martin's, 1999. 123-36.

DuPlessis, Rachel Blau. *Wiring beyond the Ending: Narrative Strategies of Twentieth Century Women Writers*. Bloomington: Indiana UP, 1985.

Emecheta, Buchi. "Feminism with a small 'f'!" *Criticism and Ideology: Second African Writers' Conference* Stockholm 1986. Ed. Kirsten H. Petersen. Uppsala: Scandinavian Institute of African Studies, 1988. 173-85.

_____. *The Joys of Motherhood*. New York: George Braziller, 1979.

Emenyonu, Ernest N. "Technique and Language in Buchi Emecheta's *The Bride Price, The Slave Girl* and *The Joys of Motherhood*." *The Journal of Commonwealth Literature* 11.1 (1988): 130-41.

Fanon, Frantz. *Black Skin, White Masks*. Trans. Charles Lam Markman. New York: Grove Press, 1967.

_____. *The Wretched of the Earth*. Trans. Constance Farrinton. New York: Grove Press, 1968.

Feccero, Carla. "Cannibalism, Homophobia, Women: Montagne's 'Des cannibales' and 'De l'amitié.'" *Women, "Race," and Writing in the Early Modern Period*. Ed. Margo Hendricks and Patricia Parker. London: Routledge, 1994.

Feldman, Allen. "Political Terror and the Technologies of Memory: Excuse, Sacrifice, Commodification, and Actual Moralities." *Radical Historical Review* 85 (2000): 58-73.

Ferguson, Moira. 1987. "Introduction to the Revised Edition." *The History of Mary Prince: A West Indian Slave Related by Herself*. By Mary Prince. 1987. Ann Arbor: Michigan UP, 1993. 1-51.

_____. *Subject to Others: British Women Writers and Colonial Slavery. 1670-1834*. London: Routledge, 1992.

_____. *Colonialism and Gender Relations from Mary Wollstonecraft to Jamaica Kincaid*. New Yoirk: Colombia UP, 1993.

_____. *Jamaica Kincaid: Where the Land Meets the Body*. Charlottesville: Virginia UP, 1994.

_____. "A Lot of Memory: An Interview with Jamaica Kincaid." *The Kenyon Review* 16.1 (1994): 163-88.

Ferguson, Suzanne, "The Face in the Mirror: Authorial Presence in the Multiple vision of Third-Person Impressionist Narrative." *Criticism* 21 (1971): 230-50.

Field, Noma. "War and Apology: Japan, Asia, the Fiftieth, and After." *position: east asia cultures critique* 5.1 (1997): 1-49.

Ford, Ford Madox. Preface. *The Left Bank and Other Stories*. By Jean Rhys. New

York: Arno Press, 1970.

Foucault, Michel. *Language, Counter-Memory, Practice*. Ed. Donald F. Bouchard. Ithaca: Cornell UP, 1977.

Fraser, Celeste. "Stealing B(l)ack Voices: The Myth of the Black Matriarchy and *The Women of Brewster Place*." *Gloria Naylor*, 1993. 90-105.

Gaines, Jane. "White Privilege and Looking Relations: Race and Gender in Feminist Film Theory." *Screen* 29.4 (1988): 12-26.

Gates, Henry Louis, Jr. Afterword: "Zora Neale Hurston: 'A Negro Way of Saying'" In Hurston, 1985. 185-95.

_____. *The Signifying Monkey: A Theory of African-American Literary Criticism*. New York: Oxford UP, 1988.

_____. *The Classic Slave Narratives*. New York: Mentor, 1987.

_____. *Loose Canons: Notes on the Culture Wars*. New York: Oxford UP, 1992.

Genette, Gerard. *Narrative Discourse Revisited*. Trans. Jane E. Lewin. Ithaca. NY: Cornell UP, 1988.

Gikandi, Simon. *Writing in Limbo: Modernism and Caribbean Literature*. Ithaca: Cornell UP, 1992.

Gilkes, Michael. *The West Indian Novel*. Boston: Twayne, 1981.

Gilroy, Paul. *The Black Atlantic. Modernity and Double Consciousness*. London: Verso, 1993.

Glazer, Nathan, and Daniel P. Moynihan. *Beyond the Melting Pot: The Negroes, Puerto Ricans, Jews, Italians, and Irish of New York City*. Cambridge, MA: M.I.T. Paperbacks, 1964.

Goldstein, William. "A Talk with Gloria Naylor". *Publisher's Weekly* 9 (September (1983): 35-36.

Gordon, Avery F. *Ghostly Matters: Haunting and the Sociological Imagination*. Minneapolis: Minnesota UP, 1996.

Gordon, Milton M. *Assimilation in American Life: The Role of Race, Religion and National Origins*. New York: Oxford UP, 1964.

Grant, Joan. "Call Lord: the History of Mary Prince." *Trouble and Strife* 14 (Fall

1988): 9-12.

Grant, Robert. "Absence into Presence: The Thematic of Memory and 'Missing' Subjects in Toni Morrison's *Sula*." *Critical Essays on Toni Morrison*. Ed. Nelie Y. McKay. Boston: Hall, 1988. 90-103.

Greene, Gayle. "Feminist Fiction and the Uses of Memory." *Signs* 16.2 (1991): 290-321.

Gregg, Veronica Marie. *How Jamaica Kincaid Writes the Autobiography of Her Mother*. *Callaloo* 25.3 (2002): 920-37.

Grewal, Gurleenl, "Memory and the Matrix of History: The Poetics of Loss and Recovery in Joy Kogawa's *Obasan* and Toni Morrison's *Beloved*." *Memory and Cultural Politics: New Approaches to American Ethnic Literatures*. Ed. Amritijit Singh et al., 1996. 140-74.

_____. *Circles of Sorrow, Lines of Struggle: The Novels of Toni Morrison*. Baton Rouge: Louisiana State UP, 1998.

Gurr, Andrew. *Writers in Exile: The Identity of Home in Modern Literature*. Atlantic Highlands, New Jersey: Humanities P, 1981.

Hall, Stuart. "Cultural Identity and Diaspora." *Identity: Community, Culture, Difference*. Ed. Jonathan Rutherford. London: Lawrence and Wishart, 1990. 222-37.

Hamilton, Edith. *Mythology*. New York: Little, Brown, 1942.

Harris, Wilson. *The Womb of Space: The Cross-Cultural Imagination*. Westport.conn.: Greenwood, 1983.

Hayes, Elizabeth T. "Like Seeing You Buried: Persephone in *the Bluest Eye, Their Eyes Were Watching God*, and *The Color Purple*." *Images of Persephone: Feminist Readings in Western Literature*. Hayes, Elizabeth T. ed. Gainesville: Florida UP, 1984. 170-202.

Hegel, George Wilhelm Friedrich. *The Philosophy of History*. New York: Dover, 1956.

Hearne, John. "*The Wide Sargasso Sea*: A West Indian Reflection." *Corn Hill Magazine* 1080 (Summer 1974): 323-33.

Herman, Judith Lewis. *Trauma and Recovery*. New York: Basic Books, 1992.

Hernton, Calven. "The Sexual Mountain." *Wild Women in the Whirlwind: Afra-American Culture and the Contemporary Literary Renaissance*. Ed. Joanne M.

Braxton et al. New Brunswick: Rutgers UP, 1990. 195-212.

Hesiod. "To Demeter," *The Homeric Hymns and Homerica*. Trans. Hugh G. Evelyn-White. Cambridge: Harvard UP, 1954. 289-325.

Hirsch, Marianne and Valerie Smith. "Feminism and Cultural Memory: An Introduction." *Signs* 28.1 (2002): 1-19.

Hoefel, Roseanne L. "Broken" Silence, Un-Broken Spirits: Fragmentation in the Fiction of Black Women Writers. *Feminism* 3.1 (Jan/Feb 1990): 13-18.

Homer. "To Demeter(I) (II)", *The Homeric Hymns*. Trans. Charles Boer. Chicago: Swallow, 1970. 91-136.

_____. "To Demeter," *The Homeric Hymns*. Trans. Thelma Sargent. New York: W. W. Norton & Company, 1975. 2-14.

Hooks, Bell. *Talking Back: Thinking Feminism. Thinking Black*. Boston: South End P, 1989.

Hughes, Langston. *The Big Sea: An Autobiography*. New York: Hill & Wang, 1963.

Hurston, Zora Neale. *Their Eyes Were Watching God*. New York: Harper & Row, 1990.

Jameson, Fredric. *The Political Unconsciousness: Narrative as a Socially Symbolic Act*. Ithaca: Cornell UP, 1981.

JanMohamed, Abdul. "The Economy of Minichean Allegory.": *The Critical Inquiry* 12.1 (August 1985): 55-87.

Jay, Marin. "The Uncanny Nineties." *Cultural Semantics: Keywords of Our Time*. Amherst: Massachesetts UP, 1998. 157-64.

Johnson, Barbara. "'Aesthetic' and 'Rapport' in Toni Morrison's *Sula*." *Textual Practice* 7 (1993): 165-72.

Josheph, Gloria I & Jill Lewis. *Common Differences: Conflicts in Black and White Feminist Perspectives*. Garden City: Anchor Books, 1981.

Jussawalla, Feroza and Reed Way Dasenbrock ed. *Interview with Writers of the Post-Colonial World*. Jackson & London: Mississippi UP, 1992. 82-89.

Kang, Hyun Yi L. "Re-membering Home." *Dangerous Women*. Ed. Elain H. Kim et al. 249-87.

Karl, Frederick R. "Doris Lessing in the Sixties: The New Anatomy of Melancholy." *Contemporary Literature* 13.1 (Winter 1972): 15-33.

Keizs, Marcia. "Themes and Style in the Works of Paule Marshall." *Negro American Literature* 9 (1975): 67-76.

Keller, Nora Okja. *Comfort Woman*. New York: Penguin, 1997.

Kenyon, Olga. *The Writers Imagination:Interviews with Major International Women Novelists*. Bradford UP, 1992.

Kim, Elaine H. "Korean American Literature." *An Interethnic Companion to Asian American Literature*. Eds. King-kok Cheung, 1997. 156-91.

_____. "Poised on the In-between: A Korean American's Reflections on Theresa Hak Kyung Cha's *Dictee*." *Writing Self Writing Nation*. Eds. Elaine H. Kim and Norma Alarcon. Berkeley: Third Woman P, 1994. 3-30.

Kim, Elain H. and Choi Chungmoo, eds. *Dangerous Women: Gender and Korean Nationalism*. New York: Routledge, 1998.

Kim, Elaine H. and Norma Alarcon, eds. *Writing Self, Writing Nation: A Collection of Essays on Dictee*. Berkely: Third Woman P, 1994.

Kim, Jody. "Haunting History: Violence, Trauma, and the Politics of Memory in Nora Okja Keller's *Comfort Woman*." CRITICAL MASS. 6.1 (1999): 61-78.

Kincaid, Jamaica. *The Autobiography of My Mother*. London: Vintage, 1996.

_____. "A Lot of Memory: An Interview with Jamaica Kincaid." *The Kenyon Review* 16.1 (1994): 163-88.

_____. "I Use a Cut and Slash Policy of Writing: Jamaica Kincaid Talks to Gerhard Dilger." *Wasafiri* 16 (1992): 21-25.

_____. *Lucy*. New York: Farrar, Straus & Giroux, 1990.

_____. *A Small Place*. New York: Penguin Books, 1988.

Kloepter, Deborah Kelly. "*Voyage in the Dark*: Jean Rhys's Masquerade for the Mother." *Contemporary Literature* 26.4 (Winter 1985): 443-59.

Kolb, David. *The Critique of Pure Modernity*. Chicago: Chicao UP, 1986.

Kubitschek, Missy Dehn. "Paule Marshall's Women on Quest." *Black American Literature Forum* 21.1-2 (Spring-Summmer 1987): 43-60.

Leech, Geoffrey N., and Michael H. Short. *Style in Fiction: A Linguistic Introduction to English Fictional Prose*. London: Longman, 1981.

Leigh, Nancy J. "Mirror: The Development of Female Identity in Jean Rhys's Fiction." *World Literature Written in English* 25.2 (1985): 270-85.

Lerner, Gerda, Ed. *Black Women in White America: A Documentary History*, 1972. Reprint New York: Vintage, 1973.

Lewis, Linden. "Nationalism and Caribbean Masculinity." *Gender Ironies of Nationalism: Sexing the Nation*. Ed. Tamar Mayer. London: Routledge, 2000. 261-81.

Lloyd, David. "Colonial Trauma/Postcolonial Recovery?" *Intervention* 2.2 (2000): 212-28.

Lowe, Lisa. "Unfaithful to the Original: The Subject of Dictee." *Writing Self, Writing Nation*. eds. Elain Kim and Norma Alarcon. Third Woman P, 1994. 35-69.

Ma, Sheng-mei. *Immigrant Subjectivities in Asian American and Asian Diaspora Literatures*. Albany: State New York UP, 1988.

Mahlis, Kristen. "Gender and Exile: Jamaica Kincaid's Lucy". *Modern Fiction Studies* 44.1 (1998): 164-83.

Mangan, J. A., ed. *The Imperial Curriculum: Racial Images and Education in the British Colonial Experience*. London and New York: Routledge, 1993.

Marshall, Paule. *Brown Girl, Brownstones*. New York: Feminist, 1959.

_____. "The Negro Women in American Literature." *Keeping the Faith: Writings by Contemporary Black American Women*. Ed. Pat Crutchfield Exum. & Greenwich, Conn.: Fawcett, 1974.

_____. "Shaping the World of My Art." *New Letters* 40 (October 1973): 97-112.

Matus, Jill L. "Dream, Deferral and Closure in *The Women of Brewster Place*." Gloria Naylor (1990): 126-39.

May, Hal. *Contemporary Authors*. Detroit: Gale, 1983.

McClintock, Anne. "'No Longer in a Future Heaven': Gender. Race, and Nationalism." *Dangerous Liaisons: Gender, Nation and Postcolonial Perspective*. Eds. Anne McClintock, Aamir Mufti, and Ella Shohat. Minneapolis: Minnesota UP, 1997. 89-112.

McDowell, Deborah E. "Boundaries: Or Distant Relations and Close Kin." *Afra-American Literary Study in the 1990s*. Ed. Houston A. Baker, Jr. and Patricia

Redmond. Chicago: Chicago UP, 1989. 51-70.

McGowan, Todd. "Liberation and Domination: *Their Eyes Were Watching God* and the Evolution of Capitalism." *MELUS* 24.1 (Spring 1999): 109-28.

Mcluskie Kathleen & Lynn Innes. "Women and African Literature." *Wasafiri* 18 (Spring 1988): 3-7.

Miller, J. Hillis. "Symposium." *Rhetoric and Form: Deconstruction at Yale*. Ed. Robert Con Davis and Ronald Schleifer. Norman: Oklahoma UP, 1985.

Millet, Kate. *Sexual Politics*. New York: Garden City: Doubleday, 1970.

Min, Eun Kyung. "Reading the Figure of Dictation in Theresa Hak Kyung Cha's *Dictee*." *Other Sisterhoods: Literary Theory and U. S. Women of Color*. Ed. Sandra Kumamoto Stanley. Urebana: Illinois UP, 1998. 309-24.

Minh-ha, Trinh T. *Framer Framed*. New York: Routledge, 1992.

_____. *Women Native Other: Writing Postcoloniality and Feminism*. Bloomington: Indiana UP, 1989. *omen Native Other*. Bloomington: Indiana UP, 1989.

Mohanty, Chandra Talpade. "Under Western Eyes: Feminist Scholarship and Colonial Discourse" (revised) *Feminist Review* 30 (1988): 61-89.

Mohanty, Chandra Talpade, Ann Russo and Lourdes Torres. *Third World Women and the Politics of Feminism*. Bloomington: Indiana UP, 1991.

Morrison, Toni. *Beloved*. New York: A Plume Book, 1987.

_____. *Sula*. New York: A Bentam Book, 1973.

Mullen, Harryett. "Daughters in Search of Mothers, or A Girl Child in a Family of Men." *Catalyst* 1 (Fall 1986): 45-49.

Naipaul. V. S. "Without a Dog's Chance: After Leaving Mr. Mackenzie." *New York Review of Books*. 18 (1972): 29-31.

Naylor, Gloria. *The Women of Brewster Place*. New York: Penguin Books, 1982.

Nebeker, Helen. *Jean Rhys: Woman in Passage*. Montreal Eden Press Women's Publication, 1981.

Nissen, Axel. "Form Matters: Toni Morrison's *Sula* and the Ethic of Narrative." *Contemporary Literature* (Summer 1997): 263-85.

Nwapa, Flora. *Efuru*. London: Heinemann, 1966.

O'Brien, John. Ed. *Interviews with Black Writers*. New York: Liverright, 1973.

O'Connor, Teresa F. *Jean Rhys: The West Indian Novels*. New York: New York UP, 1986.

Ogunyemi, Chikwenye Okonjo. "Buchi Emecheta: The Shaping of a Self." *Komparatisische Hefte* 9 (1983): 45-54.

Olney, James. "'I Was Born': Slave Narratives, Their Status as Autobiography and as Literature." *Callaloo* 7.1 (1984): 46-73.

Otten, Terry. *The Crime of Innocence in the Fiction of Toni Morrison*. Columbia: Missouri UP, 1989.

Palumbo-Liu, David. "The Politics of Memory: Remembering History in Alice Walker and Joy Kogawa." *Memory and Cultural Politics*. Eds. Amritjit Singh et al., 1996. 211-26.

Paquett, Sandra Pouchet. *Caribbean Autobiography: Cultural Identity and Self-Representation*. Madison: Wisconsin UP, 2002.

_____. "The Heartbeat of a West Indian Slave: *The History of Mary Prince*." *African American Review* 26 (1992): 131-46.

Paravisini-Gebert, Lizabeth. *Jamaica Kincaid: A Critical Companion*. Westport, Connecticut: Greenwood P, 1999.

Perry, Benita. "Problems in Current Theories of Colonial Discourse." *Oxford Literary Review* 9 (1988): 27-58.

Pettis, Joyce. "Paule Marshall Interview." *Melus* 17.4 (Winter 1991-92): 117-29.

Phillips, Maggi. "Engaging Dreams: Alternative Perspectives on Flora Nwapa, Buchi Emecheta, Ama Ata Aidoo, Bessie Head, and Tsitsi Dangarembga's Writing." *Research in African Literatursl* 25.4 (Winter 1994): 89-103.

Pine-Timothy, Helen. *The Woman, the Writer & Caribbean Society: Essays on Literature and Culture*. Los Angeles: California UP, 1997.

Prince, Mary. *The History of Mary Prince*. Ed. Sara Salih. London: Penguin, 2000.

Pryse, Marjorie, "Introduction." *Conjuring: Black Women, Fiction and Literary Tradition*. Pryse and Hortense J. Spillers, eds. Bloomington: Indiana UP, 1985. 1-24.

Pyne-Timothy, Helen. "To Be Free is Very Sweet": Voicing and the Caribbean Woman

Writer in "Hisory of Mary Prince." *The Waman the Writer & Caribbean Society*. ed. Helen Pyne-Timothy. Los Angelos: California Center for Afro UP, 1998.

Rainwater, Catherine. "Worthy Messengers: Narrative Voices in Toni Morrison's Novels" *Texas Studies in Literature and Languages* 33.1 (Spring 1991): 96-113.

Raiskin, Judith. "Jean Rhys: Creole Writing and Strategies of Reading." *Ariel* 22.4 (October 1991): 51-67.

Ramchand, Kenneth. *An Introduction to West Indian Literature*. Sunburry-on-Thales Middlesex: Thomas Nelson & Sons, 1976.

Rhys, Jean. *Jean Rhys: The Complete Novels*. W. W. Norton & Com., Inc., 1985.

Rich, Adrienne. *Of Woman Born: Motherhood as Experience and Institution*. New York: Norton, 1976.

Rimmon-Kenan, Shlomith. "Narration, Doubt, Retrieval: Toni Morrison's *Beloved*." *Narrative* 4.2 (May 1966): 109-23.

Rinder, Lawrence R. "The Plurality of Entrances, the Opening of Networks, the Infinity of Languages." *The Dream of the Audience: Theresa Hak Kyung Cha (1951-1982)*. California UP, 2001. 15-31.

Rody, Caroline. *The Daughter's Return: African-American and Caribbean Women's Fictions of History*. New York: Oxford UP, 2001.

Saakana, Amon Saba. *The Colonial Legacy in Caribbean Literature*. Trenton: Africa World P, 1987.

Said, Edward. "The Mind of Winter: Reflections on Life in Exile." *Harper's Magazine* (September 1984): 50-55.

_____. *Orientalism*. London: Routledge and Kegan Paul, 1978.

_____. *Culture and Imperialism*. New York: Alfred A. Knopf, 1993. xi-xxviii.

Schneider, Deborah. "A Search for Selfhood: Paule Marshall's *Brown Girl, Brownstones*." *The Afro-American Novel Since 1960*. Ed. Peter Bruck & Wolfgang Karrer. Amsterdam: B. R. Gruner, 1982.

Scott, Helen Claire. "DEM TIEF, DEM A DAM TIEF: Jamaica Kincaid's Literature of Protest. *Callaloo* 25.3 (2002): 977-89.

Sharpe, Jenny. ""Something Akin to Freedom": The Case of Mary Prince." *A*

Journal of Feminist Cultural Studies 8.1 (1966): 31-56.

Simmons, Diane. *Jamaica Kincaid*. Ed. Frank Day. New York: Twayne Publishers, 1994.

Simmons, K. Merinda. "Beyond "Authenticity": Migration and the Epistemology of "Voice" in Mary Prince's *History of Mary Prince* and Maryse Conde's *I, Tituba*." *College Literature* 36.4 (Fall 2009): 75-99.

Singh, Amritjit, Joseph T. Skerrett, Jr., Robert E. Hogan, eds. *Memory and Cultural Politics: New Approaches to American Ethnic Literatures*. Boston: Northeastern UP, 1996.

Slemon, Stephen. "Post-Colonial Allegory and the Transformation of History." *Journal of Commonwealth Literature* 23.1 (1988): 157-68.

Slemon, Stephen and Helen Tiffin, eds. *After Europe: Critical Theory and Post-Colonial Writing*. Sidney: Dagaroo, 1989.

Smith, Ian. 'Misusing Canonical Intertexts: Jamaica Kincaid, Wordsworth and Colonialism's "absent things"'. *Callaloo* 25.3 (2002): 801-20.

Smith, Valerie. "Black Feminist Theory and the Representation of the "Other"". *Changing Our Own Words: Essays on Criticism, Theory, and Writing by Black Women*. ed. Cheryl A. Wall. N.J.: Rudgers UP, 1989: 38-57.

Soyinka, Wole. "Ethics, Ideology and the Critic." *Criticism and Ideology*. Ed. Petersen, Kirsten Holst, 1986. 26-51.

_____. *Idanre and Other Poems*. New York: Hill and Wang, 1987.

Steady, Filomina Chioma.*The Black Woman Crosscultrually*. Cambridge, Mass.: Schenkman, 1981. 7-36.

Spitz, Ellen Handler. "Mothers and Daughters: Ancient and Modern Myths." *The Journal of Aesthetics and Art Criticism* 48.4 (Fall 1990): 411-20.

Spivak, Gayatri C.. "Acting Bits/ Identity Talk." *Identities*. Ed. Kwame Anthony Appiah and Henry Lewis Gates, Jr. Chicago: Chicago UP, 1995. 147-80.

_____. *In Other Worlds: Essays in Cultural Politics*. New York: Methuen, 1987.

_____. *The Post-colonial Critic*. ed.Sara Harasym. New York: Routledge, 1990.

_____. "Three Women's Texts and a Critique of Imperialism." *Critical Inquiry*

12.1 (1985): 243-61.

Tate, Claudia. Ed. *Black Women Writrs at Work*. New York: Continuum Publishing Co., 1983.

Thomas, H. Niegel. *From Folklore to Fiction: A Study of Folk Heroes and Rituals in the Black American Novel*. New York: Greenwood, 1988.

Tiffin, Helen. "Cold Hearts and (Foreign) Tongues: Recitation and the Reclamation of the Female Body in the Works of Erna Bodber and Jamaica Kincaid." *Callaloo* 16.4 (1993): 909-21.

_____. "Mirror and Mask: Colonial Motifs in the Novels of Jean Rhys." *WLWE* 3.17 (April 1978): 328-41.

_____. "Rites of Resistance: Counter-Discourse and West Indian Biography." *Journal of West Indian Literature* 3.1 (Jan 1989): 28-46.

Todorova, Kremena. "'I Will Say the Truth to the English People': *The History of Mary Prince* and the Meaning of English History." *Texas Studies in Literature and Language* 43.3 (Fall 2001): 285-301.

Topouzis, Daphne. "Buchi Emecheta: An African Story-teller," *Africa Report* 35.2 (May-June 1990): 67-70.

Umeh, Marie. "African Women in Transition in the Worlds of Buchi Emecheta." *Presence Africaine* 116 (1980): 190-201.

Vanouse, Evelyn Hawthorne. "Jean Rhys's Voyage in the Dark: Histories Patterned and Resolute." *WLWE* 28.1 (1988): 125-33.

Wade-Gayles, Gloria. *No Crystal Stair: Visions of Race and Sex in Black Women's Fiction*. New York: The Pilgrim Press, 1984.

Walker, Alice. *The Color Purple*. New York: Pocket Books, 1982.

_____. *In Search of My Mother's Garden*. New York: Washington Square P, 1976.

_____. "In Search of Zora Neale Hurston." *MS* (March 1975): 74-79, 85-89.

_____, ed. "Introduction." *Zora Neale Hurston, I Love Myself When I Am Laughing: A Zora Neale Hurston Reader*. New York: The Feminist P, 1979. vii-xxv.

_____. *Meridian*. New York: Washington Square P, 1976.

Walvin, James. *Black and White. The Negro and English Society 1555-1945*. London:

Penguin, 1973.

Washington, Mary Helen. "Afterword." *Brown Girl, Brownstones*. New York: Feminist, 1959.

_____. "An Essay on Alice Walker." *Sturdy Black Bridges: Visions of Black Women in Literature*. Ed. Roseann P. Bell et al. New York: Anchor Books, 1979. 133-49.

_____. "Forword." In *Hurston*. New York: Prennial Classics, 1990. vii-xiv.

_____. "Introduction." *Black-Eyed Susans: Classic Stories By and About Black Women*, ed. Mary Helen Washington. New York: Anchor, 1975.

Williams, Raymond. *Marxism and Literature*. Oxford: Oxford UP, 1977.

Willis, Susan. "Describing Arcs of Recovery: Paule Marshall's Relationship to Afro-American Culture." *Specifying: Black Women Writing the American Experience*. Madison: Wisconsin UP, 1987.

_____. *Specifying: The Black Women Writing the American Experience*. Madison: Wisconsin UP, 1987.

Wilson, Lucy. "Women Must Have Spunks: Jean Rhys's West Indian Outcasts." *Modern Fiction Studies* 32.2 (Autumn 1986): 439-48.

Wong, Shelley Sunn. "Unnaming the Same: Theresa Hak Kyung Cha's *Dictee*." *Writing Self, Writing Nation*. eds. Elain H. Kim and Norma Alarcon, 1995. 103-40.

Woodard, Helena. *The Two Marys(Prince and Shelly) on the Textural Meeting Ground of Race, Gender, Genre*. *Tennessee Studies In Literature* (1994): 15-30.

Wright, Richard. "Between Laughter and Tears." *The New Masses* 5 (1937): 22-23.

Yang, Hyunah. "Re-membering the Korean Military Comfort Women: Naionalism, Sexuality, and Silencing." *Dangerous Women*. Eds. Elain H. Kim and Norma Alarcon, 1998. 123-35.

* 본서에 실린 글들의 출전을 다음과 같이 밝혀둔다.

| 찾아보기 |